30年代現代派詩學與中西詩學

曹萬生——著

四川省哲學社會科學「十五」規劃重點項目

序

藍棣之

　　新詩的現代主義詩學研究最近幾年成了詩界和學界的一個熱點。其熱蓋出於與西方現代主義聯繫的邊緣性和詩性二者之統一，這是研究的難點，也是研究的魅力所在。這個領域有了一批學富力強的博士介入，因此局面甚是可觀。

　　在現代詩學中，30年代的現代派詩學有一個不同於西方詩學也不同於20年代象徵派詩學、40年代九葉派詩學的地方，這就是與中國古典詩學的關係。因此現代派詩學的研究又有其特點。30年代現代派與中西詩學的關係研究，成了研究的薄弱環節。曹萬生的博士論文《現代派詩學與中西詩學》（編者按：書名正式出版後，改名為《30年代現代派詩學與中西詩學》，下略）以全面系統的研究和新穎獨特的思路與豐富的史料，填補了30年代現代派詩學研究的這一空白，因而具有開拓性意義，這是我引以為欣喜的。我認識曹萬生是最近的事情，那是他2003年9月在成都主持了一個由四川師範大學文學院與《文學評論》編輯部聯合舉辦的「中國現代詩學研討會」，他是四川師範大學詩學研究所所長，我應邀與會，會上見到了全國現代詩學研究領域中最活躍的一批近年來的博士，甚是欣慰。會議結束時，曹萬生來送行，並

把他的博士論文送我，說是要在人民出版社出版，讓我寫序，我是一下子就同意了。讀了他的著作，感觸不少，由是寫來。

首先，曹萬生的這本著作，正文由三個部分組成，即藝術篇、形式篇、批評篇。這三個部分有其內在的邏輯關係，並構造了一個獨立的理論體系，這是對現代派詩學理論的創新。藝術篇是對現代派詩學根本命題的研究，即詩之為詩理論的研究，著者抓住意象、象徵、知性這三個根本命題，作了本體的與比較的研究，在這個基礎上，展開對現代派詩的創作形態即詩美範疇的研究，還結合戴望舒、卞之琳、何其芳的詩歌創作實踐做了坐實。從上述根本命題深入下去，形式篇研究了現代派的形式論、純詩論、音樂論、格律論，這四論從屬於上一級命題，成為現代派詩學外形式的研究。這個研究同樣有一個本體與比較的方法的貫穿的思路。第三部分是運動性研究，即在上述詩學理論指導下的批評理論的清理與批評實踐的研究，本體與比較的方法仍然。如是，著者顯然構造了一個自己的理論框架。從最根本的詩學命題上逐層剔進，最終研究到詩成形後的賞析判斷，完整地說明了現代派的詩學理論的內在構成和機制。這本身就是一個創新性的研究。

其次，在我看來，在近年來的詩學比較研究中，曹萬生的這本《現代派詩學與中西詩學》在研究的深度與比較的水平上，都達到了一個新的階段。

這本著作研究了現代派詩學的象徵、意象、知性三個命題。在象徵論中，全書清理了20年代詩學對西方象徵理論的引入及評價；30年代現代派對波德萊爾、馬拉美、蘭波、瓦萊里、

葉芝等人的象徵主義理論及詩作的引入與研究；現代派關於中西象徵理論的引入與改造，比如朱光潛的「比」說與梁宗岱的「興」說之比較，梁宗岱「興」說「依微以擬議」的意義、象與意之關係，比、興與象徵之異同；現代派對西方象徵主義的理解和運用，比如梁宗岱對契合論的理解即「契合」是超驗，及「形骸俱釋的陶醉和一念常惺的澈悟」之東方理解與缺失，穆木天對契合論的理解，意象網絡的清晰與終極意義的多義的統一，象徵主義的詩語特徵，等等。與以往研究抓住「契合」說主要論說不同的是，作者對象徵以及比興的詩學命題的內涵及其內詩學意義的深入研究的功力。在這個研究中，我比較欣賞的有三點，一是對西方詩學命題中的「象徵」與傳統詩學中「比」、「興」關係的異同作了仔細的比較，二是對權威著作朱光潛《詩學》中有關象徵是比的理論的推翻與論證。三是作者關於「象意不一、意在象外、意大於象」的理論新意。這就讓「象徵」概念的研究有了新的學術含量。

本書的意象論研究了20年代詩學對西方意象理論輸入的清理與評價；徐遲、邵洵美對西方意象派的六條理論及美國的龐德、羅厄爾、杜利特爾、弗萊契，英國的阿爾丁頓・勞倫斯和弗林特詩作的介紹與研究；對西方意象理論之研究及中西之比較，比如龐德的意象內涵，意象理論的二元命題，意象與形象、意境的異同及其關係，徐遲、邵洵美對意象美的客觀性、立體性、選擇性的研究及其反浪漫主義的詩學史意義，及與40年代詩學的關係；朱光潛對中國詩學意象的引入與研究，包括概念的內涵、意象的形態、意象的功能、比、興、象徵與意象的關係、賦在意象

發展中的作用以及中國古代詩歌意象演變歷史的研究。在這個研究中，作者打開了一幅現代派意象理論多方面繁複的畫面。這方面的研究中，我有三個深刻的印象：一是著者對意象與形象、意境的異同及關係的清理。在這個清理中，著者涉及到《繫辭》上的「象」、《文心雕龍》的「意象」、《人間詞話》的「意境」三個階段的分期，「意」與「象」對立、並列、同一的三個階段對「意象」內涵的理解，同時就後二者與西方「意象」的關係作了深入的比較，認為「王國維的境界與龐德的『一種在一剎那間表現出來的理性和感性的集合體』，『意象在任何情況下都不只是一個思想，它是一團、或一堆相交融的思想，具有活力』的論點極為相似，二者強調的都是景與情的一體化。徐遲在引入時也強調了這一點。另一點，意象派主張的情緒的『對應物』的客觀性，這在中國古代殊難見到，這種帶有現代派精神的主張成為一種新的思路。徐遲特別強調的『意象是一件東西』的這一論點，成為30年代現代派在引入西方意象派時的一個興奮點。」這個分析在我看來是第一次明晰了中國傳統「意象」與西方「意象」概念的異同。第二是對意象的功能、比、興、象徵與意象的關係的清理。在這裡，著者朱光潛對傳統詩論中意象中的情與境關係的分析與比較，以及對傳統意象理論的借鑒與改造的分析是深入的。第三是提出了關於「情」與「境」正、反、合三階段的理論及其對郭沫若情大於境、李金髮境大於情、戴望舒情與境諧的三段式推論，也是有意義的。作者還提出了意象是現代派從象徵向知性轉折的橋樑和中介，但在這裡，著者提出了一個重要問題，卻沒有去進行周密的論證，這是不足的。

　　知性論研究了從柯爾律治到艾略特、瑞恰慈的知性理論的引入及其異同，包括柯爾律治的思想在艾略特和瑞恰慈的兩極發展，艾略特變異為避卻抒情、非個人化的客觀化理論，瑞恰慈變異為綜感論、張力論、戲劇化；現代派對知性的接受與變異，比如葉公超的擴大錯綜知覺、古今錯綜意識，艾略特的傳統論與宋詩奪胎換骨說之比較，金克木主智詩概念；知性導致了卞之琳創作的轉向。作者認為，1935年知性詩的崛起讓現代派詩學風貌與創作與此前劃線，理論上的葉公超、金克木、曹葆華與創作上的卞之琳，代替了此前理論上的梁宗岱、朱光潛和創作上的戴望舒；著者還提出現代派的前後期概念；並且提出，知性論引入和研究，直接影響了40年代中國新詩派詩學及創作。這是在知性命題中的一個比較深入、全面的研究成果。曹萬生在2003年9月主持了一個全國性的詩學討論會，在會上，他以本書的知性論一章作了一個主題發言，北京大學的吳曉東在評議中說，他讀了不少談知性的論文，但曹萬生這篇論文是說得最清楚最深入的。這個評議我是同意的。過去的知性論研究論文對知性的清理作了有成就的工作，但對其變異的研究不夠。曹萬生這裡把著重點放在對艾略特與瑞恰慈的相異研究上，特別是對葉公超和金克木的知性理解作了實事求是的分析，特別是對1935年以後以知性為界，劃出了與戴望舒的鮮明界線，提出了現代派的後期概念，「從象徵到意象到知性，邏輯與時間同步，現代派的『現代』程度同步加強」，等等。這些都是有創見的看法。

　　第三，曹萬生的這部著作，對30年代現代派的構成，提出了他的獨到看法。在我看來，他是把現代派的精神加以擴展，以

這個精神為核心,向學院派擴展,向北方派擴展。從技術上講,他是以梁宗岱和曹葆華這兩位有定論的現代派詩人為紐帶,擴展到他們二人各自主編的同期的《大公報・文藝・詩特刊》和《北平晨報・詩與批評》這兩個詩刊,同時以這兩個詩刊為陣地,又把參與這兩個詩刊的作者如新月派的葉公超、京派的朱光潛等也拉進來,構成了一個有學者、詩人、編輯參加的宏大的現代派隊伍,這也是有道理的。在這個構架中,可以看到,30年代的現代派裏集了當時中國詩壇上絕大部分精英,事實上成為30年代惟一最具有詩學意義的詩學群體,這批學人詩人學貫中西,詩力磅礴,把現代新詩的理論和創作都推向了一個「不再的黃金時代」,這確是新詩史上一個令人懷念的時代。時下的新詩,能否再現當年的輝煌呢?

第四,曹萬生的這部著作第四部分是資料篇,著者在這部分貢獻出他在研究過程中兩個現代派詩刊的資料發現,這說明了著者研究的認真、紮實與嚴謹,而這種努力,在近年的學界已經鮮聞了。著作在史料的搜集、甄別、研究上,下了一番特別的功夫,特別是對曹葆華所編的《北平晨報・詩與批評》的整理、對梁宗岱主編的《大公報・文藝・詩特刊》的整理,特別有現代派詩學的文獻意義。由於有《北平晨報・詩與批評》的清理,就帶出了曹葆華對瑞恰慈的系統介紹和葉公超對瑞恰慈的同時介紹與研究,這對於發現現代派與英美新批評派的關係提供了第一手重要證據。這說明現代派詩學在當時的胸懷和開放性以及發展性。現代派詩學研究還有廣闊的空間。

　　當然，曹萬生的這部著作，在批評篇部分，還可加強。特別是30年代活躍的詩歌批評，還可以作更多的關注。

　　是為序。

臺灣版自序

　　20世紀30年代的中國詩壇，是中國新詩的黃金時代。

　　新詩20世紀10年代末到20年代初濫觴期濫情濫造的水味、散形及後來讓人生煩的俗膩，經過20年代李金髮陌生化式的疏離與聞一多細木匠式的修復，各路詩人各派詩學在30年代面臨一個重新出發的集合點、一個集大成的平臺。30年代《現代》雜誌就成為這個集合點與平臺。由此向北散向《水星》、散向《大公報‧文藝副刊‧詩特刊》、散向《北平晨報‧詩與批評》、再由此向南回流到《新詩》。這樣一個來回的散集，團結了詩人，磨合了象徵派、新月派、現代派，最終成為現代派兼收並蓄的大本營。當我翻閱1937年7月10日出版的《新詩》二卷三、四期合刊也是終刊號的時候，心中一顫，戰爭不僅摧毀了許多愛情，也摧毀了這本最成熟最優秀的詩刊。中國新詩，再也沒有出現這樣優秀的詩刊了，無論以後。

　　由戴望舒、卞之琳、梁宗岱、馮至、孫大雨五位當時最優秀的詩人、詩學家聯袂主編的大型詩刊，創造了中國新詩30年代黃金時代的瑰寶。不僅是詩的瑰寶，以五位領袖為核心的詩學，也成為中國新詩學的瑰寶。本著就以《新詩》所代表的30年代現代派詩學為主要的研究對象。

在我看來，傳統詩學在20世紀10年代開始的革命，從生搬硬套地移植西方傳統詩學的胡適、郭沫若時代，到力圖嚴肅匡正的聞一多時代，再到生硬地與時俱進的李金髮時代，再到有機融合中西詩學的梁宗岱時代，後到創造性地、開放性地開啟新一代中西詩學的卞之琳、何其芳、葉公超時代，新詩學走向了融合傳統詩學與西方詩學的現代新詩學，即現代漢語詩學的新的形態。這個新詩學，引進了西方現代主義的意象範疇，與中國傳統的意象、意境、境界相融合；這個新詩學，引進了西方現代主義的象徵範疇，與中國傳統的比、興相融合並改造；這個新詩學，引進了西方現代主義的知性，並相當成功地現代漢語化與中國化，並鮮明地延伸到40年代的西南聯大詩學群。顯然，30年代現代派由是構成了現代漢語創作詩歌的新的詩學範疇與審美形態，這是現代漢語詩學獨立存在並發展的標誌性階段。所以，就這個意義而言，20世紀30年代的詩學，是現代漢語詩學完整意義上的標本，也是現代漢語詩學獨立詩學範疇建立的詩學。獨立就在於化古為新，化西為中，熔鑄成了新的詩學形態。

本著2003年在中國大陸的人民出版社出版過，後來得到這個領域裡不少博士、新進研究者參考引用，這是讓我十分欣慰和感動的。這次略作修訂，在臺灣出版，同樣讓我十分高興，因為，30年代現代派詩學的成果，也是臺灣後來詩學的借鑒與來源之一。這正如當年在上海的現代派詩人路易士——即後來入台的現代派詩人紀弦所說：「我稱一九三六～三七年這一時期為中國新

詩自五四以來一個不再的黃金時代。」[1]因此，我以為這次的臺灣版，對大陸與臺灣詩學的交流，也是有意義的。

　　是為序。

　　　　　　　　　作者，2011年3月7日燈下，成都雙楠草堂。

---

[1] 路易士，《三十前集‧三十自述》。

目次

第 二 篇　形式篇

導　論

一

　　整個20世紀中國文學，貫穿的總主題是「走向現代化」。無論是文學觀念，還是文學樣式，還是文學方法，還是文學創作，儘管其間曾有曲折坎坷甚至倒退。20世紀中國文學整體上根本異於從《詩經》到晚清的文學。1840年「中國中心論」的破滅、《天演論》的風行，導致了中國思想界的地震。向西方學習成為現代中國的時代精神。向西方學習的中心點，是現代化觀念的轉變。1898年前後，中國文學觀念開始發生巨大的現代化轉向[1]，1915年9月《青年雜誌》在上海創刊（1916年9月第2卷起，改名《新青年》，後遷北京）是中國文學走向現代化起點的標誌。蔡元培為《中國新文學大系》撰寫的總序認為「五四運動的新文學運動就是復興的開始。」[2]這個復興不僅是民族精神的復興，更

---

[1] 范伯群、朱棟霖，《1898-1949中外文學比較史》上冊，江蘇教育出版社，1993年版，第4-23頁。

[2] 蔡元培，《中國新文學大系·建設理論集·總序》，上海良友圖書印刷公司，1935年10月版，第3頁。

重要是對西方文藝復興的移植，正如胡風認為，五四文學是西方「幾百年」「文藝」「一個新拓的支流」[3]

反思20世紀中國文學，中國新詩最能體現其現代化進程。中國新詩是五四白話文學、五四文學革命直接、唯一的新產物，是對舊體詩革命的新產物。胡適創始的五四新詩推翻一切傳統、全盤師法西方，與五四新文化運動、五四文學革命主張完全一致。中國現代詩學由此誕生。中國現代詩學是在西方詩學引入的過程中發生，在新詩創作實踐和與中國傳統詩學的結合變異中發展、成長的。

中國現代詩學的現代化過程，在三條軌道上行進。這就是《新青年》初期白話新詩開端的現實主義、創造社開端的浪漫主義、象徵派開端的現代主義。

中國現代詩學的現實主義與浪漫主義命題及內容，適合五四啟蒙與救亡雙重需求，其教誨意義和功利主張及其與新的「載道」要求的結合，而為不斷變化的時代、社會所提倡。在這種提倡過程中，現代詩學的現代性不斷受到削弱，到文革提出「新詩也要學習樣板戲」，現代詩學的現代性幾近顛覆。由於時代社會的原因，中國現代詩學中的現實主義、浪漫主義命題及其內容，整個20世紀都得到學界詩學的普遍關注，80年代以前一直被學界詩界普遍重視，研究成果不斷，其中也不乏很有成就的成果。

中國現代詩學中的現代主義詩學，由於詩學命題的嚴肅性

---

[3] 胡風《論民族形式問題》，《胡風評論集》，人民文學出版社，1984年5月版，第234頁。

和排他性，因而在現實生存中充滿悲劇色彩，一方面不適應不時倒退的反現代性要求，另一方面在歷史的倒退時期處於休克狀態，一直具有邊緣性，因而始終保持了現代性的特徵，並且今天來看，更有其純正的學術研究意義。

80年代開始，中國現代主義詩歌開始有人開題研究，如20年代象徵詩派的研究。90年代中期開始，中國現代主義詩學，面上的研究已經展開。這些研究中，主要體現為對現代詩學中整個現代主義詩學史的研究，不少著作更多偏重詩歌史的研究。這種研究的好處是史的整體感強，弱點是對不同時期重要的詩學命題沒法深入研究，更難以對其中、西詩學的淵源作更深入的釐析。

30年代現代派詩學由於與政治遠離、自身詩學理論的形而上的高度、對古今中外詩學學術涉及面的廣度、資料清理的難度等原因，全面深入的研究沒有得到展開，研究的現狀與歷史事實差距太大，它與中西詩學的關係特別是影響比較的研究更沒有展開。本題學術研究的迫切性日益增加。

二

現代派作為一個詩派得名於1932年5月施蟄存主編、始刊的《現代》雜誌。第一次把它命名為「現代派」的，是1935年孫作雲的論文《論「現代派」詩》。[4]但是，仔細考察，現代派的

---

[4] 孫作雲，《論「現代派」詩》，《清華週刊》第43卷第1期，1935年5月15日。本文沿用這一稱謂，但實指中國現代文學史上研究的30年代現代派，以下均簡稱現代派。

形成和發展，卻經歷了從1929年的《新文藝》到1936年的《新詩》七八個年頭的歷程。

《新文藝》是現代派的濫觴階段。這個由劉吶鷗、施蟄存、戴望舒編輯的文藝月刊，從1929年9月15日創刊至1930年4月15日出至2卷2期被封閉，共出8期。這個刊物譯介了法國象徵派詩人耶麥（Franlis Jarnmes，1868-1938）、保爾・福爾（Paul Fort）、馬拉美（Stephané Mallarmé，1842-1898）的詩作，並發表了戴望舒、章衣萍、邵冠華、趙景深、甘永柏等人的詩作。《新文藝》的詩作顯示出一種現代派的傾向，但作為一個流派，還尚未定型。

《現代》是現代派的形成階段，也是現代派作為一個流派形成的標誌。這個由施蟄存（3卷以後又加上杜衡）主編的刊物，是一・二八以後在上海最先問世的大型文學刊物，1932年5月1日創刊，至1934年11月1日，共出六卷零一期[5]。在這37期《現代》雜誌上，刊發了戴望舒、施蟄存、李金髮、侯汝華、李心若、金克木、林庚、陳江帆、南星、史衛斯、番草、禾金、陳雨門、路易士、徐遲、錢君匋、吳奔星等八十八位詩人的詩作，在詩學理論方面發表有施蟄存、江思、戴望舒、高明、穆木天、蘇雪林、徐遲、邵洵美、茅盾等人的論文，形成了一個以戴望舒為領袖的現代詩派。當然，這些詩人詩學家中，有些本不屬於現代派，如郭沫若、茅盾等；有的寫詩只是偶爾為之，更不屬於現代派，如老舍等。但是，其中的大多數

---

[5] 1935年3月1日復刊到1935年5月1日，共出6卷第2～4期，由汪馥泉主編。這3期已改組為社會政治刊物，且不刊詩作，本文不予討論。

詩作都或多或少具有現代派的傾向。面對這種情況，編者施蟄存簡直是帶有幾分得意和高興的心情，給遠在法國的戴望舒寫信說：「有一個南京的刊物說你以《現代》為大本營，提倡象徵派詩，現在所有的大雜誌，其中的詩大都是你的徒黨」，並稱戴為「詩壇的首領」，「徐志摩而後，你是有希望成為中國大詩人的」[6]。施蟄存這段話，宣告了他創刊伊始所謂「本志不預備造成任何一種文學上的思潮，主義或黨派」[7]初衷的破滅。考究一下其間中國詩壇的狀況，施蟄存所言並非溢美。在這個刊物發表詩作和詩學文章的，只要其基本傾向與《現代》一致，本文依慣例將其列為現代派。

就在《現代》雜誌剛要停刊之際，卞之琳等人所編的《水星》在北平創刊，作為詩歌來說，這是現代派的發展階段。《水星》從1934年10月10日創刊，至1935年6月10日2卷3期，共出9期。《水星》刊發了卞之琳、何其芳、李廣田、林庚、廢名、南星、孫毓棠、辛笛、梁宗岱、曹葆華等20多位詩人的詩作。

《水星》休刊後，北南的現代派詩人和詩學家突然失去了一個陣地，這時《大公報‧文藝‧詩特刊》創刊了，這個詩刊始刊於1935年11月8日，終刊於1936年7月19日，共出17期，大體上每半月一期，其中前16期為對開半版，最後一期是對開整版，主編是梁宗岱。本文認為，這是現代派發展階段的產物。在《現代》、《新詩》這兩個主要的現代派刊物上發表新詩的主要詩

---

[6] 施蟄存致戴望舒，1933年4月28日、5月29日，見孔另境編《現代作家書簡》，花城出版社1982年版，第78頁。

[7] 施蟄存，《創刊宣言》，《現代》第1卷第1期，1932年5月。

人,都在《大公報‧文藝‧詩特刊》上發表了詩作。他們是戴望舒、卞之琳、孫大雨、梁宗岱、馮至、林徽因、羅念生、南星、陳敬容、林庚、陳夢家、李健吾、李廣田、孫毓棠、曹葆華、辛笛、方敬、張秀亞、張文麟、徐芳、李溶華、辜勉、李琳、羅莫辰、田疇、陳芳蘭、張心舟、袁若霞、覃處謙、柳無忌、李靈、蒲柳芳、甘運衡、何田田、翦羽、畢奐午等36位詩人。在詩學論文方面,主要作者有梁宗岱、朱光潛、劉西渭(李健吾)、卞之琳、馮至、何其芳、陳世驤、羅念生、葉公超、郭紹虞、韋、劉榮恩的詩論,新詩史上著名的劉西謂(李健吾)與卞之琳關於「你」的討論,就是在《大公報‧文藝‧詩特刊》上進行的。《大公報‧文藝‧詩特刊》每期內容為兩塊,詩學與詩作。其中詩學分兩部分,一部分是介紹法國象徵派為主的西方現代派,一部分是對當代新詩創作作評論和指導,特別重要的是對當時的形式、格律展開了大規模的討論。

由於《大公報‧文藝‧詩特刊》詩學思想和詩歌傾向與《現代》完全一致,同時由於在這個詩特刊上發表詩作和詩學論文的作者大多是《現代》的作者,還由於《大公報‧文藝‧詩特刊》連結了從《水星》到《新詩》的歷史,相當於從《水星》停刊後到《新詩》創刊時的現代派雜誌,還由於主編梁宗岱是後來現代派高潮的產物《新詩》的五位主編即現代派的五大領袖之一,因此,本文將其列為現代派。由於梁宗岱主編的這個詩刊學界知者不多,少人提及,這是本文的發現,學術史上是首次將其歸入現代派。

在上述二刊發行的同時,《北平晨報》於1933年10月2日

起，由曹葆華以清華大學詩與批評社的名義開闢了《詩與批評》專欄，置於原有的《北晨學園》版。該專欄為對開大版。每月逢一出版，共3期。從1935年1月17日第42期起，改為雙週刊，間週四出版。該專欄終刊於1936年3月26日第74期。共持續了兩年半。是30年代持續時間最久的詩刊之一。《北平晨報‧詩與批評》專刊，主要由兩個板塊組成，一是詩論，一是新詩。詩論中，又主要是同期西方詩論的翻譯，間或有些現代派詩人自己的理論文章。在30年代現代派刊物中，《北平晨報‧詩與批評》是刊發詩論翻譯文章最多的，比極為重視這一點的梁宗岱的《大公報‧文藝‧詩特刊》還多。儘管《北平晨報‧詩與批評》的辦刊是最具有個人化的色彩的，也就是說，這份詩刊的大多數理論文章和詩，都是曹葆華個人所作，但曹葆華還是組織了當時北平有影響的名家名作。如理論方面的葉公超、羅念生、李健吾、靳以，詩創作方面的何其芳、卞之琳、梁宗岱、羅念生、陳敬容、方敬、楊吉甫等。與同時的《大公報‧文藝‧詩特刊》和南方的《新詩》相呼應，北方現代派的陣營在《北平晨報‧詩與批評》上完全展現出來。由於《北平晨報‧詩與批評》介紹的都是當時西方最前衛的理論，如瑞恰慈（I‧A‧Richards，1893l-1979）的語義分析、艾略特（Thomas Stearns Eliot，1888-1965）的現代詩學、瓦雷里（Paul Valéry，1871-1945）的詩論；由於它已成為從《現代》到《大公報‧文藝‧詩特刊》開始的主要介紹法國象徵主義到《新詩》轉為英美現代派的詩學轉向的橋樑；還由於其主編是在施蟄存主編的《現代》雜誌上發表詩歌的主要詩人之一的曹

葆華;還由於在《北平晨報‧詩與批評》上發表作品的,不少
也在《現代》、《水星》、《大公報‧文藝‧詩特刊》、《新
詩》上發表作品;故本文也將其列為現代派發展時期的產物。
《北平晨報‧詩與批評》兩年半的存續時間與施蟄存主編的
《現代》[8]不相上下,比同樣是報紙詩刊的梁宗岱主編的《大公
報‧文藝‧詩特刊》長。《北平晨報‧詩與批評》在現代派刊
物卞之琳等主編的《水星》[9]、梁宗岱主編的《大公報‧文藝‧
詩特刊》[10]期間生存,在現代派五大領袖戴望舒、卞之琳、馮
至、梁宗岱、孫大雨聯袂主編的《新詩》[11]之前存在,與其它現
代派詩刊比較,除了共有的現代派的共性以外,又有其自身的
特點,這個特點就是對英美現代派、新批評派的高度重視。

後兩個刊物是本文對現代派史料的新發現,其兩刊的史料
內容和詩學意義,已撰為本文的最後一篇資料篇,紀史以存。

同時,鄭振鐸、章靳以主編的大型文學刊物《文學季刊》
在1934、1935兩年共8期的歷程中,也刊發了卞之琳、廢名、孫
毓棠、林庚、何其芳、李廣田、曹葆華、陳敬容等現代派詩人
的詩作。上述三家北方的刊物,與《現代》遙相呼應,把現代
派詩潮推向新的階段。

1935年,戴望舒由法返滬,1936年,戴望舒約集卞之琳、孫
大雨、梁宗岱、馮至、梁宗岱,編輯了大型詩刊《新詩》。五位

---

[8] 1932年5月1日至1934年11月1日,共出6卷1期。

[9] 始刊於1935年11月8日,終刊於1936年7月19日,共出17期,每半月一期。

[10] 1934年10月10日創刊至1935年6月10日終刊,共出9期。

[11] 1936年10月10日至1937年7月10日,共出2卷4期。

主編最後因歷史貢獻而形成現代派的五大領袖。《新詩》是現代派的成熟階段。除了編者以外，在《新詩》上發表詩作的主要詩人，還有金克木、林庚、玲君、侯汝華、南星、徐遲、陳江帆、曹葆華、路易士、何其芳、陳夢家、趙蘿蕤、禾金、史衛斯、李白鳳、艾青、廢名、劉振典、番草、陳雨門、常白、呂亮耕、孫毓棠、蘇金傘、錢君匋、李心若、吳奔星、辛笛、林徽音等。在詩學理論上發表論文的作者有戴望舒、林庚、朱光潛、羅念生、柯可（金克木）、徐遲、杜衡、玲君、廢名、朱英誕、呈興華、施蟄存、餘生等。《新詩》把現代派詩潮推向了高潮。

在此前後，《現代詩風》、《星火》、《今代文藝》、《文藝月刊》、《菜花》、《詩志》、《小雅》等刊物也裹進這股詩潮。《小雅》編者吳奔星稱1936年為新詩的「狂飆期」，詩的技藝也進入「成熟期」。[12]《菜花》、《詩志》編者路易士（入台後以紀弦名繼續新詩創作，是臺灣著名現代派詩人──生按）後來回憶時也不無誇張地說：「我稱一九三六～三七年這一時期為中國新詩自五四以來一個不再的黃金時代。」[13]現代派詩經過濫觴、形成、發展，終於達到了它的成熟期。

「羅馬不是一天造成的」。現代派詩的形成有多方面的歷史和現實的原因。大革命失敗以後迷茫的時代背景，直接影響了一部分敏感、內向的詩人的價值取向。他們在五四狂潮暴跌的深谷中，感到了人生、世事的無常，因而轉向內宇宙的探索和外宇宙的否定，這是一個重要的社會歷史原因。抗戰爆發，

---

[12] 《社中人語》，《小雅》第3期，1936年10月。

[13] 路易士《三十前集·三十自述》。

抗日烽火蔓延全國，價值取向又趨明確，現代派傾刻解體，也
反證了這一點。同時，詩潮的更迭也是一個重要的原因。現代
派詩是對20年代象徵派詩人李金髮的批判繼承，他們在揚棄了
李金髮等人借鑒法國象徵派時所體現出來的生澀的現時，繼承
了20年代象徵派的基本質素，同時加以擴展和延伸。還有一個
重要原因是對同期西方現代主義的強烈興趣和普遍關注，他們
擴展對西方其它現代主義流派借鑒的視野，延伸唐、宋意象的
精粹，並予以兼收並蓄，由於現代派在30年代已成為中國現代
新詩史上最重要的詩派，20年代的象徵派詩人李金髮、穆木
天、王獨清，新月派詩人朱湘、孫大雨、林徽音，詩學家葉公
超，學院派的朱光潛等也自覺不自覺地捲進了現代派詩潮。當
代甚至有人說「或許可以說，所謂現代派者，是新月派與象徵
派的合流」。[14]綜上所述，可見，在中國現代文學史和中國現
代詩學史上，現代派是一個最值得關注的一個流派，這個流派
的形成和發展是動態的。羅振亞說，現代派的「可貴在於也是
不但有『派』而且有『流』」，[15]把這句話再改寫一下，可以
說是：在「流」中發展「派」，在「派」中容納「流」。它以
上海的《現代》為中心，向北方的北平和天津擴展，向過去的
新月派、象徵派擴展，向現在的留學回國的學人擴展，向各流
派的詩人擴展，向各學派的學院擴展，具有很強的包容性和穩

---

[14] 藍棣之《〈現代派詩選〉前言》，人民文學出版社，1986年5月版，第
7頁。

[15] 羅振亞《中國現代主義詩歌史論》，社會科學文獻出版社，2002年12月
版，第72頁。

定性。其重要的一點，就是隨西方現代派的發展變異而發展變異，從象徵派到意象派到現代派，從不故步自封，從不作繭自縛，是流動的派別，是發展的流派。其詩學理論核心，就是西方現代派的詩學思想和中國傳統詩學思想的現代相融。這是這個流派保持理論生命和生機的重要原因。《現代》重現代詩的創作，《大公報·文藝·詩特刊》、《北平晨報·詩與批評》和《新詩》重詩學理論，從而形成了理論的波瀾壯闊的發展。就這個意義上講，現代派是中國現當代文學史、詩學史上最具有流派意義的流派。

三

　　中國20世紀30年代現代派詩學是中國現代詩學史上最重要的詩學理論之一。這是由於中國現代新詩在經歷了五四初期白話新詩的嘗試和隨後的浪漫主義泛情之後，新詩在象徵派和新月派的努力下開始致力於藝術的提高，現代派在此基礎上把新詩提升到空前的藝術高度，正如30年代詩刊《菜花》、《詩志》編者路易士回憶時所評論的：「我稱一九三六～三七年這一時期為中國新詩自五四以來一個不再的黃金時代。」[16]；同時現代派由於對中西詩學都兼收並蓄，加之有一批留學英美法德後回國的專事詩學理論工作（這跟20年代不同）的學者如朱光潛、梁宗岱、葉公超等加盟現代派詩學，因而形成了現代派

---

[16] 路易士《三十前集·三十自述》。

詩學理論的空前繁榮，為中國現代詩學提供了最豐富的理論成果。由於詩歌本身的前衛性，因而它也是當時中國現代文學理論、美學理論中最具活力和創造性的理論。由於現代派詩學是在借鑒中西詩學的基礎上發展的，因此，要徹底研究現代派詩學就必須研究它與中西詩學的比較，研究現代派詩學的內在構成，研究它對上述詩學各自的借鑒、揚棄、超越。由於各種原因，過去學界沒人系統研究。

本書研究現代派詩學本體及其與中西詩學的影響比較。

本書研究的詩學，係斷代流派的狹義詩學，即30年代現代派的詩歌理論。這裡的30年代，沿用中國現代文學史的概念，即指1928年1月至1937年7月。這裡的現代派，即上文所說的現代派，與時下學界「現代派」內涵基本相同，即凡在本文上述第二節所述現代派報、刊上發表過詩學論文、詩歌的，傾向近於西方現代主義的，都予以研究。其中某個詩學主張一直延續的，予以延伸研究。這裡所說的詩學，與國內外學術界時下看法相同，即主要只限傳統的所謂詩歌內部規律的範圍。

本書的現代派詩學與中西詩學研究，即以現代派詩學概念為經，同時與當時引入的中西詩學的相同概念進行影響比較研究。這種比較，一是首先梳理源流，即清理現代派在30年代當時引入的有文字刊行的中西詩學的有關文獻；二是以此為研究對象，進行引入研究；三是在引入研究的基礎上，結合現代派詩學家當時的理論，研究上述中西詩學理論在30年代現代派中的變異和影響；四是同時指出這類概念在20年代和40年代的沿革，與30年代現代派的理論關係，等等。

　　本書對現代派詩學之研究在正文部分擬分四篇。第一篇為藝術篇，設六章，研究象徵論、意象論、知性論、未來派、立體派、達達派與超現實主義論、範疇論與詩人論。第二篇為形式篇，設四章，研究形式論、純詩論、音樂論、格律論。第三篇為批評篇，設一章，研究批評論。第四篇為資料篇，設二章，研究《大公報・文藝・詩特刊》和《北平晨報・詩與批評》兩刊。全書凡十三章，正文前後，分別有導論和結論。

　　本書以詩論研究為主，以詩美研究為輔；詩論研究中以詩學概念為經，以歷史演進為緯；詩學概念以現代詩學概念為本，以詩論家為經，以中西詩學概念相較；詩學比較研究，根據現代派詩學的特點，將主要以影響研究為主；詩學概念中的歷史演進和詩學比較中的影響研究，都將結合中國現代詩學本身的歷史發展過程與西方詩學傳播歷程進行分別研究；詩美研究將以現代派詩歌的詩美範疇為研究對象，為論說有據，將同時結合現代派主要詩人的創作進行歷史和本體的影響研究。

　　本書研究涉及中國現代文學史、中國現代新詩史、中國現代詩學史、文藝學、美學、西方詩學、中國古代詩學等多門學科。本書嘗試全面清理了現代派詩學的詩學概念、邏輯構成和詩學體系，全面清理了現代派構成並發現了重要史料、全面清理了現代派詩學與中西詩學的承傳史實，對現代派詩學進行了本體的全面研究，對其與中西詩學的影響及關係進行了比較研究，對其與20年代詩學和40年代詩學的沿革作了清理，特別是對一些重要的詩學家進行了首次正面研究，提出了現代派前後期分界的概念。這些研究，對中國現代詩學史的研究、中國現

代派詩學的研究、中國新詩史的研究、中外文學的比較研究、中國現代詩學與古代詩學的比較研究、現代派研究及現代派詩歌的研究，都具有獨特的學術意義。

本書在具體研究中提出了若干命題，例如，本書在第一章提出的「象意不一、意在象外、意大於象」的理論，關於中國詩學比、興概念與西方象徵概念的異同比較，對朱光潛「比」說與梁宗岱「興」說的異同比較；第二章關於意象理論的二元命題；第三章、第五章關於卞之琳轉向知性與戴望舒轉向後象徵派超現實主義的變異及其1934年後現代派詩學後期概念的提出；第七章關於梁宗岱詩形式永恆論、獨立論的發現；第八章關於梁宗岱現象學詩本體論的發現；第十章對現代派格律論上兩種詩學主張的清理研究，對學界有人認為現代派是反格律化的片面看法的辨證；第十一章對現代派與新批評關係的首次全面清理；第十二章對《大公報・文藝副刊・詩特刊》的發現和首次全面清理和研究，第十三章對《北平晨報・詩與批評》的首次全面清理和研究，等等。

當代新詩處於歧途，創作失去生機，詩學理論浮淺。本書研究證明，一個詩人群體之理論自覺、淵博學識和當下的詩學敏感對於創新是極其重要也是根本前提。當代中國新詩沒有一種權威的詩學，沒有一個權威的詩人，沒有一部權威的詩作。借鑒現代派，當代詩學承擔著重要的詩學創新的任務。

第一篇

藝術篇

　　與文學研究會、創造社這樣一些注重內在內容的文學流派不同，現代派始終把詩歌的藝術構成作為探索的重心。因此有關藝術構成的詩學思考，就是現代派詩學的的基本立足點，是現代派詩學對詩進行審視、把握的方法。

　　藝術篇研究現代派詩學中的藝術方法及相應的詩美範疇，主要研究現代派對詩的主要掌握方式，即是用象徵的方式還是用意象的方式還是用知性的方式。這是它與第三篇形式篇的區別。形式篇只研究現代派關於詩的外形式即物質外殼的思想。作為藝術方法，現代派涉及了象徵、意象、知性這三個大的詩學命題，這三個詩學命題，邏輯與時間是同步的，即現代派是從提倡象徵到提倡意象到提倡知性的。同時，現代派的「現代」程度及其前衛程度也是這樣同步加強的。其間，現代派本身也有分化，戴望舒在提倡象徵後轉向超現實主義及其口語化，卞之琳則轉向知性和非個人性，並將其堅持到底，直到為40年代中國新詩派的現代主義奠定堅實的基礎。

　　本篇作為現代派的藝術研究篇，還將結合其詩學理論，論及其相應的詩美範疇，並結合其詩學理論的變化及其與中西詩學的關係，論及主要詩人創作的詩美變化，以同詩學理論的研究相對證。

第一章
象徵論

　　現代派以前的20年代，象徵理論已在中國有所傳播，但還不全面深入，創作也不成熟。30年代現代派形成以後，對西方詩學的象徵理論進行了全面系統的輸入和研究，並結合中國詩學傳統進行了創造性思考，而後者，涉及到比、興與象徵的關係與異同、朱光潛「比」說與梁宗岱「興」說的異同，梁宗岱「興」說的「依微而擬議」解的深刻意義、「象」與「意」關係的理論等，在中國現代詩學史上，是首次也是最重要的詩學研究，推動了象徵詩創作的成熟。

第一節　20年代象徵派
對西方象徵主義的引入簡評

　　20年代李金髮為代表的象徵派的崛起，在中國新詩學中形成了一次偉大的革命。

　　這次革命的一個特點是創作層面的衝擊大於理論層面。李金髮把《微雨》寄給周作人發表，不僅因為周作人是北大教

授，更是看到了周作人本人在新詩創作上的象徵傾向。周作人五四初期的白話新詩《小河》就是一首象徵詩。周作人贊同李金髮的這種創新，在於他具有這種相對於胡適諸人來說算是前衛的詩學思想：他認為白話新詩的許多作品「都像是一個玻璃球，晶瑩透澈得太厲害了，沒有一點兒朦朧」[1]。而李金髮詩作的發表，造成了評界的混亂，這種混亂在於詩學標準的革命。白話詩的革命家胡適稱為「猜不透的笨迷」[2]；開放的評者也認為是「行文朦朧恍惚」[3]；還有人目為「詩怪」[4]。這場革命的焦點在於「明白」與「朦朧」。應該這樣說，李金髮以前的白話詩，沒有人不懂的，但能懂的詩中大多詩美索然；李金髮以後的白話詩，沒有人都懂的，但不懂的中不少卻詩美盎然。究其根源，在於象徵的引入。

其次是理論的引入。五四時期象徵主義（當時曾有人譯為「表象主義」、「心境主義」──生按）的介紹已經開始，20年代象徵體派中，穆木天對西方象徵主義的引入最多。他在著名的《譚詩──寄沫若的一封信》[5]引入了三個理論。一是法國象徵主義的暗示理論，二是純詩理論，三是感官相通的理論。在暗示理論中，他處於一種理論的混亂和矛盾中。一方面，

---

[1] 周作人，《揚鞭集・序》，《語絲》第82期，1926年5月。
[2] 胡適《談談「胡適之體」的詩》，《自由評論》1936年12期。
[3] 蘇雪林，《論李金髮的詩》，《現代》3卷2期，1933年6月1日。
[4] 最早出於黃參島《微雨及其作者》，《美育》第2期第214頁，朱自清《中國新文學大系・詩集・導言》引述後為世所傳，上海圖書印刷公司，1935年10月版，第7頁。
[5] 《創造月刊》1卷1期，1926年3月。

他抽象地宣傳了「詩的世界固在平常的生活中，但在平常生活的深處。詩是要暗示出人的內生命的深秘」，同象徵主義的主張很近似；但另一方面，他又把象徵主義關於主體與客體之間「對應」的理論理解為或者是「國民文學與個人生命」之「交響（Correspondance）」或者是「故園的荒丘」、「北國的雪的平原」、「南國的風光」與詩人想表現的「最詩的詩」之間的「Correspondance」。與象徵主義的契合即Correspondance論中關於客體是主體的超驗的象徵體的意義相去就太遠了。感官相通主要體現在穆木天、王獨清等人詩作中的對應技巧的運用。這意味著20年代象徵派在現代詩學上的貢獻，主要在創作上新的審美意象的出現，而不在理論上。這是因為，一是引入不全面準確，二是結合中國的創新不夠。

第二節　30年代
對西方象徵主義引入的文獻

　　由於象徵主義影響的廣泛性，本文在此擬把30年代輸入中國的象徵主義作一清理，以見出理論背景，同時重點涉及現派對象徵理論及象徵主義的理解和爭論。

　　30年代最早進行象徵主義引入的，是陳勺水從日文轉譯的《現代的法國詩壇》[6]；接著有梁宗岱《保羅哇萊荔評傳》[7]；

6　《樂群》第1卷第1期，1929年1月1日，伯納爾・福愛著，北川冬彥日譯。

7　《小說月報》第20卷1期，1929年1月10日，後收入《詩與真》，改名為《保羅梵樂希先生》，商務印書館，1935年2月出版，梵樂希通保爾・

陳勺水1929年翻譯的日本學者春山行夫的論文《近代象徵的源流》[8]；覺之的長篇論文《現代法國的各種文藝批評論》[9]，戴望舒譯瓦萊里的論文《文學》[10]；高明譯《英美新興詩派》[11]；蘇雪林《論李金髮的詩》[12]；穆木天《心境主義的文學》[13]；崇文譯《波特萊爾的病理學》（通譯波德萊爾，法國象徵主義詩人，Charles Baudelaire 1821-1867）[14]；梁宗岱的專論《象徵主義》[15]；穆木天的《什麼是象徵主義》[16]，曹葆華化名霽秋譯夏芝（通譯葉芝，愛爾蘭詩人、劇作家，生於都柏林，Willian Butler Yeats 1865-1939），《詩中的象徵主義》[17]等。上述譯文與論文，都廣泛涉及到象徵主義的詩學理論問題。可以這麼說，到30年代，西方象徵主義的理論及其創作概況，都已較為系統地輸入中國。

與此同時，一些傾心於象徵主義的詩人，還從各自不同的傾向和取捨角度譯介了許多象徵派詩人的詩作。戴望舒譯有

瓦萊里（法國象徵主義主要詩人，詩學家，Paul Valèry，1871-1945。）

[8] 《樂群》第1卷第4期，1929年4月1日。

[9] 《春潮》第1卷第4-6期，1929年3-5月。

[10] 《新文藝》第1卷第1期，1929年9月15日。

[11] 《現代》第2卷第4期，1933年2月1日，〔日〕阿部知二作。

[12] 《現代》第3卷第3期，1933年7月1日。

[13] 《現代》第4卷第6期，1934年4月1日。

[14] 《現代》第4卷第6期，1934年4月1日。

[15] 《文學季刊》第1卷第2期，1934年4月1日。

[16] 鄭振鐸、傅東華編《文學百題》，生活書店1935年出版。

[17] 《北平晨報·詩與批評》第12期、13期，《北平晨報》1934年1月22日第11版，2月2日第11版，後收入曹葆華譯編《現代詩論》，商務印書館1937年4月出版。

《耶麥詩抄》（6首）[18]、《保爾福爾詩抄》（6首）[19]、《魏爾倫詩抄》（2首）（魏爾倫，Paul Verlaine，1844-1896）[20]、果爾蒙（又譯古爾蒙，法國象徵主義詩人，Gemy de Gourmont，1858-1915）的《西茉萊集》（11首）[21]、波德萊爾《窮人之死》[22]，以及梅特林克（比利時詩人、劇作家，Maurice Maeterlinck，1862-1949）詩二首[23]等。此外，李金髮譯有《馬拉美詩抄》[24]；卞之琳譯有馬拉梅（即馬拉美）的《太息》[25]，波德萊爾的《睡泉》[26]；梁宗岱譯有瓦萊里的《水仙辭》[27]、波德萊爾的《詩二首》[28]；陳君冶譯有波德萊爾的《快樂的死者》[29]；石民譯有波德萊爾的散文詩《孤獨及其他》（5首）[30]；杜衡和侯佩尹譯有魏爾倫詩四首[31]；侯佩尹譯有蘭波（法國象徵派詩人，Arthur Rimbaud，1854-1891）的《韻母五字》[32]；霽野譯有葉芝的《深誓》[33]；安簃譯有《夏芝詩抄》（7首）（夏

---

[18]　《新文藝》第1卷第1期，1929年9月15日。
[19]　《新文藝》第1卷第5期，1930年1月15日。
[20]　《現代文學》第1卷第5期，1935年11月16日。
[21]　《現代》第1卷第6期，1932年9月1日。
[22]　《文藝月刊》第3卷第12期1933年6月1日。
[23]　《文學》第7卷第12期，1928年9月。
[24]　《新文藝》第1卷第2期，1929年10月15日。
[25]　《詩刊》第3期，1931年10月5日。
[26]　《文藝月刊》第4卷第1期，1933年7月1日。
[27]　《小說月報》第20卷第1期，1929年1月10日。
[28]　《文學》第3卷第6期，1934年12月1日。
[29]　《新文藝》第1卷第6期，1932年1月1日。
[30]　《現代文學》第1卷第2期，1930年8月16日。
[31]　《現代文學》第1卷第5期，1930年11月16日。
[32]　《青年界》第1卷第3期，1931年5月10日。
[33]　《未名》第2卷第3期，1929年2月10日。

芝通譯葉芝）[34]和葉芝《老人臨水》[35]；卞之琳還涉獵了里爾克（奧地利詩人，生於布拉格，旅法，Rainer Maria Rilke，1875-1926）、英國詩人奧登（英國詩人，Wystan Hugh Auden，1907-1973）等人的詩作。這些譯詩廣泛地涉及了前期象徵派到後期象徵派的主要代表詩人，為30年代現代派詩的創作提供了廣闊的象徵主義的借鑒。

附帶而言，戴望舒和杜衡還對十九世紀英國頹廢派詩人道生（又譯道森，Ernest Dowson〔Christopher〕，1867-1900）的詩作進行了譯介。他們譯詩的小部分《道生詩抄》1929年發表於《新文藝》[36]。他們共譯了60多首[37]，這部分內容不屬於現代主義，但由於對現代派初期創作特別是戴望舒早期的詩作是很有影響的，所以在此也附帶提及。

上述引入，大的分來，可有兩個類別，一是關於象徵，一是關於象徵主義，並且主要在於後者。

在象徵的命題上，現代派還對古代的比興理論作了類比，從而體現出對中西詩學交融而創新的傾向。

---

[34] 《現代》創刊號，1932年5月1日。

[35] 《文飯小品》第5期，1935年6月25日。

[36] 《新文藝》第1卷第2期，1929年11月。

[37] 見《戴望舒詩全編》，浙江文藝出版社1989年版。

第三節　現代派
關於中西象徵理論的引入與改造

象徵（symbol）是什麼，30年代以前的詩學沒有說透。「契合」論者[38]，談的不是象徵而是象徵主義。明確作出說明的，是現代派形成以後。這有兩種不同的觀點：一是朱光潛（下簡稱「朱」）的「比」說，一是梁宗岱（下簡稱「梁」）的「興」說[39]。

一、朱光潛的「比」說與梁宗岱的「興」說

朱1932年11月由開明書店出版的《談美》是30年代最早提出象徵是比的理論的著作。他說：

> 所謂「象徵」，就是以甲為乙的符號。甲可以做乙的符號，大半起於聯想。象徵最大的用處就是以具體的事物來代替抽象概念。……象徵的定義可以說是「寓理於象」……「昭陽日影」便是象徵皇帝恩寵。「皇帝的恩寵」是「內意」，是「理」，是一個空泛的抽象概念。所

---

[38] correspondance，梁宗岱譯，見其《象徵主義》一文，今通用，穆木天時而譯為「對應」，時而譯為「交響」；均見其《譚詩》一文。

[39] 把梁宗岱與朱光潛劃為現代派，是筆者的看法，詳見《現代派詩學與中西詩學·導論》，人民出版社2003年12月版。

> 以王昌齡拿「昭陽日影」這個具體意象來代替它,「昭陽
> 日影」便是「象」,便是「外意」[40]。

這個「內意」就是「以彼物比此物也」[41]裡的「此物」,而這個
「外意」就是「以彼物比此物也」裡的「彼物」。朱把象徵理
解成比喻,從而遭到梁的駁斥。

　　梁在專論《象徵主義》一文中[42]認為,朱說錯在「把文藝上
的『象徵』和修詞(辭)學上的『比』混為一談。」他進一步
申說:

> 　　象徵卻不同了。我以為它和《詩經》裡的「興」頗近
> 似。《文心雕龍》說:
> 　　興者,起也;起情者依微以擬義。
> 　　所謂「微」,便是兩物之間微妙的關係。表面看來,
> 兩者似乎不相關聯,實則是一而二,二而一。象徵的微
> 妙,「依微擬義」這幾個字頗能道出。

　　梁的這一理解是十分深刻的,深刻的不在於把象徵借稱為
「興」,而在於對「興」的「依微擬義」之新解,即西方詩學
與傳統詩學統一之新解。

　　先弄清比興異同,然後才可能討論與象徵的關係。比、興

---

[40] 《朱光潛美學文集》第一卷,上海文藝出版社1982年2月版,第506-507頁。
[41] 〔宋〕朱熹集注,《詩集傳》,上海古籍出版社1980年2月新版,第4頁。
[42] 《文學季刊》第1卷第2期,1934年4月1日。

是近代學人對西方象徵涵義類比解釋時使用的概念。接下來擬涉之題有：比、興二者之原意；象徵與比、興之關係；朱說與梁說之異同，梁說之內涵、缺失及意義。

1、關於比、興的原意與今意。

比、興自《詩經》後，眾說紛紜。范文瀾在《文心雕龍注》所注中所謂「謹案師說固得，然彥和解比興，實亦兼用後鄭說」[43]其引諸說中，先鄭、孔疏、鍾記室諸說大體相同：比為比方；興為起興，後有餘義。但范引之「比」與劉勰、後鄭有異。梁所引劉勰《文心雕龍·比興》原文為「故比者，附也；興者，起也。附理者切類以指事，起情者依微以擬議。」[44]由於劉勰之「比」有「理」的介入，所以范注說劉勰「亦兼用後鄭說」。劉勰後，又有朱熹《詩集傳》對比、興的說法行世：「比者，以彼物以比此物也。」「興者，先言他物以引起所詠之詞也。」[45]其後諸說更加風起雲湧，各人對「比」「興」的理解，人言人殊。這正如朱自清所說，比、興之意義「《詩集傳》以後，纏夾得更厲害，說《詩》的人，你說你的，我說我的，越說越糊塗。」[46]今天看來，比、興以劉勰說和朱熹說為通行。

---

[43] 〔齊〕劉勰，《文心雕龍》，範文瀾注《文心雕龍注》，人民文學出版社1958年9月版，第604頁。

[44] 〔齊〕劉勰，《文心雕龍》，範文瀾注《文心雕龍注》，人民文學出版社1958年9月版，第601頁。

[45] 〔宋〕朱熹集注，《詩集傳》，上海古籍出版社1980年2月新版，第4、1頁。

[46] 朱自清，《詩言志辨》，《朱自清全集》第6卷，江蘇教育出版社1990年版，第176頁。

比，劉勰強調「附」，「附理者切類以指事」，朱熹強調「比」，「以彼物以比此物也。」相同在於甲物對乙物的類比，不同在於一說「附理」且還要「指事」，另一說異之，只強調二者類比。如果不釋經，朱熹說更通行。今人之「比」，致形象生動、可感、新鮮，不附理附貌指事，更不必「以金錫以喻明德、圭璋以譬秀民，螟蛉以類教誨，蜩螗以寫號呼，澣衣以擬心憂，席捲以方志固」之類的「凡斯切象，皆比義也」[47]。就藝術意義而言，朱熹之說更恰當，比就是今日之比喻。因此，比的特徵是象意一致。

興，劉勰強調的是「起」，「起情者依微以擬議」。這個「起」的意思就是由「微」而「擬議」，使本體有更深廣的意義。如劉勰所言「稱名也小，取類也大」[48]，這就涉及到興的藝術內涵的擴大化和深刻化，即言微而擬大。這與朱熹說的「先言他物以引起所詠之詞也」有模式相同的意義，即都是象此意彼。但就藝術意義上講，劉勰強調的「依微以擬議」更深刻，更有美學意義，讓象意相異時對意在象外的審美有更大的空間解放。因此，興的特徵是象意不一、意在象外，**意大於象**。

比與象徵是什麼關係呢？在語言學和修辭學研究中，比喻與象徵各為一體。比喻是物與物的類比，有本體、喻體，二者有其特定明確的關係。比喻有明喻，即本體與喻體都出場；有暗喻

---

[47] 〔齊〕劉勰，《文心雕龍》，範文瀾注《文心雕龍注》，人民文學出版社1958年9月版，第601頁。

[48] 〔齊〕劉勰，《文心雕龍》，範文瀾注《文心雕龍注》，人民文學出版社1958年9月版，第601頁。

（隱喻），其中喻體不出場，但根據上下文可知其確指。比喻的藝術意義是，讓不具象的事物具象，讓一般的事物生動、可感、新鮮。比的特徵是象意一致。象徵是物與物的類擬，有本體、象徵體，象徵體不出場，本體與象徵體二者沒有明確的關係，象徵的藝術意義是，讓一般的事物內涵更深廣，從而賦予其超越性意義。由於象徵體不出場，則超越性依人而異，殊不相同；又由於人言言殊，因而象徵體都具多義性；又由於象徵都是由本體對象徵體進行暗示，因而象徵都有朦朧特徵。因此，象徵的特徵是象意不一、意在象外，意大於象。象徵與比喻相同的在於：二者都表本體與另一體之關係；均讓本體產生新意；在藝術上都有增美的作用。相異在於：喻體可能出場，但象徵體不會出場；本體與喻體的關係確定，但本體與象徵體的意義不確定；比喻單義，象徵多義；比喻意義明確，象徵意義朦朧。

顯然，興與象徵的相同在於：「言」此「意」彼；「言」與「意」二者意義本不相關，沒有明確的聯繫；「意」在「言外」；象意不一；意大於象。其中象意不一、意在象外，意大於象這是最核心的相同。相異在於，「興」的「意」要出場，象徵體卻不出場。

比、興與象徵之關係的關係，就藝術意義上看，由於象意不一、意在象外，意大於象這個根本特點與象徵藝術意義的密切關係，因此，興更靠近象徵。比與象徵的距離太遠。因此，梁之「興」特別是對興的「依微而擬議」的解釋，比朱的「比」說正確。

2、梁宗岱之說的內涵分析及與朱光潛之異同。

朱「比」說有六個層面的意義：一、比喻；二、這個比喻用的是劉勰的概念，即「附理」，朱特別強調「理」；三、這個「理」的內涵，他引梅堯臣的話叫「內意」，即比的喻意，如他所說的「以具體的事物來代替抽象概念」、「寓理於象」[49]；四、該解釋在理論上又出現一個分岔，即與象徵主義的「契合」、「對應」說的內涵發生了理解上的交叉，即劉勰「比」說的理與象徵主義「契合」「對應」說的超驗之「理」發生了理解上的交叉[50]；五、朱說在這裡陷入了一個理論泥塘：一方面用劉勰的「附理」說狹隘了「比」的藝術意義，一方面又與象徵主義的「寓理於象」粗糙說法發生了聯繫。陷入一種理論的「夾纏」；六、朱「比」說與筆者理解的象徵之象意不一、意在象外，意大於象這個根本特點相去太遠。

梁、朱同在於：都是用傳統詩學概念來解釋舶來說；都力圖把握象徵內涵之確意；都想以甲物與乙物的關係來論及。相異在於：朱「比」說象意一致，梁「興」說象意不一；朱光潛「比」說封殺了象徵的超越空間，梁的「興」說捍衛了象徵的超越空間；朱「比」說離象徵太遠，梁「興」說及其「依微以擬議」之解釋更靠近象徵。

---

[49] 《朱光潛美學文集》第一卷，上海文藝出版社1982年2月版，第506-507頁。
[50] 象徵主義不是象徵，象徵不涉「理」，「象徵主義」所涉之理不是此簡單的寓意「理」。

　　梁對象徵之「興」的借稱及其解釋，最大程度地滿足了「象徵」在中西詩學的理論要求。

二、梁「興」的借用及其解釋的意義及缺失

　　首先，象徵是指代，即用一種已出現的甲來代替一種未出現的乙。象徵（symbol）源於希臘語的動詞symballein，意即記號、標誌、符號，指協議時雙方各執的半個錢的信物，見其A而指代B。文學上的象徵由此變化而來。「興者，先言他物以引起所詠之詞也」[51]，「他物」是A，「所詠之詞」是B；但象徵言A時不會言出B，興要「以引起」，這又是「興」說的缺失。

　　其次，象徵與「比」及「興」之異同。這裡涉及到象徵本體與象徵體之不一致性。詩採象徵時，現的是象徵本體，象徵義即象徵體卻不現。這與比喻不同。暗（隱）喻也不出現本體，但暗（隱）喻與象徵區別在於，暗（隱）喻體與本體的示義是明確清楚的，如「關關雎鳩」是對「淑女」和「君子」的暗（隱）喻；象徵本體與象徵體之間相互的示義是不清楚的。象徵體是由「起情者」自己來「擬」的，是「隱」的。比如李商隱的《無題（「錦瑟」）》，象徵本體很清楚，但象徵體是什麼？喻體（象徵體）與本體是否有明確的示義關係，如有，則一定是比喻，如無，且只有某種類比的可能，則一定是象徵。因此，「興」說比「比」說更近於象徵的本義。

---

[51] 〔宋〕朱熹集注，《詩集傳》，上海古籍出版社1980年2月新版，第1頁。

　　再次，象徵體缺位與象徵之隱。在這裡，梁「興」之借稱有缺失，缺失在於，中國詩學中的「興」，不存在缺位的現象；但梁解釋又正確了，這就是他所說的「所謂『微』，便是兩物之間微妙的關係。表面看來，兩者似乎不相關聯」，所謂「象意不一、意在象外、意大於象」，說的是象徵的特徵。這種象徵體的有意缺位即梁宗岱所謂「微」的現象，歷代詩學都有若干觸及。劉勰《文心雕龍・隱秀》認為是「隱也者，文外之重旨者也；秀也者，篇中之獨拔者也。」「隱之為體，義主文外，秘響傍通，伏采潛發，譬爻象之變互體，川瀆之韞珠玉也。」「深文隱蔚，餘味曲包。」[52]等。這裡的「隱」，主要指形象在文中的寓意，「隱」中的寓意，與象徵有關聯，但不是象徵，也不簡單是義隱（「隱之為體，義主文外」），更不是意在象外之隱，此隱有含蓄內涵，但沒有歧義內涵（「深文隱蔚，餘味曲包」）。顯然，這個「隱」與象徵和「興」都有衝突。與象徵之關係上已述。在借稱的「興」那裡，「所詠之物」是要出現的。如果那樣，則「微」的含義便變為「顯」了，「顯」是與梁的本義不相干的。

　　第四，最關鍵的在於，象與意的關係及其象徵的多義性、朦朧美。

　　多義性、朦朧美，便是梁宗岱所謂「象徵的微妙，『依微擬義』這幾個字頗能道出」的意思。從象徵體的「微」中體味

---

[52]〔齊〕劉勰，《文心雕龍》，範文瀾注《文心雕龍注》，人民文學出版社1958年9月版，第632、633頁。

出象徵義的多「義」即暗示的朦朧，梁確實把握了象徵美感的真諦。他說：

> 於是我們便可以得到象徵的兩個特性了：（一）是融洽或無間；（二）是含蓄或無限。所謂融洽是指一首詩的情與景，意與象的惝恍迷離，融成一片；含蓄是指它暗示給我們的意義和興味的豐富和雋永……

換句話說：所謂象徵是藉有形寓無形，藉有限表無限，藉剎那抓住永恆。

這既是象徵美感的特徵，也是梁對象徵的象與意關係的深刻概括。這可以概括為如下幾點：

「象」與「意」的諧調：這裡的「意」即象徵體體現的象徵義，這裡的「象」即本體，二者「惝恍迷離，融成一片」。這是保證象徵成功的關鍵。有的象徵不成功，即在於二者生硬牽強，不是水乳交融，李商隱的「錦瑟」是千餘年水乳交融的公認。

象與意的關係：「象」、「意」相融後產生的效果是超越二者本身相加的效果，「藉有形寓無形，藉有限表無限，藉剎那抓住永恆」，這就是象徵美感的真諦了；不出場的「意」在出場的「象」的相融下，體現出無形、含蓄或無限。這是非常準確的，即筆者所謂象意不一、意在象外，意大於象的意思。這牽涉到歷代詩學關於「象」與「隱」的美學關係的含義。聞一多更說得武斷：「西洋人所謂意象，象徵，都是同類的東

西,而用中國術語說來,實在都是隱」。[53]這是感覺的概括,不是精確的推論,但示意了象徵的美感特點。象徵的確古已有之,晚唐南宋的象徵更是無人能比的美的高峰。梁的把握是準確的。

梁對「象」與「意」的關係作了三種規定,把象徵的三種美感形態作了區別:「藉有形寓無形,藉有限表無限,藉剎那抓住永恆」。即象的有形與意的無形、象的有限與意的無限、象的剎那與意的永恆。這也是對二者關係的進一步準確概括。一是形的關係,象有形而意無形,言本體即象的形象在位與象徵體缺位之關係,從這點說,梁借稱「興」時理解中是明白象徵中象徵體缺位的情況的。二是限的關係。即象的有限而意的無限的關係。如果是象徵,這一點就成立。這是指象徵形象的空間廣延性意義。三是時的關係,象的剎那而意的永恆,指的是象徵形象的時間延時性意義。以上諸點象的形、空、時限制與意的形、空、時的互相對稱,既是形象概括,也是象徵美感之把握。下所謂「大象無形、大音希聲」[54],無形、無限、永恆,都在有形、有限、剎那中寓存。詩學的真諦是這樣,藝術的真諦是這樣,哲學的真諦也是這樣。

梁的意義在於,把西方的象徵與中國「興」的新解統一起來。這有若干意義:體現了現代詩學的博學和打通;把象徵概

---

[53] 聞一多:《說魚》,《聞一多全集》第3卷,湖北人民出版社1993版,第232頁。

[54] 老子,《道德經》,任繼愈譯著《老子新譯》,上海古籍出版社1985年5月版,第151頁。

念中國化了；對象徵本義的準確理解；指導了當時的創作和欣賞，有了一種語詞的精確表述和美學的專門概念。這是梁對現代詩學的貢獻。他把20年代初期《少年中國》、魯迅時期引入的象徵概念首次作了理論上的準確表述和規定，並且是在與當時已經很有名的詩學家、同時也是他的朋友、同時也是現代派的同人的朱的商榷中進行闡述的，這就更有傳播的廣泛意義，朱40年代在解釋上的變化與此不無關係。

三、其他諸說

　　孫玉石指出，梁啟超應該是用起興來解釋象徵的第一人。[55]梁啟超認為象徵起於詩經的興，但詩經的興「多半是借一件事物起興，跟著就拍歸本旨」，「純象徵派，起自楚辭」。[56]此說也不盡然，《碩鼠》即是例外。現代詩學史上，最早用「興」來解釋象徵的，是周作人。1926年周作人明確提出：「所謂『興』最有意思，用新名詞來講或可以說是象徵。」「象徵是詩的最新的寫法，但也是最舊，在中國『古已有之』。「這是外國的新潮流，同時也是中國的舊手法；新詩如往這一路去，融合便可成功，真正中國新詩也就可以產生出來了。」[57]周作人把「興」與象徵完全等同了。近代以來，比、興與象徵的關

[55] 孫玉石，《新詩：現代與傳統的對話——兼釋20世紀30年代的晚詩熱》，《現代中國》第1卷，湖北人民出版社2001年11月版，第78頁。

[56] 梁啟超，《中國韻文裡頭所表現的情感》，《飲冰室文集》之37，中華書局影印本1989版，第117頁。

[57] 周作人，《揚鞭集·序》，《語絲》第82期，1926年6月7日。

係的上述諸說中，絕大多數都以「興」借稱，把象徵說成是「興」，成為近現代詩學的時尚，這種說法，特別是用《文心雕龍》中關於「興」是「依微以擬義」來解釋象徵，就完全準確了。這是它勝過比喻解釋的地方。但它又在「隱」即象徵體缺位上不周全，這又是它的缺陷。梁宗岱與其他用「興」來借稱「象徵」之異，在於作了「依微擬義」的解釋。

朱40年代的《詩論》，時而用比時而用興來講象徵，與《談美》的「比」說已有了一些變化。他說：「《詩經》中比興兩類是有意要拿意象來象徵情趣，但是通常很少完全做到象徵的地步，因為比興只是一種引子，而本來要說的話終須直率說出」。他舉「昔我往矣，楊柳依依；今我來思，雨雪霏霏」說明「情趣恰隱寓於意象，可謂達到象徵妙境」。這個例子朱光潛說是「興」。他在分析《兼葭》時認為「有時偏重情趣，所引事物與所詠事物在情趣上有暗合默契處，可以由所引事物引起所詠事物的情趣，如『兼葭』例，這就是『興』」，這很明確了。[58]這段論述還指出，無論是比還是興，在解釋象徵時都有問題，這在於因為「比興只是一種引子，而本來要說的話終須直率說出」，因而「通常很少完全做到象徵的地步」，這是他的正確之處。《詩經》中確有不用比興的純粹象徵，《碩鼠》通篇寫鼠，並未點出比附或指代的對象，只不過象徵義比較易於辨認且歧義不多，這是初期象徵的特點。因此，朱、梁宗岱的「微」又一致了。顯然，朱到此時，已經修正了「比」

---

[58] 《胡適留學日記》，上海商務印書館，1947年，第67頁、41頁。

說即象徵是借形象喻思想的說法了，已經涉及到象徵的「微」與「隱」的本質意義了。

有論者認為現代派詩學把象徵理解為興是「誤讀」，認為這是歪曲了契合說的意義[59]。現代派詩學在理解象徵是「興」的同時也理解了象徵主義是「契合」的命題。這是不同的兩個命題，「誤讀」不「誤」。

這裡要稍作提及的還有西方象徵主義中象徵的分類及其分析的引入。這一部分內容，中國詩學界缺乏相應的回應。這就是曹葆華化名霽秋譯夏芝（通譯葉芝）《詩中的象徵主義》[60]中提出的情緒的象徵與理智的象徵，以及對象徵的具體心理狀態進行的分析。在情緒的象徵中，葉芝認為，是由一種顏色、聲音、圖形或者因為本身的力量或者因為聯想讓人「喚起一些難以解釋而又十分確切的情緒」，或者是組合形成另一種顏色、聲音、圖形的組合「並且喚起一種情緒，是由它們各種特殊的召喚中而成的並且只是完整的情緒」。在理智象徵的機制中，葉芝分析為，一是讓這種理智象徵看來有點類同於所謂「集體無意識」的「積澱」理論，他認為所謂看「荊榛的十字架或王冠以『白色』或『紫色』，我便會想到純潔與尊嚴」，這是對象徵的內涵作的一種比較深入的理解；二是認為理智的象徵是

---

[59] 參見孫玉石《新詩：現代與傳統的對話——兼釋20世紀30年代的晚詩熱》中對此種情況的評議，《現代中國》第1卷，湖北人民出版社，2001年11月出版，第80頁。

[60] 《北平晨報・詩與批評》第12期、13期，《北平晨報》1934年1月22日第11版，2月2日第11版，後收入曹葆華譯編《現代詩論》，商務印書館，1937年4月出版。

人對自己經歷中的相似記憶的調動。葉芝的這一理論在30年代現代派中缺乏闡發和研究，成為一種引入而存在。

第四節　現代派
對西方象徵主義的理解和運用

　　30年代現代派對象徵主義的理解已經觸及象徵主義實質。這就是對法國象徵主義即波德萊爾的契合論思想的理解，即客體意象與主體心靈的契合從而對生命、靈魂的超驗的問題；對象徵主義的意象網絡的清晰性與終極意義的曖昧性之統一的理解，同時還涉及象徵主義的詩語的命題。

一、梁宗岱對契合論的理解

　　梁宗岱對此有很明確的論述。梁宗岱在《象徵主義》一文中說：「象徵之道也可以一以貫之，曰，『契合』而已。『契合』這字，是法國波特萊爾一首詩的題目Correspondances的譯文。」梁宗岱隨即引了該詩的原文並譯成中文，為了分析的方便，茲錄如下：

　　　　自然是座大神殿，在那裡
　　　　活柱有時發出模糊的話；
　　　　行人經過象徵的森林下，
　　　　接受著它們親密的注視。

有如遠方的漫長的回聲
混成幽暗和深沉的一片，
渺茫如黑夜，浩蕩如白天，
顏色，芳香與聲音相呼應。

有些芳香如新鮮的孩肌，
宛轉如清笛，青綠如草地，
——更有些呢，朽腐，濃郁，雄壯，

具有無限的曠邈與開敞，
像琥珀，麝香，安息香，馨香，
歌唱心靈與官能的熱狂。

梁宗岱然後高度評論了它的意義：「在這短短的十四行詩裡，波特萊爾帶來了近代美學的福音。」「近代美學的福音」指的是一種新的美學觀念即「契合」。關於這契合的意義，梁宗岱作了如下幾方面的理解：

首先，體現了「生存是一片大和諧」這個主體客體、自然與隱藏在它後面的永恆真實的世界即靈魂的同一、通感、契合的思想。這一點是梁宗岱對象徵主義理解的價值核心。梁宗岱把波德萊爾的詩的意境作了哲學的理解。自然界既是自然也不僅是自然，既是人類也不僅是人類，同時更是未知的最真實而永恆的世界即靈魂。「生存的大和諧」即自然與其隱藏的未知的真實而永恆世界即靈魂的和諧，即人類的最大的和諧，這有

兩重意義，其一是粉碎了浪漫主義的隱喻的二重性，即一重來自塵世，一重上升至聖界，從而歸為一種一元論，或者可以說是一種象徵主義的虛構的一元論。其二是為象徵主義開闢了超驗的平臺。

其次，自然是宇宙靈魂的化身。這是對象徵主義「契合」說精神的理解，自然即其隱藏著的「未知」世界的象徵，即真實永恆的世界的象徵。梁宗岱說「這大千世界不過是宇宙的大靈的化身；生機到處，它便幻化為萬千的氣象與華嚴的色相——表現，我們知道，原是生的一種重要的原動力的。」在這裡，梁宗岱用了「宇宙的大靈」的概念來指代了背後的這個「未知」的真實永恆的世界即靈魂，這裡的宇宙大靈即靈魂是對自然的超驗，在這裡，梁宗岱把詩中的自然超驗化了。

再次，梁宗岱進一步論及主客體「通感」即主體對客體並通過客體對「未知」世界的超驗的契合論思想。梁宗岱在這裡作了一個很重要的界定，即契合或象徵並不是物我無間時某某自然物某一客體形象對主體某一感官的聯想對應，他說：「陶醉所以宜於領會『契合』或象徵的靈境，並不完全像一般心理學家的解釋」，因為在象徵主義那裡「這裡至多不過是一種物質的出發點」；關鍵在於這是一種整體的「形神兩忘的無我的境界」，「主，認識的我，與客，被認識的物，之間的分辨也泯滅了。」在這裡，梁宗岱對主體主動喪失對客體的功利實踐和一般理性認知，即是主體，即是象徵的涵義作了形象的比喻和理論的分析。他說：「我們開始放棄了動作，放棄了認識，而漸漸沉入一種恍惚非意識，近於空虛的境界，在那裡我們的

心靈是這般靈靜，連我們自己的存在也不自覺了」，「我們消失，但是與萬化冥合了。我們在宇宙裡，宇宙也在我們裡：宇宙和我們的自我只合成一體。」他引波德萊爾在《人工的樂園》的說法，叫做「最初你把你的熱情，欲望或憂鬱加在樹上，它的呻吟和搖曳你的，不久你便是樹了」。這應該說是30年代現代派對波德萊爾的契合說介紹得最形象化、最具體、也最準確的理論說明了。象徵主義的超驗在梁宗岱這裡得到一個完整的中文版。

　　第四，更重要的是，在上述準確理解的基礎上，梁宗岱對自然客體就是其後的真實永恆世界，也就是靈魂和主體的象徵之境界作了一個中國化的解釋。他說，達到主客體相融無間的象徵境界後，「一切最上乘的詩都可以，並且應該，在我們裡面喚起波特萊爾所謂『歌唱心靈與官能的熱狂』的兩重感應，即是：形骸俱釋的陶醉和一念常惺的澈悟」。「形骸俱釋的陶醉」指身心都獲得解放的大歡樂，「一念常惺的澈悟」指一讀就永遠明白的大徹大悟，即身心俱樂通體明悟，這顯然是指佛教所理解的大歡樂的理想境界。東方的理想與西方的理想在此統一，這就把象徵主義的玄學意義推向極端。在30年代現代派中，梁宗岱是對這種理想境界理解得最深入的一位，他用佛的方式對象徵主義作了中國式的體悟，這讓他的契合說有了一種超出一般詩學意義的哲學的意義。

　　最後，但梁宗岱對契合說的理解有一種偏向，即特別強調象徵主義契合說中和諧即本體論的思想，似乎契合即和諧，對契合的超驗內涵沒有更深入的強調。這引起兩個問題，一是可

能把象徵主義泛化，在逆命題的誤用時這種情況特別突出。如梁宗岱文章中經常舉一些主體與客體物我兩忘的中外詩句來說明這一點，而這些詩句本身又不具備象徵主義的品格。比如，所舉宋代林逋詩句「疏影橫斜水清淺，暗香浮動月黃昏」，歌德（德國詩人Johann Wolfgang von Goethe，1749-1832）的《流浪者之歌》、《浮士德》、但丁（意大利詩人，Dante Alighieri，1265-1321）的《神曲》等等。只要達到象與意完美結合的作品，都可能實現這種效果，但逆命題不成立。二是，可能沖淡超驗的意義。因為象徵主義的契合說體現的是一種哲學即玄學的思考，它涉及到客觀物象即本體對主觀心靈的契合、對應、暗示的意義，這就是主客觀和諧中的超驗。主觀心靈的不確定性、黑洞性、神秘性，是近代以來科學、哲學、心理學一直努力解說的對象，但迄無定論。因此，按照象徵主義的說法，這也是無法確證的。這正是其超驗的哲學、玄學的意義所在。「物我兩忘」是這種超驗的象徵主義必然經歷的心理狀態，那麼它應有相應的心理學和哲學機制，即在主觀心靈暫停邏輯思想的時候對自然與人的一種體悟，這在傳統哲學中都有涉及。如釋迦牟尼的頓悟成佛、中國哲學的「爛柯」等。曹葆華化名霽秋譯夏芝（通譯葉芝）《詩中的象徵主義》[61]從心理學與象徵韻律的關係上補充了這一不足。葉芝在分析韻律在象徵中的作用時闡述了超驗的心理機制：「在我常常看來，韻律的目的是在延長

---

[61] 《北平晨報·詩與批評》第12期、13期，《北平晨報》1934年1月22日第11版，2月2日第11版，後收入曹葆華譯編《現代詩論》，商務印書館1937年4月出版。

凝神觀照的時間，這個時間我們是睡著的同時又是醒著，它把我們安放在那種真正的出神狀態中，在那種狀態中靈魂脫離了意志的壓力而在象徵中顯現出來。」這與俄國形式主義的「延宕」概念有一定交叉。這一段論述有一種心理學的意義，對應了象徵超驗的心理的機制。葉芝的這一理論在30年代現代派中缺乏闡發和研究，成為一種引入而存在。

二、穆木天對契合論的理解

在契合說命題上，30年代的穆木天作了比較明確的理論概括和回答。為了讓這種理解更準確，先讓我們涉獵一下他的相關思想。相對於梁宗岱，穆木天的《什麼是象徵主義》[62]一文，理論性更強，也更系統，穆木天對象徵主義起源的社會歷史背景、詩學主張的特徵、詩人群及其評價等，都作了全面的介紹。在梁宗岱辨析了「比喻」與「象徵」的基礎上，穆文以萊蒙托夫（俄國詩人，Михаил Юрьевич Лермонтов，1814-1841）的《帆》和蘭波的《沉醉的船》為例，分析了一般的象徵的手法和象徵主義的區別。穆文認為二者是「不相同的」，前者的「象徵只是好些的表現的手法之一，是藉用某種生活的現象去表現其他的生活的現象」，而後者的「象徵是對於另一個『永遠的』世界的暗示。那是他們的創作上的主要的方法」。穆氏的這個分析，在30年代的中國是相當精闢的，他從理論上，初次廓清了作為創作方法的

---

[62] 穆木天《什麼是象徵主義》，鄭振鐸、傅東華編《文學百題》，生活書店，1935年出版。

象徵主義和作為一般文學創作中的象徵手法的根本界限。在契合說上，穆木天有兩個觀點。第一是「交響」。他說：「象徵主義詩學的第一個特徵，就是『交響』的追求，」[63]所謂「交響」，即指的波德萊爾的Correspondances一詩，穆木天不譯成契合譯成交響，在這裡有一種強調對應的意思，即指的是自然聲色與人的心靈之間的感應、對應關係，他引述了波德萊爾的《交響》（通譯《感應》）一詩進行了論證。第二個觀點是「暗示」，他認為象徵主義是對「另一個『永遠的』世界」即梁宗岱所謂的「宇宙的大靈」的「暗示」。穆文高揚了象徵主義整體暗示的創作方法的意義，因而認為「象徵主義者的作品的基本特徵，可以說，就是對於神秘的非現實的東西的信仰」，他們認為「自身是沒有意義的」，「人生的主要內容」的表現「並不是由於理智的實證可以達到的」，「而是必須使用象徵才可以把人生的意義暗示出來的」，「宇宙中是充滿著象徵，詩人是要沉觀凝視大的宇宙，捉住宇宙中的象徵以暗示出人生的基本意義來，實在說，他們的所謂的人生的基本意義，也就（是）玄學的宗教的境界了」。[64]穆木天的「交響」譯法，不及梁宗岱的契合更能體現象徵主義的超驗意義，但他在具體解釋中又作了暗示意義的補充。今天一般都通用「契合」，就在於穆譯用詞的不周全。穆木天的解釋很符合象徵主義的理論主張，並且概念很明確，因而更具有理論的品

---

[63] 穆木天《什麼是象徵主義》，鄭振鐸、傅東華編《文學百題》，生活書店，1935年出版。

[64] 穆木天《什麼是象徵主義》，鄭振鐸、傅東華編《文學百題》，生活書店，1935年出版。

格。在這段論述裡，穆木天感覺到一個重要的命題：非理性，但又僅僅停留在感覺上，沒有分析得更透闢。當異化日盛，希臘樂觀信仰崩潰，價值開始發生裂變之際，非理性哲學恰成象徵主義一個重要的哲學內涵。這種非理性，是對傳統的、古典的理性標準的懷疑和反叛，雖然在不同的象徵派詩人身上表現是不同的。但是，否定傳統，又對新的價值觀朦朧模糊，卻是其基本的特徵。從詩學理論上講，相對於梁宗岱，穆木天強調了梁宗岱的上述弱點，但又忽略了梁宗岱的上述優點。二者合起來，應該是對象徵主義詩學的全面理解。

三、意象網絡的清晰與終極意義的多義的統一

在波德萊爾的契合說後，象徵主義有了新的發展，這主要在馬拉美及其弟子瓦萊里的詩學主張中體現比較多，甚至涉及到後來的里爾克。梁宗岱的《保羅梵樂希先生》對這一命題作了形象的解釋。

象徵主義完成了意象由浪漫主義的寓意到象徵的轉換。在象徵主義的發展中，由封閉的隱喻到開放的換喻，並最終到向簡單詞語的喚起能力的過渡，這是在瓦萊里那裡完成的。這種喚起成為聯想和意義的支柱。這一點，象徵主義詩學研究家安娜・巴拉基昂（美國紐約大學教授，Aana Balakian）在《象徵主義詩學的演變》中作出了這樣的勾勒，她還引述瓦萊里的話來說明這一最後的完成：「保羅・瓦萊里說：『一個詞的激發功能是無窮無盡的』」。她還認為，換喻型遊戲使一系列符號

獲得解放，並認為，「換喻和作為象徵的詞是以組合網絡形式的遊戲立足於讀者面前的，組合網絡相關聯的世界本身沒有結構上的任何曖昧性，但是它是曖昧性現象的源泉。」[65]

梁宗岱在《保羅梵樂希先生》[66]一文中通過法國象徵主義代表詩人瓦萊里的創作及其代表作的分析，很清晰地描述了象徵主義這一特點。文章簡單概括了瓦萊里代表作《年輕的命運女神》一詩的內容：「寫一個年輕的命運女神，或者不如說，一個韶華的少婦——在深沉幽邃的星空下，柔波如咽的海濱，夢中給一條蛇咬傷了，她回首往日的貞潔，想與肉的試誘作最後之抗拒，可是終於給蕩人的春氣所陶醉，在晨曦中禮叩光明與生命——的故事。」故事情節清楚、意象網絡明晰，但詩的意義是什麼呢？每個人都感到震撼，但每個人說出的都不一樣，這真是法國文學史上的奇觀。梁宗岱引述了法國兩個批評家的話來說明這種反映：「某批評家更嚴重地說：『我國近來產生了一樁比歐戰更重要的事，那就是保羅梵樂希的《年輕的命運女神》。』」「某女批評家對於此詩的讚語說得好：『詩句這麼優美欲解剖他的意義固覺得不恭，詩意這般稠密只安於美的欣賞又覺得不敬，詩義這般玄妙想徹底瞭解他又覺得冒昧』」。那麼瓦萊里詩的主題是什麼呢？它的象徵義是什麼

---

[65] 安娜・巴拉基昂，《象徵主義詩學的演變》，〔法〕讓・貝西埃、〔加〕伊・庫什納、〔比〕羅・莫爾捷、〔比〕讓・韋斯格爾伯主編，《詩學史》下冊，史忠義譯，百花文藝出版社，2002年1月版，第642-643頁。

[66] 梁宗岱《保羅哇萊荔評傳》，《小說月報》20卷第1期，1929年1月10日，後收《詩與真》，上海商務印書館，1935年2月版時，改名為《保羅梵樂希先生》，並以後名行世，為免誤會，本文用後題。

呢？梁宗岱認為這不可能有「直接明瞭的答案」。梁宗岱最後把這歸結到人類的終極思考上：「我是誰？世界是什麼？我和世界的關係如何？它的價值何在？在世界還是在我，柔脆而易朽的旁觀者呢？」象徵主義的這種特點在何其芳的《預言》、卞之琳的《圓寶盒》裡，都有這種詩學理論的中國化演繹。

　　象徵主義在終極意義上的曖昧性回答，對人類認識的相對性給出了藝術模型。從符號學與闡釋學的意義上看，意象網絡的清晰與終極意義的多義的統一，是否表達了人之根源之不確定性與命運的不確定性與現象的不確定性？這種既明確又朦朧的意象是非決定論時代的特徵，象徵主義的意象再現了這個時代的特徵。在這一點上，卞之琳是這種詩學最真實的傳人。他的一個突出的特點是不再解釋謎語，他製造著謎語。他通過回歸詞源，意象網絡和參照對象之替換遊戲，向接受者展開最大的開放空間。他的《斷章》每一句都非常清楚，但意義讓人至今陷入明確的困惑中；他的《距離的組織》每一句都有注釋，都很明白，但讓專業的評論家莫衷一是，他的《圓寶盒》更讓資深評論家、詩人老友李健吾（劉希渭）寫出了詩人以為「全錯」的評論。[67]這在中國現代詩學史上算是一個獨特的現象。也是象徵主義傳入中國後這個特點影響中國現代詩最典型的例證。

---

[67] 劉西渭（李健吾）先寫《〈魚目集〉——卞之琳先生作》，1936年2月2日；卞之琳回答有《關於〈圓寶盒〉》，1936年4月16日；劉西渭又寫了《答〈魚目集〉作者》，1936年5月15日見《李健吾文學評論選》，寧夏人民出版社，1983年版。卞之琳、劉西渭又有：《關於「你」》，《大公報》1936年7月19日，《文藝》182期《詩特刊》。

四、象徵主義的詩語特徵

從馬拉美開始，象徵主義強調創造一種與音樂等其他純藝術相類似的詩語交流，用語言的字形、語音來交流，從語義深處超驗自然背後那永恆真實的未知世界，從語言學的角度看，創造了一種新的詩學。這種詩語，也就是本文第八章《純詩論》要討論的純詩的語言。

梁宗岱翻譯的瓦萊里介紹馬拉美的詩學論文《骰子的一擲》[68]把象徵主義的這一特徵介紹得很清楚。瓦萊里描述了他在馬拉美家聽他朗誦《骰子的一擲》（《骰子的一擲永不能破除僥倖》，Un coup de des jamals n'abollra le hazard ）時的震撼感：這是一種新的詩語，在視覺上「完全建立在那對於『頁』──視覺的統一──的考慮上。」「黑白分配的效力，以及字體的比較的強烈。」「『指揮』全詩結構的進行；由於一種物質的直覺，由一種介乎我們種種不同的知覺或我們感覺的不同的步驟之間的前定和諧，令我們預感到那將要顯現給我們機智的內容。他輸入一種膚淺的閱讀，把它和那文學上的閱讀聯繫起來；這簡直是為文學國度增加了一個第二的方向（Dimension）。」在聽覺上：「他開始用一種低沉，平勻、沒有絲毫造作，幾乎是對自己發的聲音誦讀。我喜歡這極端的

---

[68] 梁宗岱譯瓦萊里《骰子的一擲》即《骰子的一擲永不能破除僥倖》，Un coup de des jamals n'abollra le hazard，1936年5月1日12版，《大公報·文藝·詩特刊》。

自然。我覺得人類的聲音，在那最它源泉的親切處，是這麼美……終於令我審視那法令的本文。我看見一個思想的形態第一次安置在我們的空間裡」，「眼睛望著這抽象的圖像的美麗畫冊，他終於能夠用自己的聲音來興起為心靈的冒險或危機的表意文學的大觀。」「我沉思著那神奇的嘗試：怎樣的典型，怎樣的啟示呀，那昊蒼！在那裡，康德，或許頗天真地，以為看出了道德律的，馬拉美無疑地瞥見了一種詩的『命令法』：一種詩學。」這篇文章很感性具體地描述了馬拉美詩語的內涵：聽覺的音樂與視覺的文字共同組成的理性與感性完美結合的詩語：「那是些微語，暗示，對於眼睛的雷鳴……彷彿一種新物體，成堆成串和成系地分布共存著那『語言』」。並且這詩讓瓦萊里震驚的還在於「全詩令我神往得彷彿一群新星被提示給天空……我感到為自己的印象的紛紜所眩惑，為景象的新奇所抓住，整個兒給無數的懷疑所分裂，給未來的發展所搖撼」。「一篇完全是光明和謎語的詩篇：照你所想像的那麼悲慘，那麼淡漠；由無數的意義所織就；它聚攏了秩序和混亂；它同樣有力地否認和宣揚上帝的存在；它包含著，在它那不可思議的整體裡，一切的時代，每時代都繫著一個遙遙的天體；它令你記起人們最決定，最明顯，最不容置辯的成功，他們的預期的完成，──直到第七位小數；又摧毀這作證的生物，這敏銳的靜觀者，在這勝利的徒勞下。」[69]據梁宗岱在文中的

---

[69] 梁宗岱譯瓦萊里《骰子的一擲》即《骰子的一擲永不能破除僥倖》，Un coup de des jamals n'abollra le hazard，1936年5月1日12版，《大公報·文藝·詩特刊》。

注釋說：這段話顯然是記起和為了回答巴士卡這有名的思想：
「『這無窮的空間的永恆的靜使我悚栗』而寫的。法國現代哲
學家彭士微克（Brunschvig）以為梵樂希這段沉思，同時由『生
命本能』的語言和『理性智慧』的語言構成的，很奇妙地說明
哲學史上本能與理性兩種展望的錯綜的混亂。」[70]象徵派由詩語
進行的超驗實驗在馬拉美的創作和瓦萊里的欣賞中完成了。

　　這種詩語的實驗在中國現代詩學中同樣有其學步。穆木
天、王獨清在20年代詩作中的不同字體及其奇異排列以及許多
象聲詞的使用等，就是初學。象徵主義這種詩語特徵由於與法
語的天然契合，所以在馬拉美、蘭波、瓦萊里那裡有了典範，
但在漢語詩裡的這種學樣卻是不成功的。這已經被許多詩學家
所批評。這在30年代基本上被現代派所拋棄。

　　法國象徵主義的詩學理論，基本上被30年代現代派結合中
國詩學的傳統，予以適合中國現代社會特點的借鑒和改造，成
為中國現代詩學的理論產物。其象徵的詩學思想，成為40年代
中國新詩派、當代新詩特別是70年代後期開始的朦朧詩及其以
後詩派的主要方法之一。

---

[70] 梁宗岱譯瓦萊里《骰子的一擲》即《骰子的一擲永不能破除僥倖》，Un
coup de des jamals n'abollra le hazard，1936年5月1日12版，《大公報・
文藝・詩特刊》。

第二章
意象論

　　意象理論是現代派繼象徵理論後輸入中國的西方詩學理論，由於意象理論與中國詩學的傳統關係，因此對中西意象理論概念界定及其關係的研究，就成為重要問題。這與上一章有類似之處。現代派深入研究了西方的意象派詩學，並結合中國詩學的意象理論進行了全面系統的研究，特別是意象的內涵研究、意象與形象、與意境的異同研究，意象的不同形態的研究，意象的功能研究及中國詩歌意象演變歷程的研究，涉及到意象與象徵的關係，並推動了現代派的意象詩的創作。意象是詩學史上象徵以後主體感情客觀化的一個過程，是走向英美現代派所謂「客觀對應物」的橋樑，是反浪漫主義的產物，現代派強調的客觀性和選擇性的意象，是現代派由象徵向知性發展中的過程。

　　朱光潛對中國古代詩學的意象內涵、意象形態、意象功能作了獨特的研究，並創新性地研究了中國古代詩歌意象演變史。這些研究，對西方詩學中國化、古代詩學現代化，具有開創性的歷史意義。

第一節　對西方意象派詩學的引入與研究

30年以前，胡適提倡新詩革命時變形引進了意象派，30年代現代派引入了西方意象派理論並對意象內涵作了較為準確的理解，徐遲、邵洵美論述了意象派反浪漫主義的詩學史意義，並論及了客觀性意義。

一、30年代以前對意象派理論的引入與變異

中國新詩學最早引進西方意象派理論的是1917年的胡適。他引進的目的是企圖用西方意象派的理論來反對近體的律絕體，來提倡他所熱衷的白話詩。這就形成西方意象派理論引入時的變異。胡適引進時沒有明確說明源於西方意象派。最早說明這一點的是1927年的梁實秋：「八不主義」直接受了意象派宣言中六條原則的「影響和啟發」[1]。1934年的趙景深也說「胡適的詩受美國意象派詩的影響。」[2]1935年的梁宗岱說「胡適之先生從美國的約翰爾斯更（John Erskine）處抄來的『八不主義』差不多都具著」在文學中提倡用「白話」的「意義」。[3]1948年出版的《胡適留學日記》在1916年12月15日的日記中也記錄了這一點，並說「此派（即意象派）所主張，與

---

[1] 梁實秋，《浪漫的與古典的》，新月出版社1927年版，第12頁。
[2] 趙景深，《現代詩選・序》，北新書局1934年版，第1頁。
[3] 梁宗岱，《詩與真・詩與真二集》，外國文學出版社1984年版，第54頁。

我所主張多相似之處。」[4]胡適的「八事」為「一曰，須言之有物。二曰，不摹仿古人。三曰，須講求方法。四曰，不作無病之呻吟。五曰，務去濫調套語。七曰，不用典。八曰，不避俗字俗語。」[5]其後將某些條序、條文稍作調整、修改後稱為「八不主義」：「一，不做『言之無物』的文字。二，不做『無病呻吟』的文字。三，不用典。四，不用套語濫調。五，不重對偶：——文須廢駢，詩須廢律。六，不做不合文法的文字。七，不摹仿古人。八，不避俗字俗語。」這與意象派的六條理論即「1.去運用普通語言的文字」、「2.去創造新的韻節」、「3.去允許取材有絕對的自由」、「4.去呈現一種意象」、「5.去寫出堅硬與清楚的詩」、「6.相信思想是詩的要素」[6]比較，胡適主要引入了意象派關於詩的語言自由、題材自由、寫法自由的思想，但對意象派最核心的理論即「呈現一種意象」的本意不相干，這與西方意象派的本旨是有距離的。

二、現代派對西方意象派詩學的引入

　　西方意象派的發展是對浪漫主義的一種反動，這與30年代現代派所處五四浪漫主義落潮後的情形是相似的。意象對於新月派這類注重新詩詩美的詩派來說，也同樣具有前衛的意義。這種意義在於超越了新月派的比喻（包括隱喻，比如聞一多的

---

[4]　《胡適留學日記》，商務印書館，1947年版，第1071-1073頁。

[5]　胡適，《文學改良芻議》，新青年第2卷第5期，1917年。

[6]　邵洵美，《現代美國詩壇概觀》，現代第5卷第6期，1934年。

「紅豆」、徐志摩的「康橋」），而進入象徵領域。在這個意義上，《現代》開始進行了對英美意象派的宣傳和借鑒。

《現代》雜誌從1932年6月起，曾經自稱其詩是「意象抒情詩」[7]，這是現代派最早打出的西方詩學的牌號。許多類似的詩作開始成潮，並且在理論上也有直接系統的介紹。《現代》上徐遲的論文《意象派的七個詩人》[8]、邵洵美的論文《現代美國詩壇概觀》[9]分別對英美意象派作為一個有組織的詩派的時限、詩人群及理論主張（「信條六條」）作了介紹，分別評述了美國的龐德（Ezra Pound，1885-1973）、羅厄爾（Amy Lowell）、希爾達・杜利特爾（H・D）、弗萊契（John・Gould・Fletcher），英國的阿爾丁頓（Richard Aidington）、戴維・赫伯特・勞倫斯（D・H・Lawrence）和弗蘭克・斯圖爾特・弗林特（F・S・Flint）的生平與詩作。邵文在《意象派詩》這一節，還分析了意象派的哲學背景、理論主張（「規則」六條）及代表詩作。這些譯介，可以歸納為：運用普通、準確的語言；創造新的音韻，採用自由體；選材絕對自由，「能美妙地寫出舊的東西，便也不是壞的藝術」；呈現意象、反對虛空；「寫出輪廓鮮明的詩，不寫奧妙的詩」；思想集中。什麼是意象？「意象，簡潔的，正好說出來的，是一件東西，是一串東西」，「意象是堅硬。鮮明。Concrete本質的而不是Abstract那樣的抽象的。是像。石膏像或銅像。眾目共見。是感覺能覺到的。五官全能感受到的色香

---

[7]　《現代》第1卷第2期，1932年6月1日。

[8]　《現代》第4卷第6期，第1013-1024頁，1934年4月1日。

[9]　《現代》第5卷第6期，第974-990頁，1934年10月1日。

味觸聲的五法。是佛眾所謂『法』的，呈現的。是件東西。」徐遲對意象作了一系列印象式評述。高明譯日本學者阿部知二《英美新興詩派》[10]一文也分別概述過英美意象派詩人的創作。戴望舒翻譯了法國學者高列里的《葉賽寧與俄國意象詩派》[11]一文，不過這篇文章不側重理論介紹，而側重描述葉賽寧（Сергей Александрович Есенин）等意象派詩人在俄國革命後的遭遇及逸事。《現代》雜誌還推出了意象派詩人的譯作。徐遲《七個意象派詩人》節譯、選擇的數首，施蟄存《現代美國詩抄》[12]譯介了羅厄爾、龐德、杜利特爾和弗萊契的14首詩，戴望舒譯有葉賽寧的詩6首，適夷譯有《葉賽寧詩抄》3首[13]。

三、對西方意象理論之研究與中西之比較：

徐遲和邵洵美意象理論的詩學史意義

　　對意象理論的敏感是現代派詩學家區別於現代其他流派的詩學家的一大特色。這種敏感在於意象派運動的背景及其意象理論與傳統理論的相異性。徐遲和邵洵美引入時，對意象和形象（在英法文中均作image）的區別及其意義有一種領風氣的敏感。意象作為一種新的詩學運動區別傳統的形象概念，一是詞義本身的異義，二是其背景的反浪漫主義，第三點即客觀性。

---

[10] 《現代》第2卷第4期，1933年2月1日，〔日〕阿部知二作。

[11] 《現代》第5卷第3期，1934年7月1日。

[12] 《現代》第5卷第6期，1934年10月1日。

[13] 《青年界》第2卷第3期，1932年10月20日。

首先，意象的概念和內涵。

「意象」和「形象」在英、法文中都是image，在徐遲、邵洵美之前，域外傳入的同一詞形image「形象」概念已經通行，「意象」說法在當時已時而見之。徐遲、邵洵美為什麼要堅持譯為「意象」（image）而不譯為「形象」（image）？本可以譯為「形象主義」或「形象派」的imagism，卻堅持譯為「意象主義」和「意象派」。這裡涉及到二者的異同，同時說明，一般意義上的形象概念已經不能表達英美詩學中意象的新意義。

這裡首先涉及到現代派的意象概念。徐遲認為的意象是一種物象，但它體現了詩人的「選擇」和「精神」、「靈魂」與「生命」，但在主觀和客觀之間，傾向於意象的客觀性[14]。這跟龐德的意象派理論是一致的，龐德認為，意象是「一種在一剎那間表現出來的理性和感性的集合體」，「意象在任何情況下都不只是一個思想，它是一團、或一堆相交融的思想，具有活力」。意象派主張以客觀的準確的意象代替主觀的情緒發洩，準確的物質關係可以象徵非物質的關係，因而，「準確的意象」能使情緒找到它的「對應物」。意象派詩人還主張用間接手法處理主觀的和客觀的「事物」，等等。[15]可見意象派首領在「意象」內涵上有一種內在的矛盾，一方面強調是「理性與感情的集合」，是「一堆」「思想」，另一方面又更強調它是一個情緒的「對應物」、「事物」。從意象派的創作看，後者的

---

[14] 徐遲，《意象派的七個詩人》，《現代》第4卷第6期，1934年4月1日。
[15] 參見伍蠡甫主編，《現代西方文論選·意象派》，上海譯文出版社1983年版，第251-252頁。

傾向要重一些。本文認為，這是意象理論的二元命題。即不僅強調意象的客觀性，即物性；同時還強調意象的客觀性與選擇性、主體與客體的相融性，在主觀選擇的獨特的客觀意象中，體現出主客體瞬間相融中的新穎和奇特感。

其次，徐遲和邵洵美對西方意象理論的輸入及強調關鍵在於其反浪漫主義性，這同時也是意象派理論讓他們興奮不已的根源。而這一點，也正是意象派理論的劃時代的意義。這點在邵洵美的文章中有明確的論述。他說：意象派「正像高蹈派與象徵派一樣，他們是反對放誕的浪漫主義的。」邵洵美認為意象派的元首應該推舉休姆。而休姆「痛恨浪漫主義」，認為「浪漫主義使人得到一種空浮的影響」，他主張詩應有「古典的真義」。「他對詩的要求便是（1）毀滅人像神的觀念；（2）掃除空靈及對於『無疆』的迷信。『最大的目的是正確，明顯，及確定的描寫』」。[16]徐文也談到了意象派反浪漫主義的詩學背景，也就是由自我的直接表現向客體物的體現轉化。[17]事實上，從某種意義上也可以說，意象主義不過是象徵主義的一個延長和變形。[18]

中國現代詩學史上的浪漫主義也講形象，並且這種形象主要是抒情主人公的指代。它借明喻或隱喻把自己的感情吹

---

[16] 邵洵美，《現代美國詩壇概況》，《現代》第5卷第6期，第882-883頁1934年10月。

[17] 徐遲，《意象派的七個詩人》，《現代》第4卷第6期，第1013-1024頁，1934年4月1日。

[18] 袁可嘉等選編，外國現代派作品選：第一冊（上），上海文藝出版社，1986年版。

脹。比如郭沫若的《爐中煤》、《天狗》。《爐中煤》的副題是「眷念祖國的情緒」，詩人借喻為煤，把祖國比作「心愛的女郎」，表達自己願意燒成灰燼來報效祖國的愛國主義感情。《天狗》把我比作「天狗」，大叫「把日來吞了，把月來吞了」，來吹脹自我形象，塑造大我。這都很容易理解。但現代派不滿意這種情感的直抒法。他們強調客體性，強調意象的象徵品格，強調意象的多義性，這就與浪漫主義的形象劃清了界線，而這才是最根本的美學原因。比如戴望舒《雨巷》的幻滅感就不是比喻體現出來的，它借憂鬱的丁香姑娘──詩人心目中的同志這個幻象的出現消失表達了這一感覺。你可以說的失戀，也可以說是失意，甚至也可以說是失志。這個丁香姑娘的客體性和無黏著性，就讓人有了多義的想像，這就與浪漫主義劃清了界線。因而在這一點上，30年代現代派詩學如徐遲和邵洵美對西方意象派引入，主要在強調意象派理論二元論命題的後一個側面，這是不同於古代詩學的意象理論的。這與他們在30年代對五四初期浪漫派的厭惡有關。

再次，即意象本身的客觀性問題。這與上述問題有涉。徐遲對意象派的理論以及意象的審美特徵作了比較多的論述。從他的論述來看，意象派的意象美有三個特徵：一個是它的客體性，一個是它的立體性，一個是它的選擇性。

徐遲對意象理論的第一個推崇點在於其客觀性，他說：「意象」「是一件東西，是一串東西」、「是堅硬。鮮明。」「是像。石膏像或銅像。眾目共見。是感覺能覺到。五官全部能感受到色香味觸覺觸聲的五法。是佛眾所謂『法』的，呈現

的。是件東西。」[19]強調客觀性，反對浪漫主義無邊浮泛的抒情，即不是抒發主觀的情感，而是描述客觀存在的事物的根本特點。為了強調這個客觀性，徐遲用了「堅硬」、「鮮明」以規定，用了「石膏像」、「銅像」以比方。這與意象派的主張是完全共鳴的。龐德1915年1月給美國《詩刊》創辦人芒羅寫的信中說：「客觀性，再一次客觀性。至於表達，不要前後倒置，不要有腳踩兩頭船的形容詞……語言是由具體事物組成的，等等」。[20]客觀性理論的提出在中國現代新詩史上是有理論意義的。特別是從五四初期的浪漫主義抒情轉向20年代的象徵詩，再轉向30年代的意象詩、象徵詩以至知性詩，轉折美學根源是從主觀性到客觀性。詩開始脫離初期那種單純話筒式的直白。詩開始有了象徵體，開始有了間接物。這還直接影響到40年代詩的雕刻性和戲劇性，使中國現代詩與世界現代詩接軌。這種客觀性本來就是西方從象徵主義以來的一個美學追求的結果，是艾略特所謂「客觀對應物」的美學體現，是對象徵主義的美學理論的一個強調和細化。

第二個是立體性。這種立體性也可以理解為生命感。他說：「詩應該生活在立體上。要強壯！要有肌肉！要有溫度，有組織，有骨骼，有身體的系統！詩要有生命，而生命不是在一個平面上」[21]。這裡強調的是意象的生氣。他從立體的角度來

---

[19] 徐遲，《意象派的七個詩人》，《現代》第4卷第6期，第1014頁，1934年4月1日。

[20] 彼得·瓊斯編、裘小龍譯，《意象派詩選》，灕江出版社1986年版，第167頁。

[21] 徐遲，《意象派的七個詩人》，《現代》第4卷第6期，第1014頁，1934年

把握這種生氣,關鍵是要有生命感,要是鮮活的,這跟中國古代詩學強調的「氣韻生動」[22]、「興象玲瓏」[23]也是一個道理。也跟龐德對意象美的描述是一致的:「意象是理智和感情剎那間的錯綜交合。……這種突如其來的『錯綜交合』狀態會頓時產生無拘無束、不受時空限制的自由感,也會使人產生在一些最偉大的藝術作品面前所體驗的那種豁然開朗、心胸舒展、精力彌滿的感覺。哪怕一生只表現一個意象,也強似寫下連篇累牘的冗作」[24]。意象有生命感,可以使詩充滿活力,這就跟一些玄妙的知性詩劃清了界線,也體現了意象詩的古典主義傳統的痕跡。

第三個是選擇性。這讓現代派的意象理論有了正確的理論基石。徐遲說:「一個塑像家的美術品決不是一個鋪磚石的工人的一垛牆。因為我們的大藝術家羅丹曾給過一個富翁造過一尊像。據說那個富翁因為了不像他自己而璧還了,這樣的事是有的。」「一個藝術家不同於凡人的是在他們的精神。意象派詩人所抒寫的是意象,是image。他們所做的就是堆砌的工作」。「意象派的詩」是「有著詩人的靈魂與生命的,『東

4月1日。

[22] 〔南齊〕謝赫:《古畫品錄》,北京大學哲學系美學教研室編《中國美學史參考資料》上冊,中華書局1980年9月版,第190頁。

[23] 〔明〕胡應麟:《詩藪‧內編》卷二,上海古籍出版社1979年11月版,第25頁。

[24] 〔美〕龐德:《回顧》,戴維‧洛奇《20世紀文學批評》,倫敦朗曼集團出版公司,1972年版,第59頁;轉引自陳聖生:《現代詩學》,社會科學文獻出版社,1998年版9月版,第121-122頁。

西』的詩」[25]。這有點類似上文龐德所說的那個「理性」，也同於下文朱光潛所說的境界中那個「意」字，即詩人的主體。但徐遲強調的是這種「靈魂與生命」中的詩人主體對對象的選擇和審美標準，這就說不是隨便一種東西可以入詩，這就對意象的審美品格作了保證。

第二節　對中國古代意象理論的引入與改造

現代派對中國古代意象理論比較重視的是朱光潛。朱光潛的引入有兩個內容，一是對傳統理論和傳統詩學中的意象的理解和分類研究，二是以意大利美學家克羅齊（Benedetto Croce，1866-1952）美學理論中的意象理論和移情理論的借鑒為價值觀對王國維境界說的分析。這些理論都體現在他的《詩論》[26]中。《詩論》的第三章《詩的境界——情趣與意象》，以王國維的境界說為理論支點，用克羅齊的移情說和情趣與意象關係說為武器，分析了中國古代的意象理論、中國古代詩歌意象演變史。朱光潛既有引入，也有改造的研究和一些獨見。

---

[25] 徐遲：《意象派的七個詩人》，《現代》第4卷第6期，第1015頁，1934年4月1日。

[26] 重慶國民圖書社，1942年版，係1935年朱光潛在北大中文系的講稿，其中《論中國詩的頓》、《論中國詩的韻》1936年同時發表在《新詩》1卷3、4期，1947年增訂版《詩記》中專設了兩章，討論近體詩何以走上「律的路」，後均收《朱光潛美學文集》第二卷，上海文藝出版社，1982年9月版，本文均引自此。

一、關於意象的內涵

朱光潛引了司空圖《詩品》「超以象外，得其圜中」[27]來說明詩與人生世相之關係[28]，然後比較嚴羽的「興趣」、王漁洋的「神韻」、袁宏道的「性靈」和王國維的「境界」來說明詩本身的藝術美在於情趣與意象之統一[29]。朱光潛在接受了西方美學特別是克羅齊的美學之後，運用克羅齊的美學理論把他所理解的王國維境界說中的意象理論作了進一步的說明。先看一下他採用的克羅齊的理論，他引述說：克羅齊在《美學》裡把這個道理說得很清楚：「藝術把一種情趣寄託在一個意象裡，情趣離意象，或是意象離情趣，都不能成立。」以此為武器，他把意象理解為詩的整體的境即客體物：「每個詩的境界都必有『情趣』（feeling）和『意象』（image）兩個要素。『情趣』簡稱『情』，『意象』即是『景』」。[30]「詩的境界是情景的契合。」[31]在此，朱光潛的意象在這裡實際上指的是與「情」稱的「景」，與王國維的境界有區別。但在具體論述時，朱光潛又不時以境界所含的情和景的統一來指意象，如不同的情與景所組成的境界如「隔」與「不隔」之景即朱光潛所謂的「隱」

---

[27] 〔唐〕司空圖，《詩品・歷代詩話》，〔清〕何文煥輯，中華書局，1981年4月版，第38頁。

[28] 《朱光潛美學文集》第2卷，上海文藝出版社1981年版，第49頁。

[29] 《朱光潛美學文集》第2卷，上海文藝出版社1981年版，第50頁。

[30] 《朱光潛美學文集》第2卷，上海文藝出版社1981年版，第54頁。

[31] 《朱光潛美學文集》第2卷，上海文藝出版社1981年版，第54、55頁。

之景與「顯」之「景」，「有我之景」與「無我之景」即朱光
潛所說的「同物之境」與「超物之境」之「景」，這景又有了
「情」（參見下文「意象的形態」的分析）這就形成了矛盾。
這個矛盾也就是上文所講的西方意象派內在的矛盾，也就是意
象本身的二元命題。顯然，王國維與龐德、徐遲和朱光潛在這
裡都異曲同工了。但在下文的評論中我們可以看到，朱光潛對
意象與情緒結合的不同的形態因而形成的不同的境界的分析是
有道理的。

二、關於意象的形態

　　朱光潛以王國維《人間詞話》中的境界說為研究對象，認
為意象可以因情趣與意象契合的不同程度而有兩類區別。一類
是王國維關於「隔」與「不隔」之境；一類是「有我之境」與
「無我之境」[32]。

　　朱光潛認為，王國維之「隔」與「不隔」在意象上的區別
在於，「隔」指意象混亂或空洞，讓人不能知其情趣；「不隔」
指意象顯豁，讓人一見能知其情。他說：「隔與不隔的分別就從
情趣和意象的關係上見出。情趣與意象恰成熨帖，使人見到意
象，便感到情趣，便是不隔。意象模糊或空洞，情趣淺薄或粗
梳，不能在讀者心中現出明瞭深刻的境界，便是隔。[33]」這基本

---

[32] 王國維，《人間詞話・蕙風詞話》，人民文學出版社1960年4月版，第
　　211頁、191頁。
[33] 《朱光潛美學文集》第2卷，上海文藝出版社1981年版，第57頁。

是符合王國維的原意的。但朱光潛後來作的解釋卻是自創而不是
王國維的原意。他不同意王的「隔」與「不隔」之解釋。王國維
說「隔」如「霧裡看花」,「不隔」為「語語都在目前」[34],朱
光潛認為王氏此語,言的是詩的「顯」與「隱」的區別,如是,
則「顯」與「隱」實在自己也有「隔」與「不隔」的問題,這就
形成了概念的混亂。因而朱光潛認為,「寫景詩宜於顯,言情詩
所託之景雖仍宜於顯,而所寓之情則宜於隱」[35],他舉梅堯臣之
「狀難寫之景,如在目前;含不盡之意,見於言外」[36]來說明這
一點。並進一步認為「寫景不宜隱,隱易流於晦;寫情不宜顯,
顯易流於淺。」[37]到了這裡,這「隱」卻成了欲揚故抑的「抑」
了,成了「情到濃處應須淡」的「淡」了,成了另一種美的境界
了。顯然在這裡,朱光潛的概念內涵發生了變化,這一「隱」就
不是王國維的「隔」了。謝眺的「餘霞散成綺,澄江靜如練」、
杜甫的「細雨魚兒出,微風燕子斜」,林逋的「疏影橫斜水清
淺,暗香浮動月黃昏」美就在「狀難寫之景如在目前」。而如古
詩十九首中「步出城東門,遙望江南路,前日風雪中,故人從此
去」,李白的「玉階生白露,夜久侵羅襪,卻下水晶簾,玲瓏
望秋月」,王昌齡的「奉帚平明金殿開,且將團扇共徘徊。玉
顏不及寒鴉色,猶帶昭陽日影來」也正美在「含不盡之意見於

[34] 王國維,《人間詞話・蕙風詞話》,人民文學出版社1960年4月版,第
211頁。

[35] 《朱光潛美學文集》第2卷,上海文藝出版社1981年版,第58頁。

[36] 《宋史卷》四百四十三,列傳第二百二・文苑傳五・梅堯臣傳,《二十五
史》上海古籍出版社、上海書店1986年12月版,第1484頁。

[37] 《朱光潛美學文集》第2卷,上海文藝出版社1981年版,第58頁。

言外」。但這個「隱」就不一定「隔」了。因此，這裡就出現了一個理論上的區別，這便是「隔」是否「隱」，「不隔」是否「顯」的問題。王國維對「隔」與「不隔」未作具體規定，就整體詩人論，認為「不隔」有陶淵明、謝靈運、蘇軾，「隔」有延年、黃庭堅，而歐陽公與姜夔則各有「隔」與「不隔」之例證[38]。可見「隔」除了「隱」還有澀、苦、曲等內涵，不僅是「隱」；「不隔」除了「顯」以外，還有清、暢、豪等內涵，不僅是「顯」。這是兩個交叉的概念。因而朱光潛說的是一回事，王國維說的是另一回事。就是說，王國維的「隔」裡也有「顯」和「隱」的問題，「不隔」裡也有「顯」與「隱」的問題。朱光潛在這裡有一個概念置換的問題。

　　朱光潛從意象與情緒的關係角度的分類是有意義的，對於意象與情緒的不同組合形成的不同的「顯」、「隱」，以及「隔」、「不隔」的審美形態的研究是有創作和理論的意義的。綜合起來看，朱光潛的上述主張和矛盾可以概括為：提倡「情趣與意象恰成熨帖，使人見到意象，便感到情趣」的「不隔」，不提倡「意象模糊或空洞，情趣淺薄或粗梳，不能在讀者心中現出明瞭深刻的境界」即「隔」；「寫景詩宜於顯，言情詩所託之景雖仍宜於顯，而所寓之情則宜於隱」、「寫景不宜隱，隱易流於晦；寫情不宜顯，顯易流於淺。」這就把英美音樂派的意象理論與王國維的境界理論結合起來，同時與創作結合起來，作了進一步的研究和新解。朱光潛在意象形態上

---

[38] 王國維，《人間詞話‧蕙風詞話》，人民文學出版社1960年4月版，第210-211頁。

關於「隔」與「不隔」理論出新，概括起來，一是把意象的
「顯」、「隱」與「隔」、「不隔」作了一定的理論區別和自
己的解釋。二是對「隔」與「不隔」在意象上的含義作了界
定。三是對意象要「顯」同時情趣要「隱」的關係作了分析。
這些出新對於運用意象進行詩的創作具有實際的美學意義，也
是對中西意象理論的結合。這個結合，從理論淵源上講，主要
是克羅齊直覺說的影響，也就是說，朱光潛在研究意象時，主
要的價值觀是直覺的問題，他是以克羅齊的直覺出發來介入意
象理論[39]並進行王國維的境界說的研究的，「顯」與「隱」的提
出也受了這種思維定勢的影響。

　　朱光潛還認為，「有我之境」、「無我之境」是指意象在
人的移情作用下意象與主體的不同關係。在對王國維這一意象理
論作歸納分析時，朱光潛提出了自己兩個看法：一是認為，嚴格
地說，「有我之境」、「無我之境」均是「有我」：「詩在任何
境界中都必須有我」[40]。朱認為，為準確表述，可以用「同物之
境」與「超物之境」來取代，「同物之境」指「有我之境」、
「超物之境」指「無我之境」。「淚眼望花花不語」、「徘徊枝
上月，虛度可憐宵」，「數峰清苦，商略黃昏雨」，謂之「同物
之境」；「微風從東來，好風與之俱」，「興闌啼鳥散，坐久落
花多」，「鳶飛戾天，魚躍於淵」，謂之「超物之境」。但本文
認為這只是一種用語的區別，王國維「無我」涵義是指意象對

---

[39] 參見朱光潛，《詩論》第三章第一、二節，《朱光潛美學文集》第2卷，
　　上海文藝出版社1981年版，第51-53頁。
[40] 《朱光潛美學文集》第2卷，上海文藝出版社1981年版，第59頁。

「我」的「超越」，但並不一定認為此詩句無詩人之思想情趣，正如他的《人間詞話》都未對概念作界定一樣，他未作界定而用了「我」的概念，這也許是因為言有無「我」顯得更形象。二是認為，上述二境界都「各有深淺雅俗」，「兩種不同的境界都可以有天機，也都可以有人巧」。這是當然，可不贅論。三是認為，「同物之境」起於移情作用，在中國是魏晉以後才多起來，興起以後，「詩便從渾厚日趨尖新」[41]。朱光潛這一番論述涉及了詩歌意象與詩人主觀印入程度關係所形成的審美風格的探討，這是有其理論意義的。這是朱光潛用克羅齊的移情說結合王國維的「有我」、「無我」理論對中國詩史基本演變規律的闡釋，即詩最早是客觀性強，這就形成風格的渾厚，由於後來主觀的介入，後來詩便「日趨尖新」。這一點，將在後文談意象變化的歷史時一併論述。

三、關於意象的功能

　　一則，比、興與象徵。這涉及到意象本身的功能。意象本身就有比喻、起興和象徵的功能。有詩便有了意象，意象從古至今都有。但詩歌中意象的功能卻是發展的。是由最初的比喻、起興向象徵轉化的。朱光潛就是從這個角度來研究意象的功能的。他在關注意象的功能與《詩經》比興手法的關係時認為，《詩經》中的意象，是通過比興來象徵。他說，「《詩經》中比興兩類是

---

[41] 《朱光潛美學文集》第2卷，上海文藝出版社1981年版，第59-61頁。

有意要拿意象來象徵情趣，但是通常很少完全做到象徵的地步，因為比興只是一種引子，而本來要說的話終須直率說出」。朱光潛的這個說法是將比和興並稱的。他舉「關關雎鳩，在河之洲」這一意象，認為只是為了引起「窈窕淑女，君子好逑」。認為是起興，同時這興中有比。這是對的。舉「昔我往矣，楊柳依依；今我來思，雨雪霏霏」說明「情趣恰隱寓於意象，可謂達到象徵妙境」。但此例主要是比喻，「楊柳依依」暗喻的是「昔我往矣」，「雨雪霏霏」暗喻的是「今我來思」。《詩經》裡也有用興來象徵的，朱光潛在理論上提出了這一點。他在分析《蒹葭》時認為「有時偏重情趣，所引事物與所詠事物在情趣上有暗合默契處，可以由所引事物引起所詠事物的情趣，如『蒹葭』例，這就是『興』」，這很正確。[42] 上述例證說明意象在朱光潛那裡的功能是明確的，即既有比也有興。

在這裡，朱光潛有一個問題是沒有討論的，這就是意象與象徵有沒有區別的問題；如果有，區別是什麼？有的意象是意象，有的意象卻不僅是意象，是象徵。詩經裡的《碩鼠》中碩鼠的意象就是象徵。關於這一點，劉若愚的研究，本文是部分同意的。他認為，不能同意韋勒克、沃倫在《文學理論》中提出的「象徵是一再出現而意象不一再出現」[43] 的區別，認為一個重要區別是

---

[42] 《朱光潛美學文集》第2卷，上海文藝出版社1981年版，第67、41頁。

[43] 〔美〕劉若愚（James・J・Y・Liu）《中國詩學》，韓鐵椿、蔣小雯譯，長江文藝出版社，1991年11月版，125頁，韋勒克（Rene Wellek）、沃倫（Austin Warren）在《文學理論》的原話是「『象徵』具有重複與持續的意義。一個『意象』可以被轉換成一個隱喻一次，但如果它作為呈現與再現不斷重複，那就變成了一個象徵。」韋勒克、沃

「複合意象」[44]不必包含感官經驗以外的東西,而象徵則是代表了一種精神經驗或一種抽象觀念的具體事物」。另一個重要區別在於,他就「主旨」和「載體」而言,複合意象的「主旨」是清楚的,雖然有時「載體」不清;但象徵的「載體」「總是被指明」,但「主旨」卻不在詩裡明確出來。[45]

　　二則,賦。這是朱光潛結合中國詩史而作出的獨特理解和歸類。他在論述中國詩史的發展變化時,認為賦是中國詩由情趣轉向意象的關鍵和轉折,由於賦對意象的大規模採用,導致了中國詩向六朝詩風的轉化。他說:「轉變的關鍵是賦,賦偏重鋪陳景物,把詩人的注意漸從內心變化引到自然界變化方面去。」「從賦的興起,中國詩才漸由情趣富於意象的《國風》轉到六朝人意象富於情趣的豔麗之作」。[46]這是很深刻的論述。詩由內心的直抒,即由「詩言志」[47]到「賦」「鋪采摛文,體物寫志」[48]的變化過程中,「賦者,鋪也」[49]以客觀形象的羅列鋪陳,以間接表達詩人的「志」,這是中國古代詩學上的重要變化。這種變化的

倫,《文學理論》,劉象愚、邢培明、陳聖生、李哲明譯,三聯書店1984年11月版,第204頁。

[44] 劉若愚同時還提出了一個「簡單意象」的概念,認為後者與象徵的區別很清楚,所以只討論了「複合意象」。

[45] 〔美〕劉若愚,《中國詩學》,韓鐵椿、蔣小雯譯,長江文藝出版社,1991版,第125頁。

[46] 《朱光潛美學文集》第2卷,上海文藝出版社1981年版,第71頁。

[47] 《毛詩正義·詩譜序》,〔清〕阮元刻,十三經注疏,中華書局1980年10月影印本,第262頁。

[48] 〔齊〕劉勰,《文心雕龍》,范文瀾:《文心雕龍注》,人民文學出版社1958年9月版,第134頁。

[49] 〔齊〕劉勰,《文心雕龍》,范文瀾:《文心雕龍注》,人民文學出版社1958年9月版,第134頁。

標誌，就是物象的大量採用。就這個意義上說，是中國詩學最早發現了意象的功能和作用。這個發現，就是賦的產生。這同西方浪漫主義後的象徵主義後期，由象徵主義這種客體間接物的發現，導致意象派的產生，是有一樣的邏輯內在理由的。在這裡，朱光潛反覆發掘中國賦的意象特點和功能，同龐德對中國唐詩中的意象的濃郁興趣有異曲同工之處。

三則，現代派詩學家還研究了中國古代詩歌的意象演變歷史。

在朱光潛看來，中國古代詩歌的意象演變歷史分了三步。第一步指的是漢魏以前，「在自然界所取之意象僅以人物故事畫以山水為背景，只是一種陪襯」，是「情趣逐漸征服意象」，這一步是「因情生景或因情生文」。第二步是漢魏時代，比如《古詩十九首》、蘇李贈答及曹氏父子兄弟作品中的「意象與情趣常達到混化無跡之妙，到陶淵明手裡，情景的吻合可算登峰造極」，這一步是「情景吻合，情文並茂」。第三步是六朝時期。從大小謝滋情山水起，自然景物的描繪從陪襯地位抬到主要地位，這跟山水畫在國畫中自成為一大宗派是一樣的，後來趨向豔麗。這種豔麗的特點，在於本時期詩的意象繁複。朱光潛甚至打了這個一個極端的比方：「如論情趣，中國詩最豔麗的似無過於《國風》，乃『豔麗』二字不加諸《國風》而加諸齊梁人作品者，正以其特好雕詞飾藻，為意象而意象。」這一時期是「即景生情或因文生情」。[50]

---

[50] 《朱光潛美學文集》第2卷，上海文藝出版社1981年版，第70-71頁。

四、關於中國古代詩歌的意象演變歷史

　　朱光潛的上述論述是深刻的。他從宏觀的角度對中國古詩的意象變化的脈絡作了首次階段性的概括。其理論武器是克羅齊的移情說和情景交融說。在這個研究中，他把握的是意象與情趣關係之變化比例的問題。從《詩經》的情趣大於意象到漢賦的意象大於情趣再到六朝後的意象與情趣相契合，他的這番勾勒是有開創意義的。就這個演變模式延伸到現代來觀照，也是有道理的。可以說，從五四新詩郭沫若為代表的浪漫派的情趣大於意象，到李金髮為代表的象徵派的意象大於情趣，再到戴望舒為代表的現代派的情趣與意象的和諧又恰好是一個類似從《詩經》到六朝的正反合。再從抗戰時期艾青為代表的含七月派的自由體詩的情趣大於意象，到40年代穆旦為代表的中國新詩派的意象大於情趣，再到李季為代表的新民歌體的意象與情趣相和諧，也是一個正反合。復再從50年代開始的歌德詩的情感大於意象，到70年代後期的顧城為代表的朦朧詩的意象大於情感，再到當今的各種圖謀和諧意象與情趣的詩，這又是一種正反合的過程。本文套用朱光潛的這個模式對現當代詩歌的意象發展變化的概括，力圖想說明的是，詩歌意象的歷史研究是一個可以繼續進行探討的課題，特別是在這種意象與情趣關係的變化中，還可以更深入地研究意象和情感本身的內涵及美感層面的變化。比如，按照剛才這個模式推演下去，那麼宋詩就應該是情趣大於意象了，但與傳統的看法即宋詩重理而言，這個情趣就含了更多的理性的內涵。這個在現當

代也是存在的。

在對中國古代傳統詩歌意象的研究中，其他的現代派詩人主要關注的是古代詩作中意象的體現及其美感的體味。梁宗岱在《談詩》[51]中對姜夔詩作中的「清」、「苦」、「寒」、「冷」的體味，對陶淵明「孤」、「獨」的體味，對杜甫「真」的體味，是對其特有意象的味道的體味，但並沒有將其意象作一專門的研究。

30年代現代派引入並研究了西方的意象派詩學，並結合中國詩學的意象理論進行了全面系統的研究，特別是意象的內涵、意象形態、意象的功能研究及中國詩歌意象演變歷程的研究，涉及到意象與象徵的關係，並推動了現代派的意象詩的創作。意象是詩學史上象徵主義以後主體感情客觀化的一個過程，是走向英美現代派所謂「客觀對應物」的橋樑，是反浪漫主義的產物。現代派強調的客觀性和選擇性的意象，是現代派由象徵向知性發展中的過程。與此同時，從百年漢語詩學史的角度觀察，徐遲、邵洵美、朱光潛對龐德意象詩學的中國闡釋，對中國古代意象理論的現代闡釋，對西方詩學中國化、古代詩學現代化，具有開創性的歷史意義，這也是今天我們研究它們的現實意義之一。

---

[51] 梁宗岱，《談詩》，《詩與真·詩與真二集》，外國文學出版社1984年1月版，第91-108頁。

第三章
知性論

　　如果說象徵和意象這兩種詩學方法和範疇在20年代中國詩學已經有所萌動的話，那麼，知性這個詩學範疇就純粹是30年代現代派詩學的專利了。1933-1934年對柯爾律治、艾略特與瑞恰慈的知性理論之傳播及其異同之研究，讓此時的現代派在詩學理論風貌和創作特色上都與現代派前期劃了一道界線，甚至可以這樣說，由於卞之琳向知性的成功轉向以及葉公超、金克木、曹葆華在西方知性理論介紹中的跟進，現代派有了一個鮮明的代溝。這就是理論上的葉公超、金克木、曹葆華和創作上的卞之琳，代替了前期理論上的梁宗岱、朱光潛和創作上的戴望舒。30年代的知性論引入和研究及推廣，對40年代中國新詩派的詩學及創作起了直接的影響作用。

第一節　知性理論的引入與傳播

筆者1992年已經指出過30年代現代派對知性理論的引入問題[1]，並且論述了現代派的這一美學特徵。這一問題最近也成為學界關注的要點之一[2]。

一、知性理論引入的文獻

30年代最早介紹這一理論的是高明譯日人阿部知二《英美新興詩派》[3]，他在文章中對當時流行的英美現代派的主知特徵作了如下描述：「近代派的態度，結果變成了非常主知的。他們以為睿知（Intelligence）正是詩人最應當信任的東西。」「這種主知的方法論」「是依據著顧立治（通譯柯爾律治，Samual Taylor Coleridge，1772-1834）、愛侖‧坡（Edgar Allan Poe，1806-1849）的系統。」「其特徵就在其理論的，主知的，分析的態度，其詩之純粹性，形式研究的深刻，和超自然的這一點。還有，近代派是作為在這系統之下的法國的詩人把坡爾‧伐萊利（通譯保羅‧瓦萊里，Paul Valéry）仰作了他們的先

---

[1] 見曹萬生《現代主義影響在詩歌領域裏的深入發展》，唐正序、陳厚誠主編《20世紀中國文學與西方現代主義》，四川人民出版社，1992年12月版，第288頁。

[2] 李媛：《知性理論與30年代新詩藝術方向的轉變》，《中國現代文學研究叢刊》2002年第3期，作家出版社出版，2002年7月。

[3] 《現代》第2卷第4期，1933年2月1日。

輩。」這一介紹當時沒有引起廣泛的關注，但與此同時，北京的現代派卻正在向這個方向轉向。

隨後，知性理論在學院派中成為熱潮。這一方面在於30年代初期瑞恰慈來華講學；一方面在於清華導師葉公超的提倡，在他的指揮下，曹葆華、卞之琳都進入了對知性理論的介紹之中。

依筆者清理，30年代對知性理論的介紹有如下文獻。論文部分：卞之琳譯艾略特《傳統與個人才能》[4]，《北平晨報·詩與批評》上發有一系列譯文：曹葆華化名鮑和譯瑞恰慈《詩中的四種意義》[5]、曹葆華譯瑞恰慈《詩的經驗》[6]、曹葆華譯瑞恰慈《論詩的價值》[7]、曹葆華化名霽秋譯艾略特《詩與宣傳》[8]、曹葆華譯瑞恰慈《關於詩中文字的運用》[9]、曹葆華譯瑞恰慈《現代詩歌的背景》[10]、曹葆華化名志疑譯艾略特《論詩》[11]，邵洵美譯《現代美國詩壇概況》[12]，馮至譯《里爾

---

[4]　《學文》第1卷第1期，1934年5月1日。

[5]　《北平晨報·詩與批評》3、4期，1933年10月23日、11月2日。

[6]　《北平晨報·詩與批評》10、11期，1934年1月1日、1月12日。

[7]　《北平晨報·詩與批評》第13期，1934年2月2日收進商務印書館1937年版《科學與詩》時易名《價值論》。

[8]　《北平晨報·詩與批評》第14期、15期，1934年2月12日、2月22日。

[9]　《北平晨報·詩與批評》第14期，1934年2月12日，收入商務印書館1937年版《科學與詩》時易名《生命的統治》。

[10]　《北平晨報·詩與批評》16、17、18、19期，1934年3月2日、3月12日、3月22日、4月2日。

[11]　《北平晨報·詩與批評》第39期，1934年11月2日，收入商務印書館1937年版《現代詩論》時易為本名《傳統與個人才能》。

[12]　《現代》5卷6期，1934年10月1日。

克》[13]，聞家駟譯艾略特《玄理詩與哲理詩》[14]，周煦良譯艾略特《詩與宣傳》[15]，周煦良譯艾略特《勃萊克論》[16]，餘生《英國詩：1932-1937－英國通訊》[17]。專著部分：曹葆華譯諸現代主義詩論合集《現代詩論》[18]，曹葆華譯瑞恰慈《科學與詩》[19]。

二、現代派介紹引入並闡發的知性理論

首先，關於知性的概念。知性即英文Intelligence，可譯作智力，聰明，智能；在艾略特那裡，有時也寫作intellect，可譯作智力[20]。它們的拉丁字源是intellectus。日人阿部知二在《英美新興詩派》裡說「知性」源於柯爾律治（Samuel Taylor Coleridge，1772-1834），「這種主知的方法論」「是依據著顧立治（即柯爾律治）的系統」。他指的是柯爾律治的一個論點，即「好詩不只在於意象。不管意象如何美麗，如何忠實於自然，其本身卻不能成為好詩；只有意象受主導的激情控制，或有刪繁就簡、化暫為久的效果，或詩人受智力統率時，這樣

---

[13] 《新詩》1卷3期，1936年10月。

[14] 《大公報・文藝153期・詩特刊》，《大公報》1936年5月29日。

[15] 《新詩》1卷1期，1936年10月。

[16] 《新詩》1卷3期，1936年12月。

[17] 《新詩》2卷2期，1937年5月。

[18] 商務印書館1937年4月版。

[19] 商務印書館1937年4月版。

[20] 「在感覺的指尖上摸到智性（intellect）」，T.S.Eliot〈Selected Essays〉，1932，p.185。

的意象才是好詩。」這是柯爾律治評論莎士比亞劇作的標準，後來成為新批評派的一個標準。[21]

在對柯爾律治以後的詩學作探究時，研究新批評理論的學者認為，柯爾律治關於想像能把「不協調的品質調和」的名言廣為傳播後，導致了後來傾向新批評的詩學家的發揮。在艾略特和瑞恰慈那裡，就有不同思想傾向的發揮。艾略特認為想像能把邏輯上「不相容的經驗結合起來」[22]；瑞恰慈採用中國儒家哲學的「中庸」論作為方法論，認為真正的美是「綜感」（Synaesthesis），因為「一切以美為特徵的經驗都具有的因素——對抗的衝動所維持的不是兩種思想狀態，而是一種。」[23]但在30年代現代派詩學的研究中，論文作者卻發現，卞之琳、曹葆華以及他們的精神領袖葉公超此時對艾略特和瑞恰慈的熱衷，與新批評理論家們的初衷卻大相徑庭：中國的知音們主要不是在關心一種批評觀念（這在本書第11章《批評論》中我們會更清楚地發現），更不是在關心一種新的學術觀點的產生，他們更關心的是一種新的詩美學的誕生。這種詩美學有別於他們從20年代新月派（卞之琳、葉公超就曾經是新月派詩人）、象徵派那裡繼承下來的象徵、意象這兩個範疇的詩美學，這種詩美學是一種從根本上反浪漫主義甚至於反象徵主義的價值觀，這就是**知性**。特別是

---

[21] 轉引自《中國大百科全書‧外國文學》第1卷第527頁，中國大百科全書出版社，1982年版。

[22] 艾略特《傳統與個人才能》，卞之琳譯，《學文》第1卷第1期，1934年5月1日。

[23] 以上轉引自趙毅衡《新批評——一種獨特的形式主義文論》，中國社會科學出版社，1986年8月，第52-53頁。

在詩人卞之琳那裡，翻譯了艾略特的《傳統與個人才能》之後的創作，與對這個詩美學之崛起極不敏感的戴望舒，形成了歷史的代溝，也形成了現代派的後期新貌。知性這個概念導致了現代詩學的重要的轉向，一是轉向**客觀理性**，一是轉向**綜合包容**，下面將具體結合本題進行一些闡發。

其次，在艾略特那裡，它變為**詩是經驗、避卻抒情、非個人化**的客觀理性的理論[24]。當然，這個客觀，是主觀中的客觀，這個理性，是感性中的理性；在瑞恰慈那裡，在詩是經驗的前提下，強調詩對經驗中的興趣和思想中的**對立因素的平衡、組織、管理、有序的能力**。[25]

一則，艾略特詩學思想的客觀性，即主觀中的客觀性。這體現在他的詩是經驗、避卻抒情、非個人化的一系列論述中。這是現代詩與法國象徵主義逐漸疏離，開始傾向英美現代派的一個重要標誌。卞之琳與曹葆華等人在1934年先後對艾略特這一思想的介紹，構成了30年代現代派詩學的這一轉折。艾略特在中國的至愛葉公超作《學文》主編時，約請卞之琳翻譯艾略特《傳統與個人才能》一文，並編入《學文》1卷1期（1934年5月1日），在詩界學界加以張揚。曹葆華在主持《北平晨報‧詩與批評》時，也受這一時代思潮的影響，化名志疑譯艾略特《論詩》即《傳統與個人才能》[26]。艾略特在這篇著名論文中提

---

[24] 見艾略特《傳統與個人才能》、《玄學派詩人》，李賦甯譯《艾略特文學論文集》，百花洲文藝出版社，1994年9月版。

[25] 見曹葆華譯瑞恰慈《科學與詩》，商務印書館1937年4月版、楊自伍譯瑞恰慈《文學批評原理》，百花洲文藝出版社，1994年11月版。

[26] 《北平晨報‧詩與批評》第39期，1934年11月2日，收入商務印書館

出了兩個驚世駭俗的觀點：「詩是許多經驗的集中，集中後所發生的新東西」；「詩不是放縱感情，而是逃避感情，不是表現個性，而是逃避個性。」[27]艾略特的理論邏輯是這樣的：詩的發展是同人類知識的發展即傳統的發展一起發展的，因而詩人的發展也是不斷捨棄自我，歸附有價值的東西的過程，這個過程就是詩人不斷的個性消滅的過程；只有不斷地消滅個性才能讓詩接近科學；成熟的詩人只在於他的頭腦是一個更精細完美的媒介，通過這個媒介，各種經驗可以自由形成許多新的組合；經驗分成情感和感受，詩可以不用感情而用感受寫成，如但丁《神曲・地獄篇》第十五章；因而詩人有的並不是自己的個性，自己只是一種特殊的媒介，通過這個媒介把奇特和意想不到的印象和經驗結合起來；詩人個人的感情可以是平凡簡單的，詩裡的感情卻必須錯綜複雜，詩人的職務不在尋求新的感情，而在運用尋常的感情來化煉成詩以表現實際感情中根本就沒有的感情；應該關注詩本身而不是詩人，詩應該非個人化，詩的感情是藝術的表現是非個人的。因而，**這個客觀就是詩人這個媒介中的客觀處理，即主觀中的客觀。**

　　二則，艾略特詩學思想的理性，即**感性中的理性**。這在他的玄學派詩研究中體現為**思想的感覺化**和**想像邏輯的擴張**。「玄學詩」（Metaphysical Poetry），是17世紀上半期英國一個詩派。艾略特於1917年寫的著名論文《玄學派》，一是認為這個詩派

　1937年版《現代詩論》時易為本名《傳統與個人才能》。
[27] T.S.Eliot〈Selected Essays〉，1932，P8，中譯見曹葆華譯《傳統與個人才能》，商務印書館1937年4月版《現代詩論》，第122-123頁。

「把最不同質的思想用暴力結合在一起」，二是提煉出玄學派創作的是一種「感性的思想，也就是能在感情中重新創造思想」的特點，三是他認為可產「像對玫瑰花的感覺一樣」感覺思想。與此相適應，他在分析玄學派的表現手法時，認為他們「擴展一個修辭格」，「使它達到機智所能聯想的最大範圍」。[28]最後這一點即卞之琳所理解的艾略特的所謂「大力擴展想像邏輯」的特點[29]。而這一點，直接形成了卞之琳的《距離的組織》的詩學風貌。顯然，艾略特的理性，即對玫瑰花感覺中的思想，即「在感情中重新創造思想」，即感性中的理性。

艾略特的上述思想，都可以在他對柯爾律治那段名言的理解上找到聯結點和理論出發點。他的玄學派詩人研究論文《安德魯・馬韋爾》一文在分析其《忸怩的情人》一詩時，大段引述了柯爾律治關於想像平衡能力的論述：「這種能力……表現在對相反的或不協調的性質能夠加以平衡或其相互和諧上面：使同和異，普遍和具體，概念和意象，個別和典型，新奇與新穎感和古老與常見的事物，不平常的感情狀態和高度的規律與深沉或強烈的感情……使以上這些對立面統一起來」[30]。這同瑞恰慈在《文學批評原理》中的引述有驚人的相似性：「那種綜合的和魔術般

---

[28] T.S.Eliot〈Selected Essays〉，1932年，第35-39頁，中文參見李賦寧譯《艾略特文學論文集》，百花洲文藝出版社，1994年9月版，第16、18、22、14頁。

[29] 袁可嘉，《西方現代派詩與中國新詩》，《現代派論・英美詩論》，中國社會科學出版社1985年版，第367頁。

[30] 艾略特，《安德魯・馬韋爾》，《艾略特文學論文集》，李賦寧譯，百花文藝出版社1994年版，第37-38頁。

的力量，我們把想像這個名稱專門用來特指它……顯現於對立的
或不協和的品質的平衡或調和……新穎鮮明的感覺與古老習見的
事物，異乎尋常的感情狀態與異乎尋常的條理；始終清醒的判斷
和穩重的自持力與熱忱和深沉的或熾熱的感情」[31]。

　　這一點，是艾略特與瑞恰慈統一的基點。瑞恰慈思想則基
本上是柯爾律治思想的延伸和發展，這是30年代知性理論引入
的另一個分支。這就有了下面的分析。

　　再次，瑞恰慈詩學思想的綜感論、張力論與戲劇化理論。
在瑞恰慈看來，柯爾律治的平衡思想就是相反因素的對立統
一，把這個思想引致經驗，**經驗的平衡**就成了瑞恰慈整個詩學
思想的出發點。在這個基點上，瑞恰慈提出了綜感論、張力論
和戲劇化理論。

　　一則，在瑞恰慈看來，「詩歌在最廣泛的意義上是什麼一
種東西？」他認為是「經驗」，經驗有「次要的一股」即「智
力的」；有「主要的一股」即「主動的或情感的」，這是真有
作用的，是「興趣」。「每種經驗主要都是擺動到停息的某種
興趣或一團興趣」。經驗就是上述兩種力量的作用。詩人想表
達的只是「詩歌的整體」，「詩人寫作並不是並不像一個科
學家。他用這些文字則因為情境所激起的興趣聚合起來把它們
（就是這樣）引入他的意識中作為一種工具以整理，管束，和
團結整個的經驗。經驗本身（即橫掃過心靈的衝動的潮流）乃
是文字的本原與制裁。文字代表這種經驗的本身」。在這裡，

---

[31] 瑞恰慈《文學批評原理》，楊自伍譯，百花洲文藝出版社，1992年版，
　　第220-221頁。

瑞恰慈並不認為智力是詩的主要成份,而恰恰相反,認為它只是次要的成份,詩是智力與情感的統一,其中情感的主動即興趣是最重要的,這合起來是經驗。詩是整理、管束、團結經驗的。強調這興趣的產生發動變化形成新的感覺和衝動的過程,即經驗的組織管理的過程。[32]這一點讓他跟艾略特略有一點區別,在艾略特看來,詩首先是經驗,是逃避抒情的。艾略特的經驗帶有很強的理性內涵,即傳統的、知識的內容,在瑞恰慈看來,這個經驗不是智力的,主要是情感的。在《科學與詩》第4章《生命的統制》中,他對這一點有更明確的甚至是反艾略特的說法:「創作一首詩歌的動機是發於心靈的深處。詩人的作風是他組織興趣時所依據的方法之直接表現。把言詞安排得條理分明的驚人的才能,乃是把經驗安置得井然有序的驚人才能之一部分。」「這就是說,詩歌不是可以用知識與研究,機巧與設計所能寫成的。」瑞恰慈接著論述了博學與研究、製作都不是詩,而只是「像詩」,因為沒有詩人的「個性」,「只有真純的詩歌會給予適當的讀者一種反應,這種反應與詩人的經驗是同樣的熱烈,高貴和清朗,詩人因為是經驗的駕馭者,因此也是言辭的駕馭者。」[33]這第一是直接反對強調音樂的瓦萊里的製作,同時,與同時強調經驗、非個人化的愛略特也劃清了界限,反對製作。知性在這裡有了兩個分端:一個是強調在「組織」、「調和」中更關注對個人情感,一是在「組織」、

---

[32] 曹葆華譯瑞恰慈《詩的經驗》,《北平晨報‧詩與批評》第10、第11期,《北平晨報》1934年1月1日11版,1月12日11版。

[33] 曹葆華譯瑞恰慈《科學與詩》,商務印書館,1937年版,第38-39頁。

「調和」中更關注對所有情感的「組織」。後者要深刻得多，也更接近現代詩的創作。前者還帶有很強的浪漫主義的色彩。

艾略特和瑞恰慈二人，在「對經驗的組織」這個問題上統一起來。艾略特和瑞恰慈都同樣強調對經驗的整理、管理、組織的問題，這個思想源於柯爾律治，二人在柯爾律治那個出發點上和理論基點上得到了統一。

二則，在這個基點上，瑞恰慈提出了他的綜感論、張力說和戲劇化理論。

在《詩與科學》第六章《詩歌與信仰》中，瑞恰慈認為「詩人的職務是使一團經驗有著秩序、諧和，並且因而有著自由。」[34]這一點是瑞恰慈思想的出發點和歸宿。瑞恰慈在《美學原理》中提出的「綜感」（Synaesthesis）意謂藝術作品所產生的不同衝動的協調，對立情感的和諧；這裡強調的是對立中的和諧，即綜合感的問題。他在《文學批評原理》裡提出的「包容詩」概念（Poetry of Inclusion）發揮了這一思想，認為只有包容詩才使對立的衝動取得平衡，而「對立衝動的平衡是最有價值的審美反應的基礎。」[35]他還提出了反諷論的觀點，認為「反諷性觀照」（Ironic Contemplation）是詩歌創作的必要條件，「通常互相干擾、衝突、排斥、互相抵銷的方面在詩人手中結合成一個穩定的平衡狀態。」[36]。這樣一來，瑞恰慈把柯爾律治

---

[34] 曹葆華譯瑞恰慈《科學與詩》，商務印書館，1937年版，第51頁。

[35] I.A.Richards，《Principles of Literary Criticism》，1924，p.248-250，中文見艾·阿·瑞恰慈著、楊自伍譯《文學批評原理》，百花洲文藝出版社，1994年11月版，第226-228頁。

[36] Richards，《Principles of Literary Criticism》，1924，p.182，中文見艾·

的思想發揮到極點，同時衝出了柯爾律治把平衡局限在想像的領域的缺點，把它放在整個美的範圍內加以立論，這也成為後來30年內新批評「張力」詩學的主要理論基礎。

與此同時，瑞恰慈還提出了戲劇化理念。他認為「具有戲劇結構的詩比我們料想的多得多。」[37]這個觀點與卞之琳後來的創作的戲擬性和非個人化有一定的聯繫。

第二節　現代派對知性理論的接受和變異

正如上文已提到的，艾略特、瑞恰慈的知性理論對於中國現代詩學來說就成了最前衛的主張，特別是對於還沉醉在象徵主義純詩說裡的一些現代派詩學家如梁宗岱、一些從象徵主義向超現實主義轉變的詩人如戴望舒來說，就成了一個分界的界標。艾略特的上述學說，從兩個方面摧毀了現代詩學舊有的價值體系，一個是從郭沫若開始的詩是情緒是個性表現的浪漫主義詩學，一個是詩是音樂是象徵的象徵主義詩學。它強調感性中的理性、主觀中的客觀，強調對經驗中對立因素的統一和綜合、平衡。這直接導致了卞之琳的思想轉向，葉公超的理論鼓吹和金克木的主知理論的發表，導致了30年代現代派1935年最後的轉向。

阿‧瑞恰慈著、楊自伍譯《文學批評原理》，百花洲文藝出版社，1994年11月版，第160頁。

[37] I.A.Richards，《Principles of Literary Criticism》，1924年，p.246。參見趙毅恒《新批語──一種獨特的形式主義文論》，中國社會科學出版社1986年8月版，第72頁。

一、葉公超的鼓吹與主張

葉公超一方面大力在學生中鼓吹艾略特和瑞恰慈的思想，在清華研究生和本科生中形成這種思潮，一方面親自上陣，為艾略特和瑞恰慈吶喊。在這裡，葉公超起到了中國現代詩學轉向的精神領袖的作用。

葉公超當時任《學文》主編，他親自命令卞之琳翻譯艾略特的《傳統與個人才能》，發表在其主編的《學文》第1期上。同時，為其研究生趙蘿蕤翻譯的艾略特的《荒原》作序，並對其工作作了高度評價，認為艾略特「的影響之大竟令人感覺，也許將來他的詩的本身的價值還不及他的影響價值呢。」[38]。還為其研究生曹葆華翻譯的瑞恰慈的《科學與詩》作序，認為當時的中國「最缺乏的，不是浪漫主義，不是寫實主義，不是象徵主義，而是這種分析文學作品的理論。」[39]

在這些行動的同時，以「懶」、「公子」著稱的葉公超，還親自寫作《愛略特的詩》、《再論愛略特的詩》等論文，評論艾略特和瑞恰慈，這些論文是30年代現代派中極少的知性理論的重頭論文。

---

[38] 葉公超《再論愛略特的詩》，《北平晨報‧文藝》13期，《北平晨報》1937年4月5日，本文即為趙蘿蕤譯作寫的序，收入上海新詩社1937年版趙蘿蕤譯艾略特《荒原》。

[39] 葉公超《序曹譯〈科學與詩〉》，《北平晨報‧詩與批評》第30期，《北平晨報》1934年7月23日第13版，後未收入曹葆華譯瑞恰慈《科學與詩》，商務印書館，1937年4月版。

　　葉公超的主張是對艾略特和瑞恰慈知性理論的中國化。綜合起來看，葉公超的主張有三點，一是提倡一種「擴大錯綜的知覺」，二是提倡一種「古今錯綜的意識」，三是對艾略特傳統論與宋詩「奪胎換骨」說的比較。

　　葉公超認為，艾略特知覺的綜感有多種內涵。葉公超引用威廉生的著作《論艾略特的詩》[40]認為，一是指艾略特詩裡的用詞「是有刺激性而有膨脹的知覺的」、「善於引用舊句來喚起同意識的」，因而對於讀者來說，就需要有「自動的思想」、「敏銳的知覺的活動」[41]。這指的是艾略特詩語的彈性、張力和內涵。二是指用隱喻的意象去暗示其思想和意境，這一點，是葉公超自己的發現。在論述這一點時，葉公超超越了一般論述艾略特詩藝的方法。一般的論述，都以艾略特所謂「客觀對應物」（Objective Correlative）為其特點論述其詩的朦朧性，葉公超認為，「客觀的關聯物」（即「客觀對應物」）是「象徵主義早已說過」的「內感與外物的契合」，是「極普通的話」，而艾略特「技術的特色似乎不在這裡」，「他的技術上的特色全在他所用的Metaphor（即隱喻）的象徵功效。他不但能充分的運用Metaphor的襯托的力量，而且能從Metaphor的意象中去暗示自己的態度與意境。要徹底的解釋愛略特的詩，非分析他的Metaphor不可，因為這才是他的獨到之處」[42]。這是對艾略特

[40] The Poetry of T.S.Eliot. By Hugh Ross Wiliamson. London: Hodder & Stoughton.1932.5。

[41] 葉公超《愛略特的詩》，《清華學報》第9卷第2期，1934年4月。

[42] 葉公超《愛略特的詩》，《清華學報》第9卷第2期，1934年4月。

詩學特色的主要概括。三是對立綜合的運用。用葉公超的話來
說，叫做「用兩種性質極端相反的東西或印象來對較，使它們
相形之下益加明顯；」「這種對較的功用是要產生一種驚奇的
反應，打破我們習慣上的知覺，我們從驚奇而轉移到新的覺悟
上。兩樣東西在通常的觀察者看來似乎是毫不相干的，但在詩
人的意識中卻有異樣的、猝然的聯想或關係」[43]。這就是上文
所說對「把最不同質的思想用暴力枷銬在一起」的玄學派方法
的提煉，所謂大力擴展修辭格，「使之能達到機智所能聯想的
最大範圍」（Disassociation of Sensibility）[44]，亦即卞之琳「大
力擴展想像邏輯」的特點。同時又有葉公超發掘了艾略特詩學
這種方法的陌生化效果，這就讓傳統的分析方法蒼白，體現了
葉公超理論上的敏銳感和深刻性。葉公超的這個強調，對於卞
之琳的影響很大，直接影響了卞之琳的創作風格的轉變。1935
年1月卞之琳發表了運用艾略特「大力擴展想像邏輯」這一方法
創作的《距離的組織》一詩，正如藍棣之所感覺的那樣，「好
像是忽然之間，從1935年開始，卞之琳的聲音有了很大的變
化」。[45]這一點，後文還將涉及。

　　古今綜合意識是艾略特詩學的主張之一，學者出身的葉公
超對此可說是激賞。關於這一點，葉公超有明確的說法：「他
主張用典，用事，以古代的事和眼前的事錯雜著，對較著，主

---

[43] 葉公超《再論愛略特的詩》，《北平晨報・文藝》第13期，1937年4月5
　　日，收入趙蘿蕤譯艾略特《荒原》，上海新詩社1937年出版。
[44] T.S.Eliot〈Selected Essays〉，1932，p.35-39。
[45] 藍棣之，《現代詩的情感與形式》，華夏出版社，1994年9月版，第71頁。

張以一種代表的簡單的動作或情節來暗示情感的意志，就是他所謂客觀的關連物（Objective Correlative），再以字句的音樂來響應這意態的潛力（見「Ezra Pound，his metricand poetry」一文）。他要把古今的知覺和情緒溶混為一，要使從荷馬以來歐洲整個的文學及各個作家本國整個的文學（此當指西方人而言）有一個同時的存在，組成一個同時的局面（見《傳統與個人的才能》）。他認為詩人的本領在於點化觀念為感覺和改變觀察為境界。這種技巧可以更簡單呼為「置觀念於意象中」（The Presence of the Idea in the Image）。同時，因為詩的文字是隱喻的（Metaphorical）、緊張的（Intensified），不是平鋪直敘的、解釋的，所以它必然要凝縮，要格外的鋒利。」[46]這有兩個主要的思想，一個是古今同一意識，再一個是在古今同一中求得錯綜暗示。這種思想是前衛還是落後，這在當時是一個有爭議的問題。葉公超引艾略特自己所謂「政治上是保皇黨，在文學上是古典主義，在宗教上是英國天主教徒」的聲明和威廉生的古典主義的評價後，堅持認為他是一位「現代的形而上學派的詩人」[47]，顯然，艾略特的歷史意識並不是復古主義的體現，而是古今同一中對現實的批判和審視，這是一種現代主義情緒。葉公超的感覺是對的。艾略特古今意識錯綜這一詩學要點，在現代詩學中，影響卻不大。這也許同當時中國動亂的社會現實有關。

---

[46] 葉公超《再論愛略特的詩》，《北平晨報·文藝》第13期，1937年4月5日，收入趙蘿蕤譯艾略特《荒原》，上海新詩社1937年出版。

[47] 葉公超《愛略特的詩》，《清華學報》第9卷第2期，1934年4月。

　　第三，是葉公超對艾略特之傳統論與宋詩之「奪胎換骨」論的比較。葉公超說：「愛略特之主張用事與用舊句和中國宋人奪胎換骨之說頗有相似之點。《冷齋夜話》云：『山谷言，詩意無窮，而人才有限。以有限之才追無窮之意，雖淵明少陵不得工也。不易其意，而造其語，謂之換骨法。規慕其意而形容之，謂之奪胎法。』又《蔡寬夫詩話》有云：『荊公嘗云，詩家病使事太多，蓋取其與題合者類之，如此乃是編事，雖工何益？若能自出已意，借事以相發明，變態錯出，則用事雖多，亦何所妨，故公詩如「董生只被公羊惑，豈信捐書一語真，桔槔俯仰何妨事，抱甕區區者此身」之類，皆意與本處不類，此真所謂使事也』」[48]。葉公超所說的相似，有三點。一是用事用典。二是以古補今之不足，宋人補後可以「以有限之才追無窮之意」，葉公超認為艾略特是「使以往的傳統文化能在我們各個人的思想與感覺中活著」「利用古人現成的工具來補充我們個人才能的不足」[49]。三是在用中有新意度之，但這一點新有異，其異在於，宋人是奪胎換骨，艾略特是以舊批新，宋人是繼承的，艾略特是批判的。葉公超能將宋詩掉書袋與艾略特傳統論比較，是看到其形之一面，但價值觀是完全不同的，在工具層面是類似的，但在價值層面是不同的。

---

[48] 葉公超《再論愛略特的詩》，《北平晨報・文藝》第13期，1937年4月5日，收入趙蘿蕤譯艾略特《荒原》，上海新詩社1937年出版。
[49] 葉公超《再論愛略特的詩》，《北平晨報・文藝》第13期，1937年4月5日，收入趙蘿蕤譯艾略特《荒原》，上海新詩社1937年出版。

　　葉公超是艾略特在中國最早的知音，其引入艾略特的功勞，對現代詩學的轉向的影響是過去評價不夠的。

　　如果說葉公超主要是在接受中進行詩學理論的變異，那麼金克木就主要是在創作層面上提倡變異。金克木站在知性的角度上評論中國新詩，其創新和應用就具有實踐的品格。

二、金克木的接受與主張

　　金克木化名柯可論新詩的論文《論中國新詩的新途徑》[50]被葉公超認為是「近年來論新詩最好的文字」[51]。這篇論文在現代詩學史上第一次提出了「主智詩」的概念，其基本的思路，是受艾略特、瑞恰慈當時思想啟發的結果。金克木主智詩的內涵有四點。第一，主知詩並不是哲理詩，「有時只是平淡無奇的幾句話，無不有獨特的對人生宇宙的見解，而這種見解又必然蘊蓄浸潤於其詩人。」這個「浸潤」中的「見解」，就是感性中的理性了。第二，以智為主，「不使人動情而使人深思」、「極力避免感情的發洩而追求智慧的凝聚」。把這種感性中的理性客觀化。第三，「情智合一」，「一要非邏輯」，「二要同感情」即「最直捷的一拍即合而不容反覆的綿密的條理」。感性與理性的相融。第四，是「難懂的詩」，是多義的綜合。金克木的變異在承認了從柯爾律治到艾略特、瑞恰慈的情感理性平衡說的同時，淡化了艾略特的經驗說、非個人化、逃避抒情的理論，淡化了瑞恰

---

[50] 柯可，《論中國新詩的新途徑》，《新詩》1卷4期，1937年1月。
[51] 葉公超，《論新詩》，《文學雜誌》，1937年5月。

慈的張力說、戲劇化理論。金克木「主智詩」說，對傳統的哲理詩作了改造，強調了詩的情感與理性的統一，借鑒了一些瑞恰慈的綜感論的思想，強調在情感和理性的統一中表現一種非邏輯的思想，在統一中強調知性因素的增強。這個知性因素，顯然主要在思想和智慧，與艾略特、瑞恰慈的知性因素的內涵有了一些區別。區別在於，對於張力和想像邏輯的強調不夠。相同的在於，理性內涵的增加這一點。這個理性，當然在艾略特、瑞恰慈那裡也有思想和智慧的因素。思想和智慧，這在當時的中國詩壇上是可以被詩人接受和理解的，所以金克木在總結當時的詩歌創作狀態時，把這種詩稱為三類之一，並且置首評論。的確，金克木這種不太正宗的知性主張在當時的現代派詩作中已經很多，但都是除卞之琳以外的現代派知性詩諸多詩人的詩作，與卞之琳那種很正宗的借鑒有了很多區別。也許正因為金克木論文的這一點變異，葉公超才會在稱讚的同時又有所保留，他的原話是「正如柯可先生在《新詩》第4期所說：『一切見景生情感時傷事詠物寄託唱和贈答等詩即使做出也不能算是新詩了』（除幾點外，柯可先生這篇論文是很精確的，我認為是近幾年來論新詩最好的文字）。」[52] 這幾點，想來與上述淡化而不「精確」有關。葉公超自有葉公超的標準，從他對艾略特的五體投地來看，他作這種推理是很正常的，金克木自有其中國特色的理解。當然，今天來看，學艾略特正宗的卞之琳成就顯然在其他的主智詩之上，這也許是知性本來應有之意。

---

[52] 葉公超《論新詩》，《文學雜誌》，1937年5月。

三、知性理論對卞之琳創作的影響

下面要簡單討論一下知性影響下卞之琳的詩歌創作的變化。如上所述，1935年1月卞之琳《距離的組織》之後，其詩風發生了重要的變化。這種變化發生在卞之琳1934年翻譯艾略特《傳統與個人才能》之後，張曼儀在談到卞之琳這種變化時認為「從19世紀法國象徵主義詩人過渡到其後期詩人瓦雷里及20世紀的英、德象徵主義詩歌，卞之琳接觸到與自己時代更為相近的聲音，受到現代人知性的蠱惑。」[53]

茲簡略錄下部分詩句，以見其知性增加的詩態：

你站在橋上看風景，

看風景的人在樓上看你。

——《斷章》

想獨上高樓讀一遍《羅馬滅亡史》，

忽有羅馬滅亡星出現在天邊。

報紙落，地圖開。因想起，友人的囑咐，

寄來的風景已暮色蒼茫了。

——《距離的組織》

---

[53] 張曼儀《卞之琳著譯研究》，香港中文大學出版，1989年第35頁。

請看這一湖煙雨

水一樣把我浸透

像浸透一片鳥羽

　　　　　　　　——《白螺殼》

　　這些詩，都在情感的收斂中展開智慧的思索，同時這種思索進入的思想不是赤裸裸的，而是「玫瑰花的感覺般的」。比如《斷章》裡的「你」是誰？站在橋上看風景的「你」、看風景的人在樓上看的「你」、明月裝飾了「你」的窗子的「你」、「你」裝飾了別人的夢的「你」，是不是一個人？如果不是，會形成幾對關係？這裡的「你」和非「你」是什麼關係？是情人、是友人？是他人？是人與人？是寫的人與人的相對關係，還是寫的主體與客體的關係？是寫人把握不住命運？還是寫人把握不住世界？還是寫人把握不住他人？還是寫人把握不住自己？是不是都有一些？這是不是各種對立思想的錯綜？時空、主客的錯綜？是不是綜感？是不是非個人？是不是避卻抒情？這些知性因素通過各種矛盾的思緒和不相干的意象互相組接到一起，形成一種突兀、尖銳的智慧的魅力，讓人久思不已。由於這種思想的收斂和客觀對應物的採用，讓人仁者見仁智者見智，以致在作者和其友、評論家劉西渭（李健吾）之間發生了《圓寶盒》是圓的寶盒還是圓寶的盒的爭論，和關於《斷章》裡的「你」的往返討論。[54]

────────

[54] 劉西渭（李健吾）《〈魚目集〉——卞之琳先生作》（1936年2月2日）、《關於「你」》，《答〈魚目集〉作者》（1936年5月16日），

　　卞之琳在知性詩的詩歌創作中還特別重視詩的客觀性，深得艾略特的三昧，正如他的夫子自道：「我總喜歡表達我國舊說的『意境』或者西方所說的『戲劇性處境』，也可以說是傾向於小說化，典型化，非個人化，甚至偶而用出了『戲擬』（Parody）。所以，這時期的極大多數詩裡的『我』也可以和『你』或『他』（『她』）互換」[55]。這在中國現代詩史上也是僅少見的。

　　中國現代文學史和中國現代詩學史對創造社、新月派有前後期的分別，但對現代派至今還沒有前後期的區別，這種情況現在可以改變了。本書作者認為，1935年1月《距離的組織》的發表，就是這個後期開始的標誌。隨後的《尺八》（1935.6.19）、《斷章》（1935.10）、《寂寞》（1935.10.26）勢如洪水，一些詩人也相繼裹進這個新潮中，如孫大雨、金克木、廢名、徐遲等。如前所述，卞之琳的這番轉向知性的實踐讓他與不是轉向知性而是轉向超現實主義的戴望舒形成了鮮明分界。當然，他們的分別還有一端主張音樂論、格律論如卞之琳、何其芳、孫大雨，一端反對音樂論、格律論如戴望舒、施蟄存、杜衡。與此同時，詩學理論上的葉公超、曹葆華、金克木與詩學理論上的施蟄存、梁宗岱、戴望舒、朱光潛，也形成鮮明的分界。正如本章開始時所言，他們之間形成了代溝，這個代溝，不是年齡的，而是價值的，區別就在是否承認知性。這正如西方的艾略特與馬拉美、龐德的區別一樣，他們共同構成了現代派的後期。這個後期，應該

收入《李健吾文學評論選》，寧夏人民出版社，1983年版。
[55] 卞之琳《雕蟲紀曆·自序》，人民文學出版社，1979年版，第3頁。

說理論與創作各有特色。這個後期，跟其他流派的後期有異的是，它讓後期現代派出現兩極分化的特點，即戴望舒與卞之琳的兩極共存的現象。這個兩極，在本書的第四章《未來派、立體派、達達派與超現實主義論》、第九章《音樂論》、第十章《格律論》上也有相關論述。關於現代派的前後期分別，也正是本書研究的一個創新點。

　　現代派的這個後期，直接開啟了40年代「中國新詩」派知性詩的先河，形成了40年代穆旦、袁可嘉、唐湜、辛笛、杜運燮、鄭敏、陳敬容、唐祈、杭約赫的中國新詩派「現實、玄學、雕塑」的新的現代詩風。

第四章
未來派、立體派、達達派與超現實主義論

　　30年代的現代派,對未來派、立體派、達達派和超現實主義也有一些譯介。由於這些詩學流派,大多曇花一現,並且在藝術方法上破壞多於創造,創新不多,對世界詩歌創作的影響極其有限,在中國現代影響力也極其有限。但這些流派影響過戴望舒的詩學思想和創作,戴望舒對未來派、立體派有一個推崇到清理認識的過程。戴望舒後來淡出象徵派後,不是轉向卞之琳等人的知性,而是轉向超現實主義,因而在現代派中形成後期詩學現象的兩端。

第一節　現代派對未來派、立體派、達達主義與超現實主義的引入

　　西方未來主義是一個不斷變化、發展的現代主義文藝流派。意大利詩人馬里內蒂(Filippo Tommaso Marinetti,1876-1944)

於1909年宣布未來派誕生以後，1913年法國詩人阿波里奈爾（Guijlaume Apollinaire，1880-1918）又提出「立體未來主義」的主張，並波及俄國的馬雅可夫斯基等人。未來主義在價值觀上否定一切傳統，歌頌力量、速度、戰爭，在美學上強調直覺，否定理性與邏輯，表現玄秘、病態、夢境甚至死亡。但立體未來主義，特別是阿波里奈爾則與之有別。他的詩表達了價值混亂時，對舊世界的厭倦與苦悶和對現代文明的讚美，同時意象鮮明、節奏感強。他的樓梯式詩，直接影響了馬雅可夫斯基的創作。

戴望舒化名「月」著有短文《阿保里奈爾》[1]上，稱他是「法國立體派的大詩人及其創立者」。江思譯有《馬里奈諦訪問記》[2]，介紹了馬里內蒂所談到的未來主義崇拜機器、力的精神及其變化的思想。高明的論文《未來派的詩》[3]，系統地介紹了馬里內蒂的未來主義理論。

高明的論文分四個方面論述了未來主義的理論及創作：一、什麼是未來派的詩；二、未來派自由語之產生；三、什麼是未來派的自由語；四、未來派自由語之方向。描述了未來主義詩作的藝術形式內涵及其不同派別傾向。其中在什麼是未來派的詩一節裡，文章描述了未來派的特點：「一，對法國象徵主義之最果斷的叛逆，二、健康的詩，三、對於力、速度、科學、機械之狂熱的讚美，四、由對暴力、危險果斷之讚美一轉

---

[1] 《現代》第1卷第1期，1932年5月1日。
[2] 《現代》第1卷第3期，1932年7月1日。
[3] 《現代》第5卷第3期，1934年7月1日。

而為戰爭之讚美」等。文章還描述了未來派在語言上的革命，「使名詞成為裸體，而把它羅列起來」，除去形容詞、副詞、複句、標點，擬聲，甚至發展數學公式、圖表、五線詩，等等。此即所謂「未來語」。這種主張是不滿意於傳統價值觀的表徵——過去語言的意義和對其價值觀標新立異相應的體現。

繼之，李健吾的論文《什麼是立體派》[4]，著重介紹了以阿波里奈爾為代表的立體未來主義的理論及創作。李健吾以一種印象主義態度描述了阿波里奈爾的詩作：「不要永久，不要選擇；他要的是不知不覺，整個一個意識蒙昧的世界，一個常人不可知的四度的宇宙。他要扔掉傳統，走進欒保（即蘭波）開闢下來的途徑。這群新派詩人，正如欒保（即蘭波）所云：『最後我把我精神上的混亂看做神聖』。」李健吾在這裡同時也揭示出立體未來主義的阿波里奈爾與象徵主義某些內在的聯繫。

戴望舒以陳禦月的筆名譯發了阿波里奈爾的小說《詩人的食巾》[5]。小說在醜和美的矛盾對立中宣傳了怪異的人生哲學，蔑視市俗，醜中釀美。戴望舒40年代還譯過阿氏的詩作《萊茵河秋日遙曲》和《密拉波橋》[6]。

對達達主義、超現實主義詩論及其作品的譯介，也是30年代現代主義傳播的內容之一。

[4] 《文學百題》，生活書店，1935年版。
[5] 《現代》第1卷第1期，1932年5月。
[6] 《戴望舒詩全編》，浙江文藝出版社，1989年版。

　　李健吾的《什麼是達達派》[7]一文，描述了從1916年至1922年達達主義產生與消散的沿革，否定了一切傳統文化的主旨及其與象徵主義詩人蘭波的思想淵源聯繫，並且也指出了，其中布洛東（即布勒東）「其後別樹一幟，成為所謂超現實主義的權威」。

　　黎烈文的《什麼是超現實主義》[8]一文，在描述超現實主義與達達主義的關係之後，比較籠統地概述了從1924年（文中誤印為1934年）起超現實主義否定傳統的反理性創作傾向，同時也介紹了阿拉貢（Louis Aragon）等人30年代的轉向。

　　在達達主義、超現實主義詩作的介紹中，《現代》雜誌也作了努力。戴望舒化名陳御月選擇了《核佛爾第（即勒韋爾迪）詩抄》（5首）[9]。比也爾‧核佛爾第（通譯勒韋爾第，Pierpre Reverdy，1889-1960）曾被稱為是超現實主義的先驅。戴望舒曾指出，超現實主義的巨頭們如「布勒東（通譯勃勒東，André Breton，1896-1966）阿拉貢甚至宣稱核佛爾第是當代最偉大的詩人，別人和他比起來都只是孩子了」（《比也爾‧核佛爾第》，《現代》第1卷第2感人期）。戴望舒還譯有愛呂雅（通譯艾呂雅，Paul Eluard，1895-1952）詩八首（《戴望舒詩全編》，浙江文藝出版社1989年版）。艾呂雅是20年代達達主義和超現實主義詩人，30年代轉向反法西斯主義的戰鬥。

---

[7]　《文學百題》，生活書店1935年版。
[8]　《文學百題》，生活書店1935年版。
[9]　《現代》第1卷第2期，1932年6月。

第二節　現代派對未來派、立體派、超現實主義的借鑒和變異

　　現代派對未來派（立體派）的興趣主要體現在戴望舒身上。

　　戴望舒對未來派（立體派）有一個由推崇到清理認識的過程。其間的過程在半年左右。事實上，未來派和立體派都是以阿波里奈爾為首領，有時也以立體未來派自稱，其主張相差無幾。1932年5月，戴望舒化名「月」於《現代》雜誌1卷1期（1932年5月）上發表短文《阿保里奈爾》。當時，戴望舒對阿氏稱他是「法國立體派的大詩人及其創立者」並譯其小說《詩人的食巾》時是推崇的，但是《詩人瑪耶闊夫司基的死》中[10]看法又有變化。在後文中，戴望舒認為，未來派的根本點是反傳統，是「反抗著過去的一切，而帶有一種盲目性，浪漫性，英雄主義來理解新的事物的現代的小資產階級」，「未來主義的發生是完全基於否定的精神的」，「所謂未來者，卻不過是偶然的心上浮現的一重幻影而已」，是「個人主義」的。他對蘇俄詩人馬雅可夫斯基之死的分析體現了他對未來主義的看法：一方面反傳統，崇尚英雄主義，主張革命，當革命來到後，又覺得平凡，不適應。他認為馬雅可夫斯基之死正是「革命與未來主義這二者之間的矛盾的最尖端的表現」。戴望舒對未來派的推崇時間不長，很快把注意力放到超現實主義身上了。

---

[10] 《小說月報》第21卷第12號，1930年12月10日。瑪耶闊夫司基，通譯馬雅可夫斯基，Владимир Владимирович Маяковский，1893-1930年。

　　戴望舒轉向超現實主義是在抗戰開始後，由於一些超現實主義詩人是由象徵主義、未來主義轉過來的，同時參與了反法西斯戰鬥，這讓戴望舒抗戰以後的詩，與他們有了許多相近之處，這一點，在艾呂雅身上很相似。正如戴望舒自述的那樣，他對西方現代主義的興趣發生了變化：「我以前喜歡耶麥，福爾，高克多，雷弗爾第，現在呢，我已把我的偏好移到你（指法國詩人許拜維艾爾，今通譯蘇佩維艾爾，Jules Supervielle，1884-1960，——引者）和愛呂阿爾（今通譯艾呂雅——引者）身上了。」[11]這一時期他譯了法國超現實主義詩人先驅勒韋爾迪、法國達達主義、超現實主義詩人艾呂雅、法國立體未來派詩人阿波里奈爾的詩作。《燈》、《眼》、《我思想》與過去詩作中的區別是詩人運用了超現實主義的手法。正如有的論者所指出的：「《燈》這首詩，明顯是從許拜維艾爾《燭焰》一詩得到啟發，《眼》這首詩的構思，很容易使人想起艾呂雅的《人們不能》一詩：『你的眼睛（在裡面沉睡／我們兩個人）為我的人的閃光／比這世界的夜晚／安排了一個更好的命運。』其中詭序變幻的眼睛——大海的點染，又有瓦萊里《海濱墓園》的影子。」[12]並且，《眼》裡所蘊含的自然客體與個體主體互為區別但共為一體的、思想的知覺化等特點，以至同里爾克等人有了聯繫，其中「透明而畏寒的／火的影子／死去或冰凍的火的影子」的悖論意象頗具有超現實主義所謂「最強有力的形象，是最任意自由，最充滿矛盾的形象，因而也是最

---

[11] 戴望舒《記詩人許拜維艾爾》，《新詩》第1卷第1期，1936年10月。

[12] 參見鄭擇魁、王文彬《戴望舒評傳》，百花文藝出版社1987年7月版。

難以表達的形象」，「既擾亂了理智，也擾亂了感覺」，「而夢幻的氛圍和強烈的詩意就是從中產生出來的」特徵。[13]《我思想》這首詩，由「莊周夢蝶」、笛卡樂「我思故我在」點匯而成，但其中又溶入夢幻與現實交融的筆調，很帶有勒韋爾迪超現實的特點。這一時期他最為精彩的篇章，還是融超現實主義、象徵主義於一體的《我用殘損的手掌》：「我用殘損的手掌／摸索這廣大的土地／⋯⋯／無形的手掌掠過無限的江山，／手指沾了血和灰，手掌沾了陰暗，／只有那遼遠的一角依然完整，／溫暖，明朗，堅固而蓬勃生春⋯⋯」戴望舒1942年這首詩明顯地帶有他熟悉、喜愛的蘇拜維艾爾作於1940年的《遠古的法蘭西》的構思原型：「我在遠方尋覓法蘭西，／用我貪婪的手，／我在空虛中尋覓，／遠隔漫長的距離／⋯⋯撫摸我們的群山，／我又沐浴於江河。／我的雙手來而復往／整個法蘭西溢散出芳香」（徐知免譯）。但戴望舒卻有自己的變形創造，戴詩還予以象徵的表現。這首詩藉地圖為象徵體，以撫摸祖國大地為超現實幻境，將象徵體的實境與超現實的幻境統一為一體，寓虛於實，以虛馭實，在殘破的祖國山河中，描繪出理想世界「那遼遠的一角」的「溫暖，明朗，堅固而蓬勃生春」的境界，實而虛，近而遠，既廣闊深邃，又具體可感，富於特殊的魅力。這是對蘇拜維艾爾、艾呂雅、阿波里奈爾、瓦萊里的統一，是戴詩臻於頂峰的傑作。難怪詩人在他生命的最後一年，曾多次向讀者朗誦他這一首詩。

---

[13] 杜布萊西斯《超現實主義》，三聯書店1988年版。

　　戴望舒的轉向與卞之琳的轉向在現代派詩學史上形成兩個反向。一個是轉向英美的現代派，以英語為主的主流詩。一個是轉向意大利、法國的立體派、超現實主義，以法語為主。後者在英美現代派詩崛起之時就不繼法國後期象徵派的餘威而成為世界詩歌的次流。戴望舒之這種轉向，很可能是因為戴望舒的法語限制，也可能是戴望舒所熟悉的詩人的轉向影響了他的轉向如艾呂雅等，也可能是戴望舒本人對古典興趣和象徵派興趣的一個否定之否定，也可能是戴望舒本人的對現實社會性追求超過了書齋中的知性的藝術性追求（戴望舒後來還在香港身陷囹圄）恰與超現實主義的社會傾向合拍——這個問題還可以結合更多的史實進行研究。總之，戴望舒與卞之琳形成了30年代現代派詩學的兩極，從而形成了現代派詩學的後期現象。一個更傾向於詩美的現代性、一個是更傾向於詩意的現實性。未來派、立體派、達達派、超現實主義這些帶有很強的否定社會現實的、破壞性的、激進的現代主義，由於在詩學內涵上缺乏創造和創作上的粗糙，經不起時間檢驗，留下來的只成為雖喧囂一時但現在卻已過時的藝術標本。

　　顯然，從1857年出版了《惡之花》的象徵主義先驅者波德萊爾，經19世紀下半葉前期象徵主義的魏爾蘭、蘭波和馬拉梅，到後期象徵主義的瓦雷里，以至里爾克、葉芝、保爾·福爾、耶麥、古爾蒙；從英美意象派的龐德、羅厄爾、杜利特爾、弗萊契、阿爾丁頓、勞倫斯、弗林特到俄國意象派葉賽寧；從後期象徵主義到現代派的艾略特；從未來主義的馬里內蒂到立體未來主義的阿波里奈爾、馬雅可夫斯基；從勃勒東的

達達主義到勒韋爾迪、阿拉貢、艾呂雅的超現實主義,以《現代》雜誌為中心,30年代的中國幾乎譯介了詩界需要的迄30年代為止的西方現代主義的全部主要藝術流派。這就為現代派的形成和發展提供了廣闊的藝術借鑒的基礎。

　　正如本篇各章分析的,對於現代派來講,在這麼多的舶來品中,影響最大的還是象徵派、意象派和英美現代派。特別是後者,在40年代得到中國新詩派的延續,導致了中國現代新詩與世界詩歌的同步奇觀,從而導致了新詩在現代時期的藝術水準的提高。

第五章
範疇論

　　本篇第一、二、三、四章的現代派詩學理論研究，主要是對現代派的詩學思想進行探討。本書以為，由於這個詩學思想，是由一個詩歌流派在理論批評包括學術研究的過程中，結合本流派的詩歌創作的深入而不斷充實發展的，因此需要一個創作上的坐實，即形而下的參照。這是與其它純粹的文論的研究不同的。這是文學流派研究的必然。同時，這也讓純粹的詩學思想與詩本身體現出來的審美意識有了一個觀照的結合點。本章擬對現代派詩歌體現的獨特的審美意識作一個全面的宏觀把握。

　　現代派的審美特質在於它是古典意境與現代意識的統一，是中國歷史沉澱的審美情趣與西方現代主義審美傾向的統一。這個統一，在30年代中國價值無法定向的現實基礎上，得到了結合。按照中國古典的定義來看，它是現代主義的；按照西方現代的定義來看，它是準現代主義的。現代派因《現代》得名，雖然是一種偶合，但又半遮半掩地顯示出它作為準現代主義的特質。如果從價值論和藝術論的角度來界定，這個準現代主義的詩歌流派，可以概括為兩種審美形態；病態美和朦朧美。

第一節　現代派詩的病態美

現代派詩的病態美有三組對立或相融的類型；感傷與憂鬱、孤獨與迷茫、異化與醜惡。

一、感傷與憂鬱

現代派一度醉心歌吟人生理想的幻滅和青春病式的感傷，構成一種濃郁的憂鬱色彩。就詩人來說，早期戴望舒和何其芳最為突出；就流派來說，遍及李廣田、陳江帆、番草、禾金、侯汝華、徐遲、金克木、李白鳳、李心若、林庚、玲君、劉振典、錢君匋、施蟄存、南星等人的部分詩作。戴望舒《雨巷》一詩，以丁香姑娘的追求、幻象出現乃至消失為象徵體，表達了大革命失敗後理想幻滅的感傷憂鬱的時代情緒，影響了一代詩壇。他渲染病態，自稱「我是青春和衰老的集合體，／我有健康的身體和病的心」（《我的素描》）。何其芳的《預言》悲歡著「年青的神」幻影式的「無語而來」、「無語而去」的迷惘。金克木哀怨生命「隨著西風消逝」（《生命》），「年華像豬血樣的暗紫了！」（《年華》）。李廣田歎息歲月流逝那「秋天的哀怨」（《窗》）……。這些悲歡與哀怨，浸透著人生的感傷頹唐。由此向內，詩人們還更多地展示了青春、愛情的不如人意。誠如何其芳所吟唱的，這是一種「季候病」，一種「懷念著秋天」的「病」，「暗暗地憔悴，迷漠地懷想

著，不做聲，也不流淚！」（《季候病》）。這其中蘊含的，正是現代派普遍瀰漫著的青春病態。在戴望舒這裡，戀愛不過是一種「絳色的沉哀」（《林中小語》），是一種「你想微笑，而我卻想啜泣」的感受（《夜》），甚至「當一位少女開始愛我的時候，／我先就要栗然地惶恐」（《我的素描》）。在何其芳那裡，愛不過是一滴「苦淚」（《贈人》），詩人憎厭青春和活力，卻只把最真誠的歌獻給年幼的處女的夭亡（《花環》）。這帶有強烈的精神變態的傾向和頹廢色彩。侯汝華的《迷人的夜》、陳江帆的《戀女》、金克木的《懺情詩》、李心若的《有贈》等，也都有著青春病的悲吟。

　　感傷憂鬱的審美傾向，除了時代的原因以外，就文學本身而言，現代派顯然受到了西方頹廢派和中國唐五代詩詞的影響。誠如施蟄存回憶的，大革命失敗後戴望舒蟄居松江之時，英國頹廢派詩人鷗奈思特・道生成了他醉心的對象，他和杜衡譯出了道生的全部詩歌《道生詩歌全集》[1]。戴望舒的頹唐情趣，與此有很大關係。同時南唐李璟等人的情調，也浸染其間。何其芳的感傷，帶有某些現代色彩。但是，總的來說，現代派的這一傾向，基本上是古典的，是古典的頹廢情調在現代的延伸與反映。

---

[1]　參見施蟄存《〈戴望舒譯詩集〉》，湖南人民出版社1983年版。

二、孤獨與迷惘

現代派的孤獨不是存在主義的孤獨，不是自我自覺意識到與他人的對立，而是不自覺地感到他人的距離。當然，這是一種心靈的距離，並且，往往在冥思自我心靈孤寂的同時，表現出生之迷惘的感受。可以說，這是現代派中一種最普遍的傾向，幾乎每一位現代派詩人，都有這種情緒的流露。戴望舒是孤寂的，他宣布：「我是一個寂寞的夜行人」（《單戀者》），「悒鬱著，用我二十四歲的整個的心」（《我的素描》）；曹葆華咀嚼著夢與真的人生之迷（《無題三章》）；陳時對著標本發生寂寞的感歎（《標本》）；廢名用冷靜的筆調在寂寞中感慨人生的迷惘和無常（《街頭》、《理髮店》、《北平街上》、《燈》）；侯汝華品味著靈魂的孤獨，探求生之歸宿（《靜夜默坐》、《天和海》）。金克木的思索更趨於形而上的哲學意蘊，詩人對人生、生命、靈魂有更多的現代感受，《肖像》醉心孤獨：「我在熱鬧中更感受到孤獨，／在無人處卻並不寂寞」；《生命》展示迷惘：「生命是一粒白點兒，／在悠悠碧落裡，／神秘地展成雲片了」。路易士的《鳥居》、《獨遊》、《無聲琴》……，也都吟誦著類似的主題。當然，在其中最突出的詩人，當是卞之琳。卞之琳用一種近乎冷觀的筆調，描繪了小處敏感、大處茫然的人生感受。他也品味生之迷惘（《斷章》、《距離的組織》、《魚化石》、《白螺殼》），在這些近乎精雕細刻的短詩中，敏感的詩人記錄下

他對人生困惑的感受，你說《斷章》是情詩，但它又寓意著人與人、人與社會、主體與客體互為對象的哲理思考，並且最終給人以幻夢一般的感受，這是一種更深的迷惘。《距離的組織》也體現出類似的迷惘感。

中國現代派詩人們，雖然有波德萊爾的孤獨，保爾・福爾、耶麥的迷惘，瓦雷里的冥思，但深入地來分析，他們的孤獨並不具有波德萊爾式的憤世嫉俗，在一定範圍，在某種程度上，又同中國的禪、道，同唐五代詩詞有些聯繫。戴望舒孤獨中的安靜，卞之琳迷惘中的知命，都有別於西方現代主義。因此可以這樣理解，現代派的孤獨、迷惘，是在傾向西方現代主義的同時，處於古典與現代之間的徘徊。這些情調，在30年代的中國，就其社會意義而言，無疑具有一種消極反抗的價值，但唯其是消極的，這種反抗同左翼詩歌的反抗，自然難於比肩。

三、異化與醜惡

最具有現代主義色彩的，是現代派對異化、醜惡的揭示。

後期李金髮在《現代》上刊發的十首詩，承繼其象徵派的餘脈，給現代派塗上強烈的波德萊爾的色彩。蕩婦、吸毒、遊子、孤魂、生活中的失意、情場中的虛偽……這些異化、醜惡的意象，充斥著他的詩篇。愛的眠床上，「蜥蜴躑躅著如入無人之境」（《夜雨孤坐聽松》），大上海「幽靈如蕩婦的誘惑者」（《憶上海》），乞丐「兩頰深陷，是十年來吸毒煙

的成績」（《餘剩的人類》），「時光的馳騁」「使歌喉歇了音韻，笛兒腐蝕，忠心變為叛逆」，「算是世紀現象之一出」（《太息》）。與此同時，戴望舒也發出「自從亞當、夏娃被逐後，那天上的花園已荒蕪到怎樣了？」的歎息（《樂園鳥》）。陳江帆的《麥酒》、《減價的不良症》、《海關鍾》、《都會的版圖》等詩描繪了現代都市的異化景象。與此相近的，還有廢名《理髮店》、《北平街上》、《燈》、《街頭》，李心若《失業者》，玲君《舞女》、《噴水池》，路易士《火滅的城》，侯汝華《海上謠》，呂亮耕《OTTAVARIMA四貼》[2]、《獨唱》、《索居》，羅莫辰《草菊》，南星《城中》，錢君匋《夜的舞會》、《雲》，施蟄存《冷泉亭口占》等。孫大雨在《詩刊》和《大公報・文藝副刊》上連載的長詩《自己的寫照》，更是以艾略特《荒原》為借鑒，寫出了現代人對紐約都市的荒原感受：都市森林般的寫字樓「寂寞又駭人的建築的重山」，「要說痛苦，我是全紐約／居民痛苦的精華：我收聚／猶太、波蘭、意大利的移民、／黑人和黃帝子孫每一絲／毛髮、每一枝血管裡的悲傷，／凝成兩朵閃青的電火／在胸膛裡胸膛外同時荼毒。」打字小姐們「打字機震動的總量／能轟坍紐約市任何那一座／高樓」、地鐵站上如潮人流，「健康在她們圓渾的乳峰／說暗話，能點破五千年來猖言／禁欲者的巨誑；／健康抱著／她們的厚臀，在她們陰唇裡／開一點攝人魂魄的鮮花」，現代人生存的紊亂、道德的淪喪，打字

---

[2] OTTAVA RIMA，意大利八行體，一種詩體。

小姐的荒淫、性病、厭倦、希冀等潛意識的自白，恐怕是30年代借鑒現代主義詩作最典型的篇章。

醜惡、異化的人生感受，體現了現代派詩作中現代主義的正宗。從波德萊爾《惡之花》的醜惡，到蘭波《醉舟》的紛擾，再到瓦雷里《海濱墓園》的冒險，再到艾略特《荒原》的異化，都在30年代中國現代派詩作中找到了翻版。當然這種翻版，仍然帶有不可磨滅的中國現代的痕跡。這種痕跡在於，大多數詩人們在作這類醜惡的展示時，或多或少地寓進了一點因貧富不均而抗議的正義聲調，這與中國本身的現實有關，就是在李金髮、孫大雨這類詩人中，也是如此。

第二節　現代派詩的朦朧美

與上述病態美相並列的，是現代派詩的朦朧美。朦朧美是現代派詩藝術形態的審美範疇。朦朧美也有三種互相獨立而又有聯繫的具體形態，這就是：意象繁複、廣泛象徵、知性追求。這三種形態各有側重地對西方現代主義詩學進行了借鑒，同時也適當融合了某些中國古典詩藝的表現手法甚至意境，從而營造出現代派詩的朦朧美。

一、意象繁複

詩歌意象，時間、空間融為一體，以簡潔、一瞬求豐富、永恆；主觀、客觀共為一爐，意象的客觀性隨感情內斂，傾向

主觀，情感的主觀性借意象外化，又傾向客觀，因而迷離惝恍。在對意象詩的欣賞中，人們不能窮盡其意象的多重含義，更難以將其內含的情感作透明的釐析，因而形成理解上的朦朧。它不同於浪漫主義的直接抒情，也不同於現實主義的具體寫實，而是現代派詩歌的主要方法之一。

意象繁複是現代派詩共同的美學追求之一，現代派意象繁複的特點，是廣泛借鑒象徵派、意象派和中國古典詩詞所謂「古詩之妙，專求意象」[3]的綜合產物。瓦萊里強調應該給詩穿衣服，衣服就是意象。龐德反對把詩作為「情緒噴射器」，主張詩是由感受性意象組成的人類情緒的方程式。《現代》主編施蟄存深得三昧，以至於把他所寫的詩稱為「意象抒情詩」。

與其它流派不同的是，現代派詩人在創作中對意象有高度的藝術敏感，從而充分掌握了意象的藝術魅力，使其造成獨特的詩意。何其芳形象地描述過這一點。在他第一篇發表的詩論《論夢中的道路》[4]一文中，專門解釋了他對意象美的理解和沉醉：「我傾聽著一種飄忽的心靈的語言。我捕捉著一些在剎那間閃出金光的意象。我最大的快樂或辛酸在於一個嶄新的文字建築的完成或失敗。」相對於「在那空幻的光影裡追尋一份意義」的人不同的是，何其芳只喜歡那種「文字魔障」，「我喜歡那種錘煉；那種彩色的配合，那種鏡花水月。我喜歡讀一

---

[3]　〔明〕胡應麟《詩藪》，上海古籍出版社，1979年11月版。

[4]　何其芳：《論夢中的道路》《大公報・文藝・詩特刊》11版，1936年7月19日。《〈燕泥集〉後記》先寫，但發在此文後，即1936年《新詩》創刊號。

些唐人的絕句。那譬如一微笑，一揮手，縱然表達著意思但我欣賞的卻是姿態。我自己的寫作也帶有這種傾向。我不是從一個概念的閃動去尋找它的形體，浮現在我心靈的原來都是一些顏色，一些圖案。」打動30年代何其芳的心靈的是不斷閃現的「剎那間閃出金光的意象」：它既有「文字的錘煉」、「彩色的配合」，也是「鏡花水月」、是「姿態」、「形體」、「顏色」、「圖案」。何其芳使用意象這個概念在於，更強調它的純形式意義，詩人用「文字錘煉」形成的「色彩」、「圖案」等給人的是一種「鏡花水月」感，即可望而不可即的美，這種美由於詩人的不指定性而顯出更朦朧的美感，這就是詩人心中不斷閃現的「剎那間閃出金光的意象」。在這裡，何其芳把握了意象在現代詩歌中創作的非常鮮明的特徵。這一點跟胡應麟所謂「古詩之妙，專求意象」[5]是一致的。龐德一批人之所以在中國古代特別是唐代詩中去尋求意象的真諦，關鍵在於中國古代詩歌中精美意象的審美魅力。這也是現代派詩人沉醉在晚唐南宋詩境，拮取藝術生機的原因。[6]

　　由於意象形態的不同，由於意象內涵的區別，由於意象色彩的各異，由於意象情感的類別，甚至由於意象的心理意蘊的差異，等等，因而不同的詩人，總是在不同的心境中選取獨特的意象，以表達當時獨特的情感和體悟；並且一個詩人不論在一生的創作中有多少不同的意象選擇，但他總的意象體系又是獨特的，有鮮明的個性色彩，又構成一個完整的藝術世界，

---

[5]　〔明〕胡應麟《詩藪》，上海古籍出版社，1979年11月版。
[6]　現代派詩的晚唐南宋熱請參見本書第八章《純詩論》。

蘊藏著獨特的心理密碼和人格特點。現代派詩歌創作中,由於詩人氣質、稟賦、審美傾向、趣味的不同,選取的意象各不相同,因而形成各自不同的意象群,體現出不同的審美色彩。這在現代派詩作中很突出。戴望舒筆下的淚、夢、煙、風、秋、水、夜、荒園,卞之琳筆下的寒夜、和尚、閒人、傍晚、荒街、尺八、苦雨、露珠、羅衫、圓月、夜景,陳江帆筆下的燈、巷、街,番草筆下的水手、港、橋、河、白楊、赤須松,廢名筆下的理髮匠、北平街頭、燈、星,侯汝華筆下的海、水手、靜夜,金克木筆下的生命、年華、肖像、鄰女,李白鳳筆下的歌、燈、更聲、夜、秋,林庚筆下的春晚、秋夜,玲君筆下的舞女、綠、棕色女、星,施蟄存筆下的橋、牆、魚、雲,史衛斯筆下的山居、初雪……,各各異彩,但都表現了現代派對人生剎那間的微妙感受。讓我們對其詩的基本傾向和情感傾向甚至都能有一個朦朧的把握。

二、廣泛象徵

意象作為情緒體現的客體形式,本身也具有象徵的品格。這正如梁宗岱所謂「藉有形寓無形,藉有限表無限,藉剎那抓住永恆」[7]的意義。同時,現代派的詩,從整體上講,每一首又各是一種象徵,並且具有多重的象徵意義。這種象徵意義、與波德萊爾所謂「契合」還有一定距離,因為現代派詩作中的象徵,主要

---

[7] 梁宗岱《象徵主義》,《文學季刊》第1卷第2期,1934年4月1日。

並不致力於探求自然物象與主體心靈的對應即超驗，在30年代的中國，這種象徵一般都還寓有一定的具體歷史的社會內涵。現代派詩作中的象徵有這樣兩種類型；形而上的象徵，傾向哲理：形而下的象徵，傾向感受。在卞之琳、金克木諸人的詩中，第一類象徵非常突出。《距離的組織》由古羅馬的歷史這一時間維度轉化為現實存在即報載星球爆炸之光到達地球這一空間維度，每一個具體意象都有象徵，但作為一首詩則著重暗示了時空的思索。當然，這種思索本身也含有灰色年代知識青年的白日夢內涵。卞之琳甚至因為象徵寓意的廣、深，而引起與朱自清等往復討論《距離的組織》的佳話。它如《圓寶盒》以至《斷章》、《白螺殼》、《魚化石》等，也都含有一種哲理的因素。金克木的《生命》、《年華》直白一些，象徵內涵少一些，但它們思索的，卻是一些類似於卞詩的形而上的內涵。

在戴望舒、何其芳等一大群其他的現代派詩人中，卻對情感這一類主體性的體驗更感興趣。戴望舒的《雨巷》，在丁香的傳統意象中，注入了20年代末期中國社會歷史的內涵，失意、失戀者儘管都可以從中得到共鳴，但它體現出的卻仍然是這一時期文壇上普遍存在的「幻滅」感。他後期的《眼》，把象徵的內涵推向更深更廣的層次，借「你」和「我」的對比衝突，體現了主、客體相生相搏的深層內涵，但詩人咀嚼的，卻是自我的一種主體性很強的人生感受。何其芳的象徵，正如有的論者所言：「就說他的那首《預言》，從聲音展開想像，通篇都是象徵，交織著瓦雷里長詩《年青的命運女神》的典故，迷離恍惚，閃爍不定，

一片朦朧。」[8]李廣田、番草的詩則在寫實中象徵,而李白鳳等人,又在象徵的意蘊中,孕含著某些浪漫抒情的色彩。儘管現代派在象徵寓意,乃至程度上都有所不同,甚至在象徵中,除了現代主義詩藝之外,還在某種程度上雜揉了一些浪漫主義手法,但基本品格,仍然是象徵主義的。

由於具體意象與整體詩歌的多種象徵含義,因而「朦朧」之名日盛,以至產生了《現代》雜誌上讀者求解,編者作說的逸事[9],還產生了卞之琳與多人討論其詩詞含義的多次討論[10]。正如本文第二章象徵論中所論,由於象徵詩主體缺位,只看象徵本體是無法窮盡其象徵義的,因此解詩時對詩的多義性理解必然形成的朦朧美的感受。

三、知性追求

知性追求是現代派最靠近西方現代主義的一種審美追求。嚴格地說,現代派詩歌創作中的知性追求有兩個內涵;一個是相對於情感與理性而言,傾向理性;一個是相對於主體與客體而言,傾向客體。並且,傾向理性、傾向客體都有一個必須首先界定的前提;僅指藝術形式的表現而言。換言之,這種理性是感性中的理性,這種客體,是主體中的客體,如果說是思

8　藍棣之《〈現代派詩選〉前言》,人民文學出版社,1986年5月版,第10頁。

9　見1933年9月《現代》第3卷第5期《關於本刊所載的詩》等。

10　參見第本書第四章、第十三章的有關卞之琳詩作的論述。

想，那就是感覺中的思想，即所謂可以像感覺「玫瑰花一樣」感覺的思想。現代主義認為，「睿智（INTELLIGENCE）正是詩人最應當信任的東西」[11]。艾略特指出，詩應當「創造由理智成分和情緒成分組成的各種整體」，「詩給情緒以理智的認可，又把美感的認可給予思想」。[12]後期的現代派傾向於這一詩歌美學，以至金克木在1937年就稱詩壇上這類主知詩的潮流為「新的智慧詩」。[13]這種主知的特點在卞之琳的《白螺殼》、《圓寶盒》、《魚化石》、《距離的組織》，金克木的《生命》、戴望舒的《眼》中是很突出的。同時，按照艾略特的理解，它的另一個內涵便是「非個人」的傾向。在他那篇名重一時的論文《傳統與個人才能》中，他認為「詩人並沒有一種可以表現的『個性』，而只有一種特殊的媒介物，而且只是一種媒介物，而不是個性」。詩人應該是自覺不自覺地「避卻個性」，否則「便不能達到這種非個人的境地」[14]。自覺地靠近這種「非個人」傾向的詩人，是卞之琳，他在幾十年後，回顧自己的詩作時，描述了這種情形：「我總喜歡表達我國舊說的『意境』」或西方所說『戲劇性處境』，也可以說是傾向於小說化，典型化，非個人化，甚至偶爾用出了戲擬（PARODY）。並且這種「非個人化」「比較能跳出小我」，

---

[11] 高明譯阿部知二《英美新興詩派》，《現代》第2卷第4期，1933年2月1日。

[12] 周煦良譯《詩與宣傳》，《新詩》第1期，1936年7月。

[13] 柯可《論中國新詩的新途徑》，《新詩》第4期，1937年1月。

[14] 采曹庸譯文，《外國文藝》1980年第3期。

「由內向到外向[15]。顯然,這是在表現上力求克制、淘洗、客觀的現代派詩藝的一種具體體現。他的《白螺殼》、《圓寶盒》、《尺八》、《舊元夜遐思》、《道旁》等,多用「戲擬」,而《斷章》、《距離的組織》、《魚化石》等,則更講究克制、淘洗,詩中的「我」、「你」都達到可以他換的程度,並且,在「非個人化」這一內涵中,卞之琳成為現代派詩人中幾乎唯一的代表。卞之琳的這種知性追求的特點,本文在第3章《知性論》中也進行過一些分析。

顯然,知性在現代派詩歌創作中,不僅是一種理性成份的加入,而是感性中的理性、感覺中的思想,是可以像「玫瑰花一樣」感覺的思想。正如第三章《知性論》所論述的,由於這種思想的多元和對立,形成各種觀念和思想的複雜組合,形成了理解上的多義性。由於這種組合的成份又是感性中的理性、「玫瑰花一樣」的思想,本身又帶有多義性,因此共同構成詩義的的多義性,從而構成一種需要感悟甚至是思索的朦朧美。

無論是意象繁複,還是廣泛象徵,乃至知性追求,也無論是綜合起來看,還是分別地琢磨,我們都能感到其共同的一點:朦朧。這種朦朧美,按照杜衡的回憶,正是戴望舒、施蟄存他們三人當時的詩歌美學主張:「一個人在夢裡洩露自己底潛意識,在詩作裡洩露神秘的靈魂,然而也只是像夢一般地朦朧的。從這種情境,我們體味到詩是一種吞吞吐吐的東西,術語地來說,它底動機在於表現自己與隱藏自己之間。」[16]顯然,

---

[15] 卞之琳《雕蟲紀曆·序》,人民文學出版社,1979年9月版,第3頁。
[16] 杜衡《望舒草·序》,上海現代書局,1933年版。

這種「表現自己與隱藏自己之間」的「朦朧」，從表現的角度來說，也正是《現代》雜誌所標榜的「純詩」了。「純詩」之於現代派以前的現代詩，更切近詩的本身；「純詩」之於30年代的社會現實，卻又不無「象牙塔」之嫌，並且，極端的「純詩」走入晦澀，這就是不必諱言的弊端了。

第六章
詩人論

　　著名的現代派詩人在其詩創作中都與中西詩學有著明顯的借鑒和變異的關係。由於現代派詩人眾多,這裡擬以三位最有影響的現代派詩人戴望舒、卞之琳、何其芳為例,逐一按其影響,並以歷史變化的過程進行具體的分析,以見其與中西詩學的淵源、承傳與變異,並從而坐實前述關於現代派後期詩學卞之琳與戴望舒兩端分化的詩學風貌。

第一節　戴望舒的詩歌與中外詩學

　　戴望舒(1905-1950),浙江杭州人,原名戴夢鷗,現代著名詩人。著有詩集《我的記憶》[1]、《望舒草》[2]、《望舒詩稿》[3]、《災難的歲月》[4],另有譯、論著近30種。戴望舒是現

---

[1]　上海水沫書店,1929年4月版。
[2]　現代書局,1933年8月版。
[3]　上海雜誌公司,1937年1月版。
[4]　上海雜誌公司,1937年1月版。

代派最有影響的著名詩人。他的詩歌創作不僅廣泛借鑒和吸收了西方頹廢派、象徵派、意象派、超現實主義等眾多流派的詩藝，而且在借鑒西方現代主義方面，宣告了中國20年代象徵派詩歷史的結束，同時廣泛借鑒了晚唐詩的情調，從而把中國式的現代主義詩歌，提高到30年代的成熟階段。

戴望舒在借鑒、變異、消融西方現代主義詩藝方面的歷史，同他自己的詩歌創作道路基本同步。如果以他的詩集為標準，大致可以分作三個階段：前期──《我的記憶》時期；中期──《望舒草》（《望舒詩稿》）時期；後期──《災難的歲月》時期。詩集《我的記憶》，收入詩人1924-1926年所作26首詩，作者將它依次編為《舊錦囊》、《雨巷》、《我的記憶》三輯，這三輯既反映了詩人創作思想的演變，更體現了他對西方現代主義借鑒、變異的歷程。

一、《我的記憶》與魏爾倫、道生與晚唐意境

《舊錦囊》共收早期詩作12首，這些詩幽怨，哀「嬌麗」、「芳時」易逝（《殘花的淚》），怨「愁」、「苦」「難遣難排」，這些詩作，帶有濃郁的頹唐的色彩。這種頹唐，固然同青春愛情苦悶有關，但更多的是晚唐意境的影響。像「我的驕麗已殘，／我的芳時已過，／今宵我流著香淚，／明朝會萎謝塵土」的吟誦，甚至帶有六朝的脂粉氣息；「為了如今唯有愁和苦，／朝朝的難遣難排」，無疑又滲有南唐後主的情調；其中《生涯》的夢境，更像是「夢裡不知身是客，一晌貪歡」的變調。作為接

觸西方現代派之前的《舊錦囊》時期，戴詩也同彼時的新詩壇有所同步。從形式上講，《十四行》、《可知》都有著新月派格律體詩的某些影響。

到了《雨巷》一輯（共收6首），戴望舒直接承受了法國象徵派詩人魏爾蘭和英國頹廢派詩人道生的影響。施蟄存回顧過這段歷史：戴望舒「譯道生、魏爾倫的時候，正是寫《雨巷》的時候」[5]，卞之琳也這樣寫道：「在這個階段，在法國詩人當中，魏爾倫似乎對望舒更具有吸引力，因為這位外國人詩作的親切和含蓄的特點，恰合中國舊詩詞的主要傳統。」並且，戴詩此時「感傷情調的氾濫，易令人想起『世紀末』英國唯美派例如陶孫甚於法國的同屬類」[6]。戴望舒吸收了魏爾蘭朦朧美、音樂美、憂鬱美等詩學因素，魏爾蘭在《詩的藝術》中主張詩「把模糊和精確緊密結合」，「是面紗後面美麗的雙眼」；「音樂先於一切」；「絞死」「雄辯」。《雨巷》一詩賦予丁香姑娘朦朧的象徵意義，反覆運用重複、複沓手法，「江陽」韻在詩行中、詩行末反覆出現，以朦朧的意象和流動的音韻展示了詩人「夢一般淒婉迷茫」的感傷、憂鬱情緒。正如高爾基所說，魏爾蘭的詩作體現的，也正是這種「憂鬱」、「多情善感感」的情緒[7]。《雨巷》由於對音樂美的執意追求，以致於被當時葉聖陶先生譽為「替新詩底音節開了一個新的紀元」[8]。

---

[5] 施蟄存《戴望舒譯詩集·序》，湖南人民出版社1983年版，第2頁。
[6] 卞之琳《戴望舒詩集·序》，四川人民出版社1981年版，第3頁。
[7] 高爾基《論文學》（續集），人民文學出版社1979年版，第2頁。
[8] 轉引自杜衡《望舒草·序》，上海現代書局1933年8月版，第2頁。

《雨巷》的音韻流動近似於魏爾蘭的《秋》。音樂美的追求，直接師承魏爾蘭「音樂先於一切」的主張。《雨巷》一詩回環反覆的音樂性，借肋於「長」、「徨」、「巷」、「娘」、「芳」、「悵」、「光」、「茫」、「香」（ANG韻），「傘」、「怨」、「般」、「遠」、「散」（AN韻）和「自」、「一」、「彳」、「淒」、「寂」、「迷」（I韻）的交錯出現，這極為類似於魏爾蘭《秋》裡「L」、「N」、「O」音的反覆流動；《秋》借「L」、「N」、「O」不斷的刺激，喚起讀者秋日蕭蕭的感覺和氛圍，《雨巷》則同樣以「雨巷」、「丁香」等意象的反覆出現渲染了詩人希望中的失望，失望中的尋覓，以及「尋夢者」一樣的幻滅感受和憂鬱感。除此之外，《雨巷》輯中的《SPLEEN》（《憂鬱》）的首節，點化了魏爾蘭同名詩的首行；輯中另一首《MANDOLINE》（《聞曼陀鈴》）幾乎是對魏爾蘭同名詩的逆寫。可以說，《雨巷》時期，戴望舒幾乎成為魏爾蘭在中國的變形。

這種變形中的一種含義，在於戴望舒同時又熔鑄了中國古代詩詞的傳統詩藝，中西合璧，古今共熔，形成了對20年代象徵派詩藝的超越。與李金髮不同的是，戴望舒對中國傳統詩藝和現代文學語言的造詣很深，這種優勢使得戴詩在師承魏爾蘭時又有很強的民族自覺性和當代取捨性。誠如上述，《雨巷》在朦朧美、音樂美、憂鬱美諸方面都對魏爾蘭有所繼承。但就在《雨巷》裡，戴望舒又點化了中國詩詞的傳統意象：「丁香」：李璟有「丁香空結雨中愁」（《浣溪沙》），李商隱有「芭蕉不展丁香結，同向春風各自愁」（《代贈》），杜甫也有「丁香體柔弱，

亂結枝猶蟄」（《江頭五詠》）。對於「丁香」這種愁怨的傳統意象，戴望舒進行了「點鐵成金」的處理，以物擬人，從肖像到心理，從實體到幻覺，運用工描、鳥瞰、通感等多種手法，塑造了「丁香姑娘」的形象，拓展了這一意象的象徵意蘊，成為詩人的「知己」、「希望」的象徵，從此深化了詩作的主題。

《我的記憶》一輯，收詩8首。從這一輯起，戴望舒開始疏離魏爾蘭，逐漸傾向古爾蒙、耶麥、保爾·福爾等，並且在詩歌美學方面發生了變化。這個變化，就是開始拋棄魏爾蘭的音樂美的追求，傾向自由詩體。正如施蟄存所說，他「譯果爾蒙、耶麥的時候，正是他放棄韻律，轉向自由詩體的時候」[9]，也如杜衡所說，「就是他在寫成《雨巷》的時候，已經開始對詩歌的他所謂『音樂的成份』勇敢地反叛了」。杜衡回顧了在這種變化下戴望舒寫出《我的記憶》的狂喜：「『你瞧我的傑作』，他這樣說。」「字句的節奏已經完全被情緒的節奏所替代，竟使我有點不相信是寫了《雨巷》之後不久的望舒所作。」[10]本輯的《斷指》寫出了對一位革命者的懷念，但其它若干首仍貫穿著他歷來的感受傷、憂鬱的情調。但共同點在於，誠如艾青所說，「到寫《我的記憶》時，改用口語寫，也不押韻。這是他給新詩帶來的新的突破」[11]。用詩的內在情緒取代語言的外在音樂性，這是對法國後期象徵派詩人的古爾蒙無韻體詩的借鑒，對照一下他所翻譯的古爾蒙的《西茉納集》無韻體

[9] 施蟄存《戴望舒譯詩集·序》，湖南人民出版社，1983年版，第2頁。
[10] 杜衡《望舒草·序》，上海現代書局，1933年8月版，第3頁。
[11] 《就當前詩歌問題訪艾青》，《山東文學》1981年5期。

詩的借鑒，就能清楚地看出這一點。同時，本期的戴詩也是對現代口語的提煉和融彙。

二、《望舒草》與古爾蒙、保爾‧福爾和耶麥

　　如果以詩集為界標的話，那麼，戴望舒從《我的記憶》開始的追求所達到的成熟階段，應該說是《望舒草》（《望舒詩稿》，《望舒詩稿》收的是《我的記憶》和《望舒草》的舊詩59首，新作只有4首，下文不予討論。）時期。這一時期，戴望舒借鑒法國後期象徵派詩人古爾蒙、保爾‧福爾、耶麥的同時，融古匯今，形成了自己穩定的現代派詩藝並且發表了體現其詩美主張的《望舒詩論》。

　　在這一個時期，戴望舒勇敢地反叛了《舊錦囊》時期所曾傾心的新月派格律體詩的主張，提出了反音樂、反繪畫、反建築的詩美主張：「詩不能借助音樂，它應該去了音樂的成分，詩不能借重繪畫的長處。」「韻和整齊的字句會妨礙詩情，或使詩情成為畸形的。」「新的詩應該有新的情緒和表現這情緒的形式。所謂形式決非表面上的字的排列，也決非新的字眼的堆積。」[12]這個反叛，是他批判繼承法國後期象徵派詩藝情況下所作的新的詩美追求，在這個追求中，他建立了詩情美和散文美相結合的無韻自由體詩。

---

[12] 戴望舒《望舒詩論》，《現代》第2卷第1期，1932年11月1日。

在他看來，與魏爾蘭不同的是，古爾蒙講究的是詩情的內在美。這種美，在於其「心靈底微妙與感覺的微妙」，「完全是呈給讀者底神經，給微細到纖毫的感覺的」，是一種「詩情」；這種「詩情」，「即使是無韻詩，但是讀者會覺得每一篇中都有著很個性的音樂」[13]。顯然，古爾蒙所謂「詩情」，不是指的語言的外在音樂美，而是情感的內在旋律、情緒的內在起伏。重視內在的「詩情」，輕視外在的音韻，也就成為戴詩這一時期的一個重要傾向，也標誌著與上一個時期的徹底的決裂。與此相近，戴望舒還看重保爾·福爾「純潔單純」的特點，稱他是「法國後期象徵派中的最淳樸、最光耀、最富於詩情的人」。這種「淳樸」、「單純」，並非指所反映的內容，恰恰相反，他反映的生活「甚至是很複雜的」；這種「淳樸」、「單純」，是指他的詩情，「他用最抒情的詩句表現出他的迷人的詩境，遠勝於其他用著張大的和形而上的辭藻的諸詩人」[14]。在這裡，戴望舒重視了詩情的「淳樸」和「迷人」，即用不加矯飾的「淳樸」詩情表現出詩意盎然的「迷人」感受。那麼在語言上呢？戴望舒看重的是耶麥。在《耶麥詩·譯後記》[15]中，他這樣寫道：「他是拋棄了一切詩的。從他沒有詞藻的詩裡，我們聽到曝日的野老的聲音、初戀的鄉村少年的聲音和謙和的朋友聖弗朗西思一樣的聖者的聲音而感到一種異常的美感」。在這裡，戴望舒強調了耶麥語言上「沒有詞藻」的

---

[13] 戴望舒《西茉納集·譯者記》，《現代》第1卷第4期，1932年9月1日。
[14] 戴望舒《保爾·福爾詩·譯後記》，《新文藝》第1卷第5期，1932年9月。
[15] 戴望舒《保爾·福爾詩·譯後記》，《新文藝》第1卷第5期，1932年9月。

散文美傾向，化於戴望舒的詩作之中，則是日常口語的提煉和遠用。

　　《望舒草》作為一個界標，體現出戴望舒的上述追求，其中一個很顯著的特點，就是在編集時，完全刪去了《我的記憶》集中《舊錦囊》輯和《雨巷》輯，除去《斷指》1首，保留了《我的記憶》餘下的7首。這餘下的7首，正是上一期戴望舒轉變期中的產物。此外的34首，作於1929-1932年留法前。《望舒草》成為戴詩最具代表性的詩集，它講究敏銳的感覺與內在詩情的微妙對應，摒棄「音樂成分」，以現代口語入詩，追求詩風的「淳樸」、自然。正如他所期望的，他找到了「新的情緒和表現這情緒的形式」，完成了「為自己製最合自己的腳的鞋子」的目標[16]。

　　《望舒草》特別講究詩情的內在起伏和情緒的內在節奏，並且運用通感的手法寫出詩情的微妙感受。正如有的論者所指出的，《望舒草》的情緒節奏可以分作三種類型[17]。一種是，內涵相近意象在詩中的反覆，以形成主體情緒起伏的節奏，《三頂禮》這首詩相當典型。這首詩用了三組意象：「暗暗的海」、「佻達的夜合花」、「紅翅的蜜蜂」，它們分別象徵「戀人的發」、「戀人的眼」、「戀人的唇」。這些意象分別從視覺和觸覺的角度微妙地展示出詩人離愁－沉醉－怨恨的情緒節奏。讀完全詩，卻又感到詩人半是熱戀以至半是單戀的虔誠而痛苦的感受。這種整體感受，又恰合了戴望舒的詩美主張：「詩不是某

[16] 《望舒詩論》，《現代》第2卷第1期，1932年11月1日。
[17] 參見鄭擇魁、王文彬《戴望舒評傳》，百花文藝出版社1987年7月版。

一個官能的享樂，而是全官能或超官能的東西。」[18]《印象》、
《煩憂》、《秋天的夢》、《少年行》等也與之類似。這裡應該
強調指出的是，戴詩從《我的記憶》集後所追求的「全官能或超
官能」的意象牲，受耶麥和保爾・福爾的影響甚深。「給我吧，
姑娘，你底像花一樣地燃著的，／像紅寶石一樣晶耀著的嘴唇，
／它會給我蜜底味，酒底味」。（戴望舒《路上的小語》）明顯
地帶有對耶麥和保爾・福爾借鑒的痕跡：「於是我會找到了，在
你的嘴唇的胭脂色上，／金色的葡萄的味，紅薔薇的味，蜂兒的
味」（耶麥《屋子會充滿了薔薇》，戴望舒譯）。「我有幾粒紅
水晶，我有幾粒比你嘴唇更鮮豔的紅水晶。——給我吧！」（保
爾・福爾《我有幾朵小青花》，戴望舒譯）。著重感覺的複合
性，並賦予其豐富的心理內涵，寫出內在詩情的微妙感受，顯示
出戴望舒與法國後期象徵主義深厚的血緣聯繫。再一種類型與之
相反，它用內涵，色調相異乃至對立的意象排列互襯以展示出主
體的情緒節奏變化。《二月》、《小病》、《微辭》、《深閉的
園子》等都很典型。最後一類，中心意象在逐步展示中體現出主
體情緒的節奏，並且，在中心意象的逐步展示中，還伴有次意象
群的襯映。這一類，比較典型的《尋夢者》，這首詩以貝（珠）
為中心意象，由「深藏」——「攀九年的冰山」、「航九年的旱
海」——「海水裡養九年」、「天水裡養九年」——「吐出桃色
的珠」，逐層展示了「夢」——理想的象徵在人生旅途中求索的
歷程，次要意象「大海」、「冰山」、「旱海」、「雲雨聲」、

---

[18] 《望舒詩論》，《現代》第2卷第1期，1932年11月1日。

「風濤聲」、「海水」、「天水」……襯映著「珠」「貝」即「夢」的歷程，體現詩人主體對人生，以理想的整體感受。屬於這一種類型的，還有《我的記憶》、《單戀者》、《遊子謠》、《秋蠅》、《夜行者》、《妾薄命》、《樂園鳥》等。

　　《望舒草》還摒棄了《雨巷》的「音樂美」追求，代之以現代口語的散文美，並且化古為今，創造了無韻的自由體詩。在以情緒的內在節奏取代語言的外在音韻的前提下，《望舒草》中的《我的記憶》、《印象》、《祭日》、《單戀者》、《老之將至》、《我的戀人》、《三頂禮》、《二月》、《款步（二）》、《過時》、《秋蠅》、《燈》等，首無定節、節無定行；特別是《我的記憶》，句無定型，或是狀語結構，或是單句的說明、重複，以至同艾青《大堰河──我的保姆》的句式類似，形同散文化的口語。就現代口語的散文美而言，戴詩的許多句子，都帶有從耶麥、保爾・福爾那裡脫胎的痕跡。《我的記憶》中「我的記憶是忠實於我的，／忠實甚於我最好的友人。／它生存在燃著的煙捲上，／它生存在繪著百花的筆桿上，／它生存在頹垣的木莓上，／它生存在喝一半的灑瓶上……」這些詩句充斥著的多個單句的重複、說明，乃至意象的營建，都同戴望舒自譯的耶麥的《膳廳》聯繫甚深：「有一架不很光澤的衣櫥，／它會聽見過我的姑祖母的聲音，／它會聽見過我的祖父的聲音，／它會聽見過我的父親的聲音。／對於這些記憶，衣櫥是忠實的。」這類例子還有一些，比如：「我是微笑著，安坐在我的窗前，／當浮雲帶著恐嚇的口氣來說：秋天要來了，望舒先生！」（戴望舒《秋天》）與「而我微笑著，他們以為只有我獨自個活

著。／當一個訪客進來時問我說：／──你好嗎，耶麥先生？」（耶麥《膳廳》，戴望舒譯）；「──給我嗎，姑娘，那朵簪在你發上的／小小的春花，／安是會使我想起你的溫柔來的」（戴望舒《路上的小語》）與「我有幾朵小春花，我有幾朵比你的眼睛更燦爛的小春花，──給我吧！──她們是屬於我的」（保爾‧福爾《我有幾朵小春花》，戴望舒譯）。舉這些相當典型的詩句，只是為了更好地說明戴詩語言的散文美特徵與法國後期象徵派的關係。事實上，《我的記憶》以後的語言，相當多數是秉其神而化其形的，自有戴詩自己的中國化，這幾乎不證自明。這種中國化還更多地體現在另一方面：《望舒草》中的《百合子》、《八重子》、《夢都子》、《妾薄命》、《少年行》等詩題，帶有明顯的古詞詞牌、樂府詩題的痕跡，戴氏點鐵成金，代之以現代口語的自由短詩，顯得輕鬆活潑，情趣四溢。同時，某些詩句，如《老之將至》中的「而那每一個遲遲寂寂的時間，是將重重地載著無量的悵惜的」，很能令人聯想起李清照《武陵春》、王實甫《西廂記》中的名句。[19]

三、《災難的歲月》與艾呂雅、蘇拜維艾爾、瓦萊里與阿波里奈爾

抗戰的社會現實終於驚醒了象牙塔中的詩人。《災難的歲月》中，從《元日祝福》起始的大部份詩作，結束了《我的記

---

[19] 參見鄭擇魁、王文彬《戴望舒評傳》，百花文藝出版社1987年7月版。

憶》以來詩人回避政治現實、孤獨憂鬱的基本主題，代之以民族鬥爭、社會鬥爭的濃郁詩情，從而標誌著戴詩思想意義的基本轉向。同時，詩人在藝術傾向上向古爾蒙、保爾·福爾、耶麥告別，轉向艾呂雅、蘇拜維艾爾、阿波里奈爾、瓦萊里等。呈現出象徵主義、超現實主義、寫實主義、浪漫主義兼收並蓄的多元態勢，從而與《我的記憶》、《望舒草》劃出界標。

　　但是，仔細地分來，《實驗的歲月》以《元日祝福》為界，又可分作兩個階段。

　　《元日祝福》以前，戴望舒寫了9首。1925年離法回國以前有《古意答客問》、《燈》。加國以後有《夜思》、《小曲》、《贈克木》、《眼》、《夜蛾》、《寂寞》、《我思想》。其中《燈》、《眼》、《我思想》與過去詩作中的區別是詩人運用了超現實主義的手法。正如戴望舒自述的那樣，他對西方現代主義的興趣發生了變化：「我以前喜歡耶麥，福爾，高克多，雷弗爾第，現在呢，我已把我的偏好移到你（指法國詩人拜維艾爾，今通譯蘇拜維艾爾）和愛呂阿爾（今通譯艾呂雅）身上了。」[20]這一時期他譯了法國超現實主義詩人先驅核佛爾第（即勒韋爾迪）、法國達達主義的詩作。正如有的論者所指出的：「《燈》這首詩，明顯是從許拜維艾爾《燭焰》一詩得到啟發，《眼》這首詩的構思，很容易使人想起艾呂雅的《人們不能》一詩：『你的眼睛（在裡面沉睡／我們兩個人）為我的人的閃光／比這世界的夜晚／安排了一個更好的命運。』其中詭譎變幻的眼

---

[20] 戴望舒，《記詩人許拜維艾爾》，《新詩》第1卷第1期，1936年10月。

晴——大海的點染,又有瓦雷里《海濱墓園》的影子。」[21]並且,《眼》裡所蘊含的自然客體與個體主體互為區別但共為一體的、思想的知覺化等特點,以至同里爾克等人有了聯繫。其中「透明而畏寒的/火的影子/死去或冰凍的火的影子」的悖論意象頗具有超現實主義所謂「最強有力的形象,是最任意自由,最充滿矛盾的形象,因而也是最難以表達的形象」,「既擾亂了理智,也擾亂了感覺」,「而夢幻的氛圍和強烈的詩意就是從中產生出來的」特徵。[22]《我思想》這首詩,由「莊周夢蝶」、笛卡樂「我思故我在」點匯而成,但其中又融入夢幻與現實交融的筆調,很帶有勒韋爾迪超現實的特點。

1939年元旦,戴望舒寫了《元旦祝福》一詩,這首八行短詩,標誌著戴望舒詩作思想的轉變:「新的年歲帶給我們新的希望。/祝福!我們的土地,/血染的土地,焦裂的土地,/更堅強的生命將從而滋長。/新的年歲帶給我們新的力量。/祝福!我們的人民,/艱苦的人民,/英勇的人民,/苦難會帶來自由解放。」土地和人民的命運,成為戴詩關注、謳歌的中心。這個基本主題取代了十多年來憂鬱、感傷的基調,成為其後戴詩的主旋律。《獄中題壁》對抗日義士的歌頌,《我用殘損的手掌》對山河破碎的切痛,對解放區的嚮往和禮讚,《心願》所表達的抗戰到底的心願,《等待》從獄中表達的對戰友的渴念,《口號》對抗戰勝利的期待,《偶成》洋溢出的勝利的狂喜……標誌著戴詩同時代、同人民、同土地血肉一樣

---

[21] 參見鄭擇魁、王文彬《戴望舒評傳》,百花文藝出版社1987年7月版。
[22] 杜布萊西斯《超現實主義》,三聯書店1988年版。

不可分離的聯繫。可以這麼說，這個時期，戴望舒的詩，真實
由衷地表達了香港淪陷區人民的願望和心聲，成為他們手中的
號角和旗幟，戴望舒終於從雨巷走向了戰場。

　　《元旦祝福》以後，戴詩在藝術上也發生了巨大的變化，
這種變化的一個顯著特色，是採用了現實主義與浪漫主義相結
合的創作方法。這種創作方法的採用，是由戴詩思想轉變的需
要所決定的。甚至可以說，是戴望舒不自覺的但又是必然的選
擇。這類詩或者直接抒情，一反先前「純詩」的主張，將詩人
主體的社會、歷史、政治觀點全盤托出，而不再藉助象徵體的
中介，《元旦祝福》、《心願》、《等待》，都很典型。這些
詩，甚至令人感到它同殷夫、中國詩歌會的直接聯繫。試回想
戴望舒當年對「國防詩歌」所謂「宣傳」、「功利主義」的嘲
弄[23]，我們不能不驚異於詩人詩風、詩學觀的巨大變化。當然，
這類詩之於戴望舒，又見出藝術上某些改換手法的遺痕。這類
詩還有一種抒情稍微內斂，感情與畫面相融，是浪漫主義與現
實主義結合的精品，其基本藝術傾向，同《我的記憶》集中那
首藝術上獨為一格的《斷指》恰成呼應。

　　但是，這一時期他的代表作，還是融超現實主義、象徵主
義、浪漫主義於一體的《我用殘損的手掌》：「我用殘損的手
裳／摸索這廣大的土地／……／無形的手掌掠過無限的江山，
／手指沾了血和灰，手掌沾了陰暗，／只有那遼遠的一角依然
完整，／溫暖，明朗，堅固而蓬勃生春……」戴望舒1942年這

---

[23] 戴望舒《談談國防詩歌》，《新中華》第5卷第7期，1937年4月。

首詩明顯地帶有他熟悉、喜愛的蘇拜維艾爾作於1940年的《遠古的法蘭西》的構思原型:「我在遠方尋覓法蘭西,／用我貪婪的手,／我在空虛中尋覓,／遠隔漫長的距離／……撫摸我們的群山,／我又沐浴於江河。／我的雙手來而復往／整個法蘭西溢散出芳香」(徐知免譯)。但戴望舒卻有自己的變形創造,並予以象徵的表現。這首詩藉地圖為象徵體,以撫摸祖國大地為超現實幻境,將象徵體的實境與超現實的幻境統一為一體,寓虛於實,以虛馭實,在殘破的祖國山河中,描繪出理想世界「那遼遠的一角」的「溫暖,明朗,堅固而逢勃生春」的境界,實而虛,近而遠,既廣闊深邃,又具體可感,富於特殊的魅力。這是對蘇拜維艾爾、艾呂雅、阿波里奈爾與瓦萊里的統一,是戴詩後期的代表作。難怪詩人在他生命的最後一年,曾多次向讀者朗誦他這一首詩。

同時,象徵主義的傳統影響,在這一個時期,除了《白蝴蝶》、《螢火》還依然完存以外,對波德萊爾音樂美的借鑒,又成了一個新的變形。正如施蟄存所言:「後來,在四十年代譯《惡之花》的時候,他的創作詩也用起腳韻來了。」《元日祝福》採ABBA式,《獄中題壁》間行一韻,《我用殘損的手掌》採用AABBCC式……,可以說,後期的詩無一不韻。重新向《雨巷》靠攏,但又不同於《雨巷》的繁密,體現出戴詩在音樂美上最後的歸宿,也體現出戴望舒與法國象徵派最後的聯繫。

正如我們前面多次指出的那樣,戴望舒與卞之琳在後期走了兩條不同的詩學道路。戴望舒在走向超現實主義以後,詩的現實性大大增加,詩的象徵性和朦朧美不斷減弱,戴望舒詩學

的現代詩傾向逐漸淡化，甚至出現了浪漫主義傾向，形成了與卞之琳相反的現代派後期詩學的另一極的特徵。

第二節　卞之琳的詩歌與中外詩學

卞之琳（1910-2000），江蘇海門人，現代著名詩人，外國文學專家。著有詩集《三秋草》[24]、《魚目集》[25]、《漢園集》[26]（與人合集）、《慰勞信集》[27]、《十年詩草》[28]、《雕蟲紀曆》[29]，另有多種譯著、論著。

按照卞之琳自己的說法，他的詩作可以1938年為界，分作前後兩期。但如果從卞詩與西方現代主義的關係來看，又可以分作四個時期。

一、前期最早階段與波德萊爾與魏爾倫

第一個時期（1930-1932），是詩人所謂「前期最早階段」。他自述道：這一時期「寫北平街頭灰色景物，顯然指得出波特萊爾寫巴黎街頭窮人、老人以至盲人的啟發」[30]。這一時

---

[24] 沈從文印刷發行。1933年5月版。
[25] 上海文化生活出版社，1935年12月版。
[26] 商務印書館，1936年2月版。
[27] 昆明明日社出版部，1940年版。
[28] 桂林明日社，1942年5月版。
[29] 卞之琳《雕蟲紀曆》，人民文學出版社，1979年9月版。
[30] 卞之琳《雕蟲紀曆‧自序》，人民文學出版社，1979年9月版，第16頁。

期的詩大都收入《三秋草》中。這些詩或寫白日夢中大學生的
悶、散，如《紀錄》、《影子》；或寫老頭、閒人，和尚的無
聊、空虛，如《傍晚》、《寒夜》、《一個閒人》、《一個和
尚》；或寫荒街、小巷、酸梅湯、破船片、冰糖胡蘆，如《長
途》、《酸梅湯》、《叫賣》、《苦雨》、《一塊破碎片》、
《幾個人》、《路過居》、《牆頭草》。情調低沉、迷茫，在
貌似客觀的描繪中滲出心靈敏感的痛苦。這些詩對波德萊爾的
借鑒，一是題材的醜、俗，二是情調的灰暗。《一個閒人》在
街路旁「盡是低著頭，低著頭」的灰暗，《一個和尚》「做
著蒼白的深夢」，「厭倦也永遠在佛經中蜿蜒」，乃至「昏沉
沉的，夢話又沸湧出嘴，他的頭兒又和木魚應對」，「又算撞
過了白天的喪鐘」的麻木與蒙昧，恰似波德萊爾《盲人們》所
創造的藝術世界；盲人「像夢遊病患者」，「他們的眼睛失去
神聖的光輝，老是仰面朝天，如向遠方凝望」，「跟永恆的沉
默乃是兄弟」，「『盲公們向天空尋求什麼？』」《苦雨》、
《西長安街》裡寂寞的老人，《路過居》茶館「一所小屋四個
洞，／長的一個像嘴，／常常吸食水的，／吐出伸懶腰的」，
「裡頭的漢子／打扮／差不多全是一樣」的麻木貧困疲乏的眾
生相，又同波德萊爾《七個老頭子》中「步履蹣跚」一個跟一
個地「同樣的鬍子、眼睛、／背脊、手杖、破衣，像來自同一
地獄」的畫面如出一轍。但卞詩也與波氏有所不同，卞詩寫得
客觀、冷靜，並無波德萊爾「激怒得像一個眼花的醉漢」詛咒
「卑鄙」和「惡意」的激憤。同時，卞詩的色調、情感的消
沉，也同傳統有著聯繫：「從消極方面講，例如我在前期詩的

一個階段居然也出現過晚唐南宋詩的末世之音，同時也有點近
於西方『世紀末』詩歌的情調。」[31]詩人的這段自述無疑也是可
信的。這一時期的《酸梅湯》一詩，全用洋车夫對賣酸梅湯老
頭的獨白而成，充滿調侃的情趣，很具有所謂舊詩「著重『意
境』」的特點，當然，用詩人的話來說，這是「通過西方的
『戲劇性處境』而作『戲劇性臺詞』」。[32]這一個時期，魏爾倫
對卞之琳也有很大的影響。一是卞之琳這一時期翻譯了尼柯孫
（Harold Nicolson）的《魏爾倫與象徵主義》[33]，介紹了魏爾倫
關於象徵主義的「親切與暗示」「要惆悵，第一就得恍惚」以
及色調灰淡，情調迷離惝恍的特點，並實行在他的北平街頭的
詩作中。二是在音樂性方面對魏爾倫的借鑒。比如像《長途》
在音樂美方面對魏爾蘭「有意仿照」，十四行詩《一個和尚》對
法國象徵派十四行體的「存心戲擬」，也都見出初期卞詩與魏
爾倫在技巧上的聯繫。張曼儀在研究卞之琳與魏爾倫的關係時
認為，卞之琳1932年的《白石上》受了魏爾倫的《三年以後》
（Apre's trois ans）的明顯的影響，與些類似的還有1931年的
《長途》這首詩與魏爾倫的《遺忘之歌》（Ariettes Oublie'es）
中的第8首《在連綿不盡的（Dans L'interminable）》。[34]
趙毅衡、張文江認為卞之琳的《夜風》與魏爾倫的智慧集
（Sagesse）第3部第6首也有很明顯的聯繫，認為卞之琳這時

---

[31] 卞之琳《雕蟲紀曆·自序》，人民文學出版社，1979年9月版，第15頁。
[32] 卞之琳《雕蟲紀曆·自序》，人民文學出版社，1979年9月版，第15頁。
[33] 《新月》4卷4期，1932年11月，1-15頁。
[34] 張曼儀《卞之琳著譯研究》，香港中文大學，1989年8月版，第32-33
頁、第23頁。

「刻意追求魏爾倫式的密集音韻」[35]。江弱水認為，卞之琳1931年的《胡琴》一詩（曾收入《魚目集》）在音韻和內容上都受了魏爾倫的《秋歌》的影響。[36]

二、前期中間階段與艾略特

第二個時期（1933-1935），是詩人所謂「前期中間階段」，卞詩在藝術上已經臻於成熟。這一時期的詩多收入《魚目集》、《漢園集》。這一時期卞詩受艾略特的影響較深。1933-1934年，卞詩拓展了上一時期的題材，將低沉、迷惘的感受延伸到古鎮、春城（《古鎮的夢》、《古城的心》、《春城》、《道旁》）等更宏觀的範圍。《古鎮的夢》取材自然、細緻，同時又極富於象徵派暗示、親切的特點。到了1935年，詩人推出《距離的組織》、《尺八》、《斷章》、《音塵》等精品，如前所述，這時卞詩詩風大變，在藝術上呈出一種新的知性的色彩，特別重視歷史與人、時間與空間、表象與實體、絕對與相對等關係的思考，特別重視他人與自我、主體與客體關係的思考。這種傾向於形而上的哲學冥思傾向，使卞詩蒙上一層很強的現代主義色彩，讓他在現代派前後期之間劃出了一道鮮明的分界線。至於卞之琳與艾略特的關係，這正如袁可嘉

---

[35] 趙毅衡、張文江《卞之琳：中西詩學的融合》，曾小逸主編《走向世界文學》，湖南人民出版社，1985年7月版，第506頁。

[36] 江弱水《卞之琳詩藝研究》，安徽教育出版社，2000年12月版，第182-184頁。

所評論的：「《距離的組織》很有艾略特早期短詩（如《晨曲》）的特色：大力運用想像邏輯來擴展詩境，渲染氣氛。從《羅馬滅亡史》，羅馬滅亡星，暮色蒼茫的風景到『灰色的天。灰色的海。灰色的路』，到『好累啊！……友人帶來了雪意和五點鐘』，是一系列灰暗的情調的渲染，與艾略特的手法有近似的地方。」[37]事實上，《距離的組織》在「大力運用想像邏輯來擴展詩境，瀉染氣氛」方面，源出於艾略特，但又超過艾略特。《距離的組織》是一首曾被詩人、批評家朱自清與作者往返討論過的「晦澀」之作，但細細再琢磨，覺得還是可解的。謹先附上這首詩：

> 想重上高樓讀一遍《羅馬滅亡史》，
>
> 忽有羅馬滅亡星出現在報上。
>
> 報紙落。地圖開，因想起遠人的囑咐。
>
> 寄來的風景也暮色蒼茫了。
>
> （「醒來天欲暮，無聊，一訪友人吧。」）
>
> 灰色的天。灰色的海。灰色的路。
>
> 哪兒了？我又不會向燈下驗一把土。
>
> 忽聽得一千重門外有自己的名字。
>
> 好累啊！我的盆舟沒有人戲弄嗎？
>
> 友人帶來了雪意和五點鐘。

---

[37] 袁可嘉《西方現代派詩與中國新詩》，《現代派論・英美詩論》，中國社會科學出版社1985年版，第367頁。

　　這首詩經歷了三個大時空單元的轉換。前四行是第一個大時空單元，即詩人的角度，中涉《羅馬衰亡史》、羅馬滅亡星的時空對比，詩人與「遠人」的主客體關係，「寄來的風暴也暮色蒼茫了」所涉表象與實體的關係；第五行「（『醒來天欲暮，無聊，一訪友人吧。』）」是第二個大時空單元，即另一「友人」的角度，寫他行前的內心獨白，這一行將詩人的敘述距離大幅度拉開，形成視角的大轉變，想像邏輯讓全詩陷入一個幾乎不可解的迷魘；後五行轉入第三個時空單元，即詩人的角度，其中又有三個層次：白日夢境（六、七行），似夢非夢（八、九行），「友人」來到（十行），中涉的兩個典故（「向燈下驗一把土」、「盆舟」）將時空關係、微觀宏觀關係打亂，最後又涉及到表象與實體的關係（「帶來了雪意和五點鐘」），想像邏輯讓詩篇蒙上一層霧幛，非仔細釐定不能解讀。這首詩體現了30年代「大處茫然，小處敏感」的詩人的諸種白日夢心態。這種寫法與艾略特的《序曲四》有直接的淵源關係。《序曲四》（查良錚譯）寫一個敏感者在現代商業社會的苦惱。第一節是兩個時空單元：「他」的時空──「他」的「靈魂」「在四點、五點和六點鐘」被「緊張地扯過」、「被固執的腳步踐踏著」；社會的時空──「一條染黑的街道的良心／急不可待地要接管世界」。第二節是一個時空單元：「我」的感想。第三節是另一個不確定的時空：「用手抹一嘴巴而大笑吧；／眾多世界旋轉著好似老婦人／在空曠的荒地撿拾煤渣。」這一節對「他」？對「我」？對世人而言？「眾多世界」是指每一個人？每一個星體？詩的意象所具的不確定張

力同詩人的想像邏輯相合一，產生出極富彈性的詩境。這樣一種寫法，被卞之琳加以極端化，並且例證不僅是《距離的組織》。《斷章》裡的「你」、「看風暴人」、「你的影子」的「你」，「你裝飾了別人的夢」的「你」，似同一又不同一，互相聯繫又互相區別，構成主、客體的極度相對化；《尺八》裡現代「海西客」的世界與唐代「長安市」「孤館寄居的番客」世界的時空交錯換位形成的離奇詩境；《音塵》裡「綠衣人」、「按門鈴人」與「住戶」的時空、「遠人」的時空、「我」的想像時空、「我」的現實時空、「我」讀「歷史書」的心理時空的互相嵌合的奇特意境，等等，同樣也烙上了艾略特這位雄霸英語詩壇30年的泰斗的印跡。

除了本文的研究以外，起碼有6位研究者指出了艾略特詩作對卞之琳明顯影響的痕跡。比如李廣田、王佐良都分別指出艾略特的《普魯弗洛克的情歌》（*The Love Song of J. Alfred Prufrock*）中的詩句與卞之琳的詩的聯繫。李廣田認為卞之琳的《候鳥問題》最後3行與艾略特這首詩的前3行都用了相似的知性化的意象。[38]王佐良認為卞之琳的《歸》的最後一句與艾略特這首詩的前3行，都以道路來喻示心理狀態，一是明顯受了影響，二是寫得更為簡練。[39]趙毅衡和張文江、江弱水都分析了卞之琳的《春城》受艾略特《荒原》（*The Waste land*）影響的情

---

[38] 李廣田《詩的藝術：論卞之琳的〈十年詩草〉，見《詩的藝術》，開明書店，1943年12月版。
[39] 王佐良《中國現代詩中的現代主義——一個回顧》，《文藝研究》，1983年第4期。

況。趙毅衡和張文江主要分析了二者在技巧上的關係。[40]江弱水主要分析了二者在知性、隱喻和戲劇化、語言、形式等多方面的關係。[41]

三、前期第三階段與葉芝、里爾克、瓦萊里　和晚唐詩境

　　第三個時期，是詩人所謂「前期第三階段」，這一時期按照《雕蟲紀曆‧自序》的說法，主要受葉芝、里爾克、瓦萊里的「後期短詩」的影響[42]。卞詩在這一時期情調開始於「哀愁中含了一點喜氣」，形式上醉心於格律體。《第一燈》讚美燈和光明，五首《無題》在「淘洗」、「克制」中展示了詩人隱秘的私情。《候鳥問題》展示了抗戰伊始，詩人「要走」的心跡，《雨同我》又在「天涯」浪跡中有幾分躊躇和「憂愁」；《淘氣》和《燈蟲》這兩首十四行詩，或者自嘲，或者反思；《半島》則在更為隱秘複雜的客觀象徵體中凝固著詩人隱秘的戀情。這些在形式上都或多或少地帶有葉芝和里爾克的痕跡。葉芝的《駛向拜占延》和《拜占廷》等詩，強調運用極為洗煉的口語和含義複雜的象徵，強調通過具有知覺意義的意象來體現抽象的哲理。里爾克的《豹》等詩作通過客觀的雕塑來結晶

---

[40] 趙毅衡、張文江《卞之琳：中西詩學的融合》，曾小逸主編《走向世界文學》，湖南人民出版社，1985年7月版，第508頁。

[41] 江弱水《卞之琳詩藝研究》，安徽教育出版社，2000年12月版，第190-193頁。

[42] 卞之琳《雕蟲紀曆‧自序》，人民文學出版社，1979年9月版，第15頁。

詩人的內在情感溶液。他們這種思想知覺化的特點，即瓦雷里「像感覺玫瑰花一樣」感覺思想的「抽象的肉感」的表現方式[43]，在卞之琳這一時期的詩中有很鮮明的借鑒體現。「半島是大陸纖手，／遙指海上的三神山」，「半島」與「三神山」這種「心有靈犀一點通」但又「身無彩鳳雙飛翼」的象徵關係，被完全地客觀化了，「小樓已有三面水，／可看而不可飲的」把單戀這種可望而不可即的關係加以極端化、象徵化。下面四行詩卻把這種濃情稀釋淡化，最後以「用窗簾藏卻大海吧，／怕來客又遙望出帆」作結，拉開抒情主體與詩人的距離，給人以強烈的客觀知覺感。這同那只著名的「豹……通過四肢緊張的靜寂──／在心中化為烏有」（里爾克《豹》），在知覺化、客觀化乃至情感的淡化處理上都有異曲同工之妙。與此同時，卞之琳本期的精品《白螺殼》更帶有瓦萊里鮮明的印跡。這首詩剖析了理想純真愛情（或人生理想）的烏托邦結局，全詩滲透了象徵寓意，迷離惝恍而晶瑩剔透。正如袁可嘉所說，它「從題材到詩體都有瓦雷里的影響」。瓦萊里在散文作品《人和螺殼》再版序言裡說，他寫此文，就象一個過路人從沙上撿起一個螺殼，細認造化種種神工，引起無限的思潮。卞詩的立意也是如此。在詩體上，是「套用了瓦雷里用過的一種最複雜的格式。」[44]卞之琳自己也承認，「《白螺殼》就套用了瓦

---

[43] T.S.Eliot〈Selected Essays〉，1932，p.35-39，中文參見李賦甯譯《艾略特文學論文集》，百花洲文藝出版社，1994年9月版，第22頁。

[44] 袁可嘉《西方現代派詩與中國新詩》，《現代派論‧英美詩論》，中國社會科學出版社1985年版，367頁。

萊里用過的一種韻腳排列上最較複雜的詩體」[45]。卞之琳曾盛讚過瓦萊里《海濱墓園》、《鳳靈》、《失去的美酒》、《石榴》格式和韻腳的複雜、精密，並同時予以漢譯[46]。《白螺殼》一共四節，每節十行，每行四個音節，其中三個雙音節，一個單音節；瓦萊里《蛇》也是每節十行，且每行音步一致，《海濱墓園》每節六行，每行十個音步，《石榴》和《失去的美酒》是八音步十四行變體詩，《鳳靈》是五音步短行十四行變體詩。這是就格律借鑒的方面而言。另一方面，《白螺殼》四節詩韻韻腳分別為「你塵裡情湧工海珠住唉」、「雨透羽樓過梭本織字成」、「我灘握歡差八桃起你潮」、「珊階欄耐雛梧瑰旁上淚」，押abba、ccd、eed韻，同時又有變體交錯，這在現代漢語詩作裡極為罕見的韻腳格律，完全是套用瓦雷里法語詩的結果，瓦雷里《石榴》押abba、cddc、eef、gfg韻。《鳳靈》押abba、acac、dde、dde，《海濱墓園》這首長詩還用了巧妙、多變的雙聲疊韻，《蛇》的用韻更為複雜整飭。以至於孫玉石認為，《白螺殼》在「形式上更對瓦雷里的《蛇》、《棕櫚》等詩有直接借鑒」[47]。

同時，這一時期卞詩的若干詩句和意境，還帶有中國傳統詩詞點化的痕跡。正如藍棣之所發現的「《無題一》寫深切和不可解脫的愛：『百轉千回都不跟你講，／水有愁，水自哀，

[45] 卞之琳《雕蟲紀曆·自序》，人民文學出版社，1979年9月版，第17頁。

[46] 袁可嘉等編《外國現代派作品選》第1冊（上），第22-37頁，上海文藝出版社。1980年10月版。

[47] 孫玉石主編《中國現代詩導讀》，北京大學出版社，1990年7月版，第330頁。

水願意載你。』這兩行正有崔鶯鶯那首有名的情詩的意味：
『自從消瘦減容光，萬轉千回懶下床；不為旁人羞不起，為郎
憔悴卻羞郎。』」；「《白螺殼》最後幾行：『黃色還諸小雞
雛，／青色還諸小碧梧，／玫瑰色還諸玫瑰，／可是你回顧道
旁，／柔嫩的薔薇刺上，／還掛著你的宿淚』，這裡也正好是
唐詩『還君明珠雙淚垂，恨不相逢未嫁時』裡那個『還』和
『淚』的詩意」[48]。甚至，詩人還這樣自述過與傳統的關係：
「我前期詩作裡好像也一度冒出過李商隱、姜白石詩詞以至
《花間》詞風味的形跡。」[49]當然，由於卞詩化歐、化古於一
體，其中某些意境雖能勉強指出，但是，嚴格地說，到了卞之
琳這裡，這種熔鑄洋、古於一爐的詩境，卻又別是一種風格
了。袁可嘉說：「這是由於他巧妙地融合了中西詩，古今詩的
藝術」的結果，即是外來影響，「我們有時可以感到」，「但
很難具體指出」[50]。這是有道理的。

四、後期與奧登和阿拉貢

　　第四個時期（1938年以後），卞之琳所謂「後期」階段。
「後期以至解放後期新時期，對我也多少有所借鑒的還有奧頓
中期一些詩歌，阿拉貢抵抗運動時期的一些詩歌。」[51]1938年

---

[48] 藍棣之《論卞之琳詩的脈絡與潛在趨向》，《文學評論》1990年1期。

[49] 卞之琳《雕蟲紀曆‧自序》，人民文學出版社，1979年9月版，第16頁。

[50] 袁可嘉《西方現代派詩與中國新詩》，《現代派論‧英美詩論》，中國
社會科學出版社1985年9月版，第367頁。

[51] 卞之琳《雕蟲紀曆‧自序》，人民文學出版社，1979年9月版，第16頁。

詩人來到延安。客居延安時期，詩人詩風發生了巨大變化，他的《慰勞信集》以奧登式的機智幽默的筆法，在平淡中顯出驚奇的敘述，謳歌了解放區生活給人帶來的欣喜、活潑的新鮮情趣。《前方的神槍手》、《修築飛機場的工人》、《空軍戰士》、《一位用手指揮電網的連長》、《西北的青年開荒者》、《一切勞苦者》，在平淡的記實中渲染了解放區普通軍民的盎然生機和新奇情趣。《一位政治部主任》、《一位「集團軍」總司令》、《論持久戰的著者》這組十四行體詩給高級指揮員和領袖留下了樸實而生動的素描：「最難忘你那『打出去』的手勢，／常用以指揮感情的洪流，／協入一種必然的大節奏。」面對嚴肅的題材，處理得卻又乾淨、概括、機智、輕巧，在中國語體文裡，滲出奧登的特有情調。奧登筆下「他站在一棵特異樹下。／把遠方高舉到面前，專尋找／抱有敵意的不熟悉的地方」（《旅人》，查良錚譯）和「別讓步子朝任何一邊滑去，／以至侵入『經常』，或探進『從未』」（《要當心》，查良錚譯）等詩句，都給了這一時期卞之琳以深刻的影響。奧登對卞之琳的影響，張曼儀和江弱水都作了類似的深入研究[52]。

　　同時，與戴望舒後期傾向艾呂雅極為相似的，是卞之琳此時也靠近了阿拉貢。作為由超現實主義轉向社會主義現實主義的法國詩人，阿拉貢抵抗運動時期的詩作具有強烈的革命傾向

---

[52] 參見張曼儀《卞之琳與奧登》，臺北《藍星》詩刊第16號，1988年7月；江弱水《卞之琳詩藝研究》第5章第5節，安徽教育出版社，2000年12月版。

性，這對這一時期卞詩的基本主題和藝術風格又具有明顯的影響。但與戴望舒有區別的是，卞之琳的知性傾向卻不再改變。

卞之琳在沉默了十多年後，50年代初期又開始了創作。這些詩作或繼續帶有奧登的痕跡，或更多地向江南民歌靠攏，但由於未能找到表現新題材、新生活的更成熟的新形式，因而「大多數激越而失之粗鄙，通俗而失之庸俗，易懂而不耐人尋味。時過境遷，它們也算完成了任務」[53]。這雖是自謙之詞，但細究起來，確乎已變了一個人，作品也再沒有了《斷章》式的精品。50年代以後的作品，是一種特殊的時期的特殊作品。我們不得不指出，這已經不是我們所討論的現代派了，時勢主宰了詩學。30年代現代派詩歌創作早已終結了。

第三節　何其芳的詩歌與中外詩學

何其芳（1912-1977），四川萬縣（今重慶萬洲）人，現代著名詩人、散文家、文學評論家。著有詩集《漢園集》（1936，與人合集），《預言》（1945）、《夜歌》（1945）、《夜歌和白天的歌》（1952），另有散文集、論文集多種。何其芳的前期詩作曾受過傳統詩詞與西方象徵派的影響。「也多少受過一點二十年代英美現代派主將托‧斯‧艾略特的影響，那又是稍後一點。」[54]詩人也曾經自述過：「我讀著晚唐五代時期的那

---

[53] 卞之琳《雕蟲紀曆‧自序》，人民文學出版社，1979年9月版，第9頁。

[54] 卞之琳《何其芳晚年譯詩》，《人與詩：憶舊說新》，三聯書店1984年11月版，第96頁。

些精緻的冶豔的詩詞，蠱惑於那種憔悴的紅顏上的妖媚，又在幾位班納斯派（即帕爾納斯派）以後的法蘭西詩人的篇什中找到了一種同樣的迷醉。」[55]這裡所說的帕爾納斯派以後的法蘭西詩人，主要指魏爾蘭、蘭波、馬拉美等人，也就是法國的象徵派詩人。與戴望舒、卞之琳那種自覺地有選擇、有具體針對性地借鑒西方現代不同的是，何其芳的借鑒，往往是整體的，甚至往往是間接的，因而，何其芳詩作的借鑒，往往很難有一個主觀自覺的具體的對象（無論是對詩人還是對具體的詩作），這與何其芳的詩學觀是有關的。劉西渭1936年曾經作過這樣的比方：「他缺乏卞之琳先生的現代性，缺乏李廣田先生的樸實，而氣質上，卻更其純粹，更是詩的，更其近於十九世紀初葉。」[56]這段話僅以《花環》等詩作例，把何其芳推向西方現代前的浪漫主義，當然不免片面，但也從一個側面將他與卞之琳這類直接師承西方現代主義的詩人作了一個明確的區別。這個區別的確是存在的。

何其芳與西方現代主義的關係，主要體現在他前期詩作裡，這種聯繫有兩個層面。一個層面是價值觀方面的，何詩的四大主題愛情、幽怨、孤獨、死亡都程度不同地有所體現，特別是後者，完全有別於浪漫主義。另一個層面是詩美觀的，何詩早期反對浪漫主義那種「囂張的情感」，重視詩歌形式，

---

[55] 何其芳《論夢中道路》，《大公報》1936年7月19日，《文藝》182期《詩特刊》。

[56] 劉西渭《〈畫夢錄〉》，《咀華集》，本文引自《李健吾文學評論集》，寧夏人民出版社，1983年8月版，第127頁。

講究結構美和音樂美，這與魏爾蘭有許多相似之處；但在《古城》以後，開始摒棄音樂美，以口語入詩，加強想像邏輯的運用，又與艾略特有所聯繫。

一、何詩的內容與晚唐情調和西方現代派情緒

　　《漢園集》和《預言》是他的前期，他早期的詩作感傷的情調既有晚唐的頹唐情調，也有西方現代派情緒。

　　這一時期，由於強烈的孤獨意識，何其芳的主要興奮點集中在愛情上。由於病態的孤獨，甚至更由於愛情期待的「絕望」，他所理解的愛情和女性，被空前地提純、美化了，甚至帶有某種柏拉圖式的聖潔色彩。他感傷幼時朦朧情愫的杳然，寫有著名的詩篇《花環》。小玲玲成為詩人情感對象化的象徵，小玲玲的美就在於她的純潔：「沒有照過影子的小溪最清亮。」另一方面，由於對象化的象徵與現實生活中女性的固有落差，更由於詩人孤獨的情懷，這就使得他所抒發的情緒帶有一種強烈的憂鬱色彩：「你青春的聲音使我悲哀。／我忌妒它如快樂的流水聲……自從你遺下明珠似的聲音，／觸驚到我憂鬱的思想」（《贈人》），「你如花一樣無顧忌地開著，／南方的少女，我替我憂愁」（《再贈》）。面對現實生活的愛情悲劇，何其芳寫下了不少幽怨悱側的失戀詩，在愛情的體驗上誠實地表現出一種弱小者的性格：「對於夢裡的一枝花／或者一角衣裳的愛戀是無希望的。／無希望的愛戀是溫柔的。／我愛著更溫柔的懷念病」（《贈人》）。顯然，在何其芳這裡，愛情的抒發顯得極為夢幻

空靈，在他那些幻化的情詩裡，經常體現出一種愛而不得但又執著不捨的虛幻景象，形成一種自我補償的變態色彩。比較典型的是《羅衫》。詩人自擬為異性貼身的夏季羅衫，反覆渲染襟上的「荷香」、袖間的「眼淚」、「口脂」，以自己的擬物親近來表達對事實上已不是戀人的戀人的崇拜和愛戀，這就更深刻地體現出詩人的孤獨與變態。正如何其芳1937年自己回顧的：「我雖不會像一個暴露病患者那樣誇示自己的頹廢，卻也不缺乏一點自知之明，很早很早便感到自己是一個拘謹的頹廢者。」[57]事實上，詩人的這番自我表白同他前期作品的傾向是相吻合的。並且，這種變態雖然也帶有現代派的某些消極影響，但同時也體現出同社會對抗的反叛價值，體現出何詩在價值觀方面與西方現代主義的某些聯繫。

二、何詩形式與瓦萊里、魏爾倫與艾略特

在詩歌的藝術形成方面，我們也能明顯地看出何詩與西方現代某些聯繫。

何其芳的詩作摒棄了浪漫主義的抒情方式，往往借助一個客觀象徵體來側寫抒情主人公的內在情感。《預言》裡那位「年輕的神」意象透明但又內涵朦朧，是愛情之神？是命運之神？與瓦萊里《年青的命運女神》有明顯的聯繫，它猶如《雨巷》裡的丁香姑娘，具有象徵體的多義性。全詩每節六行，每

---

[57] 何其芳《〈回鄉雜記〉代序》，引自《何其芳文集》，人民文學出版社，1982年10月版，第128頁。

行音步大體一致，一、二、四、六行大體押韻，又很有魏爾蘭
「音樂先於一切」的特點。何詩裡最具有音樂美特點的，應該
數《花環》：「開落的幽谷裡的花最香。／無人記憶的朝露最
有光。／我說你是幸福的，小玲玲，／沒有照過影子的小溪最
清亮。」全詩三節，每節四行，二，四行通押「江陽」韻，講
究詩歌的形式美，這也正是帕爾納斯派以後詩歌的形式特徵。

　　到了《古城》、《夜景（二）》以後，何詩開始洗去法
國象徵派講究音樂美等鉛華，不時融進了某些艾略特的手法。
《古城》裡「有客從塞外歸來，／說長城像一大隊奔馬／正當
舉頸怒號時變成石頭。」「黃色的槐花，傷感的淚。／邯鄲
逆旅的枕頭上／一個幽暗的短夢」「悲世界如此狹小又逃回／
這古城。風又吹湖冰成水。／長夏裡古柏樹下／又有人圍著桌
子喝茶。」這些詩句，既有想像的邏輯的變形，也有口語的雜
入，更有情感的客觀化，同《花環》簡直異如二人，很帶有艾
略特《序曲》的特點。《夜景（二）》的括弧將詩分成兩個時
空世界，仍然帶有艾略特的影子：「下弦夜的藍霧裡。／（假
若你不是這城中的陌生客，／會在街上招呼錯人。）」接著不
斷交錯地變換視角，寫朱門、扣門人、「你」、「馬蹄聲」四
個世界的位移和感覺：「又兩聲銅環的扣響／追問門內淒異的
沉默。／（猜想他未定的命運吧！）／剝落的朱門開了半扇，
／放進那只黑影子又關上了。／（把你關到世界以外了。）／
馬蹄聲淒寂遂遠。」想像的邏輯有所擴展，主體隱去，客觀冷
靜，雖然不像卞之琳詩歌那樣在客觀的知覺裡寓有某種深刻的
思想，但已經達到了『知覺化』的程度，具有了艾略特短詩的

類似特點。卞之琳說何其芳「也多少受過一點二十年代英美現代派主將托·斯·艾略特的影響,那又是稍後一點。」[58]指的就是這幾首詩。

由於30年代中期社會時代的進步與巨變,詩人開始跳出孤獨、愛情的狹窄領域,並與西方現代主義告別,得到了自身的涅槃:「最後的田園詩人正在旅館內/用刀子割他頸間的藍色靜脈管。/我再不歌唱愛情/像夏天的蟬歌唱太陽……/在長長的送葬的行列裡/我埋葬我自己」(《送葬》)。何其芳新生了。他告別了「波德萊爾」的「憂鬱」,聲明「從此我要嘰嘰喳喳發議論;/我情願有一個茅草的屋頂,/不愛雲,不愛月/也不愛星星。」(《雲》)。其後的《夜歌》、《夜歌和白天的歌》放棄孤獨、放棄虛幻感傷的愛情歌唱,自身蛻變一新,去與群體協調,去「為少男少女們歌唱」,成了解放區著名的抒情詩人。現代派詩人,永遠成了何其芳的歷史。

30年代的中國文壇,廣泛介紹了法國象徵派、英美意象派、美國現代派,乃至未來派、立體派、達達派、超現實主義等西方現代主義諸多流派的理論和詩作,這對30年代現代派的形成、發展與成熟,起了巨大的推動作用。

作為流派而言,現代派在廣泛借鑒西方現代主義的同時,也注意對中國古代詩詞和20年代象徵派、新月派的繼承,從而形成其獨特病態美和朦朧美的美學追求,但是,從質上界定,現代派只是一個準現代主義的詩派。

---

[58] 卞之琳《何其芳晚年譯詩》,《人與詩:憶舊說新》,三聯書店1984年11月版,第96頁。

如果僅對現代派所受西方現代主義的影響作一個總體評價，那麼可以這樣認為：就病態美而言，現代派孤獨、迷茫、異化、醜惡的價值取向，一方面是對30年代黑暗中國現實社會的懷疑與否定，在客觀上體現出一定的積極意義；另一方面，這群青年詩人在找不到出路時「飲鴆止渴」的病態痛苦，抗戰以後何其芳、戴望舒、卞之琳的轉向，可算作是對這種消極性的自我揚棄。同時，就朦朧美而言，現代派追求意象繁複、講究廣泛象徵甚至知性追求，大量吸取西方現代主義詩歌藝術的精華，從而把中國現代詩歌的詩美學水平，提高到了一個嶄新的高度，這是現代派對新詩史的重要貢獻。在這一方面，卞之琳、戴望舒的成就是很典型的；同時，另一方面，某些現代派詩作偏向極端，由朦朧滑入晦澀，讓新詩形式走進象牙塔的死胡同，這又是消極的一面，這同樣也是不容諱言的。

抗戰爆發以後，現代派自行解體，現代派的主將們也先後轉向。但是，20年代的象徵派，30年代的現代派——這一中國式的現代主義詩派，卻並沒有斷流，到了40年代，它變形為「九葉詩人」群。「九葉詩人」群更注重歐美現代派和知性的借鑒，於此，卞之琳起了承上啟下的歷史作用。

到了這裡，本書的藝術篇已經論述完畢。上述可見，現代派的詩美範疇、詩人創作與其詩學主張基本上是一致的；同時，現代派的詩學思想和詩人創作，都是在西方當下優秀的詩學理論與中國傳統優秀的詩學理論結合中而發展的。詩學家和詩人都學貫中西，有很高的詩學理論自覺與詩學理論深度，同時能鮮明地感受時代精神。就此而言，它超過了文學研究會、創造社、新月

派、象徵派、中國詩歌會、七月派，甚至超過了中國新詩派，當代新詩更毋需來作比方。就此而言，這是中國現當代詩學史上一個不僅完整而且優秀的一個詩歌流派。這一方面得力於一批學者的介入，使其詩學理論水平不斷提升，從而指導了流派的詩歌創作；另一方面也說明，詩學理論的科學性和實踐性是多麼重要；再一方面也說明，一個詩人群體之理論自覺、淵博學識是多麼重要、和當下的詩學敏感是多麼重要。當代中國新詩沒有一種權威的詩學，沒有一個權威的詩人，沒有一部權威的詩作，這是不是與詩學的研究有關呢？是不是詩學與詩歌的分離有關呢？是不是當代詩人的理論素養有關呢？由此看來，起碼當代詩學承擔著重要的詩學創新的任務。

第二篇

形式篇

　　除了對詩歌的藝術掌握方法和審美思潮非常感興趣以外，對詩歌的形式本身，現代派也充滿了盎然的興趣。形式是現代派詩學重要的理論基點之一。現代派最鼎盛的時期，曾經掀起了一場以音樂性、格律性為中心內容的形式革命運動，開展過兩次形式討論。一次由《大公報·文藝·詩特刊》發起進行，一次由《新詩》發起進行[1]。這是因為，現代派活躍之際，現代新詩已有近20年的歷史，而這20年，新詩在小說、散文、戲劇諸文體中處境最為尷尬：新詩人們熱情萬丈，但讀者卻根本不買帳。丁西林20年代獨幕劇《一隻馬蜂》劇中人吉少爺（即普通人）對白話詩的看法很有代表性：在他們看來，白話詩「既無品格，又無風韻。旁人莫名奇妙」，自己非常樂道。[2]這也正如卞之琳所回憶的：過去許多讀書人，習慣於讀中國舊詩（詞、曲）以至讀西方詩而自己不寫詩的（例如林語堂等）還是讀到了徐志摩的新詩才感到白話新體詩真像詩，基本原因在於「能顯出另有一種基於言語本身的音樂性。」[3]現代派之醉心形式還因為，現代派崇尚法國象徵派、英美現代派，師法晚唐南宋的精緻詩風[4]。中西詩學的形式主義傾向也直接影響了它的取向。如果說新月派以新體格律主張形成了現代詩學形式論的第一座高峰的話，那麼現代派就以形式論、純詩論、音樂論、格律論形成了現代詩學史上第二座形式論的高峰。

---

[1]　參見本文第12章《一份不應忘記的現代派詩刊——〈大公報·文藝·詩特刊〉》

[2]　丁西林《一隻馬蜂》，《獨幕劇選一》，上海教育出版社，1978年版。

[3]　卞之琳：《徐志摩選集·序》，《新文學史料》1982年4期。

[4]　見本書第八章《純詩論》。

　　本書研究的形式篇，相對於第一篇藝術篇的方法論研究，已屬於工具論的範圍，從全文關係來分，含形式論、純詩論、音樂論、格律論四章。形式論是詩形式概念論，同時統攝後三章。純詩論是現代派形式篇的重心，它牽涉到少量內容的層面，但本質上是形式，一方面體現的是形式論的現代派含義，西方象徵派的形式論說穿了就是一個純詩論；另一方面體現的是中國傳統純詩理論與其異同比較。音樂論一方面是對純詩論中音樂論題的延伸和系統化，另一方面講中國詩學音樂論的內涵更有特點；就現代派提倡的時間概念上講，它是現代派早期的共識；隨著現代派自身傾向的變化，中期以後，戴望舒自行分離出來宣布「詩要去了音樂的成份」[5]，音樂論的主張產生了分化。格律論是現代派後期直至當代延伸的論題，是形式論的歸宿和方向，中間雖有戴望舒的逸出，但裏進來的詩學家卻不斷增加且益加堅定，特別是何其芳、孫大雨、卞之琳晚期孤獨的堅持，讓這個理論更具有頑強的生命力。這是因為，格律派對新詩未來必然要達到的目標，至今還仍然具有理論、創作的努力空間。打個不恰當的比方，提倡新詩格律化的何其芳、孫大雨、卞之琳不過相似於齊梁時期的沈約，新一代的何其芳、孫大雨、卞之琳將迎來一個新詩的唐代。

---

[5]　戴望舒《望舒詩論》，《現代》第2卷第1期，1932年11月1日。

第七章
形式論

　　現代派的形式論，在本書是兩個概念，一是對統攝全文的純詩論、音樂論、格律論這部分內容的論述，一是僅對「形式」這個概念所作的論述。在本章，我們先論及後者。

第一節　現代派對中西詩學形式論的引入

　　現代派以前的詩學如新月派格律論，在反思新詩問題時，強調了一個「做」字，也就是詩的製作性，認為詩是「做」出來的[1]。這是與郭沫若的「寫」字針鋒相對的：郭沫若認為「詩不是『做』出來的，只是『寫』出來的」。[2]同時它派生出「做」的內涵即格律。聞一多之格律譯自form，但他不把form譯為形式卻譯為格律，明確說「格律在這裡是form的意思」[3]，

---

[1]　聞一多《詩的格律》，《晨報副刊・詩鐫》7號，《晨報》，1926年5月13日。

[2]　郭沫若《致宗白華》，1920年1月18日，《三葉集》，上海泰東圖書館版，1920年5月版，第7頁。

[3]　聞一多《詩的格律》，《晨報副刊・詩鐫》7號，《晨報》，1926年5月

說明聞一多在此強調的是新詩的具體樣式，沒有形式的形而上思考。這是現代派之前的反思情況。

對形式的思考是在現代派中後期才逐漸成為熱點的。現代派的形成階段即《現代》時期，由於主編施蟄存不主詩學，且由於領袖戴望舒由傾向魏爾倫而轉向傾向保爾・福爾、古爾蒙、耶麥的非形式化傾向[4]，故對形式不取熱衷的態度[5]。現代派到了成熟時期，由於上述詩學反思的傾向日重，加之一批深受法國象徵派、英美現代派影響的詩學家留學回國加盟現代派，再加之若干報、刊陣地的開闢，特別是梁宗岱主編的《大公報・文藝・詩特刊》（1935年11月8日-1936年7月19日，共出17期）及戴望舒、卞之琳、馮至、梁宗岱、孫大雨五位聯袂主編的《新詩》（1936年10月-1937年7月，共出10期），兩次組織的新詩形式的大討論，讓形式成為現代派成熟時期的詩學熱點。

一、梁宗岱與葉公超對西方與古代形式論的傳播

在這個熱點上，對西方、古代形式概念熱衷並高度重視的，是梁宗岱和葉公超。

13日。

[4]　參見本文第7章《詩人論》對戴望舒的論述。

[5]　見施蟄存《又關於本刊中的詩》，《現代》第4卷第1期，第6-7頁，1933年11月1日。

梁宗岱醉心的是法國象徵派的形式論。他在介紹瓦萊里詩學的基本精神時，把重心之一放在後期象徵派形式之集大成的理論和創作成就上。在他看來，作為後期象徵派的集大成者，瓦萊里一是「遵守那最謹嚴最束縛的古典詩律」，並超過了魏爾倫、馬拉美；二是「舊囊盛新酒」；三是「苦做」，即在形式的束縛上「追尋不常有的字，和不可思議的偶合」，「嘗試音與義的配合」，「製作」每一句「務使它們和前一句一樣鏗鏘」，「在光天化日中創造一個使做夢的人精力俱疲的夢魘」。[6]這與中國唐代格律下對形式美追求中的「推敲」的說法是近似的。

與此同時，葉公超也表現了對英美現代派形式論的介紹熱情。他引述美國詩人龐德在美國《詩刊》上發表的《內在形式的必要》一文，指出形式非常重要，並且比較舊形式與新造形式時，傾向於形式的「嚴格」：「我們有兩種形式上的出路：如沿用傳統的拍子（Metre），我們的情緒與思想必然要像拍子一般的模型，否則我們就要創造自己的形式。但是，創造自己的形式是更苦的事，因為它必定要比傳統的形式更嚴格，嚴格就是切近我們的情緒的性質。」[7]葉公超舉龐德來說明形式的重要，是想以此堵住反對者的嘴：因為龐德在主張意象派時是主張自由體的。用他對形式的重視，更能說明形式的重要性。

---

6 梁宗岱1928年6月《保羅梵羅希先生》、本文引自《詩與真·詩與集二集》，外國文學出版社，1984年1月版，第23-25頁。

7 葉公超：《論新詩》，《文學雜誌》創刊號，1937年5月。

　　戴望舒在翻譯波德萊爾《惡之華》後，也把波德萊爾的形式看成是最突出的特色之一：「這是一種試驗，來看波特萊爾的堅固的質地和精巧純粹的形式，在轉變成中文的時候，可以保存到怎樣的程度。」[8]

　　他如曹葆華主編的《北平晨報・科學與詩》（1933年10月2日-1936年3月26日，共出74期），涉及了20多位詩學家關於形式的論述。這類引入極其龐雜，主要的有瓦萊里關於純詩中的音樂性理論的引入，瑞恰慈關於形式問題的思考，艾略特對形式問題中的歷史傳統的理解等等。

二、在傳播中對形式之理論思考

　　對法國象徵派和英美現代派形式理論之引入，有兩個理論點是不應忽視的，一是象徵派為什麼開始重視形式，二是形式在現代詩中佔有什麼地位。

　　法國象徵派詩學是對19世紀浪漫主義詩學之直接反動。它將明確誇張的傾訴變為神秘朦朧的交流，象徵主義在法國詩人的創造下形成了一個近似義匯集的陣營，這個陣營以文字、語言、格律的構建形成了交流的物質實體。由於神秘朦朧的象徵義之需要，形式就成了掩飾思想的精緻工藝，不像浪漫派那樣直抒地敞開思想，因而形式的遮蔽功能大大增強，這就導致了對古代詩律學的醉心。馬拉美充分利用19世紀中葉德法語言學

---

[8]　戴望舒《〈惡之華掇英〉譯後記》，《戴望舒詩全編》，213頁，浙江文藝出版社，1989年版。

家的研究成果,讓字、詞成為創造形式的物質材料。法國象徵派醉心形式還因為對「靈感」的輕視。這是兩種詩學的區別。不是依靈感的肆虐而姿意傾瀉情感,而是讓靈感、熱情內斂於固有的詩律,並讓它找到最恰當的形式和物質象徵體。梁宗岱其實早已覺察這一點,他認為瓦萊里「全副精神貫注在形式上面,自然與浪漫主義以來盛行的『靈感』說相距甚遠。所以他說:興奮不是作家的境界。」「他創作的時候,他的努力就專注在表現方面。」[9]再一方面,形式已成為法國象徵派、英美現代派詩作的構成前提。應該說,沒有音樂與格律,就沒有法國象徵派;沒有新的形式追求就沒有龐德;沒有歷史傳統就沒有艾略特。特別是反叛主體朦朧交流的象徵派文學,強調客觀聯繫的艾略特諸人,更強調讓個人才能服從於歷史傳統[10],更講究詩是經驗,詩是雕刻,講究形式的製作性。

由於30年代現代派後期,由師學法國象徵派轉向英美現代派,因而越來越看重、越來越強調詩的形式,這是符合邏輯的發展。

另一方面,對晚唐精緻詩風形式主義的迷醉,也是現代派的一個傾向。何其芳對此的夫子自道很能說明這個問題。何其芳的《論夢中的道路》一文[11],回顧了自己對晚唐詩境入迷的狀態:「我傾聽著一種飄忽的心靈的語言。我捕捉著一些在剎

---

[9] 梁宗岱《保羅夢見樂希先生》,《詩與真·詩與真二集》,外國文學出版社,1984年1月版,第25頁。

[10] 見艾略特《個人與歷史傳統》,《艾略特文學論文選》,百花洲文藝出版社,1994年9月版,第1-11頁。

[11] 1936年7月19日《文藝》182期《詩特刊》。

那間閃出金光的意象。我最大的快樂或辛酸在於一個嶄新的文字建築的完成或失敗。」對形式之感受絕對超過對內容的獨特感受，讓何其芳的詩有一種獨特的形式美：「我曾經說過一句大膽的話，對於人生我動心的不過是它的表現（即形式──筆者），我是一個沒有是非之見的人。判斷一切事物我說我喜歡或者我不喜歡。世俗很嫉惡的角色有些人扮演起來很是精彩。我不禁佇足而傾心。顏色美好的花更要一個美好的姿態。對於文章亦然。有時一個比喻，一個典故會突然引起我注意，至於它的含義則反於我的欣賞無關。」相對於「在那空幻的光影裡追尋一份意義」的人不同的是，何其芳只喜歡那種「文字魔障」，「我喜歡那種錘煉；那種彩色的配合，那種鏡花水月。我喜歡讀一些唐人的絕句。那譬如一微笑，一揮手，縱然表達著意思但我欣賞的卻是姿態。我自己的寫作也帶有這種傾向。我不是從一個概念的閃動去尋找它的形體，浮現在我心靈的原來都是一些顏色，一些圖案。」這種新詩創作中的形式主義追求是30年代現代派在詩學理論上對新詩形式革命的堅實基礎。

第二節　現代派的形式論

本書作者發現，在承傳西方與古典的形式論之後，30年代現代派也創造了自己的形式理論。這主要有詩形式永恆論、詩形式美論。

一、梁宗岱的詩形式永恆論、獨立論

　　詩形式是記錄人類遠古文獻並使之永恆的形式，因而詩的形式大於詩的內容，這是梁宗岱在《新詩的十字路口》[12]中的思想。他說：「形式是一切文藝品永生的原理，」「因為只有形式能夠抵抗時間的侵蝕」，「形式是一切藝術的生命。」在論證這一似乎偏激的論點時，他引述的論據卻是詩的形式對古代文獻的保存。他說：「我們只要觀察上古時代傳下來的文獻，在那還沒有物質的符號作記載的時代，一切要保存而且值得保存的必然是容納在節奏分明、音韻鏗鏘的語言裡的。這是因為從效果言，韻律的作用是直接施諸我們的感官的，由韻和色彩和我們的視覺和聽覺交織成一個螺旋式的調子，因而更深入地銘刻在我們的記憶上」。梁宗岱這裡談的，顯然是指的詩的**形式**之功能意義，而不是形式大於內容的片面論斷。關鍵在於梁宗岱的論據很有意義，它顯示出梁宗岱意識到但沒有明確的思想，就是詩所採用的形式本身比詩本身的內容更為久遠，詩這種形式最先也許並不為詩所用，但由於它的的形式感，特別是其容易為人所記的長處，後來成為各國詩歌採用的形式。這裡所說的詩形式，指的就是詩的音樂性、節奏感這類可以獨立於詩的內容的純形式。

　　根據現有的中西文獻來對照梁宗岱這一結論，完全是符合實際的。早於《詩經》的《書經》，已有韻文記事，古希臘的

---

[12] 《大公報·文藝93期·詩特刊》，《大公報》1935年11月8日第12版。

荷馬，還有早於荷馬的史詩，都是記事之作，各民族的經歷在這一點上都是類似的。狹義的詩是在後來才產生的，並且其中一些詩，還兼有詩形式最早的紀事的意義。

　　詩形式是隨語言而產生的，文字尚在其後。這與人類思想的產生和記憶的需要有關，正如章學成所言，詩的這種形式功能在於「便諷誦，志不忘」，所謂「演疇皇極，訓誥之韻者也，所以便諷誦，志不忘也。……後世雜藝百家，誦拾名數，率用五言七字，演為歌謠，鹹以便記誦，皆無當於詩人之義也。」[13]對於結繩記事的遠古人來講，詩的形式就成了他們記憶的形式。這是詩的形式的功能，也是它的長處，故世界各國文學發展的歷史，都不約而同地經歷了人類共同的規律，即由史詩到詩到散文的發展。朱光潛《詩論‧詩的起源》[14]，也有類似的論述。

　　除了記憶志史最早的功能外，上述詩學家的理論又觸及到另一個思想：詩形式是可以獨立於詩內容而單獨存在的，這是本文詩形式永恆論的第二層含義。這是對傳統的內容與形式理論的修正。上面所說的最早的詩形式之產生時，實際上還沒有詩的內容的產生。例如《尚書‧夏書》中「禹曰。洪水滔天。浩浩懷山襄陵。下民昏墊。予乘四載。隨山刊木。」[15]之記事，乃《詩經》前韻文，基本四言，講究節奏、音頓、協韻，便於

13　〔清〕章學誠《文史通義‧詩教下》。
14　朱光潛《詩論》，重慶國民圖書出版社，1942年版，《朱光潛文集》第2卷，上海文藝出版社，1982年9月版，第7-25頁。
15　阮元《十三經注疏》，中華書局影印本，1980年10月版，141頁。

諷誦。這種四言形式，後來在《詩經》中得到普遍的運用。再如近體律、絕，完全可以用脫離詩的內容的符號以記錄下來，成為一種純形式。例如七律，

七律　平起式　首句押韻

平平仄仄仄平平

仄仄平平仄仄平

仄仄平平平仄仄

平平仄仄仄平平

平平仄仄平平仄

仄仄平平仄仄平

仄仄平平平仄仄

平平仄仄仄平平

七絕　平起式　首句押韻

平平仄仄仄平平

仄仄平平仄仄平

仄仄平平平仄仄

平平仄仄仄平平

水調歌頭

仄仄平平仄

仄仄仄平平

仄仄平平仄仄

仄仄仄平平

仄仄平平仄仄

仄仄平平仄仄

仄仄仄平平

仄仄平平仄

仄仄仄平平

平平仄

平平仄

仄平平

平平仄仄平仄

仄仄仄平平

仄仄平平仄仄

仄仄平平仄仄

仄仄仄平平

仄仄平平仄

平平仄仄平

滿江紅

仄仄平平

仄仄仄、平平仄仄

平平仄

仄平平仄

仄平平仄

仄仄平平平仄仄
平平仄仄平平仄
仄平平、仄仄仄平平
平平仄

平平仄
平仄仄
平仄仄
平仄仄
仄平平平仄
仄平平仄
仄仄平平平仄仄
平平仄仄平平仄
仄仄平平仄仄平平
平平仄

　　這對於傳統決定論中「內容決定形式」，「沒有內容就沒有形式」的斷論是一個挑戰。詩的這種形式獨立性，讓它與音樂、繪畫有類似之處，它還證明在諸文學體裁中，詩是最具有形式感的，因為散文、小說、戲劇都不具有這種形式模式。正因為詩有這種形式模式，所以它有特殊性。過去，因為傳統的決定論的制約，我們對這種特殊性是看得不夠的，而現代派的重視是很有道理的。

二、詩形式美論

詩學家們的上述研究證明，詩形式是最早能符合人類審美功能需求的，也是一種美的形式。詩的形式美不是一個抽象的論題，詩形式之美就在於它有獨特的格律、詞牌、形式外殼。這個形式外殼可以用非詩語言即形式的符號固化下來，所以它同其它藝術形式不同的，是它獨特的物質外殼性。其形式符號與五線譜的音符、延時、停頓符號相似，但格律詞牌形式比五線譜符號更具體的是，它有具體的固定格式，比音樂的奏鳴曲、小夜曲、交響樂這類寬泛的格式更具體。這樣來看，詩形式美就主要體現為格律的美。關於這一點，本文第十章的格律論要專門研究，茲略。

詩形式美的另一重含義在於，對詩的內容有一種固化作用，它可以通過形式美的方式美化內容包裝內容，從而讓內容更美。這是詩形式美的實踐意義。現代新詩之所以成功作不多，原因在於排斥了形式美對內容的增美作用，因為採用了雖然新鮮、時髦但經不起審美推敲的粗形式、壞形式、醜形式，因而致使詩美大大減少。關於這一點，戴望舒與林庚爭論四行體的論戰很能說明這個問題。比如，戴望舒在《談林庚的詩見和「四行詩」》[16]將李商隱的《春光》一詩改成白話詩，把林庚的白話詩《北平情歌》反譯成七絕之例，正證明了詩形式美對詩的增美作用：

---

[16] 《新詩》1卷2期，1936年11月。

> 日日
> 春光與日光爭鬥著每一天
> 杏花吐香在山城的斜坡間
> 什麼時候閒著閒著的心緒
> 得及上百尺千尺的遊戲線

戴望舒說，這是李商隱的作品，但「如果編入《此平情歌》中，恐怕就很少有人看得出這不是林庚的作品吧。」李商隱的原文是：

> 日日春光鬥日光
> 山城斜路杏花香
> 幾時心緒渾無事
> 及得遊絲百尺長

> （原文一）

然後戴望舒又以林庚三首詩為例，今譯為古，兩首七絕一首七律：

> **偶得**
> 春愁恰似江南岸
> 水滿橋頭漸覺時
> 孤雲一朵閒花草
> 簪上青青遊子衣

古城

西風吹得秋雲散

斷夢荒城不易尋

瓦上青天無限遠

霄來寒意恨當深

（譯文四）

愛之曲

黃昏斜落到朱家

應有行人惜旅人

車去無風經小巷

冬來有夢過高城

街頭人影知難久

牆上消痕不再逢

回首青山與白水

載將一日倦行程

（譯文五）

戴望舒說，這三首詩譯自林庚的《北平情歌》，然後附上原作：

春天的寂寞像江南草岸

橋邊漸覺得江水又高漲

孤雲如一朵人間的野花

便落在遊子青青衣襟上

（原文三）

西北風吹散了秋深一片雲

古城中的夢寐一散更難尋

屋背上藍天時悠悠無限意

黃昏來的涼意惆悵已無窮

（原文四）

都市裡的黃昏斜落到朱門

應有著行人們憐惜著行人

小巷的獨輪車無風輕走過

冬天來的寒意天藍過高城

街頭的人影子拖長不多久

紅牆上的幻滅何處再相逢

回頭時滿眼的青山與白水

已記下了惆悵一日的行程

（原文五）

　　本文引述這個有趣的例證想提出的問題是：舊格律的形式
美，美化了平庸的白話詩人，那麼，舊格律美化的詩人如果在
今天用白話詩寫詩，會不會有如上的美名？戴望舒把李商隱的
七絕《日日》譯成新詩，讀起來跟林庚的新詩一樣，證明了李

詩之美借助了詩形式美，沒有了七絕這種成熟的形式，李商隱的詩便失了原來的精美、平仄與音韻，以及意象疊加的妙趣。戴望舒說他譯的李詩如果編入林庚的詩集，就「很少有人看得出這不是林庚先生的作品」，這意味著李商隱由唐代一流詩人變成現代三流詩人，這反證了詩美形式的意義。

與戴望舒看法相同的還有廢名。廢名30年代在北京大學講新詩時的講義《談新詩》在衡量新舊詩的標準時，就認為舊詩好並不是有詩情，而有是格律，所以不會寫詩的人也可以寫，「因為舊詩有形式，有譜子，誰都可以照填的」，談的就是詩形式的增美作用。當然，廢名一貫的文學觀就是崇尚自然天成，所以他更看重新舊詩的區別在於詩情的自然、「天然」、「偶然」。[17]何其芳也看出了這一點，他曾經非常明確地說明這一點：「如果把我們古代的許多膾炙人口的詩詞，去掉了它們原來的格律，改寫為類似現在一般的自由詩的樣子，它們一定會減色不少。」[18]

三、30年代現代派的兩次詩形式大討論

現代派有兩次大規模的新詩形式大討論，這兩次討論在中國現代新詩史上也是空前的。它說明了現代派對形式的群體重視程度。

---

[17] 馮文炳《談新詩》，人民文學出版社，1984年2月版，第201頁、217頁。
[18] 何其芳《關於現代格律詩》，《何其芳文集》第5卷，人民文學出版社1983年版，第4-5頁。

　　第一次討論由梁宗岱主編的《大公報‧文藝‧詩特刊》開展，梁宗岱在《大公報‧文藝‧詩特刊》創刊號上發表《新詩的十字路口》[19]首先發難，提出新詩處於變革的十字路口，關鍵在形式問題。在圍繞新詩形式建設這個大課題，先後發表了羅念生、梁宗岱、葉公超、郭紹虞等人有關詩的形式研究的論文。這次討論是從羅念生的《節律與拍子》[20]對梁宗岱上文之響應而展開的。羅文主要涉及到若干牽涉到語言學的詩學概念的釋義，比如音節、節奏、節律、音步的概念。梁宗岱的《關於音節》[21]對羅念生的文章進行了討論，有商量有贊成有反對。羅念生緊接著也發表了《音節》[22]，這篇文章一方面與梁宗岱進行商榷，同時又提出關於新詩音節的具體建議。時在清華大學任教的葉公超也發表了《音節與意義》[23]。郭紹虞的《從永明體到律體》[24]，研究了古代格律形成的過程，意在為新詩形式的定形作一個歷史的參照。這次討論對於新詩的音樂性探討較為深入。

　　第二次討論是由《新詩》開展的。1936年11月《新詩》1卷2期開始，朱光潛發表《論中國詩的韻》，12月1卷3期，發表《論中國詩的頓》；然後引起羅念生與之商榷，羅於1937年1月1卷4期發表《與朱光潛先生論節奏》，同期周煦良發表《時間的節奏與呼吸的節奏》；2月1卷5期朱光潛又發表《答羅念生先

---

[19] 《大公報》1935年11月8日第12版。

[20] 《大公報》1936年1月10日第10版。

[21] 《大公報》1936年1月31日第10版。

[22] 《大公報》1936年2月28日第10版。

[23] 《大公報》1936年4月17日第12版。

[24] 《大公報》1936年6月20日第12版。

生論節奏》，5月2卷2期，羅念生又發表《再與朱光潛先生論節奏》。這是現代派對新詩形式討論得很有詩學意義的一次。

　　這兩次討論說明，現代派把新詩的命運與新詩的形式看成一體，同時證明，新詩形式的解決也許需要上百年的歷史和積累才能成功。

第八章
純詩論

　　純詩是現代派形式論的重心。其中音樂論的思想不斷在現代派的詩學中延伸，直至漢語新格律體思考。中國現代詩學中關於詩本體的思考是由初期白話新詩的非詩向現代派的純詩[1]再向後來的多元詩過渡的。新月派格律論和象徵派介紹的純詩說等在形式上的理論探索[2]，是中國新詩藝術發展內在需求的體現。30年代現代派承接這一歷史重任，一方面大力引進西方的純詩理論，另一方面大力挖掘古代的純詩傳統，從而為自身的理論建設和新詩創作提供了思想準備，並根據新詩自身發展的需要，熔化西、古，以出己新。

---

[1] 參見胡適《逼上梁山》，《中國新文學大系》上海良友圖書印刷公司，1935年，第7頁、第8頁；郭沫若，《致宗白華》，《三葉集》，上海泰東圖書館1920年5月版，第7頁；梁宗岱《新詩的十字路口》，《大公報・文藝・詩特刊》1935年11月8日12版（此文收集為商務印書館版《詩與真二集》時改名為《新詩的紛歧路口》）；梁宗岱《論詩》，《詩與真二集》，商務印書館1936版，本文據《詩與真・詩與真二集》，外國文學出版社，1984年1月版，第26-46頁。

[2] 參見陳夢家《新月詩選・序》，新月書店1931版；穆木天《譚詩——給沫若的一封信》，《創造月刊》1926年1卷1期。

　　30年代現代派對西方和古代的純詩理論作了系統深入的引入：廣泛引進了從坡到波德萊爾、馬拉美、瓦萊里、默里、里達、白瑞蒙的純詩理論，研究了純詩的基本內涵；諸多現代派詩人掀起了晚唐南宋純詩熱，對姜夔、嚴羽作了新的理解。現代派同時對中西純詩理論進行了借鑒和變異：梁宗岱的超越性與形式性，「超驗」與「妙悟」的比較研究與形態超脫性的比較研究，何其芳的唯美性，戴望舒、金克木、路易士、施蟄存等現代派諸人的詩本體論。它本身體現了現代派向純詩靠近的歷史特徵，也體現了現代派本身詩學內涵的變異與發展。現代派的純詩理論是對初期白話詩理論的清算，是對新月派、象徵派探索的總結和發展。它把現代詩學的純詩理論提高到爐火純青的地步，指導了中國現代新詩的創作和現代詩學的發展，開啟了後來的純詩先河。

第一節　現代派對西方純詩理論的引進

　　現代派對西方純詩理論的引進，主要工作者有曹葆華、梁宗岱和戴望舒，涉及到：純詩之理論沿革、純詩的基本內涵、純詩理論內涵之區別。

一、從坡到波德萊爾、魏爾倫、馬拉美、瓦萊里、 白瑞蒙純詩論之引入

　　在純詩之理論沿革中，現代派介紹了從坡到波德萊爾、魏爾倫、馬拉美、瓦萊里、白瑞蒙的純詩理論的發展。

　　純詩說最早源於美國詩人埃德加·愛倫·坡。他在《詩歌原理》裡認為詩的效果與音樂相同，是一種「純藝術」。坡的理論直接受到法國象徵主義詩人波德萊爾和馬拉美的歡迎，並在法國那裡有三個階段的發展：一是波德萊爾，一是馬拉美，一是瓦萊里。白瑞蒙是瓦萊里後另一種純詩理論的發展。

　　最先涉及到從坡到瓦萊里的理論沿革介紹的，是曹葆華1933年對英國詩人、評論家里德（曹葆華譯成雷達，Herbert Read，1893-1968）的《論純詩》[3]的翻譯。曹葆華是現代派中對西方現代詩學介紹最多的一位學者和詩人，他的這一工作至今無人專門研究。曹葆華譯文首先介紹了法國象徵主義詩人純詩的三個代表性詩人範爾命（魏爾倫）、馬拉美、瓦萊里，並追述到坡在《詩歌原理》中的理論：「音樂與一種可悅的觀念結合，便是詩歌。」「為詩而寫詩並且承認這就是我們的目的。」坡是波德萊爾以來的法國純詩的理論鼻祖。曹譯首次全面將西方純詩理論及其歷史發展向國內作了一個介紹。正如譯者所說：「純詩（Pure poetry）這個名詞，在國內似乎已經有人提到過；可是作為文章以解釋和發揮的，則至今還未見到。」

　　戴望舒1947年介紹了瓦萊里評述的坡和波德萊爾的純詩理論。戴望舒翻譯的《惡之華掇英》一書，用瓦萊里《波特萊爾

---

[3] 曹葆華譯里達《論純詩》，1933年11月13日12版、1933年11月23日12版，1933年12月1日14版《北平晨報·詩與批評》第5、6、7期。該文譯自里達專著《英國詩歌面面觀》（The Phases of English Poetry），後收入曹葆華譯著《現代詩論》，商務印書館1937年4月出版。

的位置》[4]一文為卷首，介紹了坡的理論、波德萊爾對坡的繼承、波德萊爾的純詩特點，主題是在法國浪漫主義的背景中研究波德萊爾文學史地位。首先，介紹了坡在《詩的原理》（The Poetic Principle）的基本觀點；其次，介紹了波德萊爾對坡理論的崇拜及其應用：波德萊爾「深切地為這篇文章所感動」，「不僅內容，就連形式本身在內，也都當作他自己的東西」。第三，介紹了波德萊爾在詩歌創作中體現出來的純詩特點，概言之，即感性與理性的統一，音韻與意義的統一，旋律與音響的統一，波德萊爾為純詩的發展提供了最典範的榜樣。最後，介紹了波德萊爾對後來的詩人即魏爾倫、馬拉美、韓波的影響，特別指出「馬拉美卻在完美和詩的純粹的領域中延長了他。」戴望舒認為波德萊爾詩的純詩特點是「質地和精巧純粹的形式」。

　　梁宗岱1936年翻譯的《「骰子的一擲」》[5]介紹了瓦萊里關於馬拉美詩學的理解和研究。瓦萊里描述了他在馬拉美家聽他朗誦《骰子的一擲》時的震撼感，在瓦萊里看來，感性和理性在這裡是一而二二而一的。「一篇完全是光明和謎語的詩篇」，「馬拉美無疑地瞥見了一種詩的『命令法』：一種詩學。」在這裡，象徵派的音樂、字形、符號、寓意、聽覺、視

---

[4] 戴望舒譯瓦萊里《波德萊爾的位置》，《惡之華揶英》，上海懷正文化社，1947版。說明：文章雖然發表在40年代，但作為一個完整的理論體系，這裏還是作一介紹。本文引自《戴望舒詩全編》，浙江文藝出版社，1989年7月版，第213-214頁。

[5] 梁宗岱譯瓦萊里，《「骰子的一擲」》即《骰子的一擲永不能破除僥倖》，Un coup de des jamals n'abollra le hazard，1936年5月1日12版《大公報·文藝·詩特刊》。

覺等，與其中表現的內容、結構完全同一，體現出象徵派感性
與理性、自然與人、本能與規範都完美地結合在一起的追求。
文章感性具體地描述了馬拉美純詩的內涵：聽覺的音樂與視覺
的文字共同組成的理性與感性完美結合的詩。

　　曹葆華1934年介紹了瓦萊里的《前言》[6]，該文發表在白瑞
蒙神父（曹葆華譯成布勒蒙神父，Abbe' Bremond）《純詩》之
前，是法國純詩的主要論文。文章首先回顧了法國純詩歷史，
在這個基礎上，瓦萊里提出了他的純詩說。認為純詩只能是一
種至精至美至純至善的境界：「『純美』的境界必須是空曠無
人的」。認為「絕對的詩」即純詩甚至只能是一個終身努力的
目標。在這裡，音樂是前提，這也是他的前輩波德萊爾和馬拉
美的主張，瓦萊里還提出一個「『純美』的境界」概念：並把
他的純詩說完全神聖化成絕對真理了。他的名篇《年輕的命運
女神》、《水仙辭》、《海濱墓園》被公認為是他這種純詩說
的代表作品。

　　曹葆華譯裡達《論純詩》介紹了法蘭西學院會員白瑞蒙神
父的純詩理論。白瑞蒙與蘇堯（Robert de Souza）合著的專著
《純詩》（Poésie pure）認為詩通過音樂作用傳達的是一種「即
興的顫動」或「暗示的歡術」，並與祈禱相合起來：「環繞我
的心靈」，「拜訪著一個超越人類的仙靈」。他把詩歸為六種
觀念，認為「詩的特質，是由一種神秘而又一致的實體，顯現

---

[6] 曹葆華譯瓦萊里《前言》，1933年12月12日12版《北平晨報・詩與批
　　評》第8期。該文係瓦萊里為法布爾（Lucian Fabre）的《女神的誕生》
　　（Connaissance de la déesse）所作的序。後收入曹葆華譯著《現代詩論》。

於詩中的」，「是一種表現的方式」，「有一種朦朧的魔力」
「詩是一種音樂」，「是一種咒語」，「是一種神秘的幻術，
與祈禱是聯合的。」白瑞蒙這種神秘主義的解釋遭到了另一位
法蘭西會員瓦萊里和里達的駁難[7]。

二、純詩理論的基本內涵與差異

關於純詩理論的基本內涵。西方純詩理論的原創者都對
純詩理論作出了自己的理解並隨著歷史的發展而不斷變異、豐
富，純詩理論本身是歷史的。但綜合起來，純詩理論也有其邏
輯分類的可能。筆者試作邏輯的概括，以釐清其對現代派的影
響及其變異。

首先，純詩的目的和本質是「純美」，是「真理」，是超
驗。一是為詩而詩，用坡的話來說就是「為詩而寫詩並且承認
這就是我們的目的。」[8]二是至精至美至純至善的境界，用瓦萊
里的話來說這個「概念」是「『至上之善』『純美』」，「快
樂的極點」，「『純美』的境界必須是空曠無人的」。三是，
這個「境界」用瓦萊里的話來說叫做「超人類的境界」：「這

[7] 曹葆華譯里達《論純詩》，1933年11月13日12版、1933年11月23日12
版，1933年12月1日14版《北平晨報·詩與批評》第5、6、7期。該文譯
自里達專著《英國詩歌面面觀》（The Phases of English Poetry），後收
入曹葆華譯著《現代詩論》，商務印書館1937年4月出版。

[8] 曹葆華譯里達《論純詩》，1933年11月13日12版、1933年11月23日12
版，1933年12月1日14版《北平晨報·詩與批評》第5、6、7期。該文譯
自里達專著《英國詩歌面面觀》（The Phases of English Poetry），後收
入曹葆華譯著《現代詩論》，商務印書館1937年4月出版。

是一種普遍的真理」，是「玄學、倫理學、甚至於科學都發現」的「真理」，把純詩神化為絕對真理了，也就達到客體對主體暗示的超驗。四是認為「絕對的詩」即純詩只能是一個終身努力的目標[9]。

其次，為了達到這一目的，必須努力繼承波德萊爾以來的衣缽，吸收他們「最奇幻的」「仙葉聖水」並「直到無限」，「在天地交合的邊際間常常就是純詩」[10]。這個衣缽是什麼呢？

綜合起來看，即包括：一則音樂。音樂是純詩的前提，也是純詩第一次提出時的最主要的因素。坡認為「音樂」「創造出最高的美。」波德萊爾認為語言「純粹」、「有力」、「優美」、「韻律和和諧」聯繫「密切」，「純粹的旋律線條和一種完美地持續著的鳴響」[11]。馬拉美認為在聽覺上「低沉，平勻、沒有絲毫造作，幾乎是對自己發的聲音」，「在那最接近它源泉的親切處，是這麼美」[12]瓦萊里認為「象徵主義」不管有多少區別，但有一點是共同的：「從音樂中重行獲取詩人們本

[9] 曹葆華譯瓦萊里《前言》，1933年12月12日12版《北平晨報·詩與批評》第8期。該文係瓦萊里為法布爾（Lucian Fabre）的《女神的誕生》（Connaissance de la déesse）所作的序。後收入曹葆華譯著《現代詩論》。

[10] 曹葆華譯瓦萊里《前言》，1933年12月12日12版《北平晨報·詩與批評》第8期。該文係瓦萊里為法布爾（Lucian Fabre）的《女神的誕生》（Connaissance de la déesse）所作的序。後收入曹葆華譯著《現代詩論》。

[11] 戴望舒譯瓦萊里《波德萊爾的位置》，《惡之華掇英》，上海懷正文化社，1947版。說明：文章雖然發表在40年代，但作為一個完整的理論體系，這裏還是作一介紹，在具體影響上分析可以區別。本文引自《戴望舒詩全編》，浙江文藝出版社，1989年7月版，第213-214頁。

[12] 梁宗岱譯瓦萊里，《「骰子的一擲」》即《骰子的一擲永不能破除僥倖》，Un coup de des jamals n'abollra le hazard，1936年5月1日12版《大公報·文藝·詩特刊》。

有的一切。這種運動的秘密便在這點，並無其他的東西。」[13]瓦萊里把音樂看成是象徵主義也是純詩的生命線。

二則視覺革命。純詩發展到馬拉美，這種觀念非常突出，瓦萊里敘述馬拉美的純詩理論時最欣賞的就是這個特點。馬拉美通過對字體（印刷體）的特殊要求和排版處理，形成一種視覺衝擊力，並與詩的音樂性統一，構成特殊的純詩美感：「他的發明」「完全建立在那對於『頁』——視覺的統一——的考慮上」「黑白分配的效力，以及字體的比較的強烈。」「這簡直是為文學國度增加了一個第二的方向（Dimension）。」[14]

三則，視覺與聽覺、理性與感性、字形與寓意、本能與理性的統一。瓦萊里對馬拉美純詩的感覺是「一個思想的形態第一次安置在我們的空間裡」、「被網羅在靜默的宇宙詩篇裡：一篇完全是光明和謎語的詩篇……」據梁宗岱說：這是記起和為回答巴士卡的思想：「『這無窮的空間的永恆的靜使我悚栗』而寫的。法國現代哲學家彭士微克（Brunschvig）以為梵樂希這段沉思，同時由『生命本能』的語言和『理性智慧』的語言構成的，很奇妙地說明哲學史上本能與理性兩種展望的錯綜的混亂。」[15]在這裡，象徵派的音樂、字形、符號、寓意、聽

---

[13] 曹葆華譯瓦萊里《前言》，1933年12月12日12版《北平晨報・詩與批評》第8期。該文係瓦萊里為法布爾（Lucian Fabre）的《女神的誕生》（Connaissance de la déesse）所作的序。後收入曹葆華譯《現代詩論》。

[14] 梁宗岱譯瓦萊里，《「骰子的一擲」》即《骰子的一擲永不能破除僥倖》，Un coup de des jamals n'abollra le hazard，1936年5月1日12版《大公報・文藝・詩特刊》。

[15] 梁宗岱譯瓦萊里，《「骰子的一擲」》即《骰子的一擲永不能破除僥倖》，Un coup de des jamals n'abollra le hazard，1936年5月1日12版《大

覺、視覺等,與其中表現的內容、結構完全同一,體現出象徵派感性與理性、自然與人、本能與規範都完美地結合在一起的追求。最後達到通過主體對客體的超驗。

四則,形式和質地的純美。戴望舒譯文說波德萊爾「有一種靈與肉的配合」,「一切都是魅力,音樂 ,強力而抽象的官感……豪侈,形式和極樂」,「音和意不再分開」,即感性與理性、音韻與意義、旋律與音響的完全統一,讓波德萊爾為純詩的發展提供了最典範的榜樣。文章介紹了波德萊爾對魏爾倫、馬拉美、韓波的影響,「馬拉美卻在完美和詩的純粹的領域中延長了他。」戴望舒認為波德萊爾詩純詩的特點是「質地和精巧純粹的形式」。[16]

純詩理論之差異。曹葆華1934年所譯英國評論家默里(John Middleton Murray 1889-1957)《純詩》[17]一文在對白瑞蒙的辨析中,分別闡述了白瑞蒙和瓦萊里兩種純詩說的相異之處:「布勒蒙(白瑞蒙)把他的議論與他的同院的會員梵樂希的議論連在一起,梵樂希的議論是屬於另外一種不同的『純詩』的,那種純詩是由馬拉梅(馬拉美)而來的,按照那種

---

16 戴望舒譯瓦萊里《波德萊爾的位置》,《惡之華掇英》,上海懷正文化社,1947版。說明:文章雖然發表在40年代,但作為一個完整的理論體系,這裏還是作一介紹,在具體影響上分析可以區別。本文引自《戴望舒詩全編》,浙江文藝出版社,1989年7月版,第213-214頁。

17 曹葆華譯默里《純詩》,1934年6月1日11版、1934年6月12日13版、1934年6月22日11版《北平晨報・詩與批評》第25、26、27期。該文譯自默里論文集《心國》(Countries of the Mind)第2卷。後收入曹葆華譯著《現代詩論》,商務印書館1936年出版。

『純詩』的意思，純粹的詩人是在完全不顧題目，只是自覺地和特意地創造一種文字的音樂調子，這種調子是能給人以愉快的。依照這種意思，詩歌之『純粹』是在它與題目絕對獨立；『純詩』不過是文詞的音樂而已。這種概念，除了梵樂希的真正的前輩愛倫坡以外，在英國還不曾有人注意過，這種概念與布勒蒙的概念沒有必然的關聯。」默里對詩歌表達更靠近現代詩的「詩歌乃是一種整個經驗的傳達」論點。默里這篇文章仔細分別了白瑞蒙和瓦萊里的純詩理論，為現代派引進純詩理論起到一種導航的作用。

　　上述可見，西方整個純詩說的理論及其發展脈絡以及各自的特點，曹葆華、梁宗岱和戴望舒已經基本上全面介紹進來了。30年代現代派自身的純詩理論的建設就有了一個全面的理論基點。

第二節　對晚唐南宋純詩理論的
引入與理解

　　30年代現代派與初期白話詩派不同的是，表現出對古代詩詞特別是晚唐南宋純詩的熱衷。其中晚唐詩熱，孫玉石先生已經作了很好的研究。[18]在晚唐南宋純詩熱中，他們的理論探討遂於對朦朧消沉純美詩風的趨同。為這種詩風從理論上張目的，是梁宗岱的晚唐南宋純詩理論。

---

[18] 孫玉石《新詩：現代與傳統的對話──兼釋20世紀30年代的「晚唐詩熱」》，《現代中國》第一輯，湖北教育出版社，2001年11月出版，第72-94頁。

　　首先是對中國古代純詩理論的概括。在梁宗岱看來，中國古代有可以同法國馬拉美媲美的純詩詩人——南宋姜夔。「我國舊詩詞中純詩並不少（因為這是詩的最高境，是一般大詩人所必到的，無論有意與無意）；姜白石的詞可算是最代表中的一個。不信，試問還有比《暗香》、《疏影》，『燕雁無心』，『五湖舊約』等更能引我們進一個冰清玉潔的世界，更能度給我們一種無名的美的顫慄的麼？」這篇名為《談詩》[19]的論文論及了姜夔的純詩特點：趨難避易，注重格調與音樂，詩境「空明澄澈」。認為姜純在超然性，更純在形式美。

　　其次，梁宗岱分析了姜夔這一純詩理論長期不受重視的原因。在他看來，這是因為傳統「言志」說和現代的感傷說作祟。「近人論詞，每多揚北宋而抑南宋。掇拾一二膚淺美國人牙慧的稗販博士固不必說；即高明如王靜安先生，亦一再以白石詞『如霧裡看花』為憾。推其原因，不外囿於我國從前『詩言志』說，或歐洲近代隨著浪漫派文學盛行的『感傷主義』等成見，而不能體會詩的絕對獨立的世界——『純詩』（Poésie Pure）的存在。」這一論斷是深刻的。言志以外的詩，天地廣闊，應該給一席之地的；所謂「如霧裡看花」論，如同胡適說李商隱無題詩爭論了上千年是誰也不明白的「鬼話」論一樣，離詩本體太遠觀念也太陳舊；浪漫主義的感傷論，隨著20年代浪漫主義式微已成明日黃花，40年代中國新詩派對「政治感傷」的批判正涉其害。上

---

[19] 梁宗岱《談詩》，《詩與真二集》，商務印書館1936出版。

述過時陳舊的詩學觀念都沒有給純詩一個應有的位置，在這裡，梁宗岱有一種先鋒的孤寒感，也有一種兩面作戰的感慨。

第三，晚唐南宋純詩熱與現代派純詩追求完全同步，即戴望舒、卞之琳、何其芳轉向之前。這個熱潮由廢名發現並加以概括，成為一個共同的詩學風潮。緣由是中國新詩學發展的必然。這個熱潮體現為廢名、戴望舒、卞之琳、何其芳、梁宗岱、馮至、施蟄存、林庚，這批30年代現代派詩人群在創作中對晚唐溫庭筠、李商隱詩的熱衷、點化和模仿[20]。

除梁宗岱外的上述詩人之晚唐南宋熱，主要是在意境、風格、手法上對晚唐詩的熱衷，在理論上無甚創新，意義在於提高了新詩藝術的成熟度，體現了現代派整體的純詩傾向以及這種傾向的歷史變化。也就是說，30年代的晚唐南宋熱，發生在同時正迷醉於西方純詩理論的現代派詩人群中，不是一個孤立的現象，說明了二者的相似性。這個相似性就在於對現實的超脫性、對詩本體的重視、對詩形式的迷醉。這也正是現代派純詩傾向的自然體現。這與胡適傾向的宋詩的「說話」就是針鋒相對，與新月派的格律化和象徵派的象徵、純詩主張也不同了，它顯示出現代派在借鑒西方純詩理論時的中國化傾向，也就是漢語化的傾向。這同時體現出現代派在純詩理論上開始有了自己的思路。

---

[20] 孫玉石《新詩：現代與傳統的對話——兼釋20世紀30年代的「晚唐詩熱」》，《現代中國》第一輯，湖北教育出版社，2001年11月出版，第72-94頁。

第三節 30年代現代派
對純詩理論的發展和變異

現代派在引入中外純詩時，也豐富和發展了純詩的詩學命題。藍棣之先生指出過他們創作中「純詩」的「流派」特徵[21]。這裡要研究的是現代派在借鑒中西純詩說中揚棄和變異的詩學，其中諸多具體的觀點，需要我們認真釐析。

現代派對純詩理論有其發展和變異：一是梁宗岱的超越性與現象學形式論，「超驗」與「妙悟」的比較研究與形態超脫性的比較研究；一是何其芳的唯美論與形式論；一是戴望舒、金克木、路易士、施蟄存等現代派諸人的詩本體論。他們對中西純詩理論有所借鑒，有所揚棄，也有所變異，在30年代新詩實踐中，作出了符合中國符合時代的審美抉擇。本節我們先討論其有共同性的詩學主張。

一、共同主張：詩本體論

現代派在純詩理論上的共同主張，是詩本體論。

詩是毛詩序中的「言志」說還是陸機的「緣情」說，詩是浪漫派的「抒情」說、還是現代派的「經驗」說，在30年代現代派看來都不是熱點。熱點是什麼呢？「現代的詩是詩」[22]，

---

[21] 藍棣之《現代派詩選・序》，人民文學出版社，1986年出版。
[22] 吳霆銳、施蟄存：《關於本刊所載的詩》，《現代》3卷5期，1933年9

施蟄存這個主張成為現代派詩學的焦點。中國現代詩學從來沒有像此時這樣強調詩的本體地位。這當然一方面是對五四「反詩」即「非詩」[23]之革命，也是對20～30年代新詩逐漸泛化的政治詩的不滿，同時也是新月派象徵派努力之符合邏輯的發展。

詩本體論的核心命題，是強調詩之為詩並具有的永恆特質。但其內涵在現代派諸人的理解中是各有側重的。梁宗岱理解為詩的超越性即超驗性和詩的現象學形式論（由於前者為其他現代派詩人所不涉及，因此置下節專論）；何其芳理解為詩的唯美論與形式論；戴望舒理解為「詩的精髓」[24]，金克木路易士與之近似；施蟄存強調詩的「純然」。

二、梁宗岱的現象學形式論

我們先看梁宗岱的現象學形式論。詩的形式性，既是梁宗岱《談詩》所主張的超驗論中詩形式主體性的實踐化和展開化，也是梁宗岱純詩說超越法國象徵派的理論在中國30年代的自身發展。這是現代派最具有個性特色的純詩理論與實踐。

先瞭解一下梁宗岱在形式論上的詩學活動。梁宗岱《談詩》、《新詩的十字路口》與初期象徵派穆木天《譚詩——

月1日。
[23] 梁宗岱《新詩的十字路口》，《大公報·文藝·詩特刊》1935年11月8日第12版，後此文收集為商務印書館版《詩與真二集》時改名為《新詩的紛歧路口》。
[24] 戴望舒《談林庚的詩見與「四行詩」》，《新詩》第1卷第2期，1936年11月。

給沫若的一封信》[25]介紹純詩說不同之處在於，後者主旨在強調主體與客體的「對應」即「詩是要暗示出人的內生命的秘密」，梁宗岱介紹的純詩說，除此之外強調的是詩之為詩的詩的現象學形式論，目的在捍衛新詩的形式性和純潔性。在梁宗岱看來，30年代新詩正處於定形與不定形的十字路口，解決新詩本身的形式問題是當務之急。他主編《大公報・文藝・詩特刊》的發刊辭《新詩的十字路口》一文旨在於此。文章首先認為五四新詩在形式上是「反詩」的，「不僅是反舊詩的，簡直是反詩的」，對初期白話新詩「非詩」傾向強烈不滿和並表明革新的決心。其次，對新詩的自由詩化明確表示反對。第三提出「形式是一切文藝品永生的原理」的論點和「一切純粹永久的詩的真元」的概念。最後，號召「發見新音節，創造新格律」。一句話，強調和追求純詩形式的創造。文章可說是最具有中國特色的純詩運動的正式宣言。因為一則，《大公報・文藝・詩特刊》在本文的號召下展開了一場大規模的新詩形式討論，發表7位作者8篇論文；二則，在1936年10月起由現代派5位代表人物戴望舒、卞之琳、馮至、梁宗岱、孫大雨聯袂主編的《新詩》，繼承這一次討論繼續掀起第二場新詩形式討論。兩次討論熱烈並且富於創造性，語言學家、詩學家、美學家共同參與，提高了現代派的詩學理論水平。兩次討論一脈相承，一些人如朱光潛、羅念生，一些問題如音節、調子等，都是連續進行的。新詩形式討論，傳播了純詩說關於詩特質的理論，主

---

[25] 參見陳夢家《新月詩選・序》，新月書店1931版；穆木天《譚詩——給沫若的一封信》，《創造月刊》1926年1卷1期。

張詩要有多義性朦朧感，主張詩要研究漢語特點，提高了新詩在創作和欣賞中的的審美價值。

現在我們從理論上分析一下梁宗岱的現象學形式論。梁宗岱「形式是一切文藝品永生的原理」的論點和「一切純粹永久的詩的真元」的概念，是現代詩學中最具有理論意義的詩學論點，有其鮮明的現象學意義，具體說來，有三個重要內涵。

一點，詩作為藝術存在的方式是形式，形式致詩永恆。詩之為詩，首先是有詩的形式。這是梁宗岱第一個命題。這是不是傳統的形式主義呢？不是，因為這個形式本身又是內容，是現象學的形式。

二點，是「純粹永久的詩的真元」，即詩本身的永恆性即生命力在於與其純粹性之統一。梁宗岱把具有這種特點的詩叫做「一切偉大的詩」，只有這種詩才具永恆性與純粹性，才會讓宇宙與人生奧義的內容完全陶熔於詩，讓人們感化並使之參悟。他例舉了屈原、陶淵明、李白、杜甫、王維、姜白石、荷馬、但丁、莎士比亞、歌德、馬拉美、瓦萊里……一系列大詩人，說明這是超越時空的共同美，也是詩之為詩的純詩。偉大的詩都是純粹永久的詩，這是梁宗岱的第二個命題。

三點，這是「教」與「樂」、形式與內容共為一體的純詩。這種詩「都是直接訴諸我們的整體」，「靈與肉，心靈與官能」、「美感的悅樂」的，並從而使人「參悟」出「宇宙和人生奧義」。他打了一個比方：「譬如食果，我們只感到甘芳與鮮美，但同時也得到了營養與滋補。」即「情緒和觀念化

煉到與音樂和色彩不可分辨的程度。」[26]梁宗岱把傳統詩學寓教於樂、內容決定形式的理論完全現代派化了，把「教」與「樂」、內容與形式還原為詩本體這個現象體即這個此在——「果」：「我們只感到甘芳與鮮美，但同時也得到了營養與滋補」，這就對割裂詩本體的傳統的內容形式分別論的形而上學是一個革命，是一個否定之否定的合的命題。重新回到詩本體，才能解決詩的問題。這既不是混沌論的概念也不是決定論的概念，這是現象學的概念。詩本體是詩的此在，任何孤立的內容與形式都不是詩。這是梁宗岱的第三個命題。

這三個命題可以構成這樣一個現象學的邏輯循環：詩只是詩本體，純詩的詩本體是「果」，純詩是此在。梁宗岱在30年代提出的現象學詩學對於突破本質論的機械性，在當時就體現出開創性的理論意義和實際意義，並且至今還具有不衰的活力。1985年以來當代詩學的許多命題如非非主義還原語言等主張都可以從這裡找到理論淵源。

三、何其芳的唯美論與形式論

何其芳是現代派中埋頭創作很少文論的詩人。何其芳專為《大公報・文藝・詩特刊》寫作的也是他自己第一篇發表的詩論《論夢中的道路》[27]回顧了《燕泥集》創作悲哀而寂寞的

---

[26] 梁宗岱《談詩》，《詩與真二集》，商務印書館1936出版。

[27] 何其芳《論夢中的道路》，1936年7月19日第11版《大公報・文藝・詩特刊》。《〈燕泥集〉後記》先寫，但發在此文後，即1936年10月《新

心理，同時回憶了對丁尼生、艾略特的愛好，對形式精美的追求。何其芳沒有使用純詩這個概念，但比梁宗岱的純詩說有一種純形式性和唯美性。首先是徹底淡化現實人生的是非曲直和任何內容的意義，只追求純形式的價值取向，「對於人生我動心的不過是它的表現，我是一個沒有是非之見的人。判斷一切事物我說我喜歡或者我不喜歡」；「對於文章亦然」；「至於它的含義則反於我的欣賞無關」。這是何其芳純詩說中純的內容內涵，超過任何一位現代派詩學家詩人，這也正是何其芳作為唯美詩學家的特色之一。其次，在形式中，醉心的是形式表現的精美，如「文字魔障」、「錘煉」、「彩色的配合」、「鏡花水月」、「姿態」、「一些顏色，一些圖案」、「飄忽的心靈的語言」、「在剎那間閃出金光的意象」。第三，把純詩的形式美推崇為他的整個生命和藝術的最高價值：「我最大的快樂或辛酸在於一個嶄新的文字建築的完成或失敗。」這也是現代派中最鮮明的唯美主義主張。最能體現何其芳創作個性的詩作《燕泥集》就是這種純詩的作品，而同期的《畫夢錄》不過是這種唯美主義詩學的散文化。與梁宗岱比較，何其芳這種反內容的唯美主義純形式論主張是決定論思維方式的產物，也許他想解釋詩的本質，但方法讓他出現了邏輯的錯誤，體現出片面性。但這種片面是深刻的，在當時是一翼的代表，在創作中對青年詩人具有指導意義。

詩》創刊號。

四、其他人的觀點

　　與上述比較專門的理論研究不同的是，其他一些詩人主要在詩的創作和評論中來展開他們的詩本體論，不是系統的，卻是實踐的。

　　戴望舒純詩論分前後兩期。前期傾向晚唐詩及魏爾倫，注重音樂性和頹廢感。《雨巷》已是眾所周知的典範。後期拋棄象徵派的音樂性，轉為詩的內在情緒的旋律，從《我的記憶》開始。後期主要論文《談林庚的詩見與「四行詩」》提出了「詩的精髓」論，主旨在於詩要有詩本身的屬性。他批評林庚《北平的情詩》及其四行詩理論的動機，在於指出詩的現代詩性和詩本身的純詩性問題。這篇他惟一的現代詩人評論在純詩論上提出了兩個論點：一是「純詩」、一是「詩的精髓」。首先要有「純詩」，外形式的音樂不是重要的，他這裡所說的自由詩，是戴望舒特定意義的自由詩，是具有了純詩內涵的自由詩；二是，進一步說明這種內涵即「古詩和新詩也有著共同之一點的，那就是永遠不會變價值的『詩的精髓』。那維護著古人之詩使不為歲月所斫傷的，那支撐著今人之詩使生長起來的，便是它。」強調的是純詩的永恆性，涉及到純詩的內涵問題。說穿了，就是超越時代超越階級的共同美。這是沒有明說出來的。他說「關於這『詩的精髓』，以後有機會我想再多發揮一下」，不幸終於可惜地沒有踐諾。類似言論還有他借比也爾·核佛爾第之語所說「藝術不應該是現實的寄生蟲，詩應該

本身就是目的」[28]；在《論詩零札》提出「真正的詩在任何語言的翻譯上都永遠保持著它的價值。」[29]，強調詩的超越性和永恆性。

與戴望舒「詩的精髓」很近似的有金克木的一段話：「這純詩……一定是從所有的詩裡抽象出來的一個共同點。……不論你叫它做什麼，就是詩的真正的，唯一的條件。」[30]金克木強調的仍然是詩之為詩的本體特徵，也是共同的特徵。現代派詩人路易士（紀弦）40年代還宣稱追求「超越了時空的限制的具有恆久性與廣域性的純粹文學。」[31]

與上述諸人略有區別的是施蟄存所言：「現代的詩是詩。而且是純然的現代的詩。它們是現代人在現代生活中所感受的現代的情緒，用現代的詞藻排列成的現代的詩形。」[32]這有如下含義：「詩是詩」，是「純然的」詩，強調詩的「純」質；是「現代的詩」，主客體、感覺與情緒、語言、形式都是「現代的」；強調詩的「相當完美的」結構即「Texture」，對「不解《現代》的詩的批評」予以辯駁。施蟄存在強調純詩的品質的前提下又強調詩的現代性。這與法國象徵派和中國晚唐南宋的「純詩」說有了一些距離。但他很強調詩本身的「純」質，即

---

[28] 戴望舒（化名陳御月）《比也爾‧核佛爾第》，《現代》，第1卷第2期，1932年6月1日。

[29] 戴望舒《詩論零札》，《華僑日報》，1944年2月1日。

[30] 金克木《論詩的滅亡及其他》，《文飯小品》，1935年第1卷第2期，第1-7頁。

[31] 路易士《序言》，《三十前集》，詩領土出版社1945出版。

[32] 施蟄存《又關於本刊的詩》，《現代》，1933年11月，第4卷第1期，第6-7頁。

必須是詩。這一點又回到了詩本體：「《現代》中的詩並不是什麼唯物文學，而作者在寫詩時的ideology（意識形態）乃是作為一個人的ideology（意識形態）。」[33]

與此同時，《現代》3卷5期，5卷2期、3期對來信所謂讀不懂的「詩謎」說進行了反批評，這是追求純詩的現代派不可避免的論戰，同新時期「朦朧」詩的討論異曲同工。兩次反批評，闡發和捍衛「詩是詩」命題，體現了純詩的生命力和戰鬥力，其巨大反響體現出了對全國新詩創作、欣賞的巨大指導作用。對討論進行了較有理論含量解釋的是何其芳：「我們難於索解的原因不在作品而在我們自己不能追蹤作者的想像。有些作者常常省略去從意象到意象之間的鏈鎖，有如他越過了河流並不指點給我們一座橋，假若我們沒有心靈的翅膀，便無從追蹤。」[34]這段話抓住了讀者在解詩中的「想像」和詩人在創作中的「省略」這兩個關鍵，顯示了現代派在實踐中指導欣賞和創作的理論水平。

現代派同人對詩本體的捍衛，對詩之為詩命題之共識，體現在梁宗岱的現象學形式論，何其芳的唯美論，戴望舒的「詩的精髓」論，金克木的「條件」論，路易士的「超越時空」論，施蟄存的「詩是詩」論等等，強調的都是詩本體。這個共同性可以概括為：強調詩的超越時空的共同美，強調詩的形式美。這種看法也廣泛表現在藍棣之先生所歸納的「純詩」創作中了。

---

[33] 吳霆銳、施蟄存：《關於本刊所載的詩》，《現代》3卷5期，1933年9月1日。

[34] 何其芳《論夢中的道路》，1936年7月19日第11版《大公報・文藝・詩特刊》。《〈燕泥集〉後記》先寫，但發在此文後，即1936年10月《新詩》創刊號。

第四節　梁宗岱對純詩理論的中國化研究

在純詩的中國化方面，梁宗岱作了更多的研究：純詩理論的超越性、中西純詩說「超驗」與「妙悟」概念的比較研究、中西純詩形態的超脫性。

一、梁宗岱關於純詩理論的超越性

首先是詩的最高境論。認為純詩「是詩的最高境，是一般大詩人所必致的，無論有意與無意。」在論及西方純詩的同時還例舉了中國的陶淵明、王維、蘇軾等[35]。

其次是超驗本體論思想，即主體對外在於主體的世界的超驗性，即純詩可以借助音樂與色彩渾融一體而形成的暗示，實現主體與客體的對應，主體可以通過純詩實現其超出自身的對客體對應的超驗性，客體也可以通過詩的象徵體實現從主體出發的超驗，這直接涉及到詩自身存在的本體論依據的問題：即「純粹憑藉它的形體的原素——音樂和色彩——產生一種符咒似的暗示力，以喚起我們感官與想像的感應，而超渡我們的靈魂到一種神遊物表的光明極樂的境域」。[36]

再次是詩的內容與形式的高度統一而形成的對現實具體性的超越，對現實記述性的超越：即所謂「摒除一切客觀的寫

---

[35] 梁宗岱《談詩》，《詩與真二集》，商務印書館1936出版。
[36] 梁宗岱《談詩》，《詩與真二集》，商務印書館1936出版。

景，敘事，說理以至感傷」「超渡」成「一種神遊物表的光明極樂的境域」。[37]

最後是詩的形式的超驗性，即詩作為一個獨立的語言實體對附屬於文學這個種屬的超越，這又涉及到詩的形式的本體論的問題：即所謂像音樂一樣，它自己成為一個絕對獨立，絕對自由，比現世更純粹，更不朽的宇宙；它本身的韻和色彩的密切混合便是它的固有的存在理由。」[38]他在《保羅梵樂希先生》[39]裡還對象徵派的純詩主要內涵即音樂性作了一個武斷的概括：「梵樂希的詩，我們可以說，已達到音樂，那最純粹，也許是最高的藝術境界了。」

梁宗岱的純詩理論，完整理解了法國象徵派的純詩理論的超越性或曰超驗性，同時又借助中國的禪悟概念把這種超驗性中國化了。

梁宗岱所理解的這種帶有超驗性的純詩追求，在現代派詩的創作也有所體現，如戴望舒的《尋夢者》、《眼》，卞之琳的《斷章》、《白螺殼》，何其芳的《預言》，曹葆華的《靈焰》等等。

---

[37] 梁宗岱《談詩》，《詩與真二集》，商務印書館1936出版。

[38] 梁宗岱《談詩》，《詩與真二集》，商務印書館1936出版。

[39] 梁宗岱《保羅哇萊荔評傳》，《小說月報》20卷第1期，1929年1月10日，後收《詩與真》，上海商務印書館，1935年2月版時，改名為《保羅梵樂希先生》，並以後名行世，為免誤會，本文用後題。

二、梁宗岱對中西純詩說「超驗」與「妙悟」概念的比較 研究

從學術意義上講，梁宗岱這一研究至今閃光。

梁宗岱的《談詩》直接引用嚴羽的《滄浪詩話》的「妙悟」理論以說明西方純詩理論的超驗性、對應性：「嚴滄浪曾說：『大抵禪道在妙悟，詩道亦在妙悟』，作詩如此，讀詩也如此。」接著用「參悟」概念解釋了這種超驗在創作和欣賞中的機制；通過「直接訴諸」「靈與肉，心靈與官能」「美感的悅樂」達到「參悟宇宙和人生的奧義」，這種「參悟」所能做到的境界是「兩重感應，即是：形骸俱釋的陶醉，和一念常惺的澈悟。」梁宗岱把西方純詩與中國參禪概念等同起來，中國化地把純詩理解為：身心一體的美感快感中達到的對人生和真諦的大徹大悟。這種理解是深刻的。梁宗岱在嚴羽的「妙悟」和法國純詩的「超驗」中，找到了一個模式上的相同點，並想以此來溝通中西詩學在純詩上的共同點或者說是精神。

嚴羽的妙悟本是佛家用語。嚴羽以禪喻詩，重視妙悟，其悟義一個重要方面在於透徹之悟，重在「透徹玲瓏不可湊泊」，「如空中之音，相中之色，水中之月，鏡中之象，言有盡而意無窮。」[40]這裡悟出的「音」、「色」、「月」、「象」皆是心中所有而世上所無的意中的「音」、「色」、「月」、

---

[40] 〔宋〕嚴羽《滄浪詩話・詩辨》，《滄浪詩話校釋》郭紹虞校釋，人民文學出版社1983年版，第26頁。

「象」，即主體在藝術創作、藝術欣賞中的想像、體驗的出來的心中之「物」，它們與客體世界的實「物」是完全不同的兩個概念。但心中之物與實體之物之間有什麼聯繫點，嚴羽並不關心，因為他關心的只是妙悟的結果、前者的產生。嚴羽的「悟」一個重要意義當然是針對蘇軾、黃庭堅之「以文學為詩，以議論為詩，以才學為詩」的宋詩傾向的，強調詩本身的超越性而不是現實黏著性，強調詩的超感性而不是任何理性，這又體現出嚴羽的純詩傾向。

那麼這種「妙悟」與法國純詩理論中的主體對客體的「超驗」有什麼相似性呢？這要分兩個方面來辯證。

一方面是欣賞。在欣賞中，梁宗岱說了四點。第一，純詩對欣賞主體情感與感官的的整體訴求，「訴諸我們的整體，靈與肉，心靈與官能」。第二，純詩讓欣賞主體在感性愉悅中體驗詩中所超驗的真理：「不獨要使我們得到美感的悅樂，並且要指引我們去參悟宇宙和人生的奧義」，「所謂參悟，又不獨間接解釋給我們的理智而已，並且要直接訴諸我們的感覺和想像」。第三，原因關鍵在於這是純詩：「把情緒和觀念化煉到與音樂和色彩不可分辨的程度」，所以能實現這些效果。在這裡，除了一般的藝術欣賞中的情理關係的理論外，梁宗岱主要有純詩對官能的訴求意義，和純詩本身所具有的這種特點。第四，梁宗岱把純詩對主體的美感認識作用完全中國禪宗化了，即所謂達到「兩重感應，即是：形骸俱釋的陶醉，和一念常惺的澈悟。」[41]

---

[41] 梁宗岱《談詩》，《詩與真二集》，商務印書館1936出版。

另一方面是創作。正如他在引用嚴羽的「大抵禪道在妙悟，詩道亦在妙悟」時所說的，不僅「讀詩」如此，「作詩」也「如此」。一則，對於作詩來說，在法國象徵派那裡，這個超驗是指的象徵體對詩人主體心靈的超驗；換言之，進入詩人視野的外在的世界、詩中的客體形象，均是主體心靈的對應或曰象徵。二則，顯然，這與只講純藝術的嚴羽的「妙悟」在哲學內涵上是完全不同的，所謂「空中之音，相中之色，水中之月，鏡中之象，言有盡而意無窮」指的只是在審美形態上的超脫性、空靈性、美感性，更加「羚羊掛角，無跡可尋」，而不是指的對心靈神秘內涵的揭示。三則，但二者在審美形態上則基本是等同的，也就是說，法國象徵派的象徵體與嚴羽的「空中之音，相中之色，水中之月，鏡中之象」則完全具有有審美形態上的朦朧性、超脫性和美感性。而在空靈性上，法國象徵派則顯得遜色。四則，二者在審美形態上的基本相似性，則成為梁宗岱判斷二者純詩形態上的主要特點。可見，在很大程度上，梁宗岱更著重於法國象徵派在純詩理論上的審美內涵。

三、中西純詩形態的超脫性

梁宗岱在純詩理論上的形式性（形式性中詩本體內容上已述）還體現在他對中西純詩說比較研究中所體悟到的形態的超脫性。

不強調西方純詩說的超驗性的哲學本體論，強調的是審美形態上的相似性，這種相似性首先表現為對現實的超脫性。

比如對馬拉美和姜白石的比較。在《談詩》裡，梁宗岱從四個
方面比較了二者的詩學。一則是二者都是形式美，強調在形
式製作上「做」的美：「他們的詩學，同是趨難避易」。他引
姜白石「難處見作者」[42]和馬拉美「不難的就等於零」[43]的兩
句話，歸納這一共同性。姜白石本身就是南宋時重要的形式主
義詞人，他的原話為：「歲寒知松柏，難處見作者。」強調的
是對形式的精研和創新以求其美，應該說他的《白石詩話》通
篇講究的是「出人意表」的「妙」的美。這與馬拉美苦心精營
的文字和音樂的深度融合而形成的主體的「超驗」、「暗示」
的美，二者的內涵本是有差別的，但梁宗岱看到的是二者在形
態上的一致，就是形式的精製，也可以說是形式美。這與上面
所分析的梁宗岱純詩的形式性內涵是有聯繫的。二則是形式美
的具體的表現的相似性：「他們的詩藝，同是注重格調和音
樂；他們的詩境，同是空明澄澈，令人有高處不勝寒之感；尤
奇的，連他們癖愛的字如『清』『苦』『寒』『冷』等也相
同」[44]。這都從審美形態上歸納了二者的社會生活的相似，體現
的也都是超越現實的純詩特色。

　　梁宗岱的純詩說在中國現代詩學史上最具有詩學意義，
但是當下學術界研究現代派詩學這一專題的最新成果卻都沒有
涉及到這些理論。[45]現代派的純詩理論是對初期白話詩理論的

---

[42] 〔宋〕姜白石・白石詩說《六一詩話　白石詩話　濬南詩話》，人民文
　　學出版社，1983年版第31頁。原文為：「歲寒知松柏，難處見作者。」
[43] 梁宗岱《談詩》，《詩與真二集》，商務印書館1936出版。
[44] 梁宗岱《談詩》，《詩與真二集》，商務印書館1936出版。
[45] 請見《中西詩學的會通——20世紀中國現代主義詩學研究》第四章第

清算，也是對新月派、象徵派的否定之否定。新詩不再是「非詩」，新詩作為文學中最要求美的形式的門類，在30年代達到了一個「中國新詩自五四以來一個不再的黃金時代」[46]。30年代現代派把現代詩學的純詩理論提高到爐火純青的地步，指導了中國現代新詩的創作和現代詩學的發展，開啟了40年代和80年代的純詩先河。

現代派的純詩說當然不是盡善盡美之說，它的缺陷當然在於其傾向性的中性和現實具體性的不強，在30年代與中國詩歌會的現實主義詩歌運動提倡的「捉住現實」、「大眾歌調」[47]的旋律對比中，顯出了窘況。但它在勾連二十年代與四十年代新詩的歷史鏈條中，在變異發展新詩中，在新詩自身的藝術發展的進程中，它畢竟是有其歷史地位和美學地位的。

三節，185-199頁，北京大學出版社2002年1月出版；《中國現代主義詩學》，人民文學出版社2001年出版。

[46] 路易士《序言》，《三十前集》，詩領土出版社1945出版。

[47] 本刊同人《發刊詩》，《新詩歌》，1933年1卷1期第1頁。

第九章
音樂論

中西詩學音樂論的引入和改造，成為現代派形式論的重要內容之一。它上溯純詩理論，下延格律理論，但又有其獨立的內涵。

現代派引入坡、瓦萊里、里德的純詩音樂論、抽象音樂論、各種具體的音樂論技術論點，引入中國古代詩學中關於詩與音樂、音韻、音頓、音義、平仄雙聲疊韻等音樂的理論；進行了兩次關於新詩音樂論的大討論，在節奏、音頓、音韻三方面借鑒了西方的理論，同時改造了古代的格律理論，揚棄了平仄說；何其芳、卞之琳把新詩音樂論命題延續到當代，提出了漢詩音樂論的理論框架。

第一節　現代派對西方詩學音樂論的介紹

30年代現代派在對西方詩學的介紹中，非常重視對音樂論的介紹。

　　西方詩學把音樂強調到詩本身的高度甚至更高，認為音樂是讓詩能成為純粹藝術的最重要的原因。這是現代派對西方音樂性介紹的最主要論點。

　　首先是梁宗岱在理解瓦萊里時向國內介紹的瓦萊里的這種音樂觀。在他看來，「梵樂希（即瓦萊里）的詩，我們可以說，已達到音樂，那最純粹，也許是最高的藝術底境界了。」他還把這認為是所有的象徵派的特點，即「把文學來創造音樂」，「把詩提到音樂底純粹的境界」。[1]

　　在這一個理論點上，曹葆華翻譯的英國詩人、評論家里德（曹葆華譯為雷達，Sir Herbert Read，1893-1968）的《論純詩》介紹了坡在《詩歌原理》中的類似理論：「音樂」「能創造出最高的美。」「音樂與一種可悅的觀念結合，便是詩歌。」[2]同時還介紹了法蘭西學院的會員白瑞蒙神父（Abbè Bremond）《純詩》（Poesie pure）對音樂的高度重視，認為詩通過音樂作用傳達的是一種「即興的顫動」或「暗示的歡術」，並與祈禱相合起來：「環繞我的心靈」，「拜訪著一個超越人類的仙靈」。認為「詩是一種音樂」。[3]這些理論有兩個

---

[1]　梁宗岱：《保爾梵樂希先生》，《詩與真·詩與真二集》，外國文學出版社1984年版，第20頁。

[2]　曹葆華譯雷達《論純詩》，《北平晨報·詩與批評》，第5、6、7期，1933年11月13日第12版，1933年11月23日第12版，1933年12月1日第14版。該文譯自里達專著《英國詩歌面面觀》（The Phases of English Poetry），後收入曹葆華譯《現代詩論》，商務印書館1936年4月出版。

[3]　曹葆華譯默里《純詩》《北平晨報·詩與批評》，第25、26、27期，1934年6月1日第11版，1934年6月12日第13版，1934年6月22日第11版，該文譯自默里論文集《心國》（Countries of the Mind）第2卷，後收入曹葆華譯著《現代詩論》，商務印書館1936年4月出版。

要點：音樂是最高的藝術；音樂與觀念結合就是詩，詩就是音樂的文學體現。結果音樂成為詩的第一位的因素。

其次，現代派還介紹了西方詩學在音樂性上各種具體的主張。

一是抽象音樂論。這個理論的要點是，抽象音樂讓詩的純粹性更突出。這是西方詩學音樂性主張的極致，代表人物是瓦萊里。正如曹葆華譯里德的《近代英國詩歌》（Phases of English poetry）[4]所論及的瓦萊里的這種信念：「詩歌與音樂比較與抽象的音樂更有關係」。

二是音樂的若干具體的技術論點。

一則，音與義之同一性。這在瓦萊里和波德萊爾都很突出。曹葆華譯瓦萊里《詩》[5]中說詩人的這種努力在於「一方面揣煉意義，一方面顧到聲調」，即要達到「音節和諧」與「理智」方面即內容之統一。關於這一點，劉鋆所作《詩人鮑特萊》[6]對波德萊爾的這一特點剖析甚深：「音能達意，韻能傳神；字字都有精靈結晶，句句全有深意悠思，而且涵義深奧，而令讀者遐思遙想；字音十分飄邈，可令讀者推測揣度。」這也就是戴望舒介紹的波德萊爾「一切都是魅力，音樂，強力而抽象的官感……豪侈，形式和極樂」，「音和意不再分開」，即音韻與意義、旋律與音響的完全統一，戴望舒認為波德萊爾詩純詩的特點是「質地和精巧純粹的形式」，並直接影響了其

---

[4] 《北平晨報·詩與批評》第31期，《北平晨報》1934年7月23日12版。
[5] 載曹葆華譯作《現代詩論》，商務印書館1937年4月版第13頁。
[6] 載《北平晨報·詩與批評》第61期，《北平晨報》，1935年9月12日12版。

後法國象徵派的創作。[7]在音義同一的問題上，蘭保最為激進。劉鋆作《詩人藍保》[8]中說他「有一種空前的大發明，便是聲色的關係」：「字母中的五個正音的聲音，可以表示五種顏色的象徵」「A字來表示白的象徵，I字來表示黑的象徵，E字來表示藍的象徵，O字來表示紅的象徵，U字來表示黃的象徵」。這也是當時初期象徵派穆木天、王獨清等人傳播過並實行過的主張。[9]同時，梁宗岱介紹的馬拉美的音與語言的外部形式之間的和諧關係，即語言的音樂性與文字的視覺性之間的關係[10]，文章認為，在視覺上：「他的發明，從語言，書籍，音樂的分析演繹出來，苦心搜索了許多年，完全建立在那對於『頁』——視覺的統一——的考慮上」「黑白分配的效力，以及字體的比較的強烈。」「『指揮』全詩結構的進行」，「為文學國度增加了一個第二的方向（Dimension）。」在聽覺上：「他開始用一種低沉，平勻、沒有絲毫造作，幾乎是對自己發的聲音誦讀。……在那最接近它源泉的親切處，是這麼美……終於令我審視那法令的本文。我看見一個思想的形態第一次安置在我們的空間裡」，文章很感性具體地描述了馬拉美純詩的內涵：聽覺的音樂與視覺的文字共同組成的理性與感性完美結合的詩。

---

[7]　戴望舒譯瓦萊爾《波德萊爾的位置》，《惡之華撮英》，上海懷正文化社，1947版。說明：文章雖然發表在40年代，但作為一個完整的理論體系，這裏還是作一介紹。在具體影響上分析可以區別，本文引自《戴望舒詩全集》，浙江文藝出版社，1989年7月版，第213-214頁。

[8]　《北平晨報·詩與批評》第73期，《北平晨報》1936年3月12日第12版。

[9]　見孫玉石編《象徵派詩選》，人民文學出版社，1986年版。

[10]　見梁宗岱譯瓦萊爾，《「骰子的一擲」》，《大公報·文藝·詩特刊》，1936年5月1日第12版。

　　二則，是關於音樂與旋律、節奏之間的關係的問題。這一
點，劉鋆作《詩人鮑特萊》[11]對波德萊爾這一特點說明甚清：
「詩的音韻應該接近音樂的節奏」「時若前趨，時若後退，時
若上升，時若下降，有如音樂的諧調一般」。戴望舒介紹的波
德萊爾則是語言「純粹」「有力」「優美」、「韻律和和諧」
聯繫「密切」，「一種可佩地純粹的旋律線條和一種完美地持
續著的鳴響」。在這裡，旋律成為詩的音樂的主要因素。[12]再
次，關於詩的音樂性的語言處理問題。梁宗岱在介紹馬拉美的
詩學時曾經引述法國詩學家梯布德（Albert Tibaudet）的研究，
認為馬拉美詩學的一個重要特色在於「怎樣關於運用雙聲、疊
韻以及其他獲得與意義融洽無音質音節的方法」[13]。

　　最後，對西方詩學和語言學關於詩的具體的音樂概念
的介紹。羅念生為此專門發表了一篇《韻文學術語》[14]的文
章。文章介紹了音勢和大小（Volume，Loudness）、音高
或高低（Pitch）、音色（Tlmbre，tone-color）、音長或長
短（Quantity，length）、輕重（Quality）、節奏（General
movement）、節律（Rhythm）、升律（Ascending rhythm）、
降律（Descending rhythm）、短長律或輕重律（Iambic）、長短

---

[11] 載《北平晨報‧詩與批評》第61期，《北平晨報》1935年9月12日，12版。

[12] 戴望舒譯瓦萊里《波德萊爾的位置》，《惡之華掇英》，上海懷正文化
社，1947版，本文引自《戴望舒詩全編》，浙江文藝出版社，1989年7
月版，第213-214頁。

[13] 見梁宗岱《按語和跋》，《詩與真‧詩與真二集》，外國文學出版社
1984年版，第181頁。

[14] 載《新詩》1卷4期，1937年1月，第501-506頁。

律或重輕律（Trochaic）、短短長律或輕輕重律（Anapestic）、長短短律或重輕輕律（Dactylic）、停頓（Pause）、綴音（Syllaable）、音步（Foot）、拍子（Motre，Measure）、分步（Scansion）、雙音步詩（Bimetre）、三音步詩（Trimetre）、四音步詩（Tetrametre）、五音步詩（Pentametre）、六音步詩（Alexandrine，hexameter）、腳韻（Foot rime）、內韻（Internal rime）、同字韻（Identical rime）、破韻（Broken rime）、間行韻（Cross rime）、假韻（Imperfect rime，eye rime）、雙韻（Double rime）、疊韻（Assonance）、三疊韻（Triple rime）、雙聲（Alliteration）、音節、跨行（Run-on line）、重行尾（Strong ending）、輕行尾（Weak ending）、節（Stanza）、複節，複行（Refrain）、駢韻體（Couplet）、連鎖體（Terza rime）、四行體（Quatrain）、無韻體（Blank verse）、十四行體（Sonnet）、意體十四行（Italian or Petrachan）、英體十四行（English or Shakespea rian sonnet form）、賦（Ode）、自由體（Vers libres）、散文體（Prose-poem）等78種音樂性概念並作了具體的解釋。

　　這是現代新詩誕生以來，語言學家對西方詩學音樂論內容的語義學介紹，也是一次科學系統全面的引入。此前的介紹由於詩人或詩學理論家都脫離語言學特有概念以意為之，因而概念內涵互相抵牾，使得所有討論缺乏科學性。正如作者所稱「沒有一種共同的術語」，他以「Rhythm」（節律）為例來說明當時在詩學概念上爭論混亂：一個以為有，一個以為無，一個以為似有似無「因為你說的也許是指的狹義的『節律』，

我說的也許是指廣義的『音節』，他說的也許是指飄飄渺渺的『節奏』」。羅念生發表此文後引起的朱光潛、梁宗岱諸人的商榷及其討論，正說明這一引入的迫切性和重要性。

<h2 style="text-align:center">第二節　現代派
對中國古代詩學音樂論的介紹</h2>

現代派在30年代對中國古詩的音樂性興趣主要集中在詩的音韻、音頓、音聲（平仄）、音節、節奏等具體的音樂形式上，像西方現代派那樣進行很抽象的音樂藝術探求不多。

首先，對詩與音樂關係論的引入。朱光潛指出：「詩歌在原始時代都與音樂跳舞並行。」[15]這是對毛詩序裡「情動於中而形於言，言之不足故嗟歎之，嗟歎之不足故永歌之，永歌之不足，不知手之舞之足之蹈之。」[16]的簡略概括；也是對詩與音樂起源時特點的介紹。正是在起源意義上，才可見出二者的本質特點的同一性。這正指出了詩與音樂的同一性特點。朱光潛文章還介紹了章學誠《文史通義・詩教下》裡「以便諷誦，志不忘也」「演為歌謠，咸以便記誦」之說，以說明詩與音樂的淵源性。[17]

其次，對於音韻的研究。韻在古代詩學中的意義，在很大程度上是今人音樂性的一個主要內容。朱光潛認為「韻對於中

---

[15] 朱光潛《論中國詩的韻》，《新詩》1卷2期，1936年11月。

[16] 阮元刻，《十三經注疏》本《毛詩正義》卷一，中華書局影印本，1980年10月版，第270頁。

[17] 朱光潛，《論中國詩的韻》，《新詩》1卷2期，1936年11月。

國詩的重要還不僅在點明節奏。就一般詩來說，韻的最大功用在把渙散的團聚起來，成為一種完整的曲調。它好比貫珠的串子，在中國詩裡這種串子尤其不少。」[18]

第三，對音頓的研究。在這方面，主要引入了古代詩讀音單位的研究。朱光潛在現代派重鎮《新詩》雜誌上以《論中國詩的頓》[19]發難。朱光潛首先提出了音頓在中國詩裡的重要性，即第一是頓，第二才是平仄。「中國詩的節奏第一在頓的抑揚上見出，至於平仄的相間，還在其次。」並批評了「拿平仄比擬英德文的『輕重律』」是「牽強附會」。接下來，是對頓的理論規定性的理解。在朱光潛看來，中國古詩的頓是一個相對獨立的讀音單位，是「形式化的音節」，與意義的相對完整不一定一致；而說話的停頓則是與意義一致的「自然的音節」，後者也是白話詩的特點。他舉胡適在《談新詩》中所舉「風綻─雨肥─梅」[20]之例說明這一點。這強調的是古詩音頓的的形式化意義，把「肥梅」意義隔開並分開念成前半頓和後一頓，純粹是為了音樂性的需要。

第四，對音節即平仄、雙聲、疊韻等的評論。羅念生的《節律與拍子》指出詩的「節律」不「是由平仄造成的」，認為「平仄大半是高低，它除了協助音調外，沒有什麼旁的作

---

[18] 朱光潛，《論中國詩的韻》，《新詩》1卷2期，1936年11月。

[19] 朱光潛，《論中國詩的頓》，《新詩》，1卷3期，1936年12月，第326-333頁。

[20] 胡適《談新詩》，《中國新文學大系・建設理論集》，上海良友圖書公司出版，1935年10月，304頁。

用。」[21]在《音節》裡仍然強調了「平仄與節律無關」。同時介紹了雙聲與疊韻的關係。「凡字音相同的叫雙聲」，「凡韻母相同的字叫做疊韻」，認為中國古詩的「疊韻多半是由兩個韻重疊起來的」，而「收聲聲母太少」。[22]

第五，音與義的關係。羅念生的《音節》認為中國古代也有用一種「別的字音來引起一種特別的聯想」的情況。他例舉「風勁角弓鳴」為例說明了這種情況。這與西方純詩中的音義的象徵意義是不一樣的。[23]

第六，對於近體詩演化的研究。郭紹虞的《從永明體到律體》[24]是為了響應《大公報・文藝・詩特刊》關於新詩形式討論而作的古代詩學的研究文章。文章從永明體到律體變遷中的語音主張作了一個學術的清理，以便為新詩本身的形式化和音樂性作出參考。郭紹虞先提及了沈約之前關於音律主張的司馬相如、陸機、范曄、謝莊諸人，隨後認為沈在「利用當時字音研究的結果，以為詩律的規定。於是以平上去入四聲制韻，而同聲相應者益見明晰；以平頭上尾蜂腰鶴膝諸目示病，而異音相從者，至少也有消極的規律可以遵循。」然後對沈約的四聲八病之說進行分析，認為「韻即四聲，和同八病」。文章引劉勰《文心雕龍》中

───────────

[21] 《大公報・文藝副刊75期・詩特刊》，《大公報》1936年1月10日第10版。

[22] 《大公報・文藝副刊101期・詩特刊》，《大公報》1936年2月28日第10版。

[23] 載《大公報・文藝副刊101期・詩特刊》，《大公報》1936年2月28日第10版。

[24] 載《大公報》1936年6月20日第12版，《文藝》第161期《詩特刊》；1936年6月26日《文藝》169期《詩特刊》。

「韻氣一定，故餘聲易遣」[25]來說明四聲不是問題，但和的問題卻總是走向律體的重要問題，正如劉勰所說「屬筆易巧，選和至難；綴文難精，而作韻甚易」。[26]郭紹虞分別從「葉」、「諧」兩個角度研究了永明體向律體進步的若干技術問題及其解決辦法，並研究了律體的各種形式。茲不贅。根據郭紹虞的研究，即使今天來看，中國新詩的形式化道路還很漫長，恐怕還在永明體狀態。首先是理論研究不夠，像20年代聞一多、朱湘、徐志摩，30年代卞之琳、何其芳、梁宗岱、朱光潛、羅念生、葉公超等，50年代何其芳、孫大雨、卞之琳這種既有理論研究興趣同時又進行創作實踐的大家現在根本沒有了；其次是對現代漢語的詩律學音律學的研究基本沒有，再次是對這種形式有創作興趣的詩人更是少得可憐。這是20年代新月派30年代現代派提出，50年代何其芳、孫大雨、卞之琳重提的新詩的哥德巴赫猜想，有待今日詩學界和新詩界的努力。

第三節　現代派
在新詩音樂性問題上的兩次大討論

　　由於對新詩形式的高度重視已成為現代派的重要追求，他們在30年代兩次掀起了對於新詩音樂性內容的討論。這些討論

---

[25] 〔齊〕劉勰《文心雕龍》，范文瀾《文心雕龍注》，人民文學出版社，1958年9月版，第553頁。

[26] 〔齊〕劉勰《文心雕龍》，范文瀾《文心雕龍注》，人民文學出版社，1958年9月版，第553頁。

從新詩創作的實際和新詩發展的歷史出發,對中西詩學的音樂論內容作了自己的借鑒和變異,並有所創新。

第一次討論是在梁宗岱主編的《大公報‧文藝副刊‧詩特刊》上進行的。

梁宗岱重要的《新詩的十字路口》[27]是《大公報‧文藝‧詩特刊》的發刊辭,文章最後提出「發見新音節,創造新格律」,隨後展開了一場大規模的新詩音樂性問題的討論。隨後發表羅念生的《節律與拍子》時,編者按云:「梁宗岱先生在本刊創刊號《新詩的十字路口》一文裡曾經提出『創造新音節』為新詩人應該努力的對象之一。羅先生這篇文章便是對這個問題的一個具體的建議。這問題表面似乎無關輕重,其實是新詩的命脈。希望大家起來討論。」在圍繞新詩形式建設這個大課題,《大公報‧文藝‧詩特刊》先後發表了了朱光潛、羅念生、梁宗岱、葉公超、郭紹虞等人有關詩學特別是音樂性問題的論文,並展開了聲勢浩大的討論。

朱光潛的《從生理觀點論詩的「氣勢」和「神韻」》[28]是一篇對中西詩學進行比較研究的論文。文章先引英國詩人浩司曼(A.R.houxman)在劍橋大學講授《詩的意義與性質》中關於詩可以引起人的三種生理變化「一屬於節奏,二屬於模仿,三屬於適應運動」的觀點,再引申證之以中國古代詩論中「氣勢」與「神韻」的論點,最後將「氣勢」「神韻」與「動與靜」,康德所說的雄偉與秀美,尼采所說的遲阿尼蘇司藝術與亞波美

---

[27] 《大公報》1935年11月8日第12版,《文藝》副刊39期《詩特刊》。
[28] 《大公報》1935年12月23日第10版,《文藝》第56期《詩特刊》。

藝術，萊辛所說的「戲劇的」與「圖畫的」的，以及姚姬傳所說的陽剛與陰柔的區別」聯繫起來加以比較，並將這些美的範疇最終歸於「上文所說三種生理變化」。

羅念生的《節律與拍子》[29]談了三個問題，一是關於若干牽涉到語言學的詩學概念的釋義，比如音節、節奏、節律、音步的概念，認為節奏是「一種字音的連續的波動」，「如果這波動來得規則了一些，便叫做節律」，提出「散文裡只有節奏，詩裡應有節律」。二是關於古典詩與英文詩裡的節奏和字音，在字音裡分別分析了音量、時間的長短、高低、音色等概念，提出「英文詩的節律多靠音量，再加上一點兒『長短』與『高低』，便成了輕重」。三是關於中文詩，提出中文詩的節律不是由平仄決定的，文章在與趙元任商榷後認為中文詩的節律是由輕重音決定的，提出實詞重讀、虛詞輕讀的意見，提出詩是時間的藝術，批駁了「豆腐乾」詩用空間形式來取代時間的論點，同時例舉孫大雨的《自己的寫照》，提出了用拍子（類似於聞一多的「音尺」）來規範新詩的節律的意見。羅念生的這些意見後來在《新詩》也不斷地提出，並與朱光潛先生進行了針鋒相對的討論。

梁宗岱的《關於音節》[30]對羅念生的文章進行了討論，有商量有贊成有反對。梁宗岱提出「平仄在新詩律裡是否如羅先生所說的那麼無關輕重？中國文學是否是輕重音的區別？如有，是否顯著到可以用作音律的根據？」與羅念生進行商榷。同時，梁宗

[29] 《大公報》1936年1月10日第10版，《文藝》第75期《詩特刊》。
[30] 《大公報》1936年1月31日第10版，《文藝》第85期《詩特刊》。

岱同意羅文中例舉的關於孫大雨《自己的寫照》一詩的拍子概念，並認為用「字組來分節拍，用作新詩節奏的原則，我想這是一條通衢。」同時討論了關於豆腐乾的形式問題，認為詩的形式在外形上也應該整齊，最後引用瓦萊里關於「最嚴的規律是最高的自由」的論點，強調在新的格律中爭取自由。

羅念生緊接著也發表了《音節》一文[31]，這篇文章一方面與梁宗岱進行商榷，同時又提出關於新詩音節的具體建議。文章同意梁宗岱關於短詩可以不拘拍子的意見，但認為詩行的字數應是「整齊」而不「劃一」，不同意「豆腐乾」體。文章著重談了關於音節的想法。第一是雙聲，第二是疊韻，第三是韻，第四是平仄，第五是聲音與意義的關係。羅念生主張，既然新詩的音節不好，就應該大量採用雙聲疊韻字；主張在詩行中讓不同的疊韻重合，以使音樂性更強。他舉曹葆華的詩句「綠紗燈下伸出了爪牙」一行，認為「綠、出；紗，下，牙；燈，伸；了，爪都能生出疊韻的效果，所以念起來非常悅耳」。羅文還提出了「音色」的概念，認為詩的聲音與意義有關係。它先談論了狀聲詞的作用，接著談了音的不同與意義的不同的關係，「即用一種特別的字音來引起一種特別的聯想」。他舉丁尼生寫寶劍用一些很堅硬的字音來引起寶劍的堅硬的性質的聯想的例證以及「風勁角弓鳴」用「風」「弓」二字來狀出箭弦的聲響的例來說明這種關係的意義。羅文認為新詩這種用法還太少，他以朱湘的《婚歌》一詩為例，說明用「陽」韻寫婚禮，以狀出拜堂的熱烈，用「青」

---

[31] 《大公報》1936年2月28日第10版，《文藝》第101期《詩特刊》。

韻來寫洞房的雅靜與溫柔是很相宜的。無疑，羅念生的這種探索
對新詩創作是具有實際意義的。

　　時在清華大學任教的葉公超也發表了《音節與意義》[32]。
這篇文章首先認為羅念生「有一種特別的字音來引起一種特別
的聯想」的說法是片面的。認為「脫離了意義的」「字音只能
算是空虛的，無本質的」。同時對法國象徵派的音樂性追求表
示了絕對的否定。認為「Mallarmg（馬拉美 ）與Rimband（蘭
保）」的「法國象徵派的詩，不成問題，是相當的成功，但它
們對於音節的理論，尤其對於字音的神秘的暗示觀念卻有根本
的錯誤。」然後他引Laura Riding和Robert Graven合著的《現代
式詩的概觀》（A Survey of Modernist Poetry）與John Sparrow的
《意義與詩》（Sense and Poetry）二書來證明其「暗示」的錯
誤。葉公超認為，「從意義著眼詩的音節可分為三種：一，與
意義的節奏互相諧和著；二，與意義沒有關係，但本身的音樂
性產生悅耳的影響者；三，阻礙意義之直接傳達者。」即在詩
的音節與意義中看重意義，認為音節是由意義決定其價值的。
葉公超文章的最後，提出有兩種節奏：「一種是語言的節奏，
一種是歌調的節奏。」然後表明自己傾向於語言的節奏反對歌
調的節奏：「我所謂的語言的節奏……是英文無韻詩裡常見的
一種平淡，從容的節奏，即如「To be, ，or not to be ：that is the
question」這句，假使我們把它與Tennyson的四行詩比較一下，
它們的差別是顯而易見的。我知道的詩人中，只有卞之琳與何

---

[32]　《大公報文藝‧詩特刊》1936年4月17日第12版、1936年5月15日。

其芳似乎是常有這種節奏的。抒情性格的人（實指浪漫派——生按）也許不容易感覺這種平淡語體的節奏，因為抒情的要求往往是濃厚，顯著的節奏。語體節奏最宜於表現思想，尤其是思想的過程與態度。」葉公超在這裡表明了自己的詩學主張，跟戴望舒的後期詩傾向以及卞之琳、何其芳一樣，即傾向於現代派裡的知性一脈，反對魏爾倫「音樂高於一切」以及浪漫主義的淺薄抒情。在此，30年代現代派對音樂性的主張已經明顯地體現出內部的矛盾和變化。

第二次討論是在戴望舒、卞之琳、何其芳、孫大雨、梁宗岱聯袂主編的《新詩》雜誌上進行的。朱光潛、林庚、戴望舒、羅念生等人發表了重要的意見。

《新詩》1卷2期發表朱光潛的《論中國詩的韻》[33]，在介紹了中西詩韻的沿革變化後，對中國詩的未來發展方向提出了自己的看法，特別是對中國詩是以句為單位，西方詩是以行為單位，因而會形成韻的不同，認為一句斷成兩行的「破韻」方法不應採用。《新詩》1卷2期發表戴望舒《談林庚的詩見和「四行詩」》[34]，對新詩的內容與形式發表了精闢的看法。認為新詩之新新在內容的詩意，如果只講形式，那麼沒有詩味的詩譯成舊詩就會非常像詩。戴望舒的本意是在提倡詩的詩意，但卻反證了詩的形式特別是韻的重要性。戴望舒的這個觀點，本書第八章的形式論已有正面展開。《新詩》1卷3期發表朱光潛的《論

---

[33] 《新詩》1卷2期發表朱光潛的《論中國詩的韻》
[34] 《新詩》1卷2期，1936年11月，第227-237頁。

中國詩的頓》[35]，強調中國詩的音頓與音尺概念相近，認為胡適《談新詩》裡的斷頓的方法機械，認為中國詩的節奏首在音頓，次在平仄。《新詩》1卷4期發表周煦良《時間的節奏與呼吸的節奏》[36]，以「時間」和「節奏」兩個人的對話來展現關於中西詩節奏不同的讀法。羅念生《與朱光潛先生論節奏》[37]，對朱光潛《論中國詩的韻》裡關於韻和節奏的關係提出商榷的意見。首先，關於頓。朱光潛認為拉調子念詩時，舊詩每句分成若干音組即頓，如「青青——河畔——草——」，三頓，在每組最後一字（如第二個「青」、「畔」、「草」）上面讀的聲音略提高延長加重，為的是產生一種先抑後揚的節奏。羅念生認為，朱光潛的說法「不可靠」，因為中文兩字相連時第二字往往「降低縮短減輕」，「青青」二字第二個「青」要念輕、短，所以不構成頓。這遭到朱光潛的駁斥：他把羅念生這種主張化作一種新讀法即「青——青河——畔草」[38]。羅念生後來在《再與朱光潛先生論節奏》[39]對此作了新的解釋，認為「兩人都沒有錯」，「把他拉調子的讀法當作不拉調子的讀法」。這實際上並不是誤會，問題在於，詩學的「頓」與非詩學的「頓」是不一致的，這並不單純是一個語言學音韻學的問題，這是一個詩學裡的音樂問題。在「頓」的問題上的第二個分歧是，朱光潛先生認為舊詩與新詩的

---

[35] 《新詩》1卷3期，1936年12月，第326-333頁。

[36] 《新詩》1卷4期，1937年1月，第444-462頁。

[37] 《新詩》1卷4期，1937年1月，第487-490頁。

[38] 見朱光潛《答羅念生先生論節奏》，《新詩》1卷5期，1937年2月，第621-630頁。

[39] 《新詩》2卷2期，1937年5月，第207-213頁。

讀法不同，但新詩也可以有「頓」，同時會有節奏，但羅念生認為「新詩的頓不能產生節奏」，而是產生一種「音樂性」，認為時間整齊的詩行不能說是節奏，而只能說是有「音樂性」，說節奏「還需要一點時間以外的成分來組織」[40]。這很明顯地涉及概念上的分歧。第二，關於韻。朱光潛認為韻可以產生節奏，羅念生認為韻不能產生節奏，因為「韻和韻的距離有相當遠。」[41]這一點，事實上羅念生的理解過於狹義。二者對於節奏和節律也有不同的看法。在羅念生看來，「節奏（General movement）指字音的不規則的波動」，「節律（Rhythm）指字音的有規則的波動」[42]。這就是在語言學的意義上的主觀規定。事實上，詩學界就只用通行的節奏概念，體現詩的聲音的時間波動。

看來，這次討論不及第一次討論那樣爭論有廣度和意義。有一些問題在討論中為雙方之共識。但這次討論的理論意義卻有展開。朱光潛把他在大學裡的講義寫成了文章，體現了學者的介入的思考。這就是後來他出版的《詩論》。這本講義先是為北大胡適所重，後是為武大陳伯通所重。[43]說明在當時的學界看來，現代派對詩學的音樂性的研究體現了當時詩學中比較重要的理論動向。

---

[40] 羅念生《再與朱光潛先生論節奏》，《新詩》2卷2期，1937年5月，第207-213頁。

[41] 羅念生《與朱光潛先生論節奏》，《新詩》1卷4期，1937年1月，第487-490頁。

[42] 羅念生《韻文學術語》，《新詩》1卷4期，1937年1月，第501-506頁。

[43] 見朱光潛《詩論・抗戰版序》，1942年版，轉自《朱光潛美學文集》第二卷，上海文藝出版社，1982年9月版，第4頁。

第四節 現代派
對中西詩學音樂論的借鑒與變異

　　強調音樂性是中國現代新詩擺脫五四錯誤的第一步革命，
這要歸功於新月社的聞一多和徐志摩。聞一多關於新詩格律體
「三美」即「音樂的美」[44]的主張以及徐志摩隨之進行的卓有
影響的藝術實踐，讓新詩一下在新文學陣營中站住了腳。這正
如卞之琳後來所評價的「過去許多讀書人，習慣於讀中國舊詩
（詞、曲）以至讀西方詩而自己不寫詩的（例如林語堂）還是
讀到了徐志摩的新詩才感到白話裝新體詩也真像詩」[45]。卞之琳
同時看到了這種音樂性對於現代派詩作的歷史意義。正是在借
鑒法國象徵派的音樂性上，現代派才在藝術上站住了腳並同時
取得了如葉聖陶所謂「開了新詩音節的新紀元」[46]。這一點，卞
之琳在顧及到他後期轉向的事實，對他的第一個階段的這個特
色也作了如下的評論：「他的詩才開始奏出了一種比諸外國其
他詩人多少更接近魏爾倫的調子」，「代表作《雨巷》」多少
實踐了魏爾倫『絞死』『雄辯』『音樂先於一切』的主張」。[47]
這是對戴望舒與西方象徵派詩特別是音樂性關係的準確介紹。

---

[44] 聞一多，《詩的格律》，《晨報副刊・詩鐫》7號，1926年5月13日。

[45] 卞之琳，《徐志摩選集・序》，《徐志摩選集》，四川人民出版社1983年版。

[46] 轉引自杜衡《望舒草・序》，上海現代書局，1933年8月版。

[47] 卞之琳，《戴望舒詩集・序》，四川人民出版社1981年版。

概略說來，30年代現代派在節奏、音頓、音韻三方面借鑒了西方的理論，同時改造了古代的格律理論，基本揚棄了古代平仄理論，現代派的中堅人物何其芳、卞之琳，把新詩音樂性命題思考延續到當代，提出了漢詩現代格律體的理論框架。

一、關於節奏的理論

節奏是詩的生命，也是詩的音樂的基點。這是現代派諸同人的共同看法，梁宗岱在評述瓦萊里時，認為「藝術的生命是節奏，正如脈搏是宇宙的生命一樣。哲學詩的成功少，而抒情詩的造就多者，正因為大多數哲學詩人不能像抒情詩人之捉住情緒的脈搏一般捉住智慧的節奏」。[48]梁宗岱對瓦萊里哲理詩研究之後得出的這一結論，在於強調現代派詩特別是知性詩應借鑒這一點。卞之琳《斷章》、《圓寶盒》、特別是《距離的組織》，「大力運用想像邏輯來擴展詩境」[49]不斷用意象（且在脫離一般意義上）作跳躍，以展開情思的脈絡，極近似瓦萊里這類節奏。

卞之琳認為「節奏也就是一定間隔裡的某種重複。」[50]這是公認的說法，比之羅念生的「節律說」、朱光潛的「音組說」都更準確。但關鍵是，節奏由何種因素構成。節奏構成的因素各執一說。梁宗岱有「停頓說」與「音組說」，孫大雨有「字

---

[48] 梁宗岱，《保多梵樂希先生》，《詩與真·詩與真二集》，外國文學出版社，1984年1月版，第22頁。

[49] 袁可嘉，《西方現代派詩與中國新詩》，《現代派論·英美詩論》，中國社會科學出版社1985年版，第367頁。

[50] 卞之琳，《徐志摩詩重讀志感》，《詩刊》1979年9期。

組」說，朱光潛有音頓說、押韻說，卞之琳有「旋律說」、「音步說」，何其芳有「音步說」，葉公超有「語言的節奏」與「歌調的節奏說」，羅念生有「節律說」。

諸種說法，今天看來，基本上以「音步說」或稱「音組說」、「音頓說」為多數人主張，且為新詩節奏的主要構成因素；「節律說」在理論上更全面；而「語言的節奏」則是更前衛的英美現代詩的主張。

梁宗岱1931年3月給徐志摩的《論詩》一文[51]裡不同意聞一多先生的節奏借鑒的英語詩的「重音說」，認為與英語詩的輕重音節奏不一樣，節奏在中國詩中就是「一句中有若干停頓」。文章分析了英德文詩「以重音作節奏的基本」，但法文詩卻「以『數』」（nombre）而不以重音作節奏。就這一點上，梁文主張近法文詩之「數」。1935年末，他又在《關於音節》[52]中認為「孫大雨先生根據字組來分節拍，用作新詩節奏的原則，我想這是一條通衢，我幾年前給徐志摩的一封信所說的「停頓」（caesura）和他吻合。」梁宗岱的停頓即相對獨立的讀音單位即詞組的頓，與孫大雨的「字組」，甚至同聞一多的「音尺」都是同一個內涵的概念。這個概念由聞一多先生從英文的foot譯出，並在《死水》的創作中實踐，經過否定，否定之否定，到30年代又得到現代派普通的贊同。

朱光潛認為中國詩的節奏大半靠音頓，也是這個意思。他認為「頓」在說話時是語氣的自然停頓，用標點所示，在詩中

---

[51] 《詩刊》第2期，1931年4月出版。
[52] 《大公報·文藝·詩特刊》，1936年1月31日。

就是「一句詩中的字分成幾組」，在頓與平仄比較時他明確認為，「中國詩的節奏第一在頓的抑揚上見出，至於平仄相間，還在其次。」[53]

何其芳的「音頓說」與此極為接近。何其芳在比較了中國古代五七言格律體的讀音方式和現代漢語「雙音節詞」占多數的語言現實後，認為應以一行詩中「那種音節上的基本單位」為頓，以每行相等的這種讀音單位形成節奏。[54]

卞之琳的意見也與上述意見類似。他在比較了中西詩在節奏上的異同後，落實到新詩上就是「音頓」的問題，認為二、三音節的詞或詞組形成的新詩的「音步」是現代漢詩節奏、格律的關鍵，並認為聞一多1926年提出的「音尺」（即「音組」或「頓」）這個最基本、最簡單的樸素觀念，「是新詩格律的最基本問題」。[55]他認為這個概念就是成熟期的聞一多（稱「音尺」）、孫大雨（稱「音組」），後期的何其芳（沿用「頓」）陸志韋（講「拍」，側重稍不同）。卞之琳算是現代派之集大成者，對這一理論作了學者總結。[56]卞之琳對以「音步」為核心的節奏因素的高度重視，是根據數十年新詩實踐的經驗和現代漢語的規律提出的，今天看來，是符合新詩發展實際情況的。

---

[53] 《論中國詩的頓》，《新詩》第3期，1936年12月。

[54] 見何其芳《關於現代格律詩》，《何其芳文集》，人民文學出版社，1983年版，第8頁。

[55] 卞之琳《完成與開端：紀念詩人聞一多八十生辰》，《文學評論》1979年3期。

[56] 卞之琳，《讀胡喬木詩六首·隨想》，《詩探索》1982年4期。

　　只有葉公超對節奏提出了近於西方象徵派以後的英美現代詩的說法。他把詩的節奏分為三種，即「一，與意義的節奏互相諧和著」，「二，與意義沒有多少關係，但本身的音樂性可以產生悅耳的影響；三，阻礙意義之直接傳達者」。他認為第一種「是我們理想的音節」，還例舉章實齋所謂「無定之中，有一定焉」之說法來例析徐志摩《火車擒住軌》的節奏感之音義同一性；後來他換了一個角度，明確認為詩裡有「語言的節奏」與「歌調的節奏」，認為前者是「英文無韻詩裡常見的一種手法，從容的節奏」，並以此標準讚揚了卞之琳和何其芳的詩表現「思想的過程與態度」的節奏。這是葉公超反對浪漫派、象徵派，主張英美現代派中的知性詩的另一主張，這只能算是現代派中節奏論中的少數派，與我們所討論的純音樂性節奏有了一定的距離。[57]

　　語言學家羅念生在討論中為了辨析準確，專門製造了「節奏」與「節律」兩個概念。他先寫《節律與拍子》[58]，認為「節奏可以說是一種字音的連續的波動。如其這波動來得規則一些，便叫做節律。節律可以由長短、輕重等元素造成。散文裡只有節奏，（嚴格的）詩裡應有節律。每一段小波動佔據一個短短的時間，這叫做「音步」或「拍子」，由幾個音步組成一個詩行。可以說拍子是時間的分段，節律是時間的性質。」他的《韻文學術語》[59]、《時間的節奏與呼吸的節奏》[60]，以及他與朱光潛討

----

[57] 葉公超《音節與意義》，《大公報‧文藝‧詩特刊》，1936年4月17日。
[58] 《大公報‧文藝‧詩特刊》，1936年1月10日。
[59] 《新詩》1卷4期，1937年1月。
[60] 《新詩》1卷4期，1937年1月。

論的文章，都是上述意思。他的「節律」即本文所討論的「節奏」，主要由「音步」（或稱「拍子」）構成，同時容納長短、輕重等語言要素，如平仄等。事實上，羅念生的看法是全面的，不過與詩學家的角度不同。詩學家們強調節奏的實踐意義即當時操作層面上的意義，語言學家強調理論的完整意義。羅念生所設想的也是許多詩學家設計但都不強調的輕重（平仄）等問題，是要待音步解決以後才得顧到的問題了。

二、關於「音頓」的理論

如上所述，「音頓」是新詩節奏的主要構成要素，那麼，「音頓」的內涵、構成、演變的情況是怎樣的呢？

現代詩學史上，最早涉及這一概念內涵的是聞一多。聞一多把這稱作「音尺」，他例舉自己的《死水》，認為可有「三字尺」，「二字尺」。[61]「音尺」的內涵即在於一行詩中讀音相對集中的一個音頓的單位。根據現代漢語的特點，可以是一個雙音節詞（或詞組），也可以是一個三音節詞（或詞組），如他在文中所例舉的，即

這是｜一溝｜絕望的｜死水式的音頓分法。

聞一多始創的這一理論，在新月派詩人朱湘和由新月派轉入現代派的孫大雨的創作中忠實地實踐著。孫大雨把這謂之「字組」，這一點正如卞之琳的稱讚的「數十年來孫大雨先生身體力行」，

---

[61] 聞一多：《詩的格律》，《晨報副刊·詩刊》7號，1926年5月13日《晨報》。

「早在一九三二年他在新月派的《詩刊》上發表的三首商乃（籟）詩（即十四行體詩）和幾百行《自己的寫照》、《黎琊王》及弔徐志摩的輓詩，以及登在天津《大公報》文藝副刊上的長詩《自己的寫照續篇》，都有有嚴格的音組。」孫大雨還在五十年代發表長篇論文《詩的格律》[62]，發展了聞一多「音尺」的看法。

緊接聞先生之理論，與新月派接近而置身現代派中的梁宗岱1931年3月與徐志摩論詩的長信《論詩》[63]，專就這一問題提出了明確意見。在他看來，「中國文字的音節大部分基於停頓」，「韻、平仄和清濁（如上平下平），與行列的整齊的關係是極微的」。在解釋自創的這一「停頓」的概念時，他解釋為「現在找不出更好的字」，並舉李煜詞作析為

春花——秋月——何時了

往事——知——多少

小樓——昨夜——又東風

故國——不堪回首——月明中。

這跟聞一多「音尺說」的內涵基本近似。與聞一多有區別的是，強調的是欣賞的語言處理意義，即不僅是「音尺」而且要「停頓」，這個強調就深化了它的節奏意義。

羅念生1936年1月的《節律與拍子》[64]，比較全面地研究了音頓在節奏、音樂性中的地位，並且對漢語詩的音頓因素作了較為科學的說明。羅念生認為，詩的「音節」（即本文之音樂性）包

---

[62] 載1957年6期、1958年1期《復旦大學學報》。

[63] 《詩與真》，商務印書館，1935年2月版，《詩與真‧詩與真二集》，外國文學出版社，1984年1月版，第26-46頁。

[64] 《大公報‧文藝75期‧詩特刊》，1936年1月10日第10版。

括節奏、韻、雙聲、疊韻等等，「節律」（即本文之「節奏」）主要由音頓構成，尚包括長短輕重、音頓多寡。音頓可以少到兩個音步，最少可到「單音步」，但「很特殊」，長不能超過「六音步」。關於音頓多寡與意義之關係，他認為多音頓「宜於寫幽深的想法」，少音頓「宜於寫愉快的思想」；第三，關於平仄，他從語言學上解釋了，「平仄大半是高低，它除了協調音調外」，於「節律」沒有用處，他還駁斥了趙元任的「四聲」說，這是現代詩學界首次從理論上否定了平仄對於新詩的音樂意義。

朱光潛1936年發表的《論中國詩的頓》[65]這篇文章有三個理論意義。一個意義是在梁宗岱「停頓」的概念上，通過具體的口語與詩句的不同停頓，辨析了「停頓」的詩學意義。在朱光潛看來，「說話的頓注重意義上的自然區分，例如『彼荏苒』，『采芙蓉』，『多芳草』，『角色悲』，『月色好』諸組必須連著讀，不能有頓，讀詩的頓注重聲音上的整齊段落，往往在意義上不連屬的在聲音上可連屬。例如『采芙蓉』可讀成『采芙｜蓉』，『月色好｜誰看』可讀成『月色｜好誰｜看。」認為四言二頓，五言三頓，七言四頓為通行讀法。這個看法雖然引起羅念生的異議，但被公認為合理的。朱光潛「頓」的理論第二個意義是，他仔細辯析了漢語詩之「頓」與英文詩之音步、法詩之頓的同異之處。他認為同有二，一是在一音步或一頓之內，音的長短都有伸縮的餘地，他例舉

---

[65] 《新詩》第3期，1936年12月，後載於《詩論》，重慶國民圖書出版社，1942年版，此處朱新增部分引文據《朱光潛文集》，上海文藝出版社，第158-168頁。

Shadowing | more　beau　| ty　in　| their　ai- | ry　brows. |

為例說明，英文詩一音步通常有二單音（輕重格），但也不排
除一單音或三單音；「法文詩每頓長短不定。」在這一點上，
漢語詩亦然，在一頓中可有一──三字之情形，其「頓」的時
間往往通過「拉調子的方式處理」。二是，「像英文詩的音步
和法文詩的頓一樣，中文詩的頓以抑揚見節奏，讀到頓（末）
時聲音都略提高拉長加重」，即每頓的末字要加長加重，如

陟彼 | 崔嵬， | 我馬 | 。
風綻 | 雨肥 | 梅。
江間 | 波浪 | 兼天 | 湧。

異在於，漢語詩的頓末由於加長加重，故可不停頓，法文詩必
停頓；再則，漢語詩之頓與法文詩之頓同時在音長音高音勢上
見出，故一定是先抑後揚，但與英文詩不一定相同，英文詩可
先重後輕或兩頭輕中間重。這種理論上的分析見出現代派在中
西音樂論比較上深入具體的學術意義。在這一點上，朱光潛是
現代派中的音樂論的貢獻突出者。文章的第三個意義在於，從
頓的讀法上，區別了新詩與舊詩在音頓上的相異，認為用現代
漢語寫作的新詩，由於重在頓末，因而平仄就不再重要了。這
是繼羅念生的分析之後，從理論上繼續解決了梁學岱等人提出
的相同的命題。

朱光潛在《論中國詩的韻》[66]中也曾認為「韻在一篇聲音平直的文章裡生出節奏，猶如鐘聲在長夜深山的寂靜裡生出節奏一樣，中國詩的節奏有賴於韻，也猶如法文詩的節奏有賴於韻一樣。」朱光潛在這篇文章中為了說明四聲與節奏無關，先強調了「頓」，後又認同了韻。由於韻（主要是腳韻）的重複相隔甚遠，羅念生提出異議[67]，今天來看，羅先生的說法同漢語詩的實際更一致。

在音頓理論上，現代派詩學家延續了半個世紀的思考。這便是何其芳1954年《關於現代格律詩》[68]提出的「頓」的概念，孫大雨1957年《詩的格律》[69]研究的「音組」的概念，和卞之琳從1954年的《哼唱型節奏（吟調）和說話型節奏（誦調）》[70]，都對音頓作了更為深廣的研究。

何其芳的主張有四點：一，頓是每行詩中「音節的基本單位」、「每頓占的時間大致相等」；二，字數突破五七言格式；三，「基本上以兩個字的詞收尾」；四，「應該是每行的頓數一樣」。其創新在於，強調雙音節節詞收尾，並主張每行頓數一致。

---

[66] 《新詩》1卷2期，1936年11月，第198-209頁。

[67] 羅念生：《與朱光潛先生論節奏》，《新詩》1卷4期，1937年1月，第487-490頁。

[68] 《何其芳文集》第五卷，人民文學出版社，1983年版。

[69] 《復旦大學學報》，1957年6期、1957年1期。

[70] 《作家通訊》1954年9期）到1983年《說「三」道「四」，讀余光中《中西文學之比較》，從西詩、舊詩說到新格律探索》，1983年9月18日香港《文匯報》。

卞之琳對音頓的研究最為持久也最為全面。他的《哼唱型節奏（吟調）和說詩型節奏（誦調）》[71]，首先辯析了西文詩「節」、「音步」與中文詩「頓」的異同。他認為，希臘文、俄文、德文、英文之格律詩每行有一定的「節」數或「步」數，希臘詩有長短音，俄詩、德詩、英詩有輕重音安排，而長短音與輕重音是「節」和「步」的內部問題，關鍵是「節」和「步」。這就糾正了聞一多曾主張的以輕重言為節奏之說法，且概括了諸詩學家的看法。在這個基礎上，他認為漢語詩與之相同，且與舊格律相近的是「頓」的說法，且「頓」已成為漢語詩的主要方式。其次是研究了「頓」的內涵。在卞之琳看來，「頓」以二字、三字為多，收尾以二字為多。一首詩以兩字頓收尾占統治地位或佔優勢地位的，調子就傾向於說話式（相當於舊說「誦調」），「說下去」；一首詩以三字頓收尾占統治地位或者佔優勢地位的，調子應頓向歌唱式（相當於舊說的「吟調」），「溜下去」或者「哼下去」。再次，以「頓」為基礎，新詩可以變化多端，創造出不同的頓數的組合。這後兩點，都是卞之琳的創造，特別是最後一說，卞之琳1979年《與周策縱說新詩格律信》[72]重申了上述看法，1983年的《說「三」道「四」：讀余光中《中西文學之比較》，從西詩、舊詩說到新格律探索》一文[73]，除了重申過去的看法外，主要貢獻在於對五、七言讀法的新解：「五言則上二下三，七

---

[71] 《作家通訊》1954年9期。

[72] 香港《八方》文藝叢刊第1輯，1979年9月出版。

[73] 香港《文匯報》1983年9月18日「文藝」版。

言則上四下三。我和別些人不一樣,不大傾向於像他們那樣把上二下三分成二二一,把上四下三分成二二二一,而贊成餘說。」這是對「頓」的組成的最新一種說法。

三、關於音韻的理論

　　所有的現代派詩學家、詩人都重視新詩的音韻,都認為是新詩音樂性的重要內涵。朱光潛的一段話代表了他們的看法,「韻的最大功用在把渙散的聲音團聚起來,成為一種完整的曲調。它好比貫珠的串子,在中國詩裡這種串子尤其不可少。」[74]這段話點明了漢詩韻的意義:從聲音上將詩聯成整體,這指的是音樂意義;韻在句中可以與其它相臨詞互押,這是修辭作用;韻易於諷誦便於記憶,這是第三功用。朱光潛這裡強調的只是音樂意義,起的是「團聚」、「貫珠」的作用。朱光潛還看到韻與意義的關係,他在比較中法詩的韻時,強調了中法詩中韻的這種作用:「邦威爾在《法國詩學》裡說:『我們聽詩時,只聽到押韻腳的一個字,詩人所想產生的影響也全由這個韻腳字釀蘊出來。』這句話應用到中文或許比應用到法文還要精確。」[75]

　　在這個基點上,現代派研究了韻的起源,中西詩韻之異同、漢詩韻的多樣性與可能性、現代派詩韻的典範諸問題。

　　在韻的起源問題上,朱光潛研究了中西詩韻的起源,對韻的歷史作了概括的展示,並由此進一層探討了韻在詩中的作用。

---

[74] 朱光潛《論中國詩的韻》,《新詩》1卷2期,204頁,1936年11月。
[75] 朱光潛《論中國詩的韻》,《新詩》1卷2期,1936年11月,第204-205頁。

　　朱光潛在《論中國詩的韻》文中認為，「韻在中國發生最早，流傳到現代的古藉大半都是韻。」他例舉了《書經》、《易經》、《樂記》、《老子》、《莊子》的部分章節，同時舉了《詩經》，佐證了他的說法。他還認為原始詩與音樂舞蹈並行，「它的韻或許是點明一段樂調和一節舞步的停頓所必需的。」這裡說的意思是，中國詩的韻同原始歌、舞、詩一同產生。朱光潛舉徽戲、澳州土人歌舞收尾的鑼聲、袋鼠皮聲為例說明是這一起源的遺跡。這當然是推測，但也有道理。朱光潛認為在原始詩歌後的先秦典籍以韻語記載事理，與章學誠《文史通義‧詩教》所稱「便諷誦，志不忘」是一致的。同時朱光潛還認為，西方詩用韻比中國詩用韻晚，「古希臘詩全不用韻。拉丁詩初亦無韻」，「古英文只有雙聲而無疊韻」。[76]

　　在中西詩韻的比較上，朱光潛在《論中國詩的韻》中提出了中國詩近法文詩的說法。談韻就免不了涉及聲。現代英語後期（約1830年至今），由於確立了以倫敦為中心的標準英語，押韻變得困難[77]，因此英語詩主要以輕重言為基礎，以抑揚相間為主要格式，詩以不押韻居多；法語輕重音區別不大，因此強調用韻，現代漢語詩不強調平仄，因此近於法文詩，韻就顯得很重要。這段論述的現實意義在於：辯析了韻與輕重音之關係，現代漢語新詩使用韻提出理論根據。[78]

---

[76] 「古希臘詩全不用韻。拉丁詩初亦無韻」，「古英文只有雙聲而無疊韻」。

[77] 見《世界詩學百科全書》，周式中等編，陝西人民出版社，1999年版，第913頁。

[78] 朱光潛《論中國詩的韻》，《新詩》1卷2期，1936年11月，第204-205頁。

梁宗岱在1934年《論詩》[79]一文中就中西詩韻的比較上發表了兩個觀點。一是「雙聲疊韻，都是組成詩樂（無論中外）的要素」，這種模糊的概述實際上把英語詩的雙聲詞同漢語詩的韻或疊韻統一理解了。二是比較中西詩由句、行分別而來的「跨句」之異。梁宗岱認為，英法詩以行為單位，漢語詩以句為單位，因而前者可「跨句」，漢語詩不能為求押韻而「跨句」。他們例舉了臘莘（J.Racine）的《菲特爾》兩行詩：

Et Pnedre au labyrinth avec vous descen due

Se serait avecvous retrouvee ou perdue

而菲特爾和佽一起走進迷宮

會不辭萬苦和你生共，或死同。

與漢語新詩為例：

——兒啊，那啾啾的是乳燕

在飛，一年，一年望著它們在梁間

兜圈子，娘不是不知道思念你那一啼……

認為「『在飛』『兜圈子』有什麼理由不放在『乳燕』和『梁間』下面而飛到『一年』和『娘不是』上頭呢。」

---

[79] 《詩與真‧詩與真二集》，外國文學出版社，1984年1月版，第26-46頁。

　　這個意見是非常中肯的。現代新詩這種「跨句」押韻在梁宗岱等人的批評下，後來幾近絕跡，這純潔了漢語詩的語言。

　　漢語新詩的韻應如何發展，直到今日，詩界學界都以腳韻或一韻到底為韻的通行用法。在這一點上，朱光潛（《論中國詩的韻》）、梁宗岱（《論詩》）都表明了應有行中韻的觀點。卞之琳就中西詩韻的角度，認為雙方用韻幾近相同並甚為豐富，他在《今日新詩面臨的藝術問題》[80]認為「交韻或抱韻在《詩經》和《花間詞》裡都常用，陰韻在《詩經》裡也並不少見，交韻即一三行互押，二四行另互押，中西同然；陰韻即二字韻，中西亦然。他批評80年代寫詩的人不但忘掉了中外這些押韻的技巧，且「幾乎一律通篇採取一韻到底」的方法，指出「換韻是正當的辦法，被評為『難懂』的短詩《秋》恰巧是有規律換韻。」杜運燮的《秋》發表於1980年1月《詩刊》，同時8月號《詩刊》發表一篇文字批評《秋》看不懂，斥為「朦朧詩」，這正是「朦朧詩」名稱之來歷，杜運燮這首《秋》每節換韻：

> 連鴿哨也發出成熟的音調，
> 過去了，那陣雨喧鬧的夏季。
> 不再想那嚴峻的悶熱的考驗，
> 危險游泳中的細節回憶。

---

[80] 香港《抖擻》雙月刊，1981年5月號。

> 經過春天萌芽的破土，
>
> 幼葉成長中的扭曲和受傷，
>
> 這些枝條在紅日下也狂熱過，
>
> 差點在雨夜中迷失方向。
>
> ……

這首詩一節「季」、「憶」相押，二節換成「傷」、「向」相押，三節換成「遠」、「泉」相押，四節換成「酒」、「透」相押，五節又換成「氣」、「息」相押，回到第一節用韻。杜運燮作為40年代「中國新詩派」詩人，在浸漬了西方現代派40年之後，於80年代一炮震驚中國詩壇，被當時的批評家曰為「朦朧」，可見現代漢詩及其詩學在當時倒退之一斑。半個世紀的倒退，證明了現代派詩學的價值，連韻律也在內。

但當下詩界對現代派前輩之努力尚未能領悟，詩的可讀性與這種不悟恰成正比。

現代派在30年代實際上推出了用韻上的典範，這就是卞之琳。陳世驤《對於詩刊的意見》[81]談了自己英譯現代漢詩一百首時，細讀漢詩的體驗，認為「論善用語言的自然韻律（Speech rhythm）和分行押韻的技巧，許多詩人都比不上之琳」。文中分析了卞之琳的《朋友和煙捲》：

---

[81] 《大公報》，1935年12月6日第10版，《大公報·文藝55期·詩特刊》。

正如我，

還沒有學會吹簫，

雖然總是愛聽，

它在隔院

午夜裡嗚咽，

近

又遙遙，

叫旅人悵念山高。

像簫聲

是我們的面前

這一卷

又一卷的

輕輕

又懶懶的青煙。

的確，卞之琳這首詩，共抱三韻：「簫」、「遙」、「高」，「院」、「前」、「卷」、「煙」，「咽」、「近」、「輕」；行內字數為一、二、三、四、五、六、七，恰合七音；「字音與拍節能那樣靈妙地顯示樂音的和諧與輕煙的回旋節奏，絕不是率爾而成的。」就這個意義，陳世驤稱「自從在這些細微地方發現了他的絕大美點，我才自信地判斷之琳是現代獨有貢獻的詩人。」應該說，卞之琳不僅在創作上為新詩音樂性作出了貢獻，從30年代到80年代，他還一直從理論上持續地為現代漢詩的音樂性、格律化而奮鬥。這是現代派異於象徵派、九葉派的獨特之處。

　　現代派在節奏、音頓、音韻上作的理論建設和創作實踐，為現代新詩作出了成功的典範，也成為現代漢詩格律理論的重要組成部分。

第十章
格律論

　　格律論是現代派形式論的理論歸宿。現代派引入研究了法國象徵派和英美現代派的格律主張，對中國近體詩格律引入並進行研究，對形式感、形式美有獨特的理解和把握；現代派提出了自己的新詩格律理論：葉公超的格律美在均衡本質論，新詩格律要具備節奏、音頓、韻律、對偶等具體內涵。在格律論上何其芳、卞之琳、孫大雨持續最久、貢獻最大。

　　中國現代詩學史上，對新詩格律的倡導持續最長，今天看來也是成就最高的，是30年代的現代派。現代派是新月派倡導格律的延伸和發展。現代派繼承了新月派格律論的音組論，對格律的中外承傳作了更成熟的引入與理論研究，並持續半個世紀地致力於現代格律的建立和倡導，在中國現代詩學史上有著獨特的貢獻。

第一節　對中外格律理論的引入與研究

現代派對西方格律的介紹與研究，是以法國後象徵派、英美現代派為楷模的。

首先，對法國後象徵派和英美現代派格律思想的推崇與介紹。

梁宗岱在1928年寫的《保羅梵樂希先生》一文中，就法國後象徵派嚴守格律的追求作了極度的推崇。他認為「梵樂希（瓦萊里）是遵守那最謹嚴最束縛的古典詩律的」，「連文字已是最純粹最古典的法語」，「就是提倡自由詩最力的高羅德爾（Paul Claudel）也讚他不特能把舊囊裝新酒，竟直把舊的格律創造新的曲調，連舊囊也涮得簇新了。」梁宗岱把瓦萊里的這種追求理解為對浪漫主義的自由揮灑的反撥，認為他「這樣全副精神灌注在形式上面，自然與浪漫主義以來盛行的『靈感』說相去甚遠。」[1] 這裡顯示了梁宗岱對格律的極度重視，把它看作是詩的純粹、詩的精美的前提。梁宗岱這種倡導，點燃了現代派對中西格律重新評價的熱情。朱光潛對中國律詩研究和葉公超對中外格律的盛評，也相繼掀起現代派對中外格律重新重視的熱潮。

葉公超引述意象派首領龐德的話，讓人出乎意料地瞭解了英美現代派詩學中高度重視格律的思想：「美國詩人龐特（Ezra

---

[1] 梁宗岱，《保羅梵樂希先生》、《詩與真·詩與真二集》，外國文學出版社，1984年1月版，第24-25頁。

Pound）在自由詩最風行於美國的時候，曾在美國《詩刊》上發表《內在形式的必要》一文，他說：『我們有兩種形式上的出路，如沿用傳統的拍子（metre），我們的情緒與思想必然要像拍子一般的模型，否則我們就要創造自己的形式。但是，創造自己的形式是更苦的事，因為它必定要比傳統的形式更加嚴格，嚴格就是切近我們的情緒的性質。』[2]這段話讓現代派詩人為之一震：在輕視格律的意象派中，其首領龐德竟有如此嚴格的格律追求，這導致了30年代現代派在這條路上的跑步。

其次，對中國近體詩格律特徵的研究。朱光潛《詩論》[3]的研究表明，律詩作為一種嚴格的格律體，經歷了六朝的創造和唐代的經營；並認為從古詩19首到陶淵明是中國詩之第一個轉變，從謝靈運和「永明體」至明清，是第二個轉變即律詩之興盛；作為形式工美的律詩，特色在於音義之對仗，律詩形成過程中，賦的影響最大：義的排偶與音的排偶；就音而言，律詩音韻受到梵音反切的影響，齊朝已追求文詞見出音樂，最後達到音義合一。朱光潛描述的中國律詩由萌芽、產生到發展、成熟的歷史，昭示出這樣一個思想：一種詩體的成形成熟不是一個短的歷史時期可以完成的，成熟的過程是逐漸完善的過程，應該有一個純粹發展「音樂」的階段，比如律詩的「齊朝時期」，最後完成音義之完全統一的形式構建，律詩之精義在音義對應之和諧完美。

---

[2] 葉公超《論新詩》，《文學雜誌》，1937年5月，創刊號。
[3] 重慶國民圖書社，1942年版，係1935年在北大中文系的講稿，其中《論中國詩的頓》、《論中國詩的韻》1936年同時發表在《新詩》1卷3、4期，1947年增訂版《詩記》中專設了兩章，討論近體詩何以走上「律的路」。

再次，形式感、形式美成為中外格律研究中突出的理論核心，這種思想的萌芽，導致了對中西詩學素有研究的葉公超的極大興趣。

葉公超30年代在清華任導師，自新月派解體後他的詩學文章主要在梁宗岱主編的《大公報·文藝·詩特刊》和曹葆華主編的《北平晨報·詩與批評》這兩份現代派詩刊上發表，所論多是同步的艾略特、瑞恰慈理論，是思想上激進的現代派詩學家。他於1937年發表的《論新詩》[4]，被卞之琳稱為葉公超「最傑出的遺著，而且應視為中國新詩史的經典之作。」[5]

《論新詩》對中西格律的地位認識尤為深刻：「我們可以肯定地說，格律是任何詩的必需條件，惟有在合適的格律裡我們的情緒才能得到一種最有力量的傳達形式」。這是現代派對詩的形式地位明確的高度評價，沒有格律就沒有詩，這就把自由詩、非格律詩排斥在外。排斥的意義是什麼？是錯誤的武斷還是片面的深刻？從葉公超文中來看，實在是對新詩不能成形的針砭。這種不能成形的原因，在葉公超看來就是沒有格律。這一點，朱光潛曾說出了大家的心裡話：「許多舊詩是我年輕時讀的，至今還背誦得出來，可是要叫我背誦新詩，就連一首也難背出。」原因在什麼呢，沒有「音律」。朱光潛這裡的「音律」也就是格律。[6]

---

[4] 《文學雜誌》創刊號，1937年5月。

[5] 卞之琳，《紀念葉公超老師》、《回憶葉公超》，上海學林出版社，1993年8月版，轉引自陳子善《葉公超批評文集·編後記》，珠海出版社，1998年10月版，第273頁。

[6] 朱光潛，《新詩從舊詩能學習得些什麼》，《光明日報》，1956年11月

　　何其芳也表示過類似的看法。[7]朱光潛就此認為關鍵是格律本身的價值：「七律、商籟之類軀殼雖不能算是某一詩的真正形式，而許多詩是用這些模型鑄就的都是事實。」「七律、商籟之類模型的功用在節奏的規律化」，「這些模型是每個民族經過悠久歷史所造成的，每個民族都出諸本能地或出諸理智地感覺到叫做『詩』的那一種文學需要經過這些模型鑄就。」

　　上述諸說通過新詩創作實踐的教訓，充分肯定了中外格律的地位、價值、功能、作用，對中外格律的理論核心即形式美作了充分的肯定。

　　第四，現代派還研究了這種形式美的內涵。正如樂譜無國界一樣，中西詩在格律形式上，潛有人類對語言音樂美共同的標準。葉公超認為，「西洋詩的一切技巧，無論是音節方面的，語詞方面的，或形式方面的（如某種材料最適合某種節拍等等）在中國詩詞裡都有類似的例子。」「彷彿Arther Waley曾說過，確實能欣賞西洋詩的人也必然能欣賞中國詩。」在葉公超看來，這種形式美就是「節奏」、「音頓」、「文字」、「聲音」、「對偶」、「均衡」之「和諧」。這是對中西格律詩內在規律的科學總結。

24日。

[7] 何其芳，《關於現代格律詩》，《何其芳文集》第四卷，人民文學出版社1983年版。

第二節　現代派的格律理論

　　現代派的格律理論有兩個側面，一是格律美的本質，一是新詩格律的具體內涵。

一、現代派關於格律美本質之理論

　　格律為什麼美？對於詩它有什麼作用？格律與非格律的詩史運動規律何在？葉公超、梁宗岱、何其芳、卞之琳都作了具體的探討。

　　首先，葉公超的均衡說。

　　格律美在「均衡」，這是葉公超對格律美本質的理解。他說：「均衡原則是任何藝術中最基本的條件，而包含對偶成分的均衡尤其有效力。重複律一方面增加元素的總量（Massiveness），一方面產生一種期待的感覺。使你對於緊跟著的東西發生一種希望，但是趁你希望的時候卻又使你失望。腳韻的功用往往如此。西洋詩裡也有均衡與對偶的原則」，「均衡與對偶的原則可以產生無窮的變化，它並不是一個刻板的東西。」[8]

　　葉公超的「均衡」美有多種內涵，一是美在和諧的思想，二是聲、韻、意象之「對」「應」的思想，三是對偶，四是韻的審美心理意義，五是「均衡」是多樣的。

---

[8] 葉公超《論新詩》，《文學雜誌》，1937年5月，創刊號。

　　「均衡」指的是格律美的本質；聲、韻、意象之「對」「應」，對偶，韻之重複是「均衡」的內容。前者規定後者，後者實現前者。聲的對應，在漢語近體詩中是平仄的對應；在英、法、俄語詩中是輕重的對應，在法語詩中是音頓的對應。韻的對應，既有腳韻的呼應，也有「抱韻」（「交韻」）、「陰韻」、行中韻的對應。葉公超在《論新詩》中還引劉勰關於音律之理論以證其言：「異音相從謂之和，同聲相應謂之韻。韻氣一定，故餘聲易遣。和體抑揚，故遺響難契。屬筆易巧，選和至難。」[9]意象與意象的對應，已超出聲韻的範圍，西語詩也不少；漢語詩中之「對偶」，已超出西語詩意象對應的範圍，涉及對偶兩聯之意義、詞性、句式、意象，甚至平仄，韻與韻的重複，等等。這些都構成了「均衡」，既有句（行）的均衡，也有全詩的「均衡」，既有「意」的「均衡」，更有「聲」的「均衡」。這種「均衡」一般不是重複而是對應，平對仄，虛對應，等等，從而形成「和諧」的境界。

　　葉公超說到「韻」在詩裡的審美心理意義，他把它叫做重複律。在韻與韻的重複中，由於「期待」的規律性，讓心理在期待、滿足，再期待、再滿足中實現對和諧的完成，從而達到對美的感受。重複的規律和規律的變化，導致詩韻的多樣化。例如除了以腳韻為主外，古今中外都有「抱韻」（「交韻」）即前後兩句（行）尾首字相押，陰韻即兩字詞腳韻，行中韻等等，從而讓這種心理期待與滿足變得錯落有致，不僅和諧多

9　劉勰《文心雕龍・聲律》，范文瀾《文心雕龍注》，人民文學出版社，1958年9月版，第589頁。

樣，而且音樂性大大增強，讓詩更靠近語言的音樂美。葉公超所說的「重複律一方面增加元素的總量（Massiveness），一方面產生一種期待的感覺。」就是如此，最終靠近的還是和諧。

「和諧」是中外遠古哲人共同對美的看法。古希臘畢達哥拉斯派主張的「和諧起於差異的對立」、「音樂是對立因素的和諧的統一」[10]。古希臘赫拉克利特所說的「自然是由聯合對立物造成最初的和諧」，「藝術也是這樣造成和諧的」，「不同的音調造成最美的和諧」[11]。強調的是美在於和諧，和諧在於對立的統一。中國古代《尚書》提出的「神人以和」[12]涉及人神通過音樂以致和諧之思想。《國語》裡強調的和是「夫政象樂，樂從和，和從平。聲以和樂，律以平聲。」[13]對聲、律、樂、政之和的論述。老子所謂「有無相生，難易相成，長短相形，高下相傾，音聲相合」[14]的對立統一以達和諧的思想。《樂記》裡所謂：「大樂與天地同和」、「樂者，天地之和也」。[15]孔子「《關雎》樂而不淫，哀而不傷」[16]、「質勝文則野，文勝質則

[10] 尼柯瑪赫《數學》，朱光潛譯，北京大學哲學系美學教研編《西方美學家論美和美感》，商務印書館，1982年5月版，第14頁。

[11] 《古希臘羅馬哲學》，三聯書店1957年版第19頁，轉引自北京大學哲學系美學教研室編《西方美學家論美和美感》，商務印書館1982年5月版，第15頁。

[12] 《尚書》，阮元刻《十三經注疏》，中華書局1980年10月影印本，第131頁。

[13] 《國語·周語下》，轉引自北京大學哲學系美學教研室編《中國美學史資料選編》上冊，中華書局1980年9月版，第7頁。

[14] 《老子·二章》，任繼愈譯著《老子新譯》，上海古籍出版社，1985年5月第2版，64頁。

[15] 《禮記·樂記·樂論篇》三、四，吉聯抗譯注《樂記》，人民音樂出版社，1958年3月版，第11、13頁。

[16] 《論語·八佾》，楊伯峻譯注《論語譯注》，中華書局，1980年12月第

史。文質彬彬，然後君子」[17]強調的和諧，乃至中國哲學裡強調的「天人合一」，都主張樂在和諧、美在和諧。格律詩不過是把和諧的美演化成聲、韻、意象、句的對立統一和諧而已。可見，和諧這個本質你逃不掉，詩史發展的歷史不過是人類不斷窮盡這個本質的過程而已。由先秦四言，至漢代19首詩，而六朝永明體而唐代成熟，近體詩的格律史就是歷代詩人、詩學家對和諧的尋求和創造成型的歷史。[18]

其次，其他諸人的看法。

現代新詩應走向和諧之說，起於與浪漫派產生了分離傾向的聞一多、穆木天。聞一多強調的「節的勻稱」「句的均齊」[19]，穆木天強調的「詩的統一性」，「連續性」，「詩是數字的而又是音樂的」[20]都是對自由詩不和諧的反思。

朱光潛30年代對中國詩進行了分析，他的《論中國詩的韻》[21]、《論中國詩的頓》[22]提倡格律，提出了韻對於全詩的「團聚」作用即形成「完美」，強調的是和諧。梁宗岱對瓦萊里「格律」詩之推崇，認為至純至古，強調的也是和諧[23]，何其

2版，第30頁。

[17] 《論語‧雍也》，楊伯峻譯注《論語譯注》，中華書局，1980年12月第2版，第61頁。

[18] 涉葉公超所謂格律——非格律——格律的變化規律，見其《論新詩》，《文學雜誌》，1937年5月，創刊號。

[19] 聞一多《詩的格律》，《晨報副刊‧詩鐫》第7號，1926年5月13日。

[20] 穆木天《寄沫若的一封信》，《創造月刊》，1卷1期，1926年3月1卷1期。

[21] 《新詩》1卷2期，1936年11月。

[22] 《新詩》1卷4期，1937年1月。

[23] 梁宗岱《保羅梵樂希先生》，《詩與真‧詩與真二集》，外國文學出版社，1984年1月版。

芳強調寫「完美的詩」[24]，一直到50年代他不遺餘力地倡導「現代格律詩」[25]，都體現了他對詩的格律、詩的和諧的追求。卞之琳這種追求直到生前。他從30年代的創作體現的和諧追求直到從50年代到80年代的《哼唱型節奏（吟調）和說詩型節奏（誦調）》[26]、《談詩歌的格律問題》[27]、《與周策縱說新詩格律信》[28]、《今日新詩面臨的藝術問題》[29]、《新詩和西方詩》[30]、《說「三」道「四」，讀餘光中〈中西文學之比較〉，從西詩、舊詩說到新詩律探索》[31]，強調的都是新詩要有格律，要講究音以及義的對稱和諧。

　　既然格律美在和諧，那麼它於詩的意義應該非常重要，但新詩的歷史卻寫出了不和諧音。新詩自胡適發難，相當長一個時期內不被讀者看好，原因是多方面的，有形式、有內容，涉及詞彙、語言、詩藝等等。但所有問題歸根結底在於不如舊詩形式美，致以新詩日益尷尬。而舊詩美就美在其格律的和諧美。

　　這種新舊詩形式之美比，有一個很準確的例證，這就是戴望舒對林庚的批評。

　　這裡首先涉及到對戴望舒形式論的瞭解。[32]

[24] 何其芳《燕泥集·後話》《新詩》，1卷1期，89頁，1936年10月。

[25] 何其芳《關於現代格律詩》，《何其芳文集》第5卷，人民文學出版社，1983年9月版。

[26] 《作家通訊》1954年第9期。

[27] 《文學評論》1959年第2期。

[28] 香港《八方》文藝叢刊，第1輯，1979年9月出版。

[29] 《詩探索》1981年第3期。

[30] 《詩探索》1981年第4期。

[31] 香港《文匯報》，1983年9月18日《文藝》版。

[32] 曹萬生，《戴望舒的詩歌創作》，唐正序、陳厚誠主編《20世紀中國文

　　戴望舒前期受法國象徵派魏爾倫影響時，「音樂先於一切、絞死雄辨」，寫出了《雨巷》這類形式感很強被稱作「替新詩的音節開了一個新的紀元」[33]的代表作，但從《我的記憶》後，他開始疏離魏爾倫，逐步傾向古爾蒙、耶麥、保爾‧福爾，這「正是他放棄韻律，轉向自由詩體的時候。」[34]這時候他看重的只有純詩的詩質，後來更轉向了超現實主義。應該說，戴望舒在新詩形式上走了一條從前期重形式到後期的反形式的道路，正如他後期在《詩論零札》中所宣布的：「詩不能借重音樂，它應該去了音樂的成分。」「韻和整齊的字句會妨礙詩性。」[35]

　　在詩的形式論上，戴望舒是現代派詩人中的一個例外，因為其他大多數人都走向了鼓吹格律化的道路。

　　正是在這個時期，戴望舒的《談林庚的詩見和「四行詩」》[36]對同是現代派詩人的追求形式的林庚作了批評。這個批評的要旨在於指出新舊詩最本質的是「永遠不會變質的『詩之精髓』」，林的詩缺乏這種「詩的精髓」，因而不能是現代的詩，「只是拿著白話寫著古詩。」但有趣的是，在本文中，戴望舒卻反證了詩形式的美對詩增加了美的原理，這就是戴望舒文中的古詩今譯和新詩舊譯的昭示。關於這個例證，本文在第八章《形式論》中已經舉出，這裡想對這個例證作進一步論

　　學與西方現代主義》，四川人民出版社，1992年12月版。

[33] 葉聖陶語，轉引用杜衡《望舒草‧序》，現代書局1933年版。

[34] 施蟄存，《〈戴望舒譯詩集〉序》，湖南人民出版社。

[35] 戴望舒，《望舒詩論》，《現代》，1932年11月，2卷1期。

[36] 《新詩》1卷2期，1936年11月。

述：舊格律形式美永存，格律對於新詩有極重要的形式美意義，新詩應借鑒並改造這種格律形式。

一則，戴望舒把李商隱的七絕《日日》譯成新詩，一讀便覺得跟林庚的新詩一樣，證明了古詩格律美在形式，沒有了七絕這種形式，李商隱的詩便失了原來的精美，平仄與音韻，以及意象疊加的妙趣。戴望舒所譯的新詩如果編入林庚的詩集，就「很少有人看得出這不是林庚先生的作品」，也就是成了三流詩人的詩，李商隱由唐代一流詩人變成現代三流詩人，原因在於失去了形式美的裝扮，這反證了七絕格律詩美在形式的真相。這也正如何其芳所說：「如果把我們古代的許多膾炙人口的詩錄，去掉了它們原來的格律，改寫為類似現在一般的自由詩的樣子，它們一定會減色不少。」[37]

二則，這種格律的形式美超過了新詩，新詩應借鑒並應創造出新的格律。戴望舒的譯文三、四、五，貌似一看，頗得七絕、律神韻。《美之曲》這首七律，平仄對應，韻步原韻，且三四、五六聯互相對仗工整，加之三首詩有戴望舒所說的「古詩的氛圍氣」，即興趣、意象之相近，因而似是古人所作七絕、律，散發出強烈的形式美味道。如果不告訴背景，恐怕很難有人認為是新詩的古譯，特別是兩首七絕《偶得》與《古城》。這說明，新詩可不可以把格律創造得更具有形式感呢？現在討論新詩格律，還基本停留在音頓、腳韻上。作為新詩格律，如何能把現代漢語的美點研究透析，然後從音、義、音義

---

[37] 何其芳，《關於現代格律詩》，《何其芳文集》第5卷，人民文學出版社，1983年9月版，第4頁。

同一，甚至包括音頓數的規定，以形成一種充分發揮了形式各方面美感的新體格律詩的模式呢？我們不容諱言，林庚這三首詩，古譯比新詩確要美。這一方面由於林庚的詩缺乏現代生活氣息，戴望舒已批評了這一點，另一方面更說明了新詩還須努力在格律化方面作更多的工作。

上述例證還派生出一個對新詩形式反思的另一個問題：作為反格律的新詩，最終應該走向格律化，甚至最終又由格律到反格律到格律……這會是詩史發展的規律。

新詩之要走格律化道路，不是新詩人願不願意的問題，而是新詩歷史要證明的必然。這個必然化成新月派的發難，現代派的堅持與努力，已經成為新詩中一股不可阻擋的形式潮流。聞一多的《死水》集，孫大雨的《自己的寫照》，卞之琳的大多數詩，何其芳、戴望舒、金克木、林庚、廢名、梁宗岱的部分詩，都是現代格律詩的形態。特別是卞之琳的《斷章》一類詩，背誦者眾，耐人咀嚼，並且又絕對是現代的詩情。這正如葉公超所說的，「格律是任何詩的必需條件，惟有在適合的格律裡我們的情緒才能得到一種最有力量的傳達形式，沒有格律，我們的情緒只能是散漫的、單調的、無組織的，所以格律根本不是束縛情緒的東西，而且根據詩人內在的要求形成的。假使詩人有自由的話，那必然就是探索適應於內在的要求的格律的自由。恰如哥德所說，只有格律能給我們自由。」[38]

---

[38]　《論新詩》，《文學雜誌》，1937年5月，創刊號。

　　這也正如何其芳所大聲疾呼的「我們實在需要有一些有才能的作者來努力建立現代格律詩，來寫出許多為今天以至將來的人們傳誦和學習的新的格律詩了。」[39]

　　事實上，格律具有形式美，能把詩情組織精美，它不是束縛詩情而是美化、集中、凝煉詩情，只能給詩情增加美感。正如葉公超自己理解的，「以格律為桎梏，以舊詩壞在有格律，以新詩新在無格律，這都是因為對於格律的意義根本沒有認識。好詩讀起來——無論自己讀或聽人家讀——我們都並不感覺有格律的存在，這是因為詩人的情緒與他的格律已融成一體，臻於天衣無縫的完美。」[40]因此，葉公超在展望新詩前景時，認為只能經過一次格律化才能讓新詩臻於成熟。他大膽斷言：「一種文字要產生偉大的詩，非先經過一個嚴格的格律時期不可。」在現代詩學史上，只有葉公超把這個結論說得這樣武斷。葉公超此言距今已有65年了，新詩還沒有實際經過這樣一個時期，新詩已經到了幾乎只有寫詩者讀的尷尬境地了，這是不是反證了葉公超之論的正確呢？

　　從非格律到格律再到非格律再到格律，這是詩史發展的規律。中國漢詩由古體到近體是非格律到格律，由近體到詞、散曲是格律到非格律，由詞、曲再回到近體是重返格律（明、清），由江西詩派到白話詩是由格律到非格律，由初期白話詩到新月派、現代派，何其芳卞之琳不遺餘力的堅持，是走向

---

[39] 何其芳《關於現代格律詩》，《何其芳文集》第5卷，人民文學出版社，1983年9月版，第7頁。
[40] 《論新詩》，《文學雜誌》，1937年5月，創刊號。

新詩格律化進程中的一步。從古體到近體確定，有數百年的歷史，新詩格律化要多少年呢？「格律的觀念成立以後，也許就有反格律的運動起來」，周而復始。之所以周而復始，還是社會生活發展所決定的，站在過程這個歷史性質上看，新詩之有格律乃是必然。

二、現代格律詩的內涵

論了現代派關於格律美本質的理論後，進一步探討其現代格律詩的內涵就顯得更為具體可行了。

現代格律體應包含哪些內容？綜合現代派詩人和詩學家的看法，現代格律體應含：節奏、音頓、韻律、對偶。這比聞一多的格律少了平仄、繪畫美等部分內容，但卻更靠近現代詩日益變化的形式特點。

有必要先回顧一下聞一多關於格律的理論。聞一多的格律分兩方面：視覺方面和聽覺方面。視覺方面講是「節的勻稱，句的均齊」，講的是詩的每節，行數要一致或變化有規律，每行的字數要一致或有規律。聽覺上講的是，「有格式，有音尺，有平仄，有韻腳」，這格式是什麼呢？也就是視覺上的「節的勻稱，句的均齊」。在此基礎上他提出了「三美」主張，即「音樂的美（音節），繪畫的美（詞藻）」，「建築的美（節的勻稱和句的均齊）」。[41]這音樂的美即所說的音尺，韻

---

[41] 聞一多《詩的格律》，《晨報副刊・詩鐫》第7號，1926年5月13日。

腳，平仄。音尺即兩字或三字的詞或詞組。聞一多的《死水》基本上遵守這一規定，但平仄在創造中幾乎沒有注重。這第一階段的格律就剩下音頓、韻節、節的的勻稱和句的均齊，以及部分詩在詞藻上的色彩感。

聞一多的格律理論和詩作以後，30年代現代派詩人和詩學家中作了兩方面的批判繼承。一方面是施蟄存，杜衡等人的反對和戴望舒的揚棄。如施蟄存諷刺提倡新詩格律「與填詞有什麼區別呢？」[42]杜衡認為，這是「又拚命把自己擠在新的圈套」。[43]戴望舒則由《雨巷》的音樂化轉向《我的記憶》以後的自由體口語詩[44]，轉變後還寫出《望舒詩論》，針對聞一多的「三美」，主張「詩不能借重音樂，它應該去了音樂的成分。」「詩不能借重繪畫的長處。」「單是美的字眼的組合不是詩的特點。」[45]另一方面，則發展為梁宗岱、卞之琳、何其芳、金克木、林庚、葉公超、朱光潛一大批現代派詩人詩學家的執著追求和探索，包括卞之琳、何其芳的類似創作的實踐。有論者只看見前者，看不見後者，認為30年代的「現代派」對新詩格律化「進行了卓有成效的糾偏」[46]，這個論斷與上述的理論史實是不一致的，是片面的。

---

[42] 施蟄存，《又關於本刊的詩》，《現代》，4卷1期，第6頁，1933年11月。

[43] 杜衡，《望舒·草》，現代書局，1933年8月版。

[44] 曹萬生，《戴望舒的詩歌創作》，唐正序、陳厚誠主編《20世紀中國文學與西方現代主義》，四川人民出版社，1992年12月版。

[45] 戴望舒《望舒詩論》，《現代》2卷1期，第92頁，1932年11月1日。

[46] 見陳旭光《中西詩學的會通——20世紀中國現代主義詩學研究》，北京大學出版社，2002年1月版第4章第3節。

現代派上述第二方面的發展，是現代派持續時間最長、理論貢獻最大的一個發展。這個方面，對現代詩學作了認真深入的思考，並結合中外詩學的理論，作出了新的創新。

首先，是現代格律詩應採用什麼節奏的問題。

這有有三種主張，一是歌唱的節奏，二是說話的節奏，三是二者兼有。

朱光潛主張用歌唱的節奏，用他的話來說叫做「拉調子」，指的是讀五言詩時讀為三頓，即2－2－1，最後一個字拖長成調[47]，同時主張新詩也可採用這種方法來體現節奏。

葉公超主張採用說話的節奏。他在《論新詩》裡批評徐志摩想創出一種唱新詩的調子的方法，明確認為「新詩的節奏根本不是歌唱的，而是說話的」，並認為「這種說話的節奏，運用到詩裡，應當可以產生許多不同的格律。」葉公超與朱光潛的不同點，是考慮到現代漢語本身雙音節詞、多音節詞頻繁增多的特點，五七言在補充單音節詞可以拖長，而現代漢語則因為以雙音節詞居多，所以用古詩方法作節奏模式已不適應新詩現實。但葉公超又提出了新詩可採用「輕重重、輕重重輕、重重輕、輕重輕、輕輕重重、重重輕輕、輕重、重輕」等等節奏方式，這個理論套用西語，在現代漢語中幾乎沒人試行過。

第三種看法是卞之琳在新詩發展到50年代時反思詩的非形式傾向和近體格律的特點時提出的，卞之琳把這兩種節奏方式叫做「哼唱型節奏（吟調）」和「說話型節奏（誦調）」。卞

---

[47] 朱光潛，《與羅念生先生論節奏》，《新詩》，1937年3月，1卷5期。

之琳在分析了幾首新詩並結合古代的二、四、五、七言體的特點得出的結論是:「一首詩從兩字頓收尾占統治地位或者佔優勢地位的,調子就傾向於說話式(相當於舊說「誦調」),說下去;一首詩以三字頓收尾占統治地位或者佔優勢地位的,調子就傾向於歌唱式(相當於舊說的『吟調』),『溜下去』或『哼下去』[48]。卞之琳這個理論的提出有兩點意義:一是照顧到三字詞的出現。他以王希堅的詩為例。點出了「千里香」、「好姑娘」、「柳樹旁」這種三字詞,將其並作一頓;二是暗示出,偶字詞用誦調,奇字詞用哼調的思想,照朱光潛單字詞結尾用哼調、葉公超雙字詞結尾用誦調,這裡三字詞用哼調,暗含了現代格律體這一規律性。卞之琳沒有點明,但例析已成立了。卞之琳還明確地反對王希堅以重音為節奏單位的方法,這也是對葉公超主張的一個反駁。

現代派在節奏性質上的思考並沒有完成,但其思路已經具備了規律性和可操作性。大多數新詩還是以誦調來寫、讀。

其次,音頓問題。

在這個問題上,現代派詩人和詩學家的看法大體近似。都認為現代漢語中一個相對獨立的讀音單位即二、三字詞或詞組作為新詩格律的基本單位,這個單位即近體詩中五言的三頓、七言的四頓一樣的「頓」。關於這個音頓,梁宗岱叫「停頓」,他認為與英德詩講輕重言不同,新詩應同法文詩一樣強調言頓

---

[48] 卞之琳,《哼唱型節奏(吟調)和(誦調)》《作家通訊》,《作家通訊》1954年第9期。

的「數」[49]。朱光潛把它叫做「頓」[50]，羅念生叫做「音步」或
「拍子」[51]，葉公超叫做「音組」[52]，卞之琳叫「音步」[53]，何其
芳叫做「音頓」[54]。對這一概念首次作了重要的理論規定的，是
何其芳。何其芳以前的諸種說法，都由於不是專門的研究失之簡
略而不專門。何其芳首先論證「言頓」在格律中的地位。他認
為，格律詩與自由詩最根本的區別是在「格律詩的節奏是以很有
規律的音節上的單位來造成的，自由詩則不然。」這裡的音節，
指的就是語言的停頓。押韻與否對於格律體不是根本的區別，他
舉英德格律體中的無韻詩說明這一點，同時舉自由詩押韻來反證
這一點，認為格律體押韻也要有規律。這樣，何其芳就從理論上
把音頓之於格律的絕對地位作了結論，這廓清了許多誤解和混
亂。其次，何其芳正面解釋了「音頓」的內涵。他寫道，「我說
的頓是指與古代的一句詩和現代的一行詩中的那種音節上的基本
單位。每頓所占的時間大致相等。」第三，不能以五七言體來寫
現代格律詩，因為語言發生了變化。第四，每行的收尾應該基本
上是兩個字的詞，他以聞一多《死水》為例分析了這個論點，這
實際與上文所說的葉公超、卞之琳的看法暗合。第五，「應該是

[49] 梁宗岱，《論詩》，《新詩》，1936年11月1卷2期。
[50] 朱光潛，《論中國詩的頓》，《新詩》，1936年12月，1卷3期。
[51] 羅念生，《節律與拍子》，《大公報・文藝75期・詩特刊》，1936年1
月10日。
[52] 葉公超，《論新詩》，《文學雜誌》1937年3月創刊號。
[53] 卞之琳，《完成與開端：紀念詩人聞一多八十生辰》，《文學評論》，
1979年第1期。
[54] 何其芳《關於現代格律詩》，《何其芳文集》第5卷，人民文學出版社，
1983年9月版，第13頁。

每行的頓數一樣」或「有規律，每行所占時間大致相等。」四、五兩點即現代格律體的核心主張，達到了這一標準就應該是現代格律體。第六，「有規律地押韻。」第七，格律規定先不要太繁瑣，他認為聞一多為了「節的勻稱」、「句的均齊」強求每行字數一樣的做法束縛了多樣性。最後，他認為關鍵在於詩人的實踐，「主要依靠它才能把我們的新詩的格律確定下來，並且使之完美。」[55]。何其芳的上述理論，是對現代派的長期探索的音頓的理論的科學總結和理論規定，至今仍具有指導意義。

再次，韻律的問題。

韻律在格律中的地位，何其芳作了上述的原則探討，但現代格律體由於在形式上弱於近體詩，比如不講聲（平仄）的對應，沒有嚴格的字的規定，沒有對仗等等，因此強化音韻是非常必要的。幾乎所有的詩人，詩學家都主張用韻。這一點，筆者已有《現代派音樂論》一章已有論述。在此值得特別提到的是卞之琳對中西詩多種用韻方式的介紹和主張，他認為「交韻或抱韻」、「陰韻」、換韻、腳韻、行中韻等多種方式都可以採用。他對被80年代詩壇視為第一首朦朧詩的杜運燮的《秋》的換韻分析，[56]，就體現出這一思考。

第四，對偶的問題。

這個主張在現代派詩人詩學家中為數不多，其中只有葉公超最為醉心。葉公超的《論新詩》從他格律美在「均衡」的

---

[55] 何其芳，《關於現代格律詩》，《何其芳文集》第5卷，人民文學出版社，1983年9月版，第13-19頁。

[56] 卞之琳《今日新詩面臨的藝術問題》，香港《抖擻》1981年1987年第5期。

標準出發，主張現代格律詩應承傳近體詩中的對仗優點予以繼
承。他分析了金克木的《懺情詩》最後一段和徐志摩《我等候
你》開頭十行中體現的對偶的美。在金克木的詩中「怨風，怨
雨、怨無情的露滴」一行，「怨風」、「怨雨」「均衡」，第
三個「怨」又與前一、二「怨」構成「均衡」；二、三行「不
信露是天的淚，／給人的淚是露吧」，是對偶又是均衡，「不
信」與「信」是對，「露是天的淚」和「人的淚是露」是對偶
與均衡等等。徐志摩詩中「我的心震育了我的聽」，是「我的
心」與「我的聽」相對，同時發生韻；六行末和七行：

希望
在每一秒鐘上允許開花

和四行後的

希望在每一秒鐘上
枯死——你在哪裡？

葉公超認為二者互為均衡對偶，以「開花」對「枯死」，枯死
在一行的開始，使人在抬頭轉行之間突然發現它，記憶中卻仍
著「『希望在每一秒鐘上允許開花』的回音。」葉公超認為：
「這幾行中的情緒的轉變可以說是完全靠均衡與對偶的力量產生
的。」葉公超的這個理論有生長的潛力。首先，這種現象在新詩
中經常出現，賀敬之、郭小川的詩就大量採用，徐志摩、何其

芳、卞之琳、戴望行也不少。其次，它的成熟化有賴於格律完善過程中去解決、最後可能形成西語詩中那種意象對偶的效果。

現代派對中外格律理論的借鑒，目的是為了創建現代格律體詩。如果我們站在歷史長河中來觀察現代派的這一努力，可以看到類似於齊朝的身影。照這個規律運行下去，新詩的「唐代」是會出現的。

第三篇

批評篇

第十一章
批評論

　　30年代正是西方新批評開始崛起走紅的時期。由於新批評與知性理論的原創對象的同一性，這一詩學思想同時引起了現代派中的清華大學學者葉公超、曹葆華的關注，他們對艾略特和瑞恰慈的新批評理論進行了較為全面的引入和研究，並同時運用其理論進行了少量的批評實踐，構成了這一前衛學者介入的奇觀。這部分內容迄今少人清理和研究。現代派面上的批評主要還是傳統的詩人論，現代派的批評促進了自身的詩學水平。

第一節　現代派對新批評理論的介紹和引進

　　30年代現代派的曹葆華對引入新批評理論作了開拓性的工作。簡略清理下來，有如下文獻：瑞恰慈的《關於詩中文字的運用》[1]、艾略特的《批評中的實驗》[2]、瑞恰慈的《實用批

---

[1]　《北平晨報・詩與批評》14期，《北平晨報》1934年2月12日，收入《科學與詩》名《生命的統治》。

[2]　《北平晨報・詩與批評》20、21期，《北平晨報》1934年4月12日、4月

評》³、艾略特的《批評的功能》⁴、瑞恰慈的《科學與詩》⁵、瑞恰慈的《現代詩論》⁶。

在《實用批評》⁷中，瑞恰慈否定了傳統批評的不精確性和不科學性，開創了新批評的科學實驗的先河。瑞恰慈認為從亞里士多德「詩是一種模仿」到「詩是一種表現」都是一些含糊不清的「指路標」，對詩的理解各個以意為之，不能解釋詩。詩的批評成了因人而異缺乏標準的臆說。他在詩學史上第一次實驗了他的新批評方法：把詩作者匿名後將作品交給學生評論，結果學生評的詩五花八門，與傳統詩史上的評價相差天壤。這個實驗讓瑞恰慈提出詩的批評十難的命題：首先是關於求得詩之表面意思而有的困難；第二是感官上理會的困難；第三是意象特別是視覺意象在詩中的誦讀中所占的地位；第四是記憶上的無關之強烈而又普遍的影響；第五是批評的陷阱；第六是濫用感情；第七是壓抑感情；第八是教義上的附屬；第九是技術上的主觀；第十是一般的批評的成見。該文創建了「細讀法」，提倡文本中心，提倡形式研讀，為新批評理論提供了令人信服的依據。這就是瑞恰慈的純批評（Purer Criticism），

23日。

³ 《北平晨報‧詩與批評》24、25期，《北平晨報》1934年5月22日、6月1日。

⁴ 《北平晨報‧詩與批評》24、25期，《北平晨報》1934年5月22日、6月1日。

⁵ 商務印書館，1937年4月版。

⁶ 商務印書館，1937年4月版。

⁷ 《北平晨報‧詩與批評》第22期、23期，《北平晨報》1934年5月3日第13版，1934年5月14日第11版，後收入《現代詩論》，商務印書館，1937年4月版，譯自Practical Criticism。

他認為在研究作品和人生等一系列問題前，先應搞純批評[8]。瑞恰慈的這種「客觀主義批評」（Objectivism）被後來的新批評主將蘭色姆稱為本體論批評。瑞恰慈的這種形式批評，是他把文論科學化的體現。為此，瑞恰慈甚至把文學批評稱為「應用科學」[9]。瑞恰慈開了這個先河。

曹葆華翻譯的愛略特的《批評中的試驗》[10]是呼應瑞恰慈《文學批評原理》與《實用批評》的專論。由於瑞恰慈這本書在關於詩的起源的理論中，回到言詞的起源，艾略特認為過去的批評「一切名詞沒有精確的界說……現在急切地需要一種新的批評之實驗。這種批評包括著對於所用的名詞加以一種邏輯的與辯證法的研究」。他還呼喚語言學家的介入，邏輯學家和心理學家的介入，然後高度評價了瑞恰慈的工作。艾略特是從詩人的角度來呼應的，這就讓瑞恰慈的理論具有了操作性和可信性。艾略特的主張是讓批評回到科學這一主張的具體化。

瑞恰慈語義學中對新批評發展起了最大作用的是在《修辭哲學》（1936）中對語境（context）和比喻的著名論述，30年代現代派當時沒有介紹進來。

曹葆華在30年代把新批評的理論介紹進來，對現代詩的發展起到了很大的歷史作用，導致了30年代後期到40年代學院派新詩如中國新詩派（九葉派）新詩在語言上的進步。這種

---

[8] I.A.Richards，《Principles of Literary Criticism》1924，p.254。

[9] I.A.Richards，《Principles of Literary Criticism》1924，p.8。

[10] 《北平晨報·詩與批評》第20期、21期，《北平晨報》1934年4月12日第11版，1934年4月23日第13版，後收入《現代詩論》商務印書館1937年4月版。

進步，正如新批評研究的著名學者趙毅衡所說的：「二十世紀上半期中西文學關係，是個尚待勘探的富礦區。尤其新批評與中國現代文學的直接接觸，可謂源遠流長……瑞恰慈，數次留在中國執教……當時有幾本新批評的書，在北京無法找到，竟然在一個大學圖書館裡找到了曹葆華三十年代初的譯本，我非常吃驚：如果當日的風氣得以堅持，還輪到半個世紀後來研究？」[11]。

嚴格說來，30年代現代派對新批評的引入影響還僅處於學院這種學術領域，這跟對象徵派、意象派、英美現代派的引入不同，因為後者同非學院的創作界聯繫密切。因此新批評的影響當初只限於學界而不是詩界。40年代在詩創作中的影響，也是由學院派詩人波及出去的，並且這種波及也只在學院派中流行。這是與現代派的其他西方詩學的引進不同的。

學界的影響，就詩學理論來看，葉公超、錢鍾書都對新批評進行了評介和運用。錢鍾書的工作主要在40年代，同時，他不是現代派人，這裡不予討論。

葉公超對新批評很有興趣有兩個體現，一是對瑞恰慈的新批評理論推薦的熱情，二是用了一些新批評的概念來進行批評。應該說葉公超是30年代最新批評來進行實際批評和普及宣傳的熱心人。

---

[11] 趙毅衡，《新批評：「起跳的方式之一是」》，《中華讀書報》2002年7月10日第17版。

　　葉公超在曹葆華譯《科學與詩》的序[12]裡，對瑞恰慈的新批評理論作了如下概括和評價。一是認為瑞恰慈批評在於「細微」，他說「瑞恰慈（I.A.Richards）在當下批評裡的重要多半在他能看到的許多細微問題，而不在他對於這些問題所提出的解決方法。」二是認為瑞恰慈的思想源頭在柯爾律治，但科學的內涵已在巨大的變化，特別是心理學、邏輯學、語言學。在這裡，葉公超與錢鍾書有類似之處：新批評抨擊瑞恰慈把心理學引入文學批評，但他們對瑞恰慈的理解，不純粹是從新批評角度來理解的，當然，葉公超不像錢鍾書那樣對瑞恰慈的心理學醉心，但也說明他們對瑞恰慈的接受是有選擇的，不是純粹的新批評式的。三是認為瑞恰慈的目的在於「一方面是分析讀者的反應，一方面是研究這些反應在現代生活中的價值。」這主要說的是瑞恰慈的文學批評價值觀，但這一點同瑞恰慈的整體貢獻相比，並不是最重要的思想。從葉公超的評論可以看出他對瑞恰慈新批評的看法，主要在於細讀，二是在於詩對於生活的意義。可見葉公超對瑞恰慈的理解還沒有後來的新批評理解深入，對瑞恰慈的其它批評理論還沒有更多的涉及。但葉公超最後的看法很有詩學批評轉折的指向意義：「我希望曹先生能繼續翻譯瑞恰慈著作，因為我相信國內現在最缺乏的，不是浪漫主義，不是寫實主義，不是象徵主義，而是這種分析文學作品的理論。」說明葉公超已經敏銳地感覺到一個新的批評方法和新的批評潮流正在西方興起，他認為中國應該迎頭趕上。

---

[12] 瑞恰慈，《序曹譯〈科學與詩〉》，《北平晨報·詩與批評》30期，《北平晨報》1934年7月23日。

第二節　現代派對新批評方法的應用

事實上，葉公超在批評實踐中已經開始運用了這種新的批評方法，並且以這種新批評的方法來批判當時的大學文學批評史教育。

一是對當時中國大學文學教育中的文學批評史方法的批判。在葉公超看來，大學文學批評史教育以歷史上經典的幾條原理來批評當代文學的這種方法，是「謬誤」的。他說，凡西洋如亞里士多德、賀拉斯，中國如陸機、劉勰、嚴羽，當代如普列漢諾夫等，似乎「定下幾條概括的公式，幾條永久適用的法則」，結果「言之者本沒有為後世立法的動機，傳之者卻強為之立下了神位」，關鍵在於，「前人的論見自有當時的根據，無需以近代的作品來證明它原有的真實，而我們對於以往的理論也應當先從它所根據的作品裡去瞭解它，不應當輕易用來作我們實際批評的標準。」他批判道「現在各大學裡的文學批評史似乎正在培養這種謬誤的觀念。學生所用的課本多半是理論的選集，只知道理論，而不研究各個理論所根據的作品與時代，這樣的知識，有了還不如沒有。合理的步驟是先讀作品，再讀批評，所以每門文學的課程都應該有附帶的批評。」[13]

這段批評有三個意思。一是理論脫離文學發展的實際，任何歷史上的理論成果都是當時文學實踐的總結，它不一定具有

---

[13] 葉公超，《從印象到評價》，《學文》第1卷第2期，1934年6月。

「身後的」「預言的價值」。關於這一點，葉公超同時引述了元人郝經《與友人論書法》裡的一段話證之「古之為文，法在文成之後，辭由理出，文自辭生，法以文著，相因而成也，非先求法而作之也。後世之為文也則不然……法在文成之前，以理從辭，以辭成文，以文從法，資於人而無我，是以愈工而愈不工，愈有法而俞無法，只為近世之文弗逮於古矣。」[14]。這種反傳統的思想是與新批評的精神一致的。二是主張發展批評，批評先於理論。在凝固的理論和鮮活的批評中，注重實際批評的新批評派關注的是批評實際，是運動著的美學，是意義中的意義，是語言中的語義，因而對凝固的落後的形而上的理論缺乏興趣。三是這種批評要從作品出發，要符合作品的閱讀實際。注意的是作品本身的意義，而不是人家的定論，強調自己的閱讀感受，這與上文所提瑞恰慈在大學教學中作的那次詩的閱讀批評的實踐正相呼應。強調批評，強調尊重作品閱讀中產生感受，這是葉公超同新批評一致的地方。

葉公超的批評思想第二個要點在於，批評是「自己印象的分析，自己印象的組合」，批評者「首要的責任是考驗自己的反應，追究自己的感覺」。與傳統批評從功利、目的出發不同的是，新批評只承認作品本身對讀者的反應，高度尊重這種反應，並且對這種反應作科學的分析。正如葉公超對瑞恰慈批評思想的理解一樣，瑞恰慈的特點在於「分析讀者的反應」[15]。葉

---

[14] 葉原注，見陸深：《金台紀聞》文。章學誠：《古文十弊》九，有「井底天文」一則所見亦相似。

[15] 《序曹譯〈科學與詩〉》，《北平晨報·詩與批評》30期，《北平晨

公超把這看作是批評的定義和批評者的責任，這是葉公超對新批評思想的高度推崇。

　　第三點，批評標準是「個人經驗中一種貫徹的反應的方法」。這一點是對新批評派的艾略特、瑞恰慈詩學思想中的詩是經驗的延伸。在瑞恰慈看來，詩本身就是經驗的體現，批評也是對這種經驗的再現和檢驗。「經驗本身（即橫掃過心靈的衝動的潮流）乃是文字的本原與制裁。文字代表這種經驗的本身，不是代表任何一組知覺或反想……這些文字在他心靈中會再行引起興趣同樣的活動，同時把他放在同樣的情境中而又引出的反應。」[16]運用經驗進行批評是葉公超整個批評的價值中樞，與瑞恰慈關於詩的創作構成的理論互為對應。

　　第四點，葉公超的細讀實踐。葉公超對瑞恰慈的「讀者反應」這一點可說是激賞不已。他為此專門寫了一篇《談讀者的反應》[17]，文章重複了上文的論點，但對讀者閱讀作了更仔細的分析。他要求一是讀者在閱讀時心理要「能像一張舊宣紙一般地靈敏」，即既無先入為主的情緒，也無無關的聯想，閱讀就是對創作過程的逆向復原，先接受後反應。他認為接受只是知道，反應才是經驗的聯想。他舉柳宗元的《江雪》為例分析了讀者的這種反應。在這首詩中，葉公超認為最重要的是第四句「獨釣寒江雪」。他讀出了三種意義，一是雪天寒江裡本無

報》1934年7月23日。

[16] 曹葆華譯瑞恰慈《詩與經驗》，《北平晨報・詩與批評》第10期，《北平晨報》1934年1月1日。

[17] 葉公超《談讀者的反應》，《自由評論》第33期，1936年7月18日。

魚可釣,惟有我獨自在這裡,穿著蓑衣,在寒江垂釣,空候著魚來,這會讓人產生憐憫之感;二是將笠翁為畫的中心,以千山、萬徑、寒江、雪、孤舟為襯景,會讓人產生某種情趣寄託的美感;三是孤零零的漁夫在這鳥絕人滅的雪中垂釣,忍耐、孤峭、勤勞,其德甚可感。葉公超認為第一是人道的,第二是美觀的,第三是訓世的。在這裡,葉公超認為要結合柳宗元的生平才能知道詩的原意,柳宗元被貶,故可勉強聯想第一種意義。姑不論葉公超對柳宗元此時的心理是否理解準確,但有一點可以肯定的是,新批評的本體中心,文本中心的論點,葉公超是沒有接受的。這也算是葉公超在細讀中對新批評的「誤讀」。中國文論的「知人論世的」的傳統還是在積習中起了作用,這也說明了葉公超對新批評方法還有距離。

正如上文所說,現代派對新批評的接受還不全面,像張力、反諷、文本中心、語詞分析等更深入的學院派分析還沒有開始。現代派接受的是同人們在創作實踐中所形成的一種共識,這就是以作品為中心,以形式為重心,這應該是沒有異議的。

第三節　現代派的詩人論

其他主要從事創作的詩人、不太激進的詩學家,他們的批評還是傳統的方法。

現代派的詩評,主要有五種類型,一類是穆木天、杜衡一類的結合詩人創作道路的特色分析,第二類是像卞之琳、何其芳、玲君、徐遲等人的隨感式的自序、跋,第三類是論辯式的

像戴望舒評林庚的《北平情歌》類的文章，第四類是著重對詩
人和詩作作形式分析的，如蘇雪林的論李金髮、論聞一多的文
章。第五類是大學的講義，是對新詩作選講，在講中體現其對
詩人的評論和對新詩的看法，如廢名的《談新詩》。第二類和
第三類基本上是在批評中闡述自己的詩學觀，就批評和理論而
言，更靠近理論，加之這些相關內容，在前面的章節已經作過
分析，此處就從略了。

　　第一類採用的是傳統的詩人論的方法。杜衡的《望舒草‧
序》[18]和穆木天的《王獨清及其詩歌》[19]這兩篇文章算是其中
有代表性的，特別是前者，對戴望舒論述大體準確，描述了戴
望舒由「音樂」到「情緒」變化的歷程，引述了葉聖陶關於
《雨巷》「給新詩的音樂開了一個新的紀元」的評論，使之廣
傳；提出了戴望舒是所謂「象徵派的形式，古典派的內容」的
論斷。杜衡成為戴望舒批評的第一個權威。穆木天對王獨清的
評論背景宏大，提出了王獨清是從五四到五卅的中國新詩的三
個階段的代表人物之一，第一是郭沫若，第二是徐志摩，第三
是王獨清。對現代詩學由初期浪漫主義到浪漫主義的收斂到象
徵主義的演變的階段把握準確，但對詩人本身的評論卻失之準
確。文章的長處是把王獨清所受的封建士大夫思想、西方浪漫
主義、感傷主義、象徵主義的影響分析得具體深入，這在當時
的批評中是不容易的，這跟穆木天本身的詩學修養有關。

---

[18] 《現代》3卷4期，1933年8月。
[19] 《現代》5卷1期，1934年5月。

　　第四類蘇雪林的批評，是強調詩作形式分析的批評。其《論李金髮的詩》[20]和《論聞一多的詩》[21]分別對二位有影響的詩人作出了把握準確的批評。蘇雪林把李金髮詩作的特色歸納為「行文朦朧恍惚驟難瞭解」、「表現神經藝術的本色」、「感傷與頹廢的色彩」、「富於異國的情調」、「觀念聯絡的奇特」五點。這些特色除第二點後來殊有提及外，其它都被不同時代的學者移為己論，特別是「觀念聯絡的奇特」、「感傷」「頹廢」、「朦朧」等更被作為定論寫進大學的教科書。這說明了蘇雪林批評的準確。蘇雪林批評的長處在重視文本的分析和細緻的鑒賞與理性的概括，所以得出的結論每不易被推翻。在這個意義上講，蘇雪林的批評略有些靠近新批評的思路。

　　第五類，也就是廢名的《談新詩》。這本書是廢名在30、40年代在北京大學的講義，第一次於1944年由北平新民印書館印行，第二次由人民文學出版社於1984年2月出版。這本書，廢名體現了他的詩學觀，說起來就是三個思想，一是真情天然，一是寫實思想，一是晚唐情趣。

　　這本書對詩人評論的第一標準在衡量詩是否真情，真情是否「天然」、「偶然」。在這一個標準之下，他評論了胡適、沈尹默、劉半農、魯迅、周作人、康白情、馮雪峰、潘漠華、應修人、汪靜之、冰心、郭沫若、卞之琳、林庚、朱英誕、馮至和他自己共17家的詩。這17家的共同點是有「天然」、「偶

20　《現代》3卷3期，1933年7月。
21　《現代》4卷3期，1934年1月。

然」的真情。選法他自認是「天下為公」的[22]。甚至認為郭沫若的《夕暮》，是現代新詩的第一好詩：「讓我說一句公平話，而且替中國的新詩作一個總評判，像郭沫若的《夕暮》，是新詩的傑作，如果中國的新詩只准我選一首，我只好選它，因為它是天然的，是偶然的，是整個的不是零星的」[23]。這裡姑把郭沫若的《夕暮》引出：

　　一群白色的綿羊，
　　團團睡在天上，
　　四圍蒼老的荒山，
　　好像瘦獅一樣。

　　昂頭望著天，
　　我替羊兒危險，
　　牧羊的人喲，
　　你為什麼不見？

　　這種悲憫的心理誠然可敬，但這種天真也確讓人覺得誇張，但廢名不覺誇張，這種標準就很帶有個人佛學的色彩了。從廢名的詩人評論中看，求情真、天然、偶然是不疑，但情真便是評詩的絕對標準。這並不是現代派的做法，並且廢名的詩人論對詩的形式要求則基本沒有，這就只能是廢名自己的私好了。

[22] 廢名《談新詩》，人民文學出版社1984年2月版，第217頁。
[23] 廢名《談新詩》，人民文學出版社1984年2月版，第217頁。

　　第二個標準是他的具體的寫實的思想的說法。這是廢名評論卞之琳的標準。在廢名看來，卞之琳的詩好，但他的標準是「觀念跳得厲害而詩不能文從字順都不選（講），不普遍都不選（講），如《圓寶盒》，《距離的組織》，《魚化石》等篇是。」[24]那麼好的是哪些呢？是《寂寞》、《道傍》、《航海》、《倦》、《歸》、《車站》、《雨同我》、《無題一》、《無題二》、《淘氣》、《水分》、《白螺殼》。這是選的卞之琳詩中的主體部分，即不是最前衛也不是最落伍的，廢名說這體現了他的標準：「我喜歡具體的思想，不喜歡『神秘』，神秘而要是寫實，正如做夢一樣，我們做夢都是寫實，你不會做我的夢，我不會做你的夢。凡不是寫實的思想我都不喜歡了。」這是廢名對知性的有保留的說法。[25]

　　第三個標準在於對晚唐情趣的愛好。在這部分裡，廢名特別為溫李一派的詩張了目。關於這一點，我們在第九章《純詩論》已經涉及，此處就從略了。

　　總的來講，與當時其它詩學派別比較，現代派的詩學批評學術性最強，也最接近西方新批評的思想，同時影響也在最強之列。但由於抗戰開始現代派整體終結，因此作為一個流派的現代派的新批評沒有進行下去。但作為新批評思潮，卻在中國新詩派的一些領域有了進展，特別是英國學者燕卜蓀來華講學，讓這股思潮在西南聯大有所擴展。

----

[24] 廢名《談新詩》，人民文學出版社1984年2月版，第169頁。
[25] 廢名《談新詩》，人民文學出版社1984年2月版，第172頁。

第四篇

資料篇

　　本書在研究30年代現代派時，對現代派的資料有一個發現兩個研究，發現的是梁宗岱主編的《大公報‧文藝副刊‧詩特刊》，研究的是它和曹葆華主編的《北平晨報‧詩與批評》。本文對兩份刊物進行了全面的清理，並把清理的資料作了研究，現置於資料篇。

　　關於這兩份詩刊列入現代派的原因，請參見本書導論、第十二章和第十三章的相關論證。

第十二章
一份不應忘記的現代派
重要詩刊
——《大公報・文藝・
詩特刊》

　　近20年來，對30年代現代派詩的研究越來越深入，但其中重要的一份詩刊《大公報・文藝・詩特刊》卻至今未被研究現代派詩的學者提及，致學界詩界兩相忘。《大公報・文藝・詩特刊》（1935年11月8日-1936年7月19日）是30年代有很大影響的現代派詩刊，是現代派最重要的兩個刊物《現代》（1932年5月1日-1935年5月1日）和《新詩》（1936年10月-1937年7月）之間的橋樑。

第一節　學界遺忘的現代派詩刊
《大公報‧文藝‧詩特刊》

對30年代現代派詩的研究，繼1935年孫作雲發表開山的《論「現代派」詩》[1]之後，80年代開始重新熱鬧起來，最有影響的就是1986年藍棣之為人民文學出版社編選的《現代派詩選》以及為這個選本所作的很有開創意義的論文《前言》。藍棣之的文章對現代派的刊物列數詳細，其中重視並給以很高地位的有：施蟄存（後加杜衡）主編的《現代》、卞之琳編的《水星》、戴望舒、卞之琳、馮至、孫大雨、梁宗岱聯袂主編的《新詩》，加以提及的有戴望舒主編的《現代詩風》，《星火》，侯楓、王萍草、金容合編的《今代文藝》，路易士（去台後以紀弦名世）主編的《菜花》、《詩志》，吳奔星、李伯章合編的《小雅》。該文沒有提到《大公報‧文藝‧詩特刊》[2]，但《大公報‧文藝‧詩特刊》在詩作的重要性和詩論的重要性上大大超過了上述的《水星》、《現代詩風》、《星火》、《今代文藝》、《菜花》、《詩志》和《小雅》。

1992年，曹萬生在四川人民出版社出版的《20世紀中國文學與西方現代主義思潮‧現代主義影響在詩歌領域的深入發展——現代派的出現》中增加了戴望舒等主編的《新文藝》[3]。

---

[1] 《清華週刊》第43卷第1期，1935年5月15日。
[2] 藍棣之編，《現代派詩選》，人民文學出版社1986年5月版，第1-3頁。
[3] 唐正序、陳厚誠主編，《20世紀中國文學與西方現代主義思潮》，四川

1999年孫玉石《中國現代主義詩潮史論》一書，在30年代現代派詩潮一章中對上述說法予以鉤沉辨證，保留了《現代》、《水星》、《新詩》、《現代詩風》、《菜花》、《詩志》、《小雅》、《新文藝》，減去了《星火》、《今代文藝》，增加了康嗣群、施蟄存主編的《文飯小品》，孫望、汪銘竹主編的《詩帆》，曹葆華等人主辦的北平《晨報‧北晨學園副刊‧詩與批評》（應為《北平晨報‧北晨學園副刊‧詩與批評》──生按）。未提梁宗岱主編的《大公報‧文藝‧詩特刊》[4]。

1999年龍泉明《中國新詩流變論》，在現代派一章裡提到的是《現代》和《新詩》這兩家主要刊物[5]。

2002年陳旭東《東西詩學的會通──20世紀中國現代主義詩學研究》，在現代派專章中提到的是《現代》、《無軌列車》、《新文藝》、《新詩》4個刊物，沒有提到《大公報‧文藝‧詩特刊》。[6]

2002年羅振亞《中國現代主義詩歌史論》，在現代派專章提到《現代》、《水星》、《文學季刊》、《現代詩風》、《星火》、《今代文藝》、《菜花》、《小雅》、《詩志》，沒有提到《大公報‧文藝‧詩特刊》。[7]

人民出版社1992年12月版，第279頁。

[4] 孫玉石，《中國現代主義詩潮史論》，北京大學出版社1999年3月版，第123-130頁。

[5] 龍泉明，《中國新詩流變論》，人民文學出版社1999年12月版，第292頁。

[6] 陳旭東《東西詩學的會通──20世紀中國現代主義詩學研究》，北京大學出版社，2002年1月版，第166頁。

[7] 羅振亞《中國現代主義詩歌史論》，社會科學文獻出版社，2002年12月

上述論著，是近20年現代派詩研究的主要權威成果，這些成果對《大公報・文藝・詩特刊》的漏評，不在於對於這份特刊內容有什麼異議，顯然是文獻學的原因。

鑒此，我們要鄭重地向學界和詩界介紹這份詩刊。

第二節　《大公報・文藝・詩特刊》概況

《大公報・文藝・詩特刊》是30年代重要的現代派詩刊之一。

《大公報・文藝・詩特刊》始刊於1935年11月8日，終刊於1936年7月19日，共出17期，大體上每半月一期，其中前16期為對開半版，最後一期是對開整版，主編是梁宗岱。

在《現代》、《新詩》這兩個主要的現代派刊物上發表新詩的主要詩人，都在《大公報・文藝・詩特刊》上發表了詩作。他們是戴望舒、卞之琳、孫大雨、梁宗岱、馮至、林徽因、羅念生、南星、陳敬容、林庚、陳夢家、李健吾、李廣田、孫毓棠、曹葆華、辛笛、方敬、張秀亞、張文麟、徐芳、李溶華、辜勉、李琳、羅莫辰、田疇、陳芳蘭、張心舟、袁若霞、覃處謙、柳無忌、李靈、蒲柳芳、甘運衡、何田田、翦羽、畢奐午等36位詩人的詩。

同《現代》、《新詩》致力於對西方現代派詩、詩論的介紹一樣，《大公報・文藝・詩特刊》大多期都闢出版面來發表

這類作品。先後發表有梁宗岱翻譯的波德萊爾的詩、馮至翻譯的里爾克的詩、戴望舒翻譯的韓波（蘭波）的散文詩、馮至翻譯的赫爾特林（又譯荷爾德林，Holderlin）的詩、卞之琳翻譯的愛呂雅的詩、卞之琳翻譯的阿波里奈爾的詩。這些詩人都是同時代的西方現代主義詩人。同時還發表了馮至譯介的里爾克的詩論、梁宗岱化名王瀛生譯介的瓦雷里的詩論、梁宗岱譯介的韓波的詩論、梁宗岱譯介的瓦雷里的詩論、聞家駟譯介的愛略特的詩論等。這些至今都是學界詩界認為權威的西方現代主義詩學的代表作家作品。

　　比《現代》更進一步的是，這個《詩特刊》還非常重視詩學理論的的探討，先後發表了梁宗岱、朱光潛、韋、陳世驤、羅念生、何其芳、葉公超、郭紹虞、劉榮恩的詩論。新詩史上著名的劉西渭（李健吾）與卞之琳關於「你」的討論，就是在《大公報・文藝・詩特刊》上進行的。

　　上述可見，當時現代派的主要理論家、主要詩人都參與了《大公報・文藝・詩特刊》的創作、批評與對西方現代主義的介紹；從品種和布局看，是一份相當全面、具有鮮明的編輯意圖的現代派詩刊，在當時的現代派詩潮中有很大影響。《現代》終刊於1935年5月，《新詩》創刊於1936年10月，存在於1935年11月至1936年7月的《大公報・文藝・詩特刊》，恰恰成為30年代現代派從《現代》到《新詩》的一座橋樑。加之這個刊物由現代派主要理論家梁宗岱主編。無論從哪一個意義講，這都是一份非常重要的30年代現代派的詩刊。

第三節　現代派詩學的重要陣地

　　相對於《現代》雜誌，《大公報・文藝・詩特刊》特別重視詩學理論的建設。

　　很大的原因在於主編梁宗岱本人的理論興趣。梁宗岱留法期間，主要研究法國後象徵派的詩學，與象徵三傑之一的瓦雷里建立了特別親密的私人關係。他30年代發表在各大期刊，後結集由商務印書館出版的詩學專著《詩與真》、《詩與真二集》，不光是中國30年代現代派，也是外國文學、中國現代新詩研究的名著。外國文學出版社「為了滿足讀者的要求」特於1984年將上述兩著合本再版。梁宗岱的《詩與真二集》收文13篇（不含題記，《按語和跋》4稿算1），在《大公報・文藝・詩特刊》上發表的就有5篇，占三分之一強，份量可掂。

　　梁宗岱重要的《新詩的十字路口》[8]一文，就是《大公報・文藝・詩特刊》的發刊辭。這篇論文，首先檢討了五四新詩在形式上的缺陷，提出了一個梁宗岱式的概念：「反詩」（非詩——生按），認為「所謂『有什麼話說什麼話，』」——不僅是反舊詩的，簡直是反詩的；不僅是對於舊詩和舊詩體的流弊之洗刷和革除，簡直是把一切純粹永久的詩的真元全盤誤解與抹煞了。」30年代現代派在繼承新月派的理論遺產的同時，把新詩的形式提高到詩學的根本高度加以重視。在繼早期象徵派

---

[8]　《大公報》1935年11月8日第12版，《文藝》39期，《詩特刊》。

穆木天「純粹的詩歌」之後，施蟄存在30年代最先提出現代的「純然」的詩[9]，梁宗岱重新提出「純詩」[10]說的概念。這都表明30年代現代派對新詩的「非詩」傾向的強烈不滿和革新決心。梁宗岱的「純詩」說是直接從瓦雷里那裡繼承和移植的，深得法國後象徵派的精髓，同時具有相當強的操作意識。在追求「純詩」的形式上，他主編的《大公報・文藝・詩特刊》作了很多實際的工作。其次，這篇論文還就自由詩本身的地位及其在西方詩的情況作了介紹，對新詩的自由詩化表示反對。第三是提出「一切文藝品永生的原理」的論點。最後，去「發見新音節，創造新格律」。一句話，強調和追求純詩形式的創造。這篇文章可以說是現代派純詩運動的一個正式的宣言。因為一則，《大公報・文藝・詩特刊》隨後展開了一場大規模的新詩形式詩論。比如，在隨後發表羅念生的《節律與拍子》時，編者按云：「梁宗岱先生在本刊創刊號《新詩的十字路口》一文裡曾經提出『創造新音節』為新詩人應該努力的對象之一。羅先生這篇文章便是對這個問題的一個具體的建議。這問題表面似乎無關輕重，其實是新詩的命脈。希望大家起來討論。」隨後詩論就開始了。二則，在1936年10月起由現代派5位代表人物戴望舒、卞之琳、馮至、梁宗岱、孫大雨聯袂主編的《新詩》，也掀起過一場形式的討論[11]，討論熱烈並且富於創造

[9] 穆木天，《譚詩——寄沫若的一封信》，《創造月刊》1卷1期1926年1月；施蟄存《又關於本刊的詩》，《現代》4卷1期，6頁，1933年11月。
[10] 《談詩》，1934年9月-12月，引自《詩與真・詩與真二集》，外國文學出版社1984年1月版，第95頁。
[11] 1936年11月《新詩》1卷2期開始，朱光潛發表《論中國詩的韻》；12月

性，特別是一些語言學家、詩學家、美學家共同參與，大大提高了現代派的詩學理論水平。《新詩》的討論肇始於《大公報·文藝·詩特刊》的這次討論，一些人如朱光潛、羅念生，一些問題如音節、調子等，都是直接繼承。值得注意的是，現代派此前的《現代》並不重視形式的討論，《水星》就根本不發詩論。

署名為韋的《論長詩小詩》[12]和陳世驤的《對於詩刊的意見》[13]兩文，分別就中西詩歌的相異、詩的形式即音樂性發表了意見。前者認為中國詩言短旨遠，外國詩言長情淡。梁宗岱在按語中強調不以量而以質作為詩的衡定。後者通過自己英譯現代新詩的例證，認為詩學理論中的「形式」、「內容」、「詞藻」概念為「空泛的術語」，應「從細小地方瞭解」，認為卞之琳在「善用自然韻律（speech rhythm）和分行押韻的技巧」上很突出。文章分析了卞之琳的詩《朋友和煙》一首，認為「字音與拍節能那樣靈妙地顯示樂音的和諧與輕煙的回旋節奏」，認為是卞之琳詩的「絕大美點」，作出「之琳是現代獨有貢獻的詩人」的判斷。這些詩論都是很有建設性的研究成果。

圍繞新詩形式建設這個大課題，《大公報·文藝·詩特刊》先後發表了朱光潛、羅念生、梁宗岱、葉公超、郭紹虞等人有關詩學特別是有關詩的形式研究的論文，並展開了聲勢浩大的討論。

1卷3期，發表《論中國詩的頓》；然後引起羅念生與之商榷，羅於1937年1月1卷4期，發表《與朱光潛先生論節奏》；同期周煦良發表《時間的節奏與呼吸的節奏》；2月1卷5期，朱光潛又發表《答羅念生先生論節奏》；5月2卷2期，羅念生又發表《再與朱光潛先生論節奏》。這是現代派對新詩形式討論得最有詩學意義的一次。

[12] 《大公報》1935年11月22日第12版，《文藝》第47期，《詩特刊》。

[13] 《大公報》1935年12月6日第10版，《文藝》第55期，《詩特刊》。

　　朱光潛的《從生理觀點論詩的「氣勢」和「神韻」》[14]是一篇對中西詩學進行比較研究的論文。文章先引英國詩人浩司曼（A.R.houxman）在劍橋大學講授《詩的意義與性質》中關於詩可以引起人的三種生理變化「一屬於節奏，二屬於模仿，三屬於適應運動」的觀點，再引申證之以中國古代詩論中「氣勢」與「神韻」的論點，最後將「氣勢」「神韻」與「動與靜，康德所說的雄偉與秀美，尼采所說的遲阿尼蘇司藝術與亞波美藝術，萊辛所說的『戲劇的』與『圖畫的』的，以及姚姬傳所說的陽剛與陰柔的區別」聯繫起來加以比較，並將這些美的範疇最終歸於「上文所說三種生理變化」。

　　這次詩形式的討論是從羅念生《節律與拍子》[15]對梁宗岱上文之響應而展開的。羅文談了三個問題，一是關於若干牽涉到語言學的詩學概念的釋義，比如音節、節奏、節律、音步的概念，認為節奏是「一種字音的連續的波動」，「如果這波動來得規則了一些，便叫做節律」，提出「散文裡只有節奏，詩裡應有節律」。二是關於古典詩與英文詩裡的節奏和字音，在字音裡分別分析了音量、時間的長短、高低、音色等概念，提出「英文詩的節律多靠音量，再加上一點兒『長短』與『高低』，便成了輕重」。三是關於中文詩，提出中文詩的節律不是由平仄決定的，文章在與趙元任商榷後認為中文詩的節律是由輕重音決定的，提出實詞重讀、虛詞輕讀的意見，提出詩是時間的藝術，批駁了「豆腐乾」詩用空間形式來取代時間的論

---

[14] 《大公報》1935年12月23日第10版，《文藝》第56期，《詩特刊》。
[15] 《大公報》1936年1月10日第10版，《文藝》第75期，《詩特刊》。

點。同時例舉孫大雨的《自己的寫照》，提出了用拍子（類似於聞一多的音尺——生按）來規範新詩的節律的意見。羅念生的這些意見後來在《新詩》也不斷地提出，並與朱光潛先生進行了針鋒相對的討論。

梁宗岱的《關於音節》[16]對羅念生的文章進行了討論，有商量有贊成有反對。梁宗岱提出「平仄在新詩律裡是否如羅先生所說的那麼無關輕重？中國文學是否是輕重音的區別？如有，是否顯著到可以用作音律的根據？」與羅念生進行商榷。同時，梁宗岱同意羅文中例舉的關於孫大雨《自己的寫照》一詩的拍子概念，並認為用「字組來分節拍，用作新詩節奏的原則，我想這是一條通衢。」同時討論了關於豆腐乾的形式問題，認為詩的形式在外形上也應該整齊，最後引用瓦雷里關於「最嚴的規律是最高的自由」的論點，強調在新的格律中爭取自由。

羅念生緊接著也發表了《音節》。[17]這篇文章一方面與梁宗岱進行商榷，同時又提出關於新詩音節的具體建議。文章同意梁宗岱關於短詩可以不拘拍子的意見，但認為詩行的字數應是「整齊」而不「劃一」，不同意「豆腐乾」體。文章著重談了關於音節的想法。第一是雙聲，第二是疊韻，第三是韻，第四是平仄，第五是聲音與意義的關係。羅念生主張，既然新詩的音節不好，就應該大量採用雙聲疊韻字；主張在詩行中讓不同的疊韻重合，以使音樂性更強。他舉曹葆華的詩句「綠紗燈下伸出了爪牙」一行，認為「綠、出；紗，下，牙；燈，伸；了，爪都能生出疊韻

---

[16] 《大公報》1936年1月31日第10版，《文藝》第85期，《詩特刊》。
[17] 《大公報》1936年2月28日第10版，《文藝》第101期，《詩特刊》。

的效果，所以念起來非常悅耳」。羅文還提出了「音色」的概念，認為詩的聲音與意義有關係。作者先談論了狀聲詞的作用，接著談了音的不同與意義的不同的關係，「即用一種特別的字音來引起一種特別的聯想」。他舉丁尼生寫寶劍用一些很堅硬的字音來引起寶劍的堅硬的性質的聯想的例證以及「風勁角弓鳴」用「風」「弓」二字來狀出箭弦的聲響的例來說明這種關係的意義。羅文認為新詩這種用法還太少，他以朱湘的《婚歌》一詩為例，說明用「陽」韻寫婚禮，以狀出拜堂的熱烈，用「青」韻來寫洞房的雅靜與溫柔是很相宜的。無疑，羅念生的這種探索對新詩創作是具有實際意義的。

葉公超也發表了《音節與意義》[18]。這篇文章首先認為羅念生「有一種特別的字音來引起一種特別的聯想」的說法是片面的。認為「脫離了意義的」「字音只能算是空虛的，無本質的」，同時對法國象徵派的音樂性追求表示了絕對的否定。葉公超認為，「從意義著眼詩的音節可分為三種：一，與意義的節奏互相諧和著；二與意義沒有關係，但本身的音樂性產生悅耳的影響者；三，阻礙意義之直接傳達者。」即在詩的音節與意義中看重意義，認為音節是由意義決定其價值的。葉公超文章的最後，提出有兩種節奏：「一種是語言的節奏，一種是歌調的節奏。」然後表明自己傾向於語言的節奏反對歌調的節奏，並認為「只有卞之琳與何其芳似乎是常有這種節奏」，「語體節奏最宜於表現思想，尤其是思想的過程與態度。」葉公超在這裡表明了自己的

---

[18] 《大公報》1936年4月17日第12版，《文藝》第129期，《詩特刊》；
1936年5月15日《文藝》145期，《詩特刊》。

詩學主張，跟戴望舒的後期詩傾向以及卞之琳、何其芳一樣，即傾向於現代派裡的知性一脈，反對後象徵派魏爾倫「音樂高於一切」以及浪漫主義的淺薄抒情。在此，30年代現代派對音樂性的主張已經明顯地體現出內部的矛盾和變化。

　　郭紹虞的《從永明體到律體》[19]，是為了響應《大公報·文藝·詩特刊》的這場討論而作的古代詩學的研究文章。郭紹虞對從永明體到律體變遷中的語音主張作了一個學術清理，力圖為新詩形式化和音樂性作出參考。郭紹虞認為沈約在「利用當時字音研究的結果，以為詩律的規定。於是以平上去入四聲制韻，而同聲相應者益見明晰；以平頭上尾蜂腰鶴膝諸目示病，而異音相從者，至少也有消極的規律可以遵循。」然後他對沈約的四聲八病之說進行分析，認為「韻即四聲，和同八病」。文章引劉勰《文心雕龍》中「韻氣一定故餘聲易遣」來說明四聲不是問題，但和的問題卻總是走向律體的重要問題，正如劉勰所說「屬筆易巧，選和至難，綴文難精而作韻甚易」。郭紹虞分別從「葉」、「諧」兩個角度研究了永明體向律體進步的若干技術問題及其解決辦法，並研究了律體的各種形式。茲不贅。從郭紹虞的研究看來，即使今天來看，中國新詩的形式化道路還很漫長，恐怕還在永明體狀態。首先是理論研究不夠，像20年代聞一多、朱湘、徐志摩，30年代卞之琳、何其芳、梁宗岱、朱光潛、羅念生、葉公超等，50年代何其芳這種既有理論研究興趣同時又進行創作實踐的大家現在根本沒有了；其次

---

[19] 《大公報》1936年6月20日第12版，《文藝》第161期，《詩特刊》；1936年6月26日《文藝》169期，《詩特刊》。

是對現代漢語的詩律學音律學的研究基本沒有；再次是對這種形式化有創作興趣的詩人更是少得可憐。這是20年代新月派30年代現代派提出50年代何其芳重提的新詩的哥德巴赫猜想，有待今日詩學界的努力。

《大公報‧文藝‧詩特刊》在詩學理論的研究上另一個成績便是對時作的具體研究和討論。

何其芳專為《大公報‧文藝‧詩特刊》寫作的也是他自己的第一篇發表的詩論便是《論夢中道路》[20]。文章回顧了自己《燕泥集》創作的悲哀而寂寞的心理，同時回憶了自己對丁尼生、艾略特的愛好，對形式精美的追求。何其芳的詩作談很有美學意義：「我傾聽著一種飄忽的心靈的語言。我捕捉著一些在剎那間閃出金光的意象。我最大的快樂或辛酸在於一個嶄新的文字建築的完成或失敗。」對於形式感受絕對超過內容的獨特感受，讓何其芳的詩有一種獨特的形式美：「我曾經說過一句大膽的話，對於人生我動心的不過是它的表現（即形式——生按），我是一個沒有是非之見的人。判斷一切事物我說我喜歡或者我不喜歡。世俗很嫉惡的角色有些人扮演起來很是精彩。我不禁佇足而傾心。顏色美好的花更要一個美好的姿態。對於文章亦然。」「有時一個比喻，一個典故會突然引起我注意，至於它的含義則反於我的欣賞無關。」（1982年人民文學出版社出版的《何其芳文集》第2卷《夢中道路》一文刪除了上兩個自然段的話，見第65頁，這更顯出了《大公報‧文藝‧詩特刊》的文獻意義——生按）相對

---

[20] 1936年7月19日《文藝》182期，《詩特刊》。《〈燕泥集〉後記》先寫，但發在此文後，即1936年《新詩》創刊號。

於「在那空幻的光影裡追尋一份意義」的人不同的是，何其芳只喜歡那種「文字魔障」，「我喜歡那種錘煉；那種彩色的配合，那種鏡花水月。我喜歡讀一些唐人的絕句。那譬如一微笑，一揮手，縱然表達著意思但我欣賞的卻是姿態。」這種新詩創作中的形式主義追求是30年代現代派在詩學理論上對新詩形式革命的堅實基礎。何其芳還評論了當時對於新詩在純詩道路上遭遇的種種非難的問題：「現在有些人非難著新詩的晦澀」，「我們難於索解的原因不在作品而在我們自己不能追蹤作者的想像。有些作者常常省略去從意象到意象之間的鏈鎖，有如他越過了河流並不指點給我們一座橋，假若我們沒有心靈的翅膀，便無從追蹤。」這是繼施蟄存在《現代》上回答所謂看不懂以來，現代派作出的比較具體的有說服力並且抓住了問題癥結的回答。

在詩學理論上最有影響的是該刊終刊號上劉西渭和卞之琳關於卞之琳詩作中的「你」的討論。事情的由來是這樣的：先有劉西渭（李健吾）《〈魚目集〉——卞之琳先生作》（1936年2月2日），隨後卞之琳有《關於〈圓寶盒〉》（1936年4月16日）之回答，二人發生了分歧。然後劉西渭又寫了《答〈魚目集〉作者》（1936年5月16日）[21]，對上述二文的分歧作了一個全面的評述。同時對把「你」解釋為「詩人」或者「讀者」而不是「情感」表示不解。卞之琳為此專門寫了一封私信給劉西渭，對「你」作進一步說明，劉西渭對此信作答，兩件一併由劉西渭在《大公報・文藝・詩特刊》上發表[22]。卞之琳《關於「你」》

---

[21] 見《李健吾文學評論選》，寧夏人民出版社，1983年3月版，第96-115頁。
[22] 卞之琳、劉西渭《關於「你」》，《大公報》1936年7月19日，《文

說：「我的《關於〈魚目集〉》引起了人家古怪的誤會，以為我在罵你。這次看了你《答〈魚目集〉作者》的題目，人家一定又以為你在回罵了。」這段文字是回顧，然後說「問題的中心是詩中的『你』」。卞文對「你」作了幾種解釋：類似於小說中的第一人稱「我」的用法；「或代表任何一個人」；「或」「充」「一個」「聽話者」、「說話的對象」；《圓寶盒》裡的「你」（即整體的「你」──生按），指「感情」，這裡主要說的是精神與物質之關係中的精神，「『握手』指感情的結合」。同時，「這首詩裡的『我你他』都是指人。『我』無問題，『你』呢？『含有你昨夜的歎氣』裡的『你』，也可以代表『我』，也可以代表任何一個人。至於『別上什麼鐘錶店／聽你的青春被蠶食／別上什麼古董鋪／買你家祖父的舊擺設』中的「你」則「更是隨便那一個人了。」顯然，卞之琳在這裡說了兩個「你」，一是整體的寓意的「你」，另一個則是具體的「你」。劉西渭的回答沒有實質性的理論內容，主要是發表這一封信件的說明及他對於文學批評之見解。卞之琳的詩由於其強烈的知性因素，歷來被人認為難懂，可幸的是，這種詩現在卻越來越被人看好，這正是現代派的生命之所在。

　　梁宗岱還寫有《詩人・詩人・批語家》[23]，這是一篇詩學隨筆。文章涉及了三個詩學問題。一是詩的極致，即什麼是詩的完美？「一首好詩必定同時具有『最永久的普遍』和『最內在的親切』。第二是詩人，梁宗岱認為，首先是要達到忘我境

藝》182期，《詩特刊》。

[23] 《大公報》1936年5月15日145期《文藝・詩特刊》。

界：「以致忘記了一切」；詩的創作「必定是詩人的自我和人格的創造」；「一個詩人永遠是『絕對』和『純粹』的追求者；處理好大我和小我的關係：「寫大我時須有小我的親切，寫小我時須有大我的普遍。」第三是批評家。梁宗岱認為，詩的批評的根本是判斷準確。「批評的文章不難於發揮得淋漓盡致，而難於說得中肯；不難於說得中肯，而難於應用得當。」他引瑞典神秘哲學家士威敦波爾克（Swedenborg）的話說「能夠分辨真的是真，假的是假，才是智慧的記號和表徵。」

第四節　對西方現代派詩學的介紹

《大公報‧文藝‧詩特刊》同《現代》、《新詩》一樣，對西方現代派詩學作了一系列介紹。

首先是馮至翻譯的里爾克的《給一個青年詩人的信》[24]。

《給一個青年詩人的信》是對一位請教者的回答。里爾克談了兩個重要的意見：一是詩要有詩人的個性，二是詩人要深入內心。對於第二點，里爾克有獨特的說法：「向內心走去。探索你要寫的原因。考察它的根是不是植在你心的深處；你要坦白承認，萬一你寫不出時，是不是你必得為了這個原故死去。這是最重要的。」把深入內心放在最重要的地位，這是現代派的一個特徵。

---

[24] 《大公報》1936年2月14日第12版，《文藝》第93期，《詩特刊》。

其次是對瓦雷里的介紹。這方面有梁宗岱化名王贏生翻譯的瓦雷里的《法譯陶潛詩選序》和梁宗岱翻譯的瓦雷里的《「骰子的一擲」》[25]。

《法譯陶潛詩選序》是瓦雷里對梁宗岱譯詩的評論，同時兼及對詩的形式美和中國藝術心理的理解，同時對陶淵明的詩作了精當的評價。

這篇文章首先提出了詩的形式要求：首先，「音樂的條件是絕對的了」；其次，「對於文字的富源，真義和音調的意識」，最後，「相當的肉感和結構或配合的能力。」在這個基礎上，瓦雷里對梁宗岱的詩作了高度的評價：「我很驚詫，幾乎不敢自信，竟在這位年青的中國人的試作中發現了我剛才所說的那些優美的徵兆。」「這些小詩很明顯地是受了40年前法國詩人的影響的。那時候，班那斯派與象徵主義之間，產生了一種對於極端嚴格和極端自由的調協的尋求；而這種要組合前者的建築和後者的音樂的努力，使一些愛好此道的人研究、發明或增加這種有時很美妙的技巧。」這幾乎也是對30年代中國現代派在象徵主義的新詩形式化方面成就的概括。瓦雷里接著對中國人的藝術心理作了概括的研究：「中國民族是，或曾經是，最富於文學天性的民族，」「很喜歡想像，而且想像很準確」，富於「直覺」。瓦雷里把握了兩種樸素的風格，「一種是原始的，來自貧乏；另一種卻生於過度，從濫用覺悟過來。」然後高度讚賞陶淵明「那是一種淵博的，幾乎是完美的

[25] 上述二文分別發表於《大公報》1936年3月13日第12版，《文藝》第109期，《詩特刊》；1936年5月1日《文藝》137期，《詩特刊》。

樸素。」「這就是我在梁宗岱先生作貢獻給我們的這部翻譯的陶詩中所認出的」，即我們所謂「絢爛之極歸於平淡」。並且還比較仔細地研究了陶淵明「怎樣觀察『自然』。他把自己混進去，變成其中的一部分；但他不想去窮竭他的感覺。」

　　《「骰子的一擲」》介紹了瓦雷里關於馬拉美詩學的理解和研究。瓦雷里在馬拉美家聽他朗誦《骰子的一擲》這首詩後，瓦雷里幾乎是被震撼了：「一個思想的形態第一次安置在我們的空間裡……在這裡，面積的確在說話，沉思，產生一些物質的實物。」「我感到為自己的印象的紛紜所眩惑，為景象的新奇所抓住，整個兒給無數的懷疑所分裂，給未來的發展所搖撼。」文章描述了馬拉美詩作的音樂美、雕塑感、象徵性所產生的實體感和新奇性。在瓦雷里看來，感性和理性在這裡是一而二二而一的。據梁宗岱在文中的注釋說：瓦雷里顯然是記起和為了回答巴士卡這有名的思想：「『這無窮的空間的永恆的靜使我悚慄』而寫的。法國現代哲學家彭士微克（Brunschvig）以為梵樂希（即瓦雷里，下同——生按）的沉思，同時由『生命本能』的語言和『理性智慧』的語言構成的，很奇妙地說明哲學史上本能與理性兩種展望的錯綜的混亂。」瓦雷里認為「馬拉美無疑地瞥見了一種詩的『命令法』：一種詩學。」在這裡，象徵派的音樂、字形、符號、寓意、聽覺、視覺等，與其中表現的內容、結構完全同一，體現出象徵派感性與理性、自然與人、本能與規範都完美地結合在一起的追求。

　　梁宗岱的《韓波》[26]一文，介紹了法國後象徵派的流派特徵、韓波其人及其詩作詩學。梁宗岱借瓦雷里之口，概括地描述了波德萊爾之後繼承其衣缽的象徵三傑的特徵：「他和馬拉美、魏爾倫都不過各自繼承，發展和提到最高度波特萊爾所隱含的三種可能性或傾向：魏爾倫繼續那親密的感覺以及那神秘的情緒和肉感的熱忱的模糊的混合：馬拉美追尋詩的形式和技巧上的絕對的純粹與完美：而韓波卻陶醉著那出發的狂熱，那給宇宙所激起的煩躁的運動，和那對於各種感覺和感覺之間的和諧的呼應。」在介紹韓波時，梁宗岱認為「韓波的最大光榮，便是他以『先見者』（Voyant）的資格啟示給我們這浩蕩渺茫的『未知』多於任何過去的詩人，甚至英國的勒萊克。」然後梁宗岱重點分析了韓波的《醉舟》一詩，認為這是「一百二十行自首至尾都蘊蓄著一種快要爆發的『璀璨的力』的格律緊嚴的傑作」，「唯一無二」。在談到韓波的影響時，梁宗岱說「就是那完成馬拉美的系統的梵樂希，也曾經對我承認韓波的極端的強烈（Intensite）之搖撼他的年青的心正不亞於馬拉美的絕對的純粹（Purete）。而後起的詩派如『都會主義』，『達達主義』，『超現實主義』……無一不用他和馬拉美的名義為號召的。」

　　《大公報・文藝・詩特刊》還發表了聞家駟譯介艾略特的詩論《玄理詩與哲理詩》[27]。這篇文章是梁宗岱為了反駁羅

[26] 《大公報》1936年3月27日第12版，《文藝》第117期，《詩特刊》。
[27] 《大公報》1936年5月29日第12版，《文藝》第153期，《詩特刊》。
　　艾略特的原文本名為「Note sur Mallarme & Poe」《讀馬拉美與坡的雜

念生《音節與意義》[28]一文關於反對象徵派詩的音樂性暗示問題而發表的。在本文文末的編者語中,梁宗岱說明了這一點,認為馬拉美並非是「音節的氾濫」,即本文所謂「避免純粹的鏗鏘和純粹的悠揚」,而是「要求『意義與音節的調協』」。艾略特此文比較了愛倫坡與馬拉美的詩,認為他們寫的都不是玄理詩,只是「對於抽象的玄理表示著愛好」。在詩的語言和技巧上,艾略特認為「馬拉美這句用到他自己身上是最適宜不過詩句:『給部落的字一個更純粹的意義』,也就是愛倫坡的詩論的本質了。他們這種恢復字的魂魄的努力,一面使他們在組織章句和避免純粹的鏗鏘和純粹的悠揚上」,「此外還有從現實踏入幻境時的一種健全的步伐,那也是他們的共同特質之一。」

第五節　新詩創作與翻譯

《大公報・文藝・詩特刊》還用相當的篇幅發表現代派詩人詩作和同步翻譯各國現代主義的詩作。

首先是卞之琳的詩。他的名作《尺八》,首刊於1935年11月22日《大公報》第47期《文藝・詩特刊》,一般認為1936年10月《新詩》創刊號上作了頭條的《尺八》是首發,這是要

記》,由Ramon Pernandez譯成法文發表於1926年11月號的法國《新文藝雜誌》(La nouvelé Revue fracalse)。譯文標題由閩家駒擬。
[28] 《大公報》1936年4月17日第12版,《文藝》第129期《詩特刊》;1936年5月15日《文藝》145期《詩特刊》。

加以糾正的。《尺八》以其幽怨的情調描述了海西客為主體的鄉愁寄寓，受愛略特「非個人化」的影響，具有普遍的審美效應。卞之琳還發表了《小詩兩首》：《朋友和傘》、朋友和煙捲》。這是1932年兩首舊作的尾巴。前者含義蘊藉，把友情寫得哲思繚繞。詩人還在《大公報‧文藝‧詩特刊》上發表了愛呂雅的譯詩《戀人》。

其次是戴望舒。他發表了詩作《擬作小曲》，用象徵的手法表現了詩人對諧和永恆境界的嚮往和欣賞。戴望舒還發表了韓波的譯詩《散文詩四章》：《神秘》、《車轍》、《花》、《黎明》，音調和諧、結構精美。

再次，孫大雨、林徽因、梁宗岱、陳敬容、孫毓棠、曹葆華也是《大公報‧文藝‧詩特刊》上的活躍詩人。

但總的來看，《大公報‧文藝‧詩特刊》是以詩學理論及其譯介為重點的，詩的創作相對要輕一些。這是要加以說明的。

附：《大公報・文藝・詩特刊》目錄

《大公報》1935年11月8日，《文藝》第39期《詩特刊》

詩　　孫大雨：自己的寫照（第六章）

　　　　徽因：城樓上

　　　　羅念生：東與西

詩論　梁宗岱：新詩的十字路口

《大公報》1935年11月22日，《文藝》第47期《詩特刊》

詩　　卞之琳：尺八

　　　　陳敬容：夜客

　　　　林庚：深秋三首

　　　　梁宗岱：商籟

詩論　韋：論長詩小詩

　　　　宗岱：編後

《大公報》1935年12月6日，《文藝》第55期《詩特刊》

詩　　陳夢家：小廟春景

　　　　張文麟：四行

　　　　馮至：威尼斯

　　　　徐芳：窗外

　　　　李溶華：星

詩論　陳世驤：對於詩刊的意見

《大公報》1935年12月23日，《文藝》第65期《詩特刊》
詩　　梁宗岱：商籟
　　　　孫毓棠：秋暮
詩論　朱光潛：從生理觀點論詩的「氣勢」和「神韻」

《大公報》1936年1月10日，《文藝》75期《詩特刊》
詩　　羅念生：忽必烈汗
　　　　曹葆華：無題
　　　　林庚：莫相遇
　　　　辜勉：秋蟬
詩論　羅念生：節律與拍子（一）
　　　　梁宗岱：編者按

《大公報》1936年1月31日，《文藝》85期《詩特刊》
詩　　梁宗岱譯波德萊爾：祝福
　　　　曹葆華：無題
　　　　南星：靜息
　　　　李琳：希望
　　　　李廣田：舊雨傘
　　　　陳夢家：第一夜風
詩論　梁宗岱：關於音節

《大公報》1936年2月14日，《文藝》93期《詩特刊》
詩　　梁宗岱：商籟
　　　　羅念生：時間
　　　　徽因：風箏
　　　　羅莫辰：二月三月四月
　　　　田疇：祈雨

　　　　徐芳：琵琶

詩論　馮至譯里爾克：給一個青年詩人的信

《大公報》1936年2月28日，《文藝》101期《詩特刊》

詩　　馮至譯里爾克：啊，詩人，你説，你做什麼

　　　　羅念生：口角

　　　　曹葆華：無題

　　　　南星：憂慮

　　　　徐芳：白鴿

　　　　李琳：爐邊

　　　　陳芳蘭：驚耗

詩論　羅念生：音節

《大公報》1936年3月13日，《文藝》109期《詩特刊》

詩　　馮至譯里爾克：我爾斐

　　　　周煦良：睡女

詩論　王瀛生譯瓦雷里：法譯陶潛詩選序

《大公報》1936年3月27日，《文藝》117期《詩特刊》

詩　　戴望舒譯韓波：散文詩四章

　　　　曹葆華：無題

　　　　林庚：冬眠曲

　　　　張心舟：小巷冬夜

詩論　梁宗岱：韓波

《大公報》1936年4月17日，《文藝》129期《詩特刊》

詩　　梁宗岱譯雨果：播種季──傍晚

　　　陳敬容：車上

　　　袁若霞：腳

　　　覃處謙：眼

詩論　葉公超：音節與意義（一）

《大公報》1936年5月15日，《文藝》145期《詩特刊》

詩　　林庚：青溪曲

　　　柳無忌：屠戶與被屠者

　　　孫毓棠：春山小詩

　　　李靈：暮春

　　　袁若霞：像

　　　羅念生：恨

詩論　梁宗岱：詩・詩人・批評家

　　　羅念生：音節與意義（二）

《大公報》1936年5月1日，《文藝》137期《詩特刊》

詩　　梁宗岱譯歌德：幸福的追求

　　　曹葆華：無題

　　　張心舟：春

　　　南星：有懷

　　　卞之琳：小詩兩首

　　　李琳：夜曲

　　　甘運衡：自己的像前

　　　何田田：長城

詩論　梁宗岱譯瓦雷里：「骰子的一擲」

《大公報》1936年5月29日，《文藝》137期《詩特刊》

詩　　馮至譯赫爾特林：運命之歌

　　　　卞之琳譯愛呂雅：戀人

　　　　孫毓棠：春山中詩

詩論　聞家駟譯愛略特：玄理詩與哲理詩

　　　　梁宗岱：編後

《大公報》1936年6月12日，《文藝》161期《詩特刊》

詩　　曹葆華：無題

　　　　李溶華：變

　　　　蒲柳芳：晚來

　　　　張秀亞：蜜蜂

　　　　孫毓棠：春山小詩

詩論　郭紹虞：從永明體到律體（一）

《大公報》1936年6月26日，《文藝》169期《詩特刊》

詩　　戴望舒：擬作小曲

　　　　曹葆華：無題

　　　　辛笛：航

　　　　徐芳：紅花

　　　　翦羽：邂逅

詩論　郭紹虞：從永明體到律體（二）

《大公報》1936年7月19日，《文藝》182期《詩特刊》

詩　　畢奐午：火燒的城

　　　　林徽因：黃昏過泰山

　　　　方敬：等候

　　　　李健吾：化石

第十三章
曹葆華與《北平晨報·詩與批評》

　　現代派詩學的研究在當下有一些新的現象出現。較之新時期開始進行的比較粗疏的清理不同的是，學界開始關注30年代現代派本身的詩學淵源，這從1992年已經開始[1]，最近這個研究開始更加細化。從原始刊物上進行文本的全面的史料清理和具體的理論辨析開始深入。特別是對於像本章將要討論的在當下中國比較走紅的瑞恰慈理論之輸入的討論，還沒有開始[2]。曹葆華與其主編的《北平晨報·詩與批評》，自從孫玉石在《中國現代主義詩潮史論》中將其列入現代派詩刊[3]後，國內外學界還未進行系統的研究，更沒有將《北平晨報·詩與批評》列入現代派詩學中進行研究。本書在研究過程中清理了這

[1] 唐正序、陳厚誠主編，《20世紀中國文學與西方現代主義思潮》，四川人民出版社1992年版，第279頁。

[2] 見趙毅衡，《新批評：「起跳的方式之一是」》，《中華讀書報》2002年7月10日第17版。

[3] 孫玉石，《中國現代主義詩潮史論》，北京大學出版社1999年3月版，1130頁。

個刊物，同時進行了資料的收集整理和研究。本章是這些資料
收集的產物。

曹葆華主編《北平晨報‧詩與批評》達2年半，共出74期，
大量介紹了瑞恰慈、艾略特、瓦萊里、里德、默里、威爾遜等
當時西方最前衛的詩學家的論著，傳播了英美現代派、新批評
派的基本理論，同時發表了現代派詩作，成為現代派在北平的
主要陣地。

第一節 《北平晨報‧詩與批評》的概況

曹葆華（1906-1978），四川樂山人，1931年畢業於清華大
學西洋文學系，隨後入清華大學研究院學習，其間從事新詩創
作，翻譯出版了《現代詩論》[4]、《科學與詩》[5]，著有詩集《靈
焰》、《寄詩魂》、《落日頌》、《無題草》。曾主編過《北
平晨報‧詩與批評》專欄（1933年10月-1936年3月），共74
期，成為30年代中國現代派詩學的代表人物之一。由於曹葆華
1944年至1962年，長期從事馬列主義經典理論的編譯工作，新
時期伊始即去世，因此文學界對他這部分成就幾乎沒有進行研
究。本題算是第一次正面研究的開始。

《北平晨報》[6]於1933年10月2日起，由曹葆華以清華大學詩
與批評社的名義開闢了《詩與批評》專欄，置於原有的《北晨學

---

[4] 商務印書館1937年4月出版。
[5] 商務印書館1937年4月出版。
[6] 即五四時期的《晨報》。

園》版。它為對開大版,每月逢一出版,共3期。從1935年1月17日第42期起,改為雙週刊,間週四出版。終刊於1936年3月26日第74期,共持續了兩年半。該刊是30年代持續時間最久的現代派詩刊之一,與施蟄存主編的《現代》[7]不相上下,比同樣是報紙詩刊的梁宗岱主編的《大公報·文藝·詩特刊》[8]長。《北平晨報·詩與批評》在現代派刊物卞之琳等主編《水星》[9]、戴望舒、卞之琳、馮至、梁宗岱、孫大雨聯袂主編的《新詩》[10]期間生存,與其它現代派詩刊比較,除了共有的現代派的共性以外,又有其自身更傾向於艾略特、瑞恰慈英美現代派新批評派的特點。這裡牽涉到的問題是,上述其它的現代派刊物大都有研究,但《大公報·文藝副刊·詩特刊》與《北平晨報·詩與批評》的研究卻一直沒有進行。本書第13章論及了前者,這裡對後者進行探討。

《北平晨報·詩與批評》專欄,主要由兩個板塊組成:一是詩論,一是新詩。詩論中,又主要是同期西方詩論的翻譯,間或有些現代派詩人自己的理論文章。在30年代現代派刊物中,《北平晨報·詩與批評》是刊發詩論翻譯文章最多的,比極為重視這一點的梁宗岱的《大公報·文藝·詩特刊》還多,因為梁宗岱還搞了許多新詩形式的討論。

《北平晨報·詩與批評》創刊前夕,曹葆華在《北平晨報·北晨學園》中分六期連載了John Livingston.Lowes 魯衛士

---

[7] 1932年5月1日至1934年11月1日,共出6卷1期。
[8] 始刊於1935年11月8日,終刊於1936年7月19日,共出17期,每半月一期。
[9] 1934年10月10日創刊至1935年6月10日終刊,共出9期。
[10] 1936年10月10日至1937年7月7月10日,共出2卷4期。

的《詩中的因襲與革命》，接著翻譯了瑞恰慈的《詩中的四種意義》（3、4期），Herbert Read雷達（通譯里德）的《英國詩歌面面觀》一書中的《論純詩》（5、6、7期），瓦萊里的《前言》（8期），瑞恰慈《詩的經驗》（10、11期），化名霄秋翻譯的葉芝的《詩中的象徵主義》（12、13期），還翻譯了瑞恰慈的《論詩的價值》（收入《科學與詩》時名《價值論》，13期），艾略特的《詩與宣傳》（署名霄秋，14、15期），瑞恰慈的《關於詩中文字的運用》（收入《科學與詩》名《生命的統治》，14期），瑞恰慈的《現代詩歌的背景》（16、17、18、19期），艾略特的《批評中的實驗》（20、21期），瑞恰慈的《實用批評》（22、23期），艾略特的《批評的功能》（23、24期），化名漆酒容翻譯的John Middleton Murray J.M.墨雷（通譯默里）的《純詩》（25、26、27期），瓦萊里的《論詩》（署名漆酒容，27期），里德的《近代英國詩歌》（29、30、31期），譯自Life and Letters March——May 1933《生命與文學：1933年3-5月》的《論隱晦》（35、36期），化名志疑翻譯的艾略特的《論詩》，（收入《現代詩論》時改還原名《詩人與個人傳統》，39期），化名白和翻譯的默里的《論批評》（收入《現代詩論》時改名為《批評的信條》，40期），John Sparrow約翰・斯伯容之Obscurity and Communication《朦朧與傳達》中的《論傳達》（41、42期），化名鮑和翻譯的魯衛士的《詩的演變》（42期），Edmund Wilson愛德蒙德・威爾遜《詩的演化》（43、44期），Arthur Symohs阿龍・蘇莫布斯The Symbolist Movement in literature

《文學中的象徵主義運動》中的《波特萊爾》（45期），阿龍‧蘇莫布斯The Symbolist Movement in literature 《文學中的象徵主義運動》中的《魏爾倫》（47、48期），里德的On Poetry《詩的界說》（49、50期），The Saturday Review of Literature 中的《現代詩的演變》（52期），he Saturday Review of Literature 中的《現代詩歌的趨勢》（53期），愛德蒙德‧威爾遜《象徵派作家》（54、55、56期），達唐諦《梵樂希》（63期），譯安諾德詩序《詩的題材》（64、65期）。除個別傳統但研究的是前衛問題如「純詩」的墨雷等少數理論以外，曹葆華介紹的都是當時西方最前衛的理論，如瑞恰慈的語義分析，艾略特的現代詩、後期象徵派瓦雷里的自覺的詩論等。

　　上述這些翻譯大大豐富了30年代現代派在當時詩學中的理論。特別是當時最為前衛的卞之琳所醉心的象徵派以後的當下現代詩的理論。在當時三份詩刊中，《北平晨報‧詩與批評》的份量是最重的，這也許是時為清華大學研究生的曹葆華得天獨厚之所在。儘管《北平晨報‧詩與批評》的辦刊是最具有個人化的色彩的──也就是說，這份詩刊的大多數理論文章和詩，都是曹葆華個人所作，曹葆華還是組織了當時北平有影響的名家名作。如理論方面的葉公超、羅念生、李健吾、靳以，詩創作方面的何其芳、卞之琳、梁宗岱、羅念生、陳敬容、方敬、楊吉甫等。與同時的《大公報‧副刊‧詩特刊》和南方的《新詩》相呼應，北方現代派的陣營在《北平晨報‧詩與批評》上完全展現出來。

第二節　曹葆華對西方詩學的理論引入

曹葆華在1933-1937這四年即中國30年代現代派詩最燦爛的黃金時代，主要的理論興趣在於這麼幾個方面：第一，關於純詩；第二，關於現代詩中詩是經驗的思考，第三，關於詩的批評。

事實上這些觀點有些矛盾，特別是法國象徵派的純詩說與英美現代派關於詩是經驗等論述。但這在曹葆華是一種時間先後的關係，且與30年代現代派本身的變化是一致的。我這裡把象徵派的純詩理論分列於前介紹。

一、對法國象徵派的純詩說的介紹

曹葆華在《北平晨報・詩與批評》的介紹中，涉及了默里的《純詩》、里達的《論純詩》、瓦萊里的《前言》。前二篇全面介紹了西方的純詩說，後一篇正面發表了瓦萊里在純詩上的一些主張。

里德的《論純詩》[11]首先介紹了法國象徵主義詩人中純詩的三個代表性詩人即范爾命（魏爾倫）、馬拉美、瓦萊里，然後

---

[11] 曹葆華譯里達《論純詩》，1933年11月13日12版、1933年11月23日12版，1933年12月1日14版《北平晨報・詩與批評》第5、6、7期。該文譯自里達專著《英國詩歌面面觀》（The Phases of English Poetry），後收入曹葆華譯著《現代詩論》，商務印書館1936年出版。

追述到坡在《詩歌原理》中的理論：「音樂」「創造出最高的美。」「音樂與一種可悅的觀念結合，便是詩歌。」「假定詩歌的最終目的，便是真理。……可是我們腦筋裡，卻是為詩而寫詩並且承認這就是我們的目的。」一般認為，坡就是波德萊爾以來的法國純詩的理論鼻祖。里達在介紹了純詩運動的上述歷史後針對法國象徵主義詩人的「對坡的熱忱」以及在法國引起的討論，介紹了法蘭西學院的會員白瑞蒙神父的純詩理論。白瑞蒙與蘇堯（Robert de Souza）合著的專著《純詩》（Poesie pure）認為詩通過音樂作用傳達的是一種「即興的顫動」或「暗示的歡術」，並與祈禱相合起來：「環繞我的心靈」，「拜訪著一個超越人類的仙靈」。他把詩歸為六種觀念，認為「詩的特質，是由一種神秘而又一致的實體，顯現於詩中的」，「是一種表現的方式」，「有一種朦朧的魔力」「詩是一種音樂」，「是一種咒語」，「是一種神秘的幻術，與祈禱是聯合的。」在白瑞蒙的純詩派與保爾蘇達（Pall Souday）這位法國唯理主義者的論戰中，作者站在白瑞蒙一邊，但在具體討論中，在承認純詩這個概念的前提下，白瑞蒙這種神秘主義的解釋遭到了另一位法蘭西會員瓦萊里和作者的駁難。「天生的」「寫作純詩的詩人」瓦萊里不承認所謂「幻術與祈禱」，里德在指出純詩「這個名詞實際是波德萊爾的」時，對白瑞蒙的純詩說作了批評。里德的武器是他的詩的「三種原素，分為聲音、意義和暗示。」「一個偉大詩人的目標就是把這三者都能結合在一首詩中。」然後作者特別在暗示中批評了白瑞蒙的祈禱說，強調的是詩人對這三者的高度熟練之運用以達到純詩的境界。

　　曹葆華這篇譯文的意義在於，第一次全面地將西文詩中的純詩理論及其歷史發展向國內作了一個介紹。正如曹葆華當時在譯前所說：「純詩（Pure poetry）這個名詞，在國內似乎已經有人提到過；可是作為文章以解釋和發揮的，則至今還未見到。」

　　默里的《純詩》[12]一文則在對白瑞蒙的辨析中，分別闡述了白瑞蒙和瓦萊里兩種純詩說的相異之處：「布勒蒙（白瑞蒙）把他的議論與他的同院的會員梵樂希的議論連在一起，梵樂希（瓦萊里）的議論是屬於另外一種不同的『純詩』的，那種純詩是由馬拉梅（馬拉美）而來的，按照那種『純詩』的意思，純粹的詩人是在完全不顧題目，只是自覺地和特意地創造一種文字的音樂調子，這種調子是能給人以愉快的。依照這種意思，詩歌之『純粹』是在它與題目絕對獨立；『純詩』不過是文詞的音樂而已。這種概念，除了梵樂希的真正的前輩愛倫坡以外，在英國還不曾有人注意過，這種概念與布勒蒙的概念沒有必然的關聯。」在本文中，默里對詩歌表達了一種更靠近現代詩的論點，即「詩歌乃是一種整個經驗的傳達。」

　　默里的這篇文章新意不多，但仔細區別了白瑞蒙和瓦萊里的純詩理論，這為現代派引進純詩理論起到一種導航的作用。

---

[12] 曹葆華譯默里《純詩》，1934年6月1日11版、1934年6月12日13版、1934年6月22日11版《北平晨報·詩與批評》第25、26、27期。該文譯自默里論文集《心國》（Countries of the Mind）第2卷。後收入曹葆華譯著《現代詩論》，商務印書館1936年出版。

　　曹葆華還介紹了瓦萊里的《前言》[13]。《前言》是瓦萊里為法布爾（Lucian Fabre）的《女神的誕生》（Connaissance de la déesse）所作的序。發表在白瑞蒙神父《純詩》發表之前，是法國「純詩」說的主要理論文章。瓦萊里的文章首先回顧了法國詩作為歷史紀錄的歷史，認為19世紀中葉後波德萊爾的「像化學般的純詩的製作」，經由坡「很確切地首先」發現「而又介紹出來。」同時從總結波德萊爾音樂美上的創造推論象徵主義詩的特徵：「即從音樂中重行獲取詩人們本有的一切。這種運動的秘密便在這點。」在這個基礎上，瓦萊里提出了他的純詩說。由於瓦萊里表述的修飾性和詩意化，在我看來，這些論點可以作如下的概括：一是認為哲理詩是非詩的：「把思想的方式與思想的施用無知地混合起來了」。二是認為象徵派詩人的目的則是讓讀者「達到完全快樂的極點」，這是「我們的『概念』」「我們的『至上之善』『純美』」。三是為了達到這一目的，必須努力：繼承前輩即波德萊爾以來的衣缽，吸收他們「最奇幻的」「仙葉聖水」的東西並「緊跟著這條珍奇的道路直到無限」，「而在那天地交合的邊際間常常就是純詩」。第四，認為純詩只能是一種至精至美至純至善的境界：「『純美』的境界必須是空曠無人的」。五是認為「絕對的詩」即純詩甚至只能是一個終身努力的目標。這樣來看，純詩

---

[13] 曹葆華譯瓦萊里《前言》，1933年12月12日12版《北平晨報・詩與批評》第8期。該文係瓦萊里為法布爾（Lucian Fabre）的《女神的誕生》（Connaissance de la déesse）所作的序。後收入曹葆華譯著《現代詩論》。

的基本理論都已經說明。在這裡，音樂是前提，這也是他的前輩波德萊爾和馬拉美的主張，其次，瓦萊里提出了一個「『純美』的境界」的概念：這個「境界」用他的話來說叫做「極端的嚴正」、「更意識到」「創生的」、「在一切題材中更獨立的」：既不是雄辯的粗鄙的，也不是感傷的，也不是俗陋的，進入的是一種「超人類的境界」：「這是一種普遍的真理」，是「玄學、倫理學、甚至於科學都發現」的「真理」。這就把他的純詩說完全神聖化成絕對真理了。他的名篇《年輕的命運女神》、《水仙辭》、《海濱墓園》被公認為是他這種純詩說的代表作品。

二、對西方現代派詩是經驗、知性理論的介紹

詩的非個人化是從卞之琳以後中國現代詩的整體共性。卞之琳、後期戴望舒、《中國新詩》、《詩創造》等，反對詩是抒情的陳舊觀念，避卻抒情，避卻個性，講究經驗、講究分析、講究知性，開了一個新時代。

在這裡，曹葆華起了巨大的引進作用。他翻譯的瑞恰慈的專著《科學與詩》及其若干單篇論文、艾略特的論文，成為至今研究新批評派的經典理論。應該說，現代新詩的中國的詩的分析哲學從曹葆華的輸入開始。

（一）對艾略特的引入。

　　曹葆華化名志疑翻譯的艾略特的《論詩》[14]是一篇避卻個性、非個人化的宣言，在20世紀詩史上具有劃時代的意義。這個意義正如葉公超對趙蘿蕤所言「他的影響之大竟令人感覺，也許將來他的詩本身的價值還不及他的影響的價值呢」[15]。這裡所說的影響，在現代詩中越來越體現出來，這就是變抒情為經驗。

　　艾略特這篇論文一個鮮明的觀點是繼承傳統文化與消滅個性。他認為，作家首先要繼承歷史傳統，同時這種繼承，又是作家此時的認識，因此，作家的天才要與歷史傳統相結合。他用了一個概念，叫做「永遠與暫時的結合」，即「這個意義使一個作家成為傳統的，同時也就是這個意義使一個作家最銳敏地意識到自己在時間中的地位，自己和當代的關係。」在這個意義上他提出了藝術的標準，即「不僅是歷史的，並且是美學的」，同時他提出了在繼承傳統中的藝術「消滅個性」的觀點，認為要做到「要消滅個性這一點，才可以達到科學的地步」。他打了一個比方，叫做「把一條白金絲放到一個貯有養（氧）氣和二養（氧）化硫的瓶裡去所發生的作用」。顯然，艾略特的消滅個性的說法實際上是反對浪漫主義的純粹天才說，主張的是在繼承傳統中在與傳統相融中的另一種個性，這

---

[14] 最先發表於《北平晨報‧詩與批評》第39期，1934年11月2日第11版，譯自T.S.Eliot：Selected Essays，收入《現代詩論》時改選原名《詩人與個人傳統》。

[15] 趙蘿蕤《代序》，《葉公超批評文集》，珠海出版社1998年10月版，第2頁。

另一種就不再是浪漫主義主張的那種與生俱來的純粹個性了。這是現代主義詩學與浪漫主義詩學的一個非常顯著的區別，這就讓艾略特具有了現代意義。30年代現代派一開始，就選擇了與歷史傳統特別是與晚唐南宋純詩傳統相融合的道路[16]，這就與浪漫主義的創造社和開始擺脫浪漫主義的新月社完全不同。

　　其次，艾略特很鮮明地論述了關於詩是經驗與非個人化的關係。在艾略特看來，「詩不是情緒的放縱而是情緒的避卻」，「詩不是情緒，也不是回憶，也不是寧靜（如果不曲解字義）詩是許多經驗的集中，集中後所發生的新東西，而這些經驗在實際的一般人看來就不會是什麼經驗」。反對的是詩人僅憑自身的情緒、自身的回憶寫詩的詩學，仍然主張不憑自身單一的的情緒而是一種「錯綜複雜的」情緒來寫詩。他提出了「詩應當認作是自古以來一切詩的有機的整體」的觀點，進而提出了詩人只是一個工具的看法：「詩人沒有什麼可以表現，只有（是）一個特殊的工具，只是工具而不是個性，種種印象和經驗就在這個工具裡用種種特別的意想不到的方式來互相相合。」這裡所說的只是工具不是個性的思想，同卞之琳後期主張的非個人化、戴望舒後期走向超現實主義的客觀化、中國新詩派的雕塑化是如出一轍的。其美學意義在於，不在強調單個體的先天的不自覺的情緒回憶等詩材，強調的是作為個體的詩人對經驗的再創造，所謂非個人化不是不要個人的創造，而是不要無經驗的個性。在這方面，卞之琳的創作是很有代表性

---

[16] 見本書第九章《純詩論》。

的。[17]艾略特的這番非個人化和詩是經驗的說教成為後來30年代現代派、40年代中國新詩派和80年代第三代詩共同的詩學主張，並且一直影響到今天。

（二）對瑞恰慈的引入。

曹葆華還翻譯了瑞恰慈的《科學的詩》和一些論文，在繼續介紹詩是經驗的理論的同時，還比較系統地介紹了當時最為前衛的新批評理論。

《科學與詩》[18]一書共分引言，一、一般的情勢，二、詩的經驗，三、價值論，四、生命的統制，五、自然之中和，六、詩歌與信仰，七、幾位現代詩人凡八章。

瑞恰慈首先在《一般的情勢》一章中描述了歷史上若干科學發現導致生命延長人類進步，但詩的觀念卻一直固步自封停止不前的事實。

在《詩的經驗》一章中，認為傳統詩學不能進步在於未能解釋「詩歌是什麼」的問題。在瑞恰慈看來，詩是經驗而不是思想，是各種經驗通過人的感覺器官引起的情緒波動。他用心理學的方法分析了詩對人的美感作用產生的因素。首先發生的是「在『心耳』中的文字的聲音以及在想像中說出的文學的感覺」，其次是「各種不同的圖畫在『心耳』中發生」，在

---

[17] 參見唐正序、陳厚誠主編《20世紀中國文學與西方現代主義》，四川人民出版社1992年12月版，第304-305頁。

[18] 商務印書館1937年4月出版，譯自Science and Poetry, by I.A.Richards, Kegan Paul, Trench, Trurbher & Co, Ltd. Broadway House: 68-74 Carter Lane,London,E.C.。

產生「激動」後，瑞恰慈分析了「這種激動（即是那經驗）」是由兩種力量所推動，一是主要的，「可以叫作是主動的或情感的，這是由我們的興趣發動而成」，一種是次要的，「可以叫作智力的」，關鍵在於興趣在產生並推動整個活動。他認為「每種經驗主要都是擺動到停息到某種興趣或一團興趣」，然後他分析了人從童年起到成年人的許多影響興趣的因素，認為兒童經驗少，成人經驗多，「詩歌就是呈訴於這一群錯綜複雜得難於相信的興趣的集合。」反對是詩中的思想在起作用主張，認為主要是經驗在起作用，「經驗本身（即橫掃過心靈的衝動的潮流）乃是文字的本原與制裁。文字代表這種經驗的本身，不是代表任何一組知覺或反想……這些文字在他心靈中會再行引起興趣同樣的活動，同時把他放在同樣的情境中而又引出的反應。」在經驗和文字中，他認為文字與經驗可以說是互為因果，「文字是組合這些衝動的鑰匙」。瑞恰慈反對惟思惟智性，強調興趣與經驗，強調語言與經驗的關係，強調詩是文字對衝動的組合，這都成為後來的新批評的主要主張。[19]

《價值論》一章分析了經驗的善與惡，強調善的價值。那麼什麼是善的生活呢？瑞恰慈認為「『善』是與造物主之意念符合，而『惡』即是反叛造物之意志的」。然後他用聯想派心理學的理論解釋時就認為，「以一群感覺和意志來代替靈魂的時候，『善』就變為快感，而『惡』就變為苦痛」，從而對善和惡作出了瑞恰慈式的區別：「這只是在自由的與浪費的組織

---

[19] 曹葆華譯瑞恰慈《科學與詩》，商務印書館，1937年4月版，第13-23頁。

之不同，在生活之豐滿與狹陋的差異。因為，假若心靈是一種興趣的系統，並且經驗是興趣的活動，那麼一種經驗之價值，就是在心靈藉之能得到完全的平衡的程度問題。」同時還認為大家對生活公認的選擇肯定是與「苦痛」、「麻痺」完全不同的「那最豐富，最銳敏、最活潑，最美滿的生活。」以心靈之能否得到平衡來考察善與惡即快感與痛苦的感覺以判斷價值，並以最好的生活的價值來標識詩的價值，從而確定出當下世界中詩本身獨有的價值，這是瑞恰慈獨特的價值觀。[20]用葉公超的話來說這「是本書中最值得我們注意的一點。」[21]

《生命的統制》一章，首先認為，詩人在一首詩中的文字與韻律為何要這樣安排或那樣安排、選擇「並不是一件理智的事體（雖然能夠有理智的辯明），而是由於一種本能的衝動，設法要確定自己，並且與其同輩互相契合」。這個思想是很深刻的，它描述了創作的非理性狀態。其次，瑞恰慈指出「詩歌不是可以用智識與研究，機巧與設計所能寫成的。」然後指出，詩一定是衝動的產物，不是組裝的產物，「因為韻律並不是玩弄音節，而是反映出作者的人格。它與其所附屬的文字是不能分開的。詩中動人的韻律是發生於真正被激動的衝動中；並且對於與興趣的整理，它比起其他的東西，是一種更微妙的索引。」[22]這就更進一步與新批評聯繫起來，強調了韻律研究的重要性，而不是思想研

---

[20] 曹葆華譯瑞恰慈《科學與詩》，商務印書館，1937年4月版，第29-34頁。

[21] 葉公超：《序曹譯〈科學與詩〉》，《北平晨報・詩與批評》31期，1934年8月2日《北平晨報》12版。

[22] 曹葆華譯瑞恰慈《科學與詩》，商務印書館，1937年4月版，第37-39頁。

究的重要性。關鍵在於，瑞恰慈在這裡，更多地體現出與其他現代派詩學的相異性。第一，直接與同是強調經驗的朋友艾略特區別開來，區別在於瑞恰慈反對詩的知性因素而艾略特卻強調知性因素並強調傳統學習與運用。其次與象徵派的瓦雷里、梁宗岱區別開來，因為後者強調在詩創作中的製作，特別是音樂性韻律的製作。瓦雷里的《年輕的命運女神》經過了多年的創作與修改，在這一點上，瑞恰慈又與浪漫主義有了一定的聯繫。三是與現代派中強調製作的卞之琳區別開來，卞之琳強調苦吟與其是相反的。四是與反對製作的戴望舒似乎相同起來，但戴望舒的反製作卻不再強調詩的韻律。以上雖有多種不同，但瑞恰慈又與上述現代派有一個共同之處，即在於都強調經驗，強調形式，都反對對詩的內容作思想上的強調。這真是一個有趣的現象，這也許是現代派與新批評之異同吧。

　　《自然之中和》，談到近代社會發生了變化，人類由玄妙的世界觀轉向科學的世界觀。瑞恰慈把這個變化稱為「自然的中和（Neutralization of Nature）」以後，一些寫詩的人許多轉向科學了，玄妙不再有了，神靈不再有了，人們認為知識可以決定一切，包括決定其情緒與興趣，但瑞恰慈卻認為「科學只是我們有系統地指明事物之最嚴密的方法，所以它不告訴並且不能告訴我們事物之根本的性質究竟如何。它不能回答這樣的問題：某某是『什麼』呢？它只能告訴某某是『怎樣』動作。」[23]然後瑞恰慈憂心忡忡地認為「科學不能告訴，我們是

---

[23] 曹葆華譯瑞恰慈《科學與詩》，商務印書館，1937年4月版，49頁。

什麼？這個世界是什麼？」，因為這些問題「根本就不是問題」，「自然科學」、「哲學與宗教也不能解答」「這些『假問題』」，瑞恰慈認為這正是人類社會的危機，「這種危機一日不解決，個人和社會都感覺著一種緊張的狀態。」[24]

在《詩歌與信仰》一章中，瑞恰慈首先提出了「科學的陳述（Scientific Statement）」與「情感的敘述（emotive utterance）」概念，在「真」的意義上提出了區分的標準。接著提出了「偽陳述（Pseudo-statement）」的概念，認為詩的敘述是在其「討論宇宙（Universe of Discourse）」、「佯信的世界（Word of Make believe）」，即詩人與讀者共同承認的虛擬的世界中的「偽陳述」，即我們通常所說的「詩的真理」。「偽陳述」不是由邏輯決定的，「是由我們的情緒組合而產生的。『偽陳述』之被接受，完全看它在我們的情感與態度上所發生的效用如何。……『偽陳述』若是它能適合與裨益於某種態度，並且能把在別方面值得欲望的一些態度聯絡在一起，那麼它便是『真』的。這種真與科學的『真』是如此相反」。問題在於瑞恰慈並不是只是研究到此為止，他提出這一點，關鍵在於提出一個危機的問題：「真的陳述比較假的陳述是更有益於我們。然而我們並不，而且現在也不能，只用真的陳述安排我們的情緒與態度；更不能料定，我們將來能夠勉強作到。這就是文明所遭遇的新的巨大的危機之一。關於上帝，關於宇宙，關於人性，關於心靈與心靈之關係，關於靈魂和它的等級與命運──這無數的『偽陳述，』乃是心靈

---

[24] 曹葆華譯瑞恰慈《科學與詩》，商務印書館，1937年4月版，50頁。

組織之樞紐，並且對於心靈之安寧是異常重要的。」[25]在這裡，瑞恰慈表現出現代社會裡的迷惘和對詩的執著。瑞恰慈恰恰在科學與詩的關係上陷入了二元論。一方面認為科學的發達導致了詩的衰退，認為詩是調節人的「靈魂、人性、心靈、情緒與態度」不可或缺的不可替代的東西，另一方面又認為要用科學的精神來研究詩，只研究詩的形式問題，用心理學的方法分析哲學的方法來研究詩，把詩當成科學對象來研究。這是現代詩轉折時期、現代社會轉折時期的新的詩學的傾向，是既在反對科學對詩的侵略又在崇尚科學的方法。

在最後一章《幾位現代詩人》中，瑞恰慈討論了哈代、夏芝（葉芝）和羅倫士的詩。感興趣的仍然是其對「自然的中和」過程中對現實苦難的感受和對心靈的安寧的關注。

總之，在詩是經驗的本體思考中，曹葆華關注了當時西方最有影響的新的詩學理論，並在國內作了很迅速的介紹。瑞恰慈的意義，用當時清華大學研究院導師葉公超的說法來說，叫做「在當下批評裡的重要多半在他能看到許多細微問題」，「他書裡無處不反映著現代智識的演進」，「他的價值論的基礎」，還提出「我希望曹先生能繼續翻譯瑞恰慈的著作，因為我相信國內現在最缺乏的，不是浪漫主義，不是寫實主義，不是象徵主義，而是這種分析文學理論。」[26]葉公超這裡指的，也就是西方剛剛興起的新批評的理論。

---

[25] 曹葆華譯瑞恰慈《科學與詩》，商務印書館，1937年4月版，第53-60頁。
[26] 葉公超：《序曹譯〈科學與詩〉》，《北平晨報・詩與批評》31期，1934年8月2日《北平晨報》12版。

三、關於新批評理論的引入

在詩的批評中，曹葆華比較注意新批評的動態，他專門翻譯了瑞恰慈的《實用批評》與艾略特的《批評的方法》與《批評的試驗》。

在《實用批評》[27]中，瑞恰慈認為從亞里士多德「詩是一種模仿」到「詩是一種表現」都是一些含糊不清的「指路標，對詩的理解各各以意為之，不能解釋詩。他實驗了他的新批評方法：把詩作者匿名後交給學生評論，結果學生評的詩五花八門，從而認為詩的批評有十難：首先是關於求得詩之表面意思而有的困難；第二是感官上理會的困難；第三是意象特別是視覺意象在詩中的誦讀中所占的地位；第四是記憶上的無關之強烈而又普遍的影響；第五是批評的陷阱；第六是濫用感情；第七是壓抑感情；第八是教義上的附屬；第九是技術上的主觀；第十是一般的批評的成見。從而該文創建了「細讀法」，為新批評理論提供了令人信服的依據。

艾略特的《批評中的試驗》[28]是呼應瑞恰慈《文學批評原理》與《實用批評》的專論。這本書在關於詩的起源的理論

---

[27] 載《北平晨報・詩與批評》第22期、23期，《北平晨報》1934年5月3日，第13版，1934年5月14日第11版，後收入《現代詩論》，商務印書館，1937年4月版，譯自Practical Criticism。

[28] 載《北平晨報・詩與批評》第20期、21期，《北平晨報》1934年4月12日第11版，1934年4月23日第13版，後收入《現代詩論》商務印書館1937年4月版。

中，回到言詞的起源。認為「一切名詞沒有精確的界說……現在急切地需要一種新的批評之實驗。這種批評包括著對於所用的名詞加以一種邏輯的與辯證法的研究……在文學批評中，我們長久不能解說的名詞」，然後高度評價了瑞恰慈的工作。

　　曹葆華在30年代把新批評的理論介紹進來，對當時現代詩的發展起到了歷史作用，導致了30年代後期到40年代新詩後來在語言上的進步。這種進步，正如新批評研究的著名學者趙毅衡所說的：「二十世紀上半期中西文學關係，是個尚待勘探的富礦區。尤其新批評與中國現代文學的直接接觸，可謂源遠流長……瑞恰慈，數次留在中國執教……當時有幾本新批評的書，在北京無法找到，竟然在一個大學圖書館裡找到了曹葆華三十年代初的譯本，我非常吃驚：如果當日的風氣得以堅持，還輪到半個世紀後來研究？」[29]

四、曹葆華詩學引入對其創作的影響

　　曹葆華對西方詩學的研究，導致了他的詩歌創作思想的獨特性，這種思想被錢鍾書謂之為宇宙意識，對曹葆華詩集《日落頌》的評論似乎是錢鍾書對中國現代作家唯一的一次發言。錢鍾書的標準是融合中西文化的宇宙意識，是人類對自我存在最高形式的觀照和感悟。這種宇宙意識本質特徵是錢鍾書強調的「消滅自我以圓成宇宙」，而不是相反的「消滅宇宙以

---

[29] 趙毅衡《新批評：「起跳的方式之一是」》，《中華讀書報》2002年7月10日第17版。

圓成自我」。錢鍾書對宇宙意識的理論自覺後來也在自己創作中流露出來。正如錢鍾書所說「作者的詩還有一個特點，他有一點神秘的成分。我在別處說過，中國舊詩裡面有神說鬼話（Mythology），有裝神搗鬼（Mystification），沒有神秘主義（Mysticism）。神秘主義當然與偉大的自我主義十分相近；但是偉大的自我主義想吞併宇宙，而神秘主義想吸收宇宙──或者說，讓宇宙吸收了去，因為結果是一般的；自我主義消滅宇宙以圓成自我，反客為主，而神秘主義消滅自我以圓成宇宙，反主為客。作者的自我主義夠得上偉大，有時也透露著神秘。作者將來別開詩世界，未必不在此。神秘主義需要多年的性靈的滋養和潛修：不能東塗西抹，浪拋心力了，要改變擺倫式的怨天尤人的態度，要和宇宙及人生言歸於好，要向東方和西方的包含著蒼老的智慧的聖書裡，銀色的和墨色的，惝恍著拉比（Rabbi）的精靈的魔術裡找取通行入宇宙的深秘處的護照，直到──直到從最微末的花瓣裡窺見了天國，最纖小的沙粒裡看出了世界，一剎那中悟徹了永生。假使作者把這個境界懸為目的，那末，作者的藝術還沒有成熟。」[30]曹葆華作為一位詩人當然是一個半成品，在眾多的現代派詩人中他當時現在也不是評價居上的，但曹葆華對西方文學研究的深入，致其強烈的現代意識和對詩的絕對意識區別於時人。本書不專門研究其詩創作，這裡就從略了。

---

[30] 錢鍾書《〈落日頌〉》。

結論

　　本書全面清理了現代派的史料，認為現代派是一個發展變動的開放的流派。本書認為，現代派詩學有其內在邏輯聯繫和結構，由藝術方法論的藝術篇、詩歌工具論的形式篇這兩個主體部分構成，本書研究了現代派的批評論和佚刊。

　　本書認為，現代派詩學在藝術方法上主要引入中西詩學的象徵、意象和西方的知性，並予以變異。本書認為，意象是現代派由象徵向知性的「客觀對應物」的橋樑，知性的崛起為現代派劃出了前後期分界，1935年是現代派的前後期分界線。本書認為，從象徵到意象到知性，邏輯與時間同步，現代派的「現代」程度同步加強的。本書認為，現代派的詩歌體現的審美範疇論是病態美與朦朧美；戴望舒、卞之琳、何其芳詩歌與中西詩學有直接的淵源並進行了承傳變異。本書認為，現代派的詩美範疇、詩人創作與藝術方法詩學主張是一致的；詩學家和詩人都學貫中西、才華橫溢，詩學理論成就巨大，是中國現當代詩學史上最完整最優秀的流派。

　　本書認為，現代派在詩形式上主要引入中西詩學的形式論、純詩論、音樂論、格律論。形式論是詩形式概念論，同時統攝後三論，純詩論是形式篇的重心，音樂論是對純詩論中音

樂論題的延伸和系統化，格律論是現代派後期直至當代延伸的論題，是形式論的歸宿和方向，戴望舒逸出音樂論與何其芳、孫大雨、卞之琳對音樂論、格律論的堅持成為後期現代派詩學的兩極。現代派對格律的中外承傳作了更成熟的引入與理論研究，並持續半個世紀地致力於現代格律的建立和倡導，在中國現代詩學史上有著獨特的貢獻。

本書認為，現代派是中國惟一對西方新批評引入並研究運用的現代詩學流派，在中國現代詩學史上有其獨特地位。

本書發現了現代派詩佚刊《大公報‧文藝‧詩特刊》，並認為它與《北平晨報‧詩與批評》是現代派的重要詩刊。

參考文獻

一、中文部分

艾·阿·瑞恰慈著、楊自伍譯，《文學批評原理》，百花洲文藝出版社，1994年11月版。

〔瑞士〕埃米爾·施塔格爾著，《詩學的基本概念》，中國社會科學出版社，1992年6月版。

彼得·瓊斯編，裘小龍譯，《意象派詩選》，灕江出版社，1986年版。

北京大學哲學系美學教研室編，《中國美學史資料資料選編》，中華書局，1980年9月版。

北京大學哲學系美學教研究編，《西方美學家論美和美感》，商務印書館，1982年2月版。

《北平晨報》，北平晨報社。

卞之琳，《雕蟲紀曆》，人民文學出版社，1979年9月版。

卞之琳，《漢園集》，（與人合集），商務印書館，1936年2月版。

卞之琳，《人與詩：憶舊說新》，三聯書店1984年11月版。

卞之琳，《慰勞信集》，昆明明日社出版部，1940年版。

卞之琳，《三秋草》，沈從文印刷發行，1933年5月版。

卞之琳，《十年詩草》，桂林明日社，1942年5月版。

卞之琳，《魚目集》，上海文化生活出版社，1935年12月版。

曹葆華譯編，《現代詩論》，商務印書館1937年4月出版。

曹葆華譯瑞恰慈《科學與詩》，商務印書館1937年4月版。

曹順慶，《中西比較詩學》，北京出版社，1988年9月版。

《晨報》，晨報社。

陳夢家編，《新月詩選》，新月書店1931年9月版。

陳聖生，《現代詩學》，社會科學文獻出版社，1998版。

陳旭光，《中西詩學的會通——20世紀中國現代主義詩學研究》，北京大
　　學出版社，2002年1月版。

陳植鍔，《詩歌意象論》，中國社會科學出版社，1990年版。

陳子善編，《葉公超批評文集》，珠海出版社，1998年10月版。

《創造》（1922.5-1924.2），創造社。

《創造月刊》（1926.3.16-1929.11.10），創造社。

《大公報·文藝·詩特刊》，大公報社。

戴望舒，《戴望舒詩集》，四川人民出版社1981出版。

戴望舒，《戴望舒詩全編》，浙江文藝出版社1989年版。

戴望舒，《戴望舒譯詩集》，湖南人民出版社1983年版。

戴望舒，《望舒草》，現代書局，1933年8月版。

戴望舒，《望舒詩稿》，上海雜誌公司，1937年1月版。

戴望舒，《我的記憶》，上海水沫書店，1929年4月版。

戴望舒譯，《惡之華掇英》，上海懷正文化社，1947年版。

戴望舒，《災難的歲月》，上海群星出版社，1948年2月版。

戴維·洛奇編《二十世紀文學評論》，上海譯文出版社1987年2月版。

丁福寶輯，《歷代詩話續編》，中華書局，1983年8月版。

杜布萊西斯，《超現實主義》，三聯書店1988年版。

馮文炳（廢名），《談新詩》，人民文學出版社1984年版2月版。

高爾基，《論文學》（續集）第2頁，人民文學出版社1979年版。

郭宏安譯，《波德萊爾美學選》，人民文學出版社，1987年版。

郭沫若（與人合著），《三葉集》，上海泰東圖書館，1920年5月版。

郭紹虞，《中國文學批評史》，上海古籍出版社，1979年10月版。

郭紹虞主編，《中國歷代文論選》，上海古籍出版社，1979年8月版。

黃晉凱、張秉達、楊恆達主編，《象徵主義・意象派》，中國人民大學出版社，1989年10月版。

胡經之、張首映《西方20世紀文論史》，中國社會科學出版社，1988年1月版。

何其芳，《何其芳文集》（1-5卷），人民文學出版社，1983-1984年版。

何其芳，《刻意集》，文化生活出版社，1938年10月版。

《胡適留學日記》，商務印書館，1947年版。

〔清〕何文煥輯，《歷代詩話》，中華書局，1981年4月版。

〔明〕胡應麟，《詩藪》，上海古籍出版社，1979年11月版。

黃藥眠、童慶炳編，《中西比較詩學體系》，人民文學出版社，1991年版。

〔宋〕姜白石・白石詩說（六一詩話 白石詩話 灄南詩話），人民文學出版社，1983年2月版。

江弱水，《卞之琳詩藝研究》，安徽教育出版社，2000年12月版。

傑姆遜，《後現代主義與文化理論》，陝西師範大學出版社，1986年8月版。

孔另境編，《現代作家書簡》，花城出版社1982年版。

藍棣之，《現代詩的情感與形式》，華夏出版社，1994年9月版。

《樂群》（1928.10.1-1930.3.1），樂群書店。

李賦甯譯，《艾略特文學論文集》，百花洲文藝出版社，1994年9月版。

李健吾，《李健吾文學評論選》，寧夏人民出版社，1983年版。

李澤厚，《中國現代思想史論》，東方出版社，1987年6月版。

梁啟超，《飲冰室文集》合集第4冊，中華書局影印本，1989年版。

梁實秋，《浪漫的與古典的》，新月出版社，1927年版。

梁宗岱，《詩與真》，商務印書館，1935年2月版。

梁宗岱，《詩與真二集》，商務印書館，1936年版。

梁宗岱，《詩與真‧詩與真二集》，外國文學出版社1984年1月版。

〔美〕劉若愚《中國詩學》，韓鐵椿、蔣小雯譯，長江文藝出版社，1991年1月版。

劉西渭（李健吾），《咀華集》，上海文化生活出版社，1936年版。

劉西渭（李健吾），《咀華二集》，上海文化生活出版社，1937年版。

〔宋齊梁〕劉勰《文心雕龍》，范文瀾注《文心雕龍注》，人民文學出版社，1958年9月版。

龍泉明、鄒建軍，《現代詩學》，湖南人民出版社，2000年11月版。

呂進，《中國現代詩學》，重慶出版社，1991年版。

呂周聚，《中國現代主義詩學》，人民文學出版社，2001年8月版。

〔英〕馬‧布雷德伯里、詹‧麥克法蘭編《現代主義》，上海外語教育出版社，1992年6月版。

瑪利安‧高利克《中國現代文學批評發生史（1917-1930）》，社會科學文獻出版社，1997年11月版。

茅于美，《中西詩歌比較研究》，中國人民大學出版社，1987年12月版。

敏澤，《中國文學理論批評史》，人民文學出版社，1981年5月版。

潘頌德，《中國現代詩論40家》，花城出版社，1991年版。

潘頌德，《中國現代新詩理論批評史》，學林出版社，2002年8月版。

《七月》（1937.9-1941.9），七月社。

〔美〕喬納森‧卡勒著、盛寧譯，《結構主義詩學》，中國社會科學出版社，1991年10月版。

《清華學報》，清華大學學報。

《青年界》（1931.3.10-1949.1），北新書局。

《清華週刊》，清華週刊社。

〔法〕讓‧貝西埃、〔加〕伊‧庫什納、〔比〕羅‧莫爾捷、〔比〕讓‧韋斯格爾伯主編，《詩學史》，史忠義譯，百花文藝出版社，2002年1月版。

阮元，《十三經注疏》，中華書局影印本，1979年11月版。

孫玉石，《中國現代主義詩潮史論》，北京大學出版社，1993年版。

《少年中國》，（1919.7.15-1924.5），少年中國學會。

《詩》，（1922.1-1923.5），中國新詩社。

《詩創造》，（1947.7-1948.10），詩創造社。

《詩刊》，詩刊社。

《詩探索》，詩探索編輯部。

《詩志》，詩志社。

舒蕪、陳邇東、周紹良、王利器編選，《中國近代文論選》，1981年9月版。

《水星》，（1934.10-1935.6），水星社。

田漢、宗白華、郭沫若，《三葉集》，上海亞東圖書館，1920年5月版。

唐正序、陳厚誠主編，《20世紀中國文學與西方現代主義》，四川人民出版社，1992年12月版。

〔清〕王國維《人間詞話》，徐調孚注本，人民文學出版社，1982年版。

王澤龍，《中國現代主義詩潮論》，華中師範大學出版社，1995版。

韋勒克、沃倫《文學理論》，三聯書店，1984年11月版。

《未名》，（1928.1.10-1930.4.30），未名社。

《文學季刊》，（1934.1.1-1935.12.16），文學季刊社。

《文飯小品》，（1935.2.5-1935.7.31），上海雜誌公司。

《文學評論》，文學評論社。

伍蠡甫主編，《西方文論選》，上海譯文出版社，1979年11月版。

伍蠡甫主編，《現代西方文論選》，上海譯文出版社，1983年1月版。

吳忠誠，《現代派詩歌精神與方法》，東方出版社，1999年9月版。

吳中傑、吳立昌編，《1900-1949：中國現代主義尋蹤》，學林出版社，1995年12月版。

《現代》，（1932.5-1934.11），上海現代書局。

《現代文學》，（1930.7.16-1930.12.16），北新書局。

《小說月報》，（1910-1931.12），上海商務印書館。

《小雅》，小雅詩社。

《新潮》，（1919.1-1922.3），新潮社。

《新青年》，（1915.9.15-1926.7.25），新青年編輯部。

《新詩》，（1936。10-1937.7），新詩社。

《新詩歌》，（1933.2.11-1934.12.1），中國詩歌會。

《新文藝》，（1929.9.15-1930.4.15），新文藝月刊社、現代文藝社。

《學文》，學文月刊編輯部。

葉維廉，《中國詩學》，三聯書店，1992年1月版。

〔宋〕嚴羽，《滄浪詩話》，《滄浪詩話校釋》，郭紹虞校釋，人民文學
　　出版社，1983年版。

袁可嘉，《論新詩現代化》，三聯書店1988年1月版。

袁可嘉主編，《外國現代派作品選》，上海文藝出版社，1980年版。

袁可嘉，《西方現代派詩與中國新詩》，《現代派論・英美詩論》，中國
　　社會科學出版社1985年版。

《語絲》，（1924.11.17-1930.3.10），語絲社。

張秉達等主編，《未來主義・超現實主義》，中國人民大學出版社，1994
　　年7月版。

張曼儀，《卞之琳著譯研究》，香港中文大學出版，1989年。

章亞昕，《現代詩美流程》，山東文藝出版社，1996年10月版。

趙蘿蕤譯艾略特《荒原》，上海新詩社1937年出版。

趙毅衡編，《新批評文集》，百花文藝出版社，2001年9月版。

趙毅衡，《新批評——一種獨特的形式文論》，中國社會科學出版社，
　　1986年8月版。

鄭擇魁、王文彬，《戴望舒評傳》，百花文藝出版社1987年7月版。

鄭振鐸、傅東華編，《文學百題》，生活書店1935年出版。

《中國現代文學研究叢刊》，中國現代文學研究會。

《中國新詩》（1948），中國新詩社。

《中國新文學大系》，上海良友圖書印刷公司，1935年版。

周式中、孫宏、譚天健、雷樹田主編，《世界詩學百科全書》，陝西人民
　　出版社，1999年9月版。

《朱光潛美學文集》，上海文藝出版社，1981年版。

朱光潛，《談美》，1933年11月開明書店出版。

朱光潛，《詩論》，重慶國民圖書出版社，1942年版。

朱立元主編，《二十世紀西方美學經典文本》，復旦大學出版社，2000年
　　12月版。

〔宋〕朱熹，《詩集傳》，上海古籍出版社，1980年2月新版。

二、英文部分

1.I.A.Richards. *Principles of Literary Criticism*. New York: Harcourt，Brace &
　company INC.1934.

2.I.A.Richards. *Science and Poetry*. Kegan Paul，Trubner & Co.Ltd.1926.

3.T.S.Eliot. *Elizabethan Essays*. London Faber & Faber Limited 24 Russell
　square.

4.T.S.Eliot.Selected *Essays*.1932

5.Hugh Ross Wiliamson. *The Poetry of T.S.Eliot*. London: Hodder &
　Stoughton.1932.5

外國人名中外文對照表

阿波里奈爾　Guijlaume Apollinaire

阿拉貢　Louis Aragon

阿龍・蘇莫布斯Arthur Symohs

阿爾丁頓　Richard Aldington

愛德蒙德・威爾遜　Edmund Wilson

愛呂雅（通譯艾呂雅）　Paul Eluard

艾略特　Thomas Stearns Eliot

安娜・巴那基昂　Aana Balakian

奧登　Wystan Hugh Auden

沃倫　Austin Warren

白瑞蒙神父　Abbé　Bremond

保爾・福爾　Paul Fort

保爾蘇達　Pall Souday

保爾・瓦萊里　Paul Valéry

比也爾・核佛爾第（通譯勒韋爾第）　Pierpre Reverdy

波德萊爾　Charles Baudelaire

布勒東（通譯勃勒東）　André Breton

戴維・赫伯特・勞倫斯　D・H・Lawrence

道生　Ernest Dowson（Christopher）

法布爾　Lucian Fabre

弗萊契　John・Gould・Fletcher

弗蘭克・斯圖爾特・弗林特　F・S・Flint

高羅德爾　Paul Claudel

果爾蒙　Gemy de Gourmont

浩司曼　A.R.houxman

赫爾特林（又譯荷爾德林）　Holderlin

柯爾律治　Samuel Taylor Coleridge

克羅齊　Benedetto Croce

蘭波　Arthur Rimbaud

里爾克　Rainer Maria Rilke

里德　Herbert Read

劉若愚　James・J・Y・Liu

魯衛士　John Livingston.Lowes

羅厄爾　Amy Lowell

羅威士　J.L.Lowes

馬拉美　Stephané Mallarmé

馬里內蒂　Filippo Tommaso Marinetti

馬雅可夫斯基　Владимир Владимирович Маяков-. ский

梅特林克　Maurice Maeterlinck

默里　John Middleton Murray

龐德　Ezra Pound

彭士微克　Brunschvig

蘇佩維艾爾　Jules Supervielle

蘇堯　Robert de Souza

士威敦波爾克　Swedenborg

梯布德　Albert Tibaudet

魏爾倫　Paul Verlaine

韋勒克　Rene Wellek

希爾達・杜利特爾　H・D

休姆　T.E.Hulme

葉賽寧　Сергей Александрович Есенин

耶麥　Franlis Jarnmes

葉芝　Willian Butler Yeats

約翰・斯伯容　John Sparrow

後記

這是我的第三本個人著作。

1984年碩士畢業到2003年博士畢業，其間跨度20年，實是中國20年社會變化之縮影。

前十年的前三年，師承華忱之教授，華先生常講的乾嘉學派與其師聞一多先生的學風，令我孜孜以誠，不敢有妄。當時美學熱狂，在厭惡僵硬的文學研究模式的當年，我一頭裹進美學熱潮，選了當時無人作的茅盾，膽大妄為地試筆，其理論受了李澤厚的許多影響。碩士畢業後，研究的是現代，但熱衷的是當代，特別是1985年的文學新潮，讓人激動不已，因而常在現代學術與當代評論中徘徊，這是我前十年後七年中的概貌。對此，先生時有感覺，每年春節拜年，談及我的時文，也就寬容地笑笑。這十年大風大浪，意識形態變革動盪，理性與激情迭出，啟蒙與文化共聚，概與周全材料之搜尋與考證相交錯；加以對當代中國之激情與對現代文化之思索共交匯。這便是我前十年思想的基調。這些都已紀錄在我的個人著作《理性・社會・客體──茅盾藝術美學論稿》與《中國新文學論集》及參與著作《20世紀中國文學與西方現代主義》及數十篇論文中。這些著作不少係省、部重點課題，並三次獲得省人民政府社科

獎。葉子銘先生對拙著《茅盾藝術美學論稿》一書「填補了國內外茅盾研究的重要空白」的評論，讓我不勝感激，也確是我當時治學狀態之真實描述。思之1982年春師從華先生，乃我人生命運的轉折。當時乾坤換位，標準交錯混亂，以至黑白互詆，我從一個中世紀式的縣城來到四川大學攻讀碩士學位，是先生力議之果，先生現已仙去，能不懷乎？

1993年後價值更加裂變，改革觸及生存，知識界人心浮動，在操作可獲巨利與思想陷於尷尬的現實中，多有人試過海水的溫度、鹹度與嗆度。時生幼女，先是新生兒敗血症，後是蛾口瘡與中耳炎，家中存款不到千元，生活拮据如此，思之未來教育費之缺口，未除近憂，更生遠慮。屬牛加以天秤星座，注定完美主義的自我虐待與埋頭苦幹的精神，對痛苦的感覺近於麻木，對事業與他人的考慮遠在其上，便一頭埋進商海：時遇朋友約辦《成都商報》，遂脫離學界8年。說來也奇，緣在一部書稿。1993年夏天，四川人民出版社文化編輯室副主任陳君以我撰《文化大革命》辭典「非常認真、非常可靠」為據，推薦給同社政治編輯室副主任何君，當時何君正籌辦《成都商報》，在陳家約我面談，約我出山參與創辦《成都商報》，承諾佔有一定的股份，收入上不封頂下不保底。經過一番思想鬥爭，9月15日我正式出山，創成都商報社經濟中心，後兼任廣告部主任。1993年12月試刊第一期（共四版），我主編的第二版，招募一批好漢靚女白手收錢，滿版經濟收費訊息，這是成都報界第一個收費訊息專版。1994年正式出報後我任《成都商報》總編助理（當時除常務副總編輯後再無副總編輯，均為總

編助理），職務為分管全報的經營創收與部分編務，當週二、四、六的值班總編，白天創收，晚上編報。當時的《成都商報》一是內報，二無資金，僅靠幾十萬元運作，報社的房租、紙張印刷、人員工資除去，支撐艱難。1993年冬，同時加盟的一些骨幹包括當時的一位社長助理（何君出版社的朋友）等均紛紛離去。在資金即將斷檔之際，我找到當時的廣告大戶佳佳化妝品公司的鄧總，通過精心策劃部署，把他準備投放在其他報紙的數十萬元廣告拿到《成都商報》投放，解決了當時最大的資金短缺問題。當時我從每字3角錢的創收做起，創辦了現在日收十萬元以上的「為您服務」分類服務性廣告專欄。我把經濟中心與廣告部聯合起來，組織訓練了成都報業第一支市場化的廣告隊伍，從廣告策劃與版面運作做起，進行高質量高水平的訓練。1994年夏、秋，作為內報的《成都商報》生存最艱難之際，我將編、採、廣告人員整合成一支隊伍，鎖定目標客戶公關，精心策劃選題方案，迅速組織了大批整版的所謂軟性廣告，創收比平時翻了一番。這段時期的創收為把公報《生活科學報》改為《成都科技商報》（後再改為《成都商報》）奠定了堅實的資金基礎。1995年，我整合編採，招募人才，培訓專員，開創了中國報業的房地產、電腦、汽車、餐飲娛樂、影音、醫藥、通信、家電等各類經濟專刊，培養了成都商報社並波及成都報業的經濟專刊的編、採、廣告的骨幹隊伍，創造了通過經濟專刊經營現代報業的成功模式，將經濟專刊（重報社內部）與廣告部（重廣告公司）並行，各自側重地創收。1997年我首任博瑞廣告公司總經理。通過5年奮鬥，白手起家，做

到年產2億以上。除了睡覺，其餘時間均在創收與編務兩條戰線拚命，兩次累倒病床打點滴，何君還帶人親自來家看望，讓人十分感動。《成都商報》是我生命中的一部分。成都商報社的創業成功，是何君（管全面）、陳君（管新聞）與我（管經濟專刊、廣告、經營創收）三駕馬車成功合作的結果，是何君成功用人之作，也是第一任總編輯侯君決策的結果。《成都商報》是當時中國報業最成功的市場化典範。《成都商報》的成功及其賺錢效應波及到成都投資界，成都一時辦報成風。因創辦時的承諾杳然，故1998年9月29日離開，共5年零2周。離開《成都商報》的同時，我受席君之邀，加盟《華西都市報》，任其總編助理兼經濟中心主任，在全國首創了「購房直通車」活動，興起了報業與房地產業的深度融合。當時成都房地產正在從1993年的冷庫中解凍，由於普遍沒有推行按揭，房產買家少，市場蕭條。當時的雙楠小區還是一片垃圾成堆、盲流遍地的廢墟，但已有置信、金地等進入，當時我聯合他們及金房、眾城科技置業、銀豐等五家開發商，利用報社的公信力，每週六、日在四川日報社發車，號召讀者免費坐車、免費看房，免費服務，一時火爆臻盛。置信在五家中最有眼光，黃君對我承諾，由他們負責所有看房者的午餐。中午我們便把車開到他們的住戶之家，他們供應盒飯、爆米花、咖啡，輕音樂和包裝得舒適而有現代感的客廳式空間。他們還隨車派出導購小姐，分發回收表格，掌握購房者的一手資訊，置信的雙楠電梯公寓和園丁園在這時幾乎沒有打廣告就內部預定一空。雙楠小區一下就「由廢墟變樂土」，這也是我主編的《每週房產》的一版標

題。這個活動影響深遠，得到當時中央電視臺經濟半小時的高度重視，他們來蓉跟車報導，把這一活動推向全國。與此同時，我還創辦了火爆一時的華報網（www.huabao.net），在當時網易的網站訪問排名中曾獲得過綜合第4名、新聞第3名、財經第6名的排名，也是當時在北美影響最大的華人網站之一。

時至2000年，由於高校擴招，生源火爆，高校知識分子的生存地位大大提高，學術又成了高校知識界關心的熱點。加之在商海中混久了，疏離學術，心有煩躁，常感操作與思想抵牾，愈思學問探幽之道，始悟學術乃安身立命之所，加以許多學術思想沒有實現，旋覺商海要水乃過眼煙雲。此乃圍城情緒否？是否人生的悖論？總之我便辭去了在報界的所有兼職，全身心回到校園，師從馮憲光先生攻讀博士學位，同時申請了四川省哲學社會科學研究十五重點課題，這就是我的博士論文，也就是這本書稿。

這個題目，過去進行研究是沒法想像的。記得我1994年參加國家教委20世紀中國文學與西方現代主義課題研究時，涉及西方文獻與中國現代文學關係之梳理，對這門學問有闢荒之感。十多年來學界不斷有人耕耘，現在已經到了對現代派與中西詩學總清算的時候了。

中國現代詩學是中國現代詩歌與中國現代哲學、中國現代美學之結合，也是中國現代詩學與西方詩學、中國古代詩學之結合、延伸與變異。其中蘊涵的人文、哲學、美學、詩學、文學乃至人生內涵，是值得挖掘的一個富礦。這是因為，這是現代青年、現代菁英用詩的方式進行人生思考的結晶，也是現代中國審美意識與西方審美意識、古代審美意識衝突變異最集

中的體現。現代派不過是其中的一個部分。在做了這個題目之後，關於整個現代詩學概念的梳理與體系的重建，關於現代詩學史的建設、關於現代詩學與中西詩學的關係，將是我下一步的研究內容。

我的博士論文在評審和答辯過程中，得到了答辯委員會和評審委員們的好評，茲錄如下，以作激勵。

由國務院學位委員會中國語言文學學科評議組成員、四川大學博士導師項楚教授簽署的答辯委員會的決議說：「曹萬生的博士論文《現代派詩學與中西詩學》，瞄準中國現代派詩學研究中的薄弱環節，以全面系統的研究，填補了30年代現代派詩學研究的空白，可視為中國現代文學研究深入的標誌，其選題和研究成果都具有較為重要的理論意義和創新價值，對21世紀的文學發展尤其是新詩的發展提供了規律性的借鑒和參照，是一篇優秀的博士學位論文。論文全面梳理了古今中外繁複龐雜的詩學現象，站在古今中外詩學的交叉點上論述問題，力圖在『同』與『異』的比較中把握30年代現代派詩學的深刻本質，立體性地展示了30年代現代派詩學與中西詩學的關係圖示，最後得出的詩學演變、詩語特徵、詩學範疇等的結論是有說服力的。論文資料翔實，建構宏闊，思路縝密，語言流暢，已達到博士學位論文水平。答辯時圓滿地回答了答辯委員會提出的問題，經答辯委員會全票通過，同意其畢業，並建議授予其博士學位。」

武漢大學博士導師龍泉明教授的評語說：「30年代現代派詩學是中國現代詩學研究的一個薄弱環節，博士論文《現代派詩

學與中西詩學》以全面系統的研究和新穎獨特的思路與豐富的史料，填補了30年代現代派詩學研究的空白，因而具有開拓性的意義。……全文以30年代現代派詩學與中西詩學對應的一系列範疇、概念以及重要理論問題作為基本骨架，在範疇、概念以及重要理論問題之下，又連結著諸多與此密切相關的不同詩學命題和審美取向，既在縱向上開掘了其所具有的內涵，又在橫向上廣泛地拓展了它與中西相應觀念的聯繫。例如，第一章：『象徵論』，在『象徵』這一概念下，依次探討了它與中國古代詩學概念『比』『興』和西方象徵主義詩學概念『契合』的關係。第二章：『意象論』，在『意象』這一概念下，依次探討了它與西方的『象徵』和中國古代的『意境』等概念的聯繫，顯示出了一種系統性的眼光和魄力。本論文從30年代現代派詩學的四個層面全面切入研究領域，……四篇既相互獨立，又相互聯繫，形成了一個開放性的整體結構。而在這種開放性的整體結構中，又處處充滿著辯證的思維和悖反的張力。作者力圖在『同』與『異』的比較中把握30年代現代派詩學更深刻的本質。文中有中西不同詩學概念之比較，如『意象論』中西方意象與中國意境的比較；也有同一時期不同詩學概念之比較，如『象徵論』中對朱光潛和梁宗岱對象徵作出的不同的中國化闡釋的比較，甚至還有同一作家不同時期創作的比較。這種不同角度、不同方法的比較，開拓了本文的論述視野和空間，在鮮明的開放性和廣博的兼容性中為我們展示了一幅中國現代詩學史上相當繁榮的獨特景觀。這篇論文在史料鉤沉上頗有成效。文中資料篇兩篇，即由作者對新發現的兩種現代派報刊《大公報文藝‧詩特刊》和《北平晨報‧詩與批

評》構成。憑藉很有說服力的史料,作者作出了新的判斷,即:
現代派受到了英美新批評派的影響。這看法,頗為新穎、獨到,
值得我們重視。」

北京師範大學博士導師李岫教授的評語說「論文《現代派詩
學與中西詩學》的完成可視為中國現代文學研究深入的標誌。選
題和研究成果都具有較重要的理論意義和創新價值,對21世紀的
文學發展尤其是新詩發展提出了規律性的借鑒和參照,是一篇較
優秀的博士論文。該論文的理論價值和創新性表現在:一、詩學
現象的綜合性與詩學理論的邏輯思辨相結合。論文表現了前所未
有的綜合性,全面梳理了古今中外龐雜繁富的詩學現象,清理了
現代派詩學的概念(也可以說是構建原理)及與中西詩學的傳承
關係,作者站在古今中外詩學的交叉點上論述問題,既有古代與
現代、西方與中國、理論與創作實踐、個別詩人與詩群體,也包
括了哲學、美學、佛學、音律學的交叉,最後得出的詩學演變、
詩語特徵、詩學範疇等的結論是科學的、正確的、有說服力的。
二、對一些文學史上很少研究到的詩學家,作者給予了充分的注
意。如葉公超、金克木、穆木天、羅念生、杜衡等,對近年來常
提到的朱光潛和梁宗岱,論文也對其『比』說和『興』說加以比
較研究,指出其意義與缺失,這些地方說明了作者學術視野的開
闊和對文學史基礎史實的熟稔。三、《知性論》一章寫得很有見
解,無論是對葉公超的三點主張、金克木提出的主智詩的內涵及
知性論對卞之琳詩歌的影響等都很有特色。」

首都師範大學博士導師吳思敬教授的評語說「這是一部將
中國現代詩學與比較詩學相嫁接的學位論文,在中國現代主義詩

學的研究中別具一格。它以30年代中國現代派詩學為研究對象，卻用了比較詩學的研究方法，中西詩學的比較貫穿全篇。因而就中國現代主義詩學研究而言，開創了新的視角，富有新意。作者具有很強的理論思辨能力。這部論文不同於一般的詩歌史。一般的詩歌史多以時代為序，以詩人詩作為依託展開描述。這部論文卻主要圍繞現代派詩學的一些核心概念展開。論文的精華在象徵論、意象論、知性論、形式論、純詩論等章。作者溯源探微，把西方相關詩學主張的引入的脈絡爬梳清楚，說明這一詩學主張在中國是怎樣傳播、怎樣被接受的，又發生了什麼變異，同時還要說明這一理論對中國現代派詩人創作的影響。這其間難度是很大的，需要有對中西文論的精研，需要有準確的判斷力以及強烈的創新意識。在這一過程中，作者提出了不少富有新意的見解。比如，把象徵的特徵歸結為『象意不一、意在象外、意大於象』，便是很通達而又深刻的看法。論文也顯示了作者深厚的詩學修養，這特別體現在論文資料的豐富與翔實上。作者對有關現代派詩學的史料以及中西詩學承傳、對比的材料作了全面的清理，尤其是把長期被學界忽視的《大公報‧文藝副刊‧詩特刊》重新挖掘出來，更是論文的一大亮點。

東北師範大學博士導師孫中田教授的評語說：「在中國現代文學的研究空間中，對於現代派詩學的研究，是一個比較薄弱的環節。80年代以後，逐漸引起學術界的關注，但是仍缺乏堅實的力著。在這個意義上，《現代派詩學與中西詩學》這篇學位論文，具有著重要的理論價值。全書建構宏闊，思路縝密。它既注意宏觀的『流』與『派』的歷史鉤沉；又有切實的史料佐證。在

藝術篇、形式篇，批評與資料篇的組合中，細密地論證了現代派詩學的走勢。與此同時，也在比較中論證了西方的現代詩學，在趨實、考辨中認定『西方現代派的詩學和中國詩學思想的現代相融』的機制。這就更加強化了這部論著的理論深度。其中，對於象徵論、意象論和知性論的解析，都顯出作者的創新精神和研究的功力。對於現代派詩群和理論家的分析，也是頗有力度的。諸如卞之琳的轉向知性，戴望舒的向後象徵派超現實主義的變異；梁宗岱對現象學本體論的發現，以及葉公超、曹葆華等對於新批評的傳遞和闡釋，都是很下功夫的。還應當看到的是，作者對於材料的開掘與運作，這是文本建構的重要基礎。其中對於《大公報‧文藝‧詩特刊》、《北京晨報‧詩與批評》等史料的發掘，都一定程度上充實了現代文藝詩學的研究」。

國務院學位委員會中國語言文學學科評議組成員、南京大學博士導師丁帆教授的評語說「《現代派詩學與中西詩學》作為博士論文，以強有力的理論穿透力和文本的解讀力，創造了一個新的論域；同時在這一論域中運用了比較方法強化了論題的內涵。此文涵蓋古今中外的文藝理論，表現出論者較為深厚的理論功底，實為近年來較好的博士論文。」

本書出版之際，我對評閱我博士論文的丁帆教授、龍泉明教授、吳思敬教授、孫中田教授、李岫教授表示最衷心的感謝！對參加我的博士論文答辯的項楚教授、王曉路教授、邱沛篁教授、閻嘉教授、李傑教授、李益蓀教授、秦川研究員表示最衷心的感謝！對我的碩士導師華忱之教授、博士導師馮憲光教授給予我的人生教誨和學術教導表示最衷心的感謝！對曾經

在我的人生道路上給予我知遇之恩和巨大幫助的張朝沛先生、劉巨兵先生、蘇恆教授、黃步青教授、葉子銘教授給予最衷心的感謝！對四川師範大學文學院的支持表示最衷心的感謝！

　　本書出版之際，對序我的藍棣之教授再次表示最衷心的感謝。在2003年9月由《文學評論》與四川師範大學文學院共同組織的中國現代詩學研討會上，藍先生應允作序。這是一個群賢畢至的會議。藍先生及30多位中國現代詩學研究的大家、權威在這裡作了很好的講演，四川師範大學詩學研究所也在這個會議上正式成立。四川師範大學文學院的80多名研究生聆聽了八場講演，開闊了眼界，觸摸到當代學術的巔峰，深感學海無涯，更生攀登之志。與會同仁對現代詩學研究展示了一個全新的前景。自葉公超開始，清華就是現代詩學研究的中心，藍棣之及其同仁如今也熱衷詩學研究，四川師範大學詩學研究所與其呼應，又繼續了這樣一個研究傳統，能不樂乎？

　　內子靳彤，生性善良，知足律己，相夫教子，賢妻良母，常以為範。沒有她的幫助和支持，這本書也是沒法想像的。

　　在這一個學術回歸的時代，建立中國當代的詩學體系，應該是當代學人、詩人的崇高使命。這是讓人激動的事業。

　　是為跋。

曹萬生
2003年9月於成都城南草堂

臺灣版後記

人生有時充滿戲劇性。

臺灣於我是一個遙遠的夢，恩怨交織，貫我一生。我於1949年初春受孕於湖北，在戰亂中溯流而上，與領軍的祖父天各一方。29歲以前的我，因祖父在台而蒙受屈辱抑鬱前半生，讓我養成看穿人性弱點的怪癖。29歲以後，臺灣成為多人附庸的地方，我從此抹去憂傷，卻並不趨附，只想有個機會去看一下這個怨地。2010年秋得機會到台，在臺北見到了祖父的故居與遺像，悲已無淚，世事如夢，寫下了如下的文字：「民三八至民九九冥誕今年一零一／這數字讀得懂的只有我和十普寺／臺北南昌路車不多乾乾靜靜的字／黃岡骨三十三年靜躺在九三零七／／未謀面的長孫點燃香飄起一世紀／南京保衛戰率團戰死剩單騎奪命／東南飛丟下三代人一個婦孺家庭／把愛讀書的孫踩進沒有出路的泥……」。

本書在大陸出版後，由於印行有年，不斷有人來索，已有再版本之必須，去秋臺灣行，得識宗翰兄，宗翰兄是行動主義的人，忙得天昏地暗時與我討論選題與合作，成就了這本書的再版。

也因為路易士變成了紀弦，也因為都用現代漢語寫作詩歌，所以兩岸在現代漢語詩學上是相通的，這也是我很高興在臺灣再版這本書的原因。

是為跋。

2011年3月7日，成都雙楠草堂。

文學視界24　語言文學類　PG0934

30年代現代派詩學與中西詩學

作　　者／曹萬生
責任編輯／黃姣潔
圖文排版／楊家齊
封面設計／秦禎翊

發 行 人／宋政坤
法律顧問／毛國樑　律師
印製出版／秀威資訊科技股份有限公司
　　　　　114台北市內湖區瑞光路76巷65號1樓
　　　　　電話：+886-2-2796-3638　傳真：+886-2-2796-1377
　　　　　http://www.showwe.com.tw
劃撥帳號／19563868　戶名：秀威資訊科技股份有限公司
　　　　　讀者服務信箱：service@showwe.com.tw
展售門市／國家書店（松江門市）
　　　　　104台北市中山區松江路209號1樓
　　　　　電話：+886-2-2518-0207　傳真：+886-2-2518-0778
網路訂購／秀威網路書店：http://www.bodbooks.com.tw
　　　　　國家網路書店：http://www.govbooks.com.tw
圖書經銷／紅螞蟻圖書有限公司
　　　　　台北市114內湖區舊宗路2段121巷19號（紅螞蟻資訊大樓）
　　　　　電話：+886-2-2795-3656　傳真：+886-2-2795-4100

2013年2月BOD一版
定價：420元

國家圖書館出版品預行編目

30年代現代派詩學與中西詩學 / 曹萬生著. -- 一
版. -- 臺北市：秀威資訊科技, 2013. 02
　　面；　公分. -- (語言文學類；PG0934)
BOD版
ISBN 978-986-326-078-3(平裝)

1. 新詩　2. 中國詩　3. 詩評

820.9108　　　　　　　　　　　102002473

讀 者 回 函 卡

感謝您購買本書，為提升服務品質，請填妥以下資料，將讀者回函卡直接寄
回或傳真本公司，收到您的寶貴意見後，我們會收藏記錄及檢討，謝謝！
如您需要了解本公司最新出版書目、購書優惠或企劃活動，歡迎您上網查詢
或下載相關資料：http:// www.showwe.com.tw

您購買的書名：＿＿＿＿＿＿＿＿＿＿＿＿＿＿＿＿＿＿＿＿＿＿＿

出生日期：＿＿＿＿＿年＿＿＿＿＿月＿＿＿＿＿日

學歷：□高中 (含) 以下　　□大專　　□研究所 (含) 以上

職業：□製造業　□金融業　□資訊業　□軍警　□傳播業　□自由業
　　　□服務業　□公務員　□教職　　□學生　□家管　　□其它＿＿＿

購書地點：□網路書店　□實體書店　□書展　□郵購　□贈閱　□其他

您從何得知本書的消息？
　　□網路書店　□實體書店　□網路搜尋　□電子報　□書訊　□雜誌
　　□傳播媒體　□親友推薦　□網站推薦　□部落格　□其他＿＿＿＿＿

您對本書的評價：(請填代號　1.非常滿意　2.滿意　3.尚可　4.再改進)
　　封面設計＿＿＿　版面編排＿＿＿　內容＿＿＿　文／譯筆＿＿＿　價格＿＿＿

讀完書後您覺得：
　　□很有收穫　□有收穫　□收穫不多　□沒收穫

對我們的建議：＿＿＿＿＿＿＿＿＿＿＿＿＿＿＿＿＿＿＿＿＿

＿＿＿＿＿＿＿＿＿＿＿＿＿＿＿＿＿＿＿＿＿＿＿＿＿＿＿＿＿

＿＿＿＿＿＿＿＿＿＿＿＿＿＿＿＿＿＿＿＿＿＿＿＿＿＿＿＿＿

＿＿＿＿＿＿＿＿＿＿＿＿＿＿＿＿＿＿＿＿＿＿＿＿＿＿＿＿＿

11466
台北市內湖區瑞光路 76 巷 65 號 1 樓

秀威資訊科技股份有限公司 收

BOD 數位出版事業部

....

（請沿線對折寄回，謝謝！）

姓　　名：＿＿＿＿＿＿＿＿＿　年齡：＿＿＿＿＿　性別：□女　□男

郵遞區號：□□□□□

地　　址：＿＿＿＿＿＿＿＿＿＿＿＿＿＿＿＿＿＿＿＿＿＿＿＿

聯絡電話：(日)＿＿＿＿＿＿＿＿＿＿　(夜)＿＿＿＿＿＿＿＿＿＿

E-mail：＿＿＿＿＿＿＿＿＿＿＿＿＿＿＿＿＿＿＿＿＿＿＿＿